Tim Miller
Sepulcrum

Sepulcrum

von Tim Miller

Re Di Roma-Verlag

Bibliografische Information der Deutschen Nationalbibliothek:
Die Deutsche Nationalbibliothek verzeichnet diese Publikation in der Deutschen Nationalbibliografie; detaillierte bibliografische Daten sind im Internet über http://dnb.ddb.de abrufbar.

ISBN 978-3-86870-480-8

Umschlagillustration:
Klaus Stemmer

www.rediroma-verlag.de
14,95 Euro (D)

In Liebe und Dankbarkeit meinen Großeltern!

Vielen Dank, dass ich bei euch immer willkommen bin!

Maria Miller

Josef Miller

Christel Aggeler

Konrad Aggeler

Kapitel 1

»*Testor Christum Dominum, qui me indicaturus est, me eum eligere, quem secundum Deum iudico eligi debere!*«[1] Ja, diesen Satz hatte Kardinal Girolamo Masci d'Ascoli in den letzten Monaten nur zu oft von seinen Mitbrüdern in den Heiligen Hallen des Savellipalasts vernommen. Viel zu oft wurde behauptet, *dass man denjenigen wähle, von dem man glaube, dass er nach Gottes Willen gewählt werden sollte*. Viele Kardinäle hatten sich im Laufe der Geschichte gegen diesen Grundsatz gewandt. Sei es durch Erpressung, Feigheit, Korruption, Morddrohungen oder andere Dinge mit fragwürdiger Legitimation.

Zu seinem größten Bedauern musste Girolamo zugeben, dass auch er einige der gerade anwesenden Kardinäle erkauft oder bestochen hatte, denn er wollte um jeden Preis das Heilige Amt einnehmen.

Es schmerzte ihn sehr, dass Papst Honorius IV. wegen einer besonders aggressiven Fiebererkrankung leider schon von ihnen gegangen war, nach einem Pontifikat von nur zwei Jahren und einem Tag. Es hatte eine feste und gute Verbindung zum Heiligen Vater bestanden und Girolamo war deshalb umso bestürzter gewesen, als man ihm die schreckliche Nachricht seines Todes vor einem knappen Jahr überbracht hatte. Ja, die *Sedisvakanz*[2] überdauerte nun schon fast ein Jahr und es wurde Zeit, dass man einen Nachfolger bestimmte.

Die gesamte Christenheit blickte auf den Palast, in dem die Kardinäle saßen und versuchten Seine Heiligkeit zu wählen. Nicht, dass es die Schuld des Kardinalskollegiums gewesen wäre, denn auch die Malaria hatte von einigen Kardinäle das Leben gefordert und viele Bürger Roms munkelten schon über das Eingreifen des Teufels in die Papstwahl. Doch es war dennoch in diesem langen Jahr der Sedisvakanz zu Unstimmigkeiten unter den Kardinälen gekommen. Eigentlich hatte Girolamo gehofft,

---

[1] Ich rufe Christus, der mein Richter sein wird zum Zeugen auf, dass ich den gewählt habe, der nach Gottes Wille gewählt werden sollte.

[2] Die Zeit des unbesetzten Throns d.h. eine Zeit ohne Papst.

dass man den neuen *Pontifex*[3] in kürzester Zeit wählen würde, doch er wurde seit einem Jahr eines Besseren belehrt. Die *Preferiti*[4] waren gering, da lediglich zwölf Kardinäle zum Konklave zugelassen worden waren. Doch waren es meistens nur die italienischen Kardinäle, die eine wirklich Chance hatten, das höchste Amt der Christenheit zu besetzen. Auch er, Girolamo Masci d'Ascoli, war als möglicher Nachfolger Seiner Heiligkeit genannt worden und hatte dafür gesorgt, dass er ein ständiger Favorit blieb. Ob er wirklich eine Chance hatte, wusste wohl nur der Herr selbst, doch er war sich sicher, der chancenreichste der *Preferiti* zu sein.

Doch im Februar 1288 im eisigen Savellipalast festzusitzen, war sogar dem Feuer zuwider, denn es erlosch in jenem Moment, in dem der Wahlgang fast abgeschlossen war.

Als Kardinal Bianchi sein beschriebenes Blatt Pergament in die Urne gleiten ließ, sich vor ihr verneigte und die Wahlhelfer andächtig nach vorne schritten, um die Urne zu verschließen und zu schütteln, musste sich auch Girolamo beeilen und schnell seinen eigenen Namen auf das Blatt schreiben. Eigentlich war er dagegen, sich selbst zu nominieren, aber angesichts ungewöhnlicher Entdeckungen war dies unumgänglich. Girolamo war der letzte Kardinal bevor dieser Wahlgang zu Ende ging. Er blickte auf das Pergament vor ihm, auf dem in großen Buchstaben zu lesen war: *Eligo in Summum Pontificem.*[5]

Sich selbst zu wählen, wiederstrebte ihm, denn wie konnte er sich eines Amtes annehmen, welches durch Gott gegeben wurde, aber das er sich mit seiner eigenen Stimme selbst angeeignet hatte?

Im Franziskanerorden jedoch, dem er schon lange diente, hatte er 1274 als Ordensgeneral eine erschreckende Entdeckung gemacht und er würde alles daran setzen, sie zu überprüfen.

Er schrieb hastig seinen Namen in verstellter Schrift auf das Pergament und faltete es zweimal. Sollte er nicht zum Heiligen Vater gewählt werden, würde er sich dennoch an den Papst wenden und ihn mit dieser Entdeckung konfrontieren. Girolamo war froh, dass man sich seit einem Jahr nicht an die Akklamation gewagt hatte. Er empfand es immer als etwas

---

[3] Papstbezeichnung

[4] Chancenreichste Kardinäle als neuer Papst; wörtlich übersetzt: Favoriten

[5] Zum obersten Pontifex wähle ich.

Unangenehmes, wenn es beinahe öffentlich gemacht wurde, für wen er seine Stimme abgegeben hatte. Würde die Wahl per Akklamation stattfinden, konnte er sich kaum noch selbst wählen. Andererseits, überlegte er, würden sie direkt auf die Akklamation zusteuern, sollte dieser Wahlgang erneut erfolglos verlaufen. Trotzdem war es ihm ein Rätsel, warum es seit über einem Jahr zu keinem Ergebnis gekommen war. Girolamo hatte viele Kardinäle auf seiner Seite, die eigentlich zu einem raschen Ergebnis hätten führen müssen.

Kardinal Girolamo Masci d'Ascoli erhob sich langsam von seinem thronartigen Stuhl und trat in den Mittelgang der kleinen Kapelle. Alle Augen waren auf ihn gerichtet. Der Zeremonienmeister blickte ihn ernst an, sprach ihm aber mit seinen blauen Augen Mut zu. Die letzte Stimme dieses Wahlganges war gerade im Begriff von ihm nach vorne getragen zu werden. Die Kardinäle senkten nun andächtig die Köpfe zu einem stillen Gebet. Hatte der Herr seit über einem Jahr seinen Spaß mit ihnen getrieben? Warum musste die Sedisvakanz so lange andauern, bis in den tiefen Winter hinein? Papst Honorius IV. war schon im April letzten Jahres verstorben und das winterliche und kalte Rom war kein angenehmer Platz, um ihren nächsten Papst zu wählen. Seine Füße bewegten sich nun fast von alleine auf die goldene Urne zu. Als er die Stufe erreicht hatte, die ihn hinauf zu der heiligen Urne bringen würde, ließ er sich auf die Knie sinken und sprach ein leises Gebet. Er spürte, wie sich die Augen aller Kardinäle auf ihn richteten, als er sich wieder erhob.

Während er seinen Stimmzettel auf einen goldenen Teller legte und diesen hoch über den Kopf anhob, durchzuckte ein merkwürdiges Gefühl seinen Körper. Trotz dieses Gefühls des Unwohlseins sprach er mit fester und eiserner Stimme: »*Testor Christum Dominum, qui me indicaturus est, me eum eligere, quem secundum Deum iudico eligi debere!*«

Er senkte den Teller hinab und ließ den letzten Stimmzettel in die Urne fallen.

Kapitel 2

Lange würde die Gefangenschaft nicht währen, zu der man ihn verurteilt hatte. Er wusste, Gott stand auf seiner Seite. Warum hatte er denn auch sonst all diese Taten in den letzten Wochen und Monaten verüben können. Dass man ihn in ein Verlies gesperrt hatte, war nur eine weitere Probe des Herrn, um seine Entschlossenheit zu testen. Er vertrat nicht die Auffassung, dass er ein Brandstifter oder gar ein Mörder war.

Die Mönche hatten ihn völlig zu Unrecht eingekerkert und das wussten sie auch. Die Taten, die sie praktizierten, waren noch grauenvoller und schrecklicher und er war sich sicher, dass sie im Jenseits einen noch größeren Preis für ihre Verbrechen würden zahlen müssen als er.

Die Brüder hatten es zu ihrem Leidwesen nicht fertiggebracht, ihren Widersacher – ihn – vollkommen auszuschalten. Und er wusste, dass er es früher oder später schaffen würde, aus seinem Verlies zu entkommen. Er hoffte nur, dass es früh genug sein würde, um der Welt die lästerlichen Taten des Klosters St. Caritum aufzeigen zu können. Ja, er würde für die Vernichtung des Klosters sorgen. Die Mönche des Hohen Rates St. Caritum hatten ihr Schicksal selbst gewählt. Er hatte ihnen die Möglichkeit geboten, ihn zu ihrem Abt zu ernennen und nicht diesen als Bastard geborenen Jungen.

Da die Mönche abgelehnt und ihn wegen seiner Verbrechen, wie sie es nannten, eingesperrt hatten, stand es für ihn fest, dass das unkeusche Kloster nicht mehr länger existieren durfte. Er war sich sicher, dass er in Rom fürstlich entlohnt werden würde, wenn er dem zukünftigen Papst heuchelnde und gotteslästernde Mönche übergab und den Standort eines so verdorbenen Klosters verriet. Doch zu allererst musste er aus dieser Zelle entkommen. Der Plan, den er ausgearbeitet hatte, war schlicht und einfach auszuführen und doch würde er große Folgen für das Klosterleben haben, sollte er aus seinem Gefängnis fliehen und sich bis nach Rom durchschlagen können.

Das Verlies, in das die Mönche ihn gezwungen hatten, war kahl und dunkel. Außerdem hatte es keine Fenster. Es erinnerte ihn ein wenig an seine Zelle im Kloster, doch damals konnte er sich frei bewegen und seiner Arbeit nachgehen. Dies würde er jedoch schon bald wieder können. Viel schneller als er ahnte. Wenn er an den Duft der süßen Freiheit dachte, erhellte sich sein Gesicht gänzlich und er rutschte des Öfteren in verlockende Tagträume ab, sodass er manchmal nicht einmal das schwere Pochen an der Eichentür wahrnahm, mit dem das Essen angekündigt wurde. Essen - so konnte man dieses lieblos zubereitete Stück Brot und das bisschen Wasser wirklich nicht nennen.

Bruder Clarens, das wusste er aus seiner früheren Klosterzeit, war ein ausgezeichneter Koch und versorgte alle Mönche mit hochwertigen Nahrungsmitteln. Doch er bezweifelte, dass Bruder Clarens auch diese Mahlzeiten zubereitete. Dies übernahm sicherlich Bruder Martin, dieser einfältige und altertümliche Cellerar, der im Kloster St. Caritum zu den einflussreichsten Mönchen gehörte, abgesehen natürlich von Meister Callidus. Der Großmeister des Klosters war zugleich der Lehrmeister Arturs. Er unterrichtete ihn in allem, was das Kloster für wissenswert hielt, wenn man die Absicht oder die Pflicht besaß, der zukünftige Abt zu werden.

Traurig blickte er auf den dreckigen Zellenboden. Er wusste bis heute noch nicht, warum seine Mission vor wenigen Wochen ein derart schnelles Ende genommen hatte. Der Herr konnte sich nicht gegen ihn gewandt haben. Nein, das konnte nicht sein. Er versuchte, die düsteren Gedanken von sich zu schütteln und blickte sich erneut in der Zelle um. Er wusste genau, wo er war. Er hatte aus diesem Raum des Öfteren Pergament, Federn und Tinte geholt, wenn er diese für seine Bibliothekarbeit gebraucht hatte. Ja, er war der Bibliothekar in dem Kloster gewesen. Er hatte die alten Schätze mit aller Sorgfalt, die er aufbringen konnte, gehütet. Doch nun, so viel hatte er aus den Mönchen herausbekommen, die ihm immer das Essen brachten, wurden seine Bücher von einem neuen Mönch, Bruder Vetus, aufbewahrt. Da er diesen Raum oftmals besucht hatte, wusste er leider sehr genau, dass es keinerlei Möglichkeiten gab, zu fliehen. Doch sein Plan sah eine Flucht vor, in der man sich nicht auf die passenden Räumlichkeiten verlassen musste. Das Wasser, das von den Wänden lief und auf den Boden tropfte, stammte vom Wasserfall über ihm. Es hatte ihn fast schon in den Wahnsinn getrieben, doch er war intelligent genug, dies mit der Zeit auszublenden und sich auf wesentliche

Dinge, wie seinen Ausbruch, zu konzentrieren. Er würde nur zu gerne noch Rache an dem Jungen nehmen, der ihn damals schon von Anfang an verdächtigt und seine Identität schließlich allen preisgegeben hatte. Doch seine Beherrschung und Selbstdisziplin waren hoch. Er wusste, dass sich seine Beherrschtheit auszahlen würde, spätestens, wenn er mit einer Schar päpstlicher Wachen aus Rom zurückkehren würde. Vorausgesetzt, sie würden ihm glauben.

Vielleicht würde der Papst ihm das Kloster überlassen, wenn er die gottlosen Mönche vertrieben oder bestenfalls getötet hatte. Wäre dies der Fall, konnte er hier herrschen und seinen eigenen Orden gründen.

Wieder leuchteten Bruder Vanums Augen auf und er glitt in das Reich der Tagträume ab, die aber augenblicklich durch das Klopfen an der Tür zerstört wurden.

Kapitel 3

Ein Glockenschlag riss Artur aus seinen Gedanken. Er schreckte auf, als sich alle Brüder vor ihm erhoben hatten und der Mönch, welcher die Heilige Messe gehalten hatte, in die Sakristei schritt. Danach begannen die Brüder hinauszugehen. Auch Artur stand auf und verließ seine Bank, in der er mit Bruder Martin und Cito, einem Straßenjungen, den sie in der Stadt Patria gefunden hatten, verweilt hatte. Artur hatte gerade über die vergangenen Wochen und Monate im Kloster St. Caritum nachgedacht, als die Glocke ihn in die Wirklichkeit zurückholte.

In tiefer Kontemplation versunken, hatte er für die unglaublich tapferen Seelen des früheren Hohen Rates von St. Caritum gebetet, die den grausamen Mordtaten seiner Mutter zum Opfer gefallen waren. Einzig und allein, weil diese nicht aufhören wollte, an einen Schatz zu glauben und diesen auch mit allen Mitteln zu bekommen versuchte. In Wirklichkeit hatte sie ihn schon ihr ganzes Leben lang besessen: ihren Sohn!

Seine Mutter war in einem unglaublichen Wahn dem größten Schatz der Christenheit nachgelaufen, den das Kloster zu schützen geschworen hatte, um am Ende festzustellen, dass dieser Schatz einfach die unbändige Liebe war und in einem Jungen, des Abtes Kind, verkörpert wurde. Aufgrund der Habgierigkeit seiner Mutter wurden die Mönche des Hohen Rates, einer nach dem anderen ermordet da sie sich in ihrem Wahn einredete, sie würde so über ihren Sohn als Abt an den Schatz gelangen. Dabei durfte ihr niemand im Wege stehen und selbst ihr früherer Geliebter, Abt Clemens, Arturs Vater, musste dafür den Tod in Kauf nehmen.

Doch auch andere merkwürdige Dinge waren im Kloster St. Caritum geschehen und dies nicht durch die Hand seiner wahnsinnigen Mutter, die sich, nachdem sie erfahren hatte, was der Schatz war, in den Tod gestürzt hatte. Bruder Vanum, ein böser und hinterlistiger Bruder des Klosters, hatte versucht, Artur den Stuhl des Abtes zu entreißen, indem er alle glauben ließ, dass Gottes Zorn auf das Kloster herabkäme, weil die Äbte seit Jahrhunderten gegen Gottes Gebot verstießen und Kinder zeugten. Diese Kinder bewachten nicht nur den Schatz, sondern verkörperten ihn gleichzeitig auch. Doch jetzt saß Bruder Vanum einige Meter unter ihnen in einem Verlies, welches er hoffentlich für den Rest seines erbärmlichen Lebens nicht mehr verlassen würde.

Wie sehr Artur sich darin täuschte, würde er jedoch bald erfahren.

Als Artur die Kirche verließ und auf den steinernen Platz trat, fand er schließlich Cito an seiner Seite:

»Ich hoffe, du hast den Gottesdienst genossen«, sagte Artur und blickte den kleinen, schmächtigen Straßenjungen an, der jetzt in einer Mönchskutte fast normal aussah.

»Ja«, antwortete Cito aufgeregt und fügte schnell hinzu, »ich hätte niemals gedacht, dass mir Gott oder Jesus Christus dermaßen viel bedeuten könnten. Aber seit ich in diesem Kloster bin weiß ich, dass sie ein Teil meines Lebens sind. Warum sonst habt ihr mich damals in der Stadt gefunden und mitgenommen?« Seine Augen strahlten und Artur freute sich darüber. Cito hatte vor seiner Zeit in dem Kloster ein bemitleidendes Leben auf der Straße geführt, welches durch Hunger, Stehlen und Ungerechtigkeit geprägt gewesen war. Doch Artur hatte dafür gesorgt, dass Cito mit ihnen Kloster kommen konnte. Jetzt lernte Cito fast fleißiger als Artur, dem besonders viel Aufmerksamkeit gewidmet wurde. Schließlich sollte Artur einmal der nächste Abt werden und einen Sohn zeugen, der dann wiederum das Kloster führen sollte. Artur und Cito schlenderten gemächlich dem Dormitorium entgegen.

Viele Mönche begaben sich noch für eine Weile an ihre Arbeitsstätten, um noch schnell ein paar Aufgaben zu erledigen, bevor der Mond vollkommen die Oberhand über das Kloster gewinnen würde. Artur und Cito jedoch steuerten auf direktem Weg ihre Zellen an und beendeten den Abend, um am nächsten Tag für ihren Unterricht ausgeschlafen zu sein.

Aber Artur schlief schlecht in dieser Nacht. Schon seit einigen Nächten hatte er einen unruhigen Schlaf, wachte oft auf und ging an sein kleines Fenster, um nachts die Nebelschwaden zu beobachten, die über das Kloster zogen und die Erinnerungen an die vergangenen Monate aufrecht hielten. Auch in dieser Nacht träumte er wieder von Kammern, dunklen Gestalten und gewaltsamen, selbstmörderischen Taten. Ja, die letzten Monate hatten ihn geprägt und gezeichnet und wieder einmal erwachte er schweißgebadet auf seiner Pritsche und starrte hinauf an die dunkle Decke.

Etwas stimmte nicht!

Kapitel 4

Bruder Custo schritt den langen Gang in den unteren Verliesen des Klosters ab. Er war nach dem Gottesdienst zu seiner Arbeit zurückgekehrt und hatte vollkommen vergessen, dem gefangenen Mönch sein Abendessen zu bringen. Wenn es nach ihm ginge, würde dieser verräterische Bruder nur einmal die Woche Nahrung bekommen. Für die Taten, die Bruder Vanum verübt hatte, gab es keine Entschuldigung und Bruder Custo war der Meinung, dass man ihn ruhig in den Verliesen verrotten lassen konnte. Doch Bruder Martin war leider nicht ganz seiner Ansicht und so musste Bruder Custo zu seinen täglichen Pflichten zusätzlich auch noch diesem undankbaren Mönch das Essen bringen.

Es war schon beinahe Mitternacht, aber Bruder Custo war ein genauer und fleißiger Arbeiter und vergaß über seine Pflichten oftmals die Zeit. Er bog um eine Ecke und konnte schon fast die Zelle sehen, in der Bruder Vanum eingesperrt war. Doch zuvor musste er noch das Essen, wenn man dies so nennen konnte, zubereiten. Die Küche brachte ihm täglich Brotkrumen herunter, welche vom Abendessen übrig geblieben waren und das Wasser bezogen die Mönche natürlich vom Wasserfall. Bruder Custo schwenkte die Fackel herum und sah schon den kleinen Tisch, auf dem das Abendessen Bruder Vanums täglich seinen Platz fand.

Als Bruder Custo hastig die Brotkrumen auf einen braunen Tonteller warf, Wasser in einen Becher füllte und dies in seine Hand nahm, schoss ihm wieder einmal der Gedanke durch den Kopf, welchen er schon oft gehegt hatte: Das Essen einfach vergiften, wie Bruder Vanum auch ihre Schafe und Pferde vergiftet hatte. Dies wäre eine gerechte Strafe für seine Taten. So würde er Bruder Custo nicht mehr zur Last fallen. Doch er war kein grausamer und verabscheuungswürdiger Mann, der einen wehrlosen Gefangenen einfach vergiftete. Nein, er hielt sich an die zehn Gebote und an Gottes Gesetz. Er hatte noch nie in seinem Leben gestohlen, gelogen oder gar getötet. Und genau darauf war er stolz.

Er schritt einen anderen Gang entlang und versuchte, das Wasser in dem Becher nicht zu verschütten. Schließlich sah er den kleinen Raum, in dem nun die Gegenstände aufbewahrt wurden, die für das Scriptorium und der Bibliothek von Bedeutung waren - wie Pergamente, Federn, Tinte oder gar alte Gemälde - und die zu schade waren, um entsorgt zu werden. Als Bruder Custo an dem Verlies vorbeiging, sah er schon die Tür zu Bruder Vanums Gefängnis. Die große Eichentür war mit rostigen Eisennägeln beschlagen und lag schwer in den Angeln. Ein hölzerner Riegel war vor die Tür geschoben worden und hinderte das Öffnen der Türe von innen. Wie jeden Abend klopfte er nun an diese Tür. Es war schon spät. Vielleicht war Bruder Vanum nicht mehr wach und es kümmerte ihn gar nicht, dass ihm das Essen heute nicht gebracht wurde. Normalerweise musste Bruder Vanum erst antworten, bevor Bruder Custo die Tür öffnete. Dies diente zu seiner eigenen Sicherheit, doch heute Abend erklang nicht wie gewohnt die gelangweilte Stimme aus dem großen Verlies. Nicht einmal ein leises Schnarchen drang durch das Holz. Nein, es schien fast, als wäre die Zelle unbewohnt. Doch dies sollte Bruder Custo nicht kümmern. Er hatte seine Anweisungen und sollte die Zelle nicht betreten, wenn Bruder Vanum nicht antwortete. Als sich Bruder Custo schon wieder zum Gehen wenden wollte, hörte er plötzlich doch ein Geräusch. Ein merkwürdiges, kratziges Geräusch. Wie, als ob jemand versuchen würde, einen Tunnel aus der Zelle zu graben. Bruder Custo begann zu schwitzen. Was sollte er tun? Er glaubte nicht wirklich daran, dass Bruder Vanum aus dieser Zelle ausbrechen konnte, doch er wollte auch nicht für die mögliche Flucht des Mönches verantwortlich sein. Sollte er seine Anweisungen missachten und die Zelle wider besseren Wissens betreten? Als er den schweren Schlüssel in das Schloss steckte, hatte er seine Entscheidung getroffen. Die schwere Holztür schwang nach innen auf und bot ihm einen Blick in einen dunklen und düsteren Raum. Doch dieser war leer. Kein Bruder Vanum saß in einer Ecke und zeigte sein schiefes Grinsen. Nicht einmal eine Ratte scharrte in den verlassenen Ecken der Zelle. Bruder Custo trat ein, um sich zu vergewissern, dass Bruder Vanum aus diesem Gefängnis geflohen war und um zu schauen, woher das scharrende Geräusch gekommen war. Noch im selben Augenblick wusste er, dass es ein Fehler gewesen war, die Tür zu öffnen.

Hände, blasse, starke Hände, schlossen sich augenblicklich von hinten um seine Kehle und drückten erbarmungslos zu. Bruder Custo begann um sich zu schlagen und zu würgen, doch die Hände Bruder Vanums waren stärker, viel stärker. Die beiden Mönche krachten gegen eine steinerne Wand. Bruder Vanum begann seinen Wächter zu schütteln, damit das, was getan werden musste, schneller geschah. Bruder Custo versuchte, sich umzudrehen und seinem Gegner in die Augen zu blicken, doch er wurde von Bruder Vanum auf den Boden gedrückt. Im Schmutz rangen sie weiter miteinander. Als Bruder Custo versuchte, einen Laut auszustoßen, drückten die Hände seines früheren Mitbruders noch fester zu und schnürten ihm jegliche Luftzufuhr ab. Vor den Augen Bruder Custos leuchteten Punkte auf. Er nahm die Zelle nur noch verschwommen war. Mit seinen alten Händen versuchte er Bruder Vanums Gesicht hinter sich zu fassen, doch es war zu spät.

Die Hände Bruder Vanums schlossen sich mit aller Kraft um seine Gurgel und pressten den Rest seines alten Lebens aus ihm heraus.

Kapitel 5

Kardinal Girolamo Masci d'Ascoli saß ganz ruhig auf seinem Platz, als die Stimmen der Heiligen Wahl ausgezählt wurden. Die Wahlurne war von einem Wahlhelfer zu einem großen Pult getragen und dort abgestellt worden. Der Zeremonienmeister, welcher für das Amt des Obersten Bischof von Rom ausgenommen war, war der Erste, der die Urne nach dem Ende des Wahlganges öffnen durfte. Er hob den Deckel herab und legte ihn behutsam beiseite. Wieder wurde ein Gebet gesprochen und die Kardinäle versanken in ihrer Stille. Nach wenigen Augenblicken war es soweit. Der Zeremonienmeister begann die erste Stimme aus der Wahlurne zu holen. Die Wahlhelfer, welche die Stimmen notierten, hatten jeweils ein Blatt vor sich, auf dem alle Namen der Kardinäle verzeichnet waren. Als erstes wurde der Name des Kardinals vorgelesen, dem diese Stimme galt, dann wurde das Pergament weitergereicht und die drei Wahlhelfer notierten jeweils den Namen. Girolamo hasste diesen Teil. Er wünschte sich schon lange, dass die Auswertung geheim stattfand, doch er wusste auch, dass es besser so war, wie es war. So konnten die Kardinäle mit eigenen Augen verfolgen, dass alles mit rechten Dingen vor sich ging.

Der Zeremonienmeister verlas mit lauter Stimme das ersehnte Ergebnis: »*Eligo in Summum Pontificem*«, und fuhr dann mit einer kurzen und verheißungsvollen Pause, in der sich die Spannung ansammeln konnte, und fuhr dann fort: »*Cardinalem Cholet.*« Girolamo Masci d'Ascoli blickte zu seinem Kardinalskollegen hinüber, der einen gefassten Gesichtsausdruck aufgesetzt hatte. Doch niemand konnte Girolamo täuschen. Jede Stimme, die für die eigene Person galt, löste eine Lawine unendlicher Freude aus. Das hatte er selbst bemerkt, als er in den vorigen Wahlgängen Stimmen für sich hatte gewinnen können. Girolamo glaubte nicht wirklich an ein heutiges Ende der Papstwahl und hörte der Verlesung der Stimmen nur mit halbem Ohr zu.

Vielleicht sollte er die finanziellen Unterstützungen der Kardinäle noch einmal erhöhen, denn er war sich nicht sicher, ob er ihnen trauen konnte.

Zu oft hatte er in den letzten Monaten mit anhören müssen, wie die Stimmen ausgelesen wurden und dann doch kein Kandidat eine Zweidrittelmehrheit erreicht hatte. Wenn sie Pech hatten, würde das Volk sie den ganzen Winter über in dieser kleinen Kapelle lassen, bis sie schließlich einen Nachfolger bestimmt hatten, der die Christenheit führen sollte. Wenn Girolamo an den herrlichen Lateranpalast dachte, der die Papstresidenz darstellte, mit all seinen Vorzügen und Privilegien die er bot, verfluchte er alle Kardinäle, die einem schnellen Ende der Wahl im Wege standen. Der Name der gerade aufgerufen worden war, das wusste Girolamo, würde es sicher nicht auf den Stuhl des Papstes schaffen, denn Kardinal Cholet bekam in allen Wahlgängen nur eine einzige Stimme – seine eigene. Schmunzelnd zog Girolamo die Mundwinkel nach oben und amüsierte sich angesichts der Tatsache, dass der Kardinal genau wusste, dass es gerade seine eigene Stimme war, die aus der Urne gewandert war.

Nun ja, überlegte Girolamo, *dieser einfältige Kardinal würde schon bald feststellen, dass er wieder einmal keine Chance haben würde.* Der erste Wahlhelfer reichte den Stimmzettel an einen anderen Wahlhelfer weiter und dieser schrieb ebenfalls den Namen Cholets auf sein Pergament nieder. Girolamo wusste, dass die Wahl nur gültig war, wenn die Ergebnisse auf allen drei Wahlzetteln die gleichen waren und die Anzahl der Stimmzettel mit der Anzahl der Kardinäle übereinstimmte. Ansonsten musste erneut gewählt werden.

Als in diesem Moment die zweite Stimme aus der Urne gezogen wurde, hörte Girolamo die Glocken des Savellipalastes schlagen und wusste, dass es ein Uhr nachts war. So lange hatte ein Wahldurchgang noch nie angedauert. Vielleicht, doch Girolamo glaubte selbst nicht daran, hatten sie heute Glück und fanden einen würdigen Nachfolger für den entschlafenen Papst.

Der Zeremonienmeister entfaltete das zweite Blatt Pergament und las mit einer lauter Stimme vor, die sogar in die hintersten Ecken der Kapelle drang. »*Eligo in Summum Pontificem Cardinalem Girolamo Masci d'Ascoli.*« Girolamos Augen begannen zu leuchten. Er blickte sich verstohlen in der Kapelle um, um vielleicht an einem Gesichtsausdruck zu erkennen war, wer ihm diese Stimme gegeben haben könnte. Doch niemand rührte sich. Alle blickten den Zeremonienmeister an, welcher den

Zettel an den ersten Wahlhelfer weitergab. Girolamos Nerven begannen zu flattern. Er fühlte, wie bereits Siegesgefühle ihn durchfuhren, auch wenn er wusste, dass noch lange nicht alles entschieden war. Girolamo ließ nun seinen Blick in der kleinen Kapelle umherschweifen. Er hatte, wie ihm gerade einfiel, der Kapelle heute noch keinerlei Beachtung geschenkt, obwohl sie als eine der schönsten Kapellen in Rom galt. Die reich verzierte Decke war übersät von Deckengemälden und eingemeißelten Blumen und Blüten, die aufwendig bemalt worden waren. An den Wänden waren vier Altäre erbaut worden, welche mit goldenen Kelchen und Schalen übersät waren, in denen heilige Hostien und Wein lagerten, die die Kardinäle bei mangelnder Vertrautheit in den Allmächtigen, verzehren konnten.

Die Tür aus hartem Eichenholz war verriegelt. Die Tore zu ihrer Kapelle waren mit schweren Ketten verschlossen und wurden erst geöffnet, wenn sie einen Nachfolger bestimmt hatten. Girolamo hatte in den vergangenen Monaten oft zum Herrn gebetet. Er verlangte das Papstamt nicht, wie viele andere, um seiner selbst willen. Nein, Girolamo hatte Höheres im Sinn und musste etwas überprüfen, was möglicherweise alles in Frage stellte, an was er bisher geglaubt hatte. War den Schriften, die er 1274 gelesen hatte, wirklich zu trauen? War es möglich, dass alle Päpste der Römischen Kirche bisher die gesamte Christenheit belogen hatten? Nein, Girolamo konnte sich das nicht vorstellen. Unter anderem auch, weil Papst Honorius IV. ein derart ehrlicher Mann war, dass ihm nichts Dergleichen zuzutrauen war. Und doch hatte sein Orden darauf bestanden, dass Girolamo um jeden Preis das Heilige Amt einnahm, koste es, was es wolle.

So hatten die Dinge ihren Lauf genommen. Nun saßen sie hier; noch immer wählten sie und das schon seit fast einem Jahr. Girolamo blickte zu den Kardinälen, von denen er wusste, dass sie auf seiner Seite standen. Doch natürlich vermochte keiner von ihnen zu sagen, warum Girolamo unbedingt das Papstamt einnehmen musste.

Die nächste Stimme wurde aus der Urne gezogen und der Zeremonienmeister entfaltete langsam das Pergament. Mit seinen ruhigen, alten Augen blickte er auf das Blatt und verlas die nächste Stimme:

»*Eligo in Summum Pontificem Cardinalem Girolamo Masci d'Ascoli.*« Girolamo blickte auf. Schon die zweite Stimme für seine Person. Zwei Stimmen bei drei Pergamenten. Doch Girolamo war schon zu lange in dieser Kapelle eingeschlossen, um zu wissen, dass dies beinahe unbedeutend war.

Es warteten noch immer sieben Stimmen darauf, ausgezählt zu werden.

Kapitel 6

Bruder Martin konnte nicht schlafen. Er wälzte sich auf seiner Pritsche hin und her, legte die spärliche Decke neu aus und schüttelte sein Kissen wieder und wieder. Doch es half nichts. Er, das musste er sich mittlerweile eingestehen, wurde alt. Aber er schämte sich keineswegs für sein Alter. Wenn er auf seine bisherigen Lebensjahre zurückblickte, dann, so überlegte er, gab es nichts, was er hätte anders machen wollen. Er hatte ein erfülltes und glückliches Leben im Dienste Gottes geführt, auch wenn er noch andere Dinge hatte geschehen lassen, bevor er den Ruf vernommen hatte. Doch darüber wollte er nicht nachdenken. Er fühlte sich gut dabei, wenn er die letzten Jahre Revue passieren ließ. Die Stellung des Cellerars hatte er nun schon eine ganze Weile inne, und es erfüllte ihn mit Stolz, behaupten zu können, dass er einer der wenigen Menschen auf der Erde war, die Gottes größten Schatz bewachten. Auch wenn dieser Schatz in den letzten Monaten große Opfer gefordert hatte. Diese waren aber nötig gewesen, um ihn weiter sicher bewahren zu können. Er hatte alle verstorbenen Mönche, ganz besonders jene, die Arturs Mutter zum Opfer gefallen waren, in seine Gebete eingeschlossen und hoffte, wo immer sie jetzt waren, dass es ihnen gut gehen möge.

Bruder Martin hörte ein knurrendes Geräusch aus seiner Magengegend und beschloss die Küche aufzusuchen, um sein Hungergefühl zu befriedigen. Der gestrige Tag war anstrengend gewesen und der Wiederaufbau des Kircheninneren nahm die größte Zeit in Anspruch. Da die Kirche einem Brandstifter – Bruder Vanum – zum Opfer gefallen war, mussten sie ihre Zeit damit verbringen, das Gotteshaus wieder aufzubauen. Bruder Martin konnte allerdings nicht leugnen, dass ihm diese Arbeit Freude bereitete. Man konnte jeden Tag sehen, wie die Kirche wieder ihre alte Pracht zurückgewann.

Als er seine Zellentür aufschob, gab sein Magen ein erneutes Geräusch von sich und bestärkte Bruder Martin in seinem Entschluss, in die Küche zu gehen. Er schlich den langen Gang entlang und versuchte die Kerze in seiner Hand am Ausgehen zu hindern. Gott sei Dank war das Refektorium mit dem Dormitorium verbunden. So brauchte er sich nicht allein in die vollkommene Dunkelheit des Hofes zu begeben. Als er an der großen Eingangstür des Refektoriums angekommen war, drückte er die Klinke nach unten und verschaffte sich Zutritt zu ihrem Speisesaal. Er wanderte an der Wand entlang zu der Tür, die in die Küche führte.

Schon als er die Küche betrat wusste er, dass etwas nicht stimmte. Die Tür, welche in ihre unterirdischen Verliese führte und normalerweise fest verschlossen war, stand sperrangelweit offen, auch der Riegel war beiseitegeschoben. Dort unten wurden zwar nur Lebensmittel oder Dinge aufbewahrt, die man in der Bibliothek oder im Scriptorium benötigte, doch seit Kurzem lagerte dort auch noch etwas Unheilvolleres als Pergament und Brot. Dort unten wurde in einem Verlies Bruder Vanum in der Dunkelheit gefangen gehalten.

Bruder Martins Herz begann zu rasen. Warum stand die Tür noch immer offen? Hatte Bruder Custo, der für die Versorgung Bruder Vanums zuständig war, einfach vergessen, sie zu schließen? Doch so etwas war dem sorgfältigen Bruder eigentlich nicht zutrauen. Bruder Martin griff sich blitzschnell einen langen Stock, welcher in der Ecke stand und schritt auf das dunkle Loch zu, das in die unterirdische Tiefe führte. Jetzt erinnerte er sich nur zu gerne an sein Leben vor dem Mönchsein. Alte Gewohnheiten stiegen wieder in ihm auf und er presste sich hastig an eine Wand. Dann trat er schließlich durch die Tür. Sofort stieg der vertraute Geruch von modrigem Fels und Fäule in seine Nase und hinderte ihn beinahe am Denken. Die Fackel, welche üblicherweise in einer Halterung brannte, war verschwunden, was Bruder Martins Mut noch mehr dämpfte. Dennoch war er fest entschlossen, der unheimlichen Sache auf den Grund zu gehen. Sollte dies alles nur der Unbekümmertheit eines Mönches zuzurechnen sein? Bruder Martin hoffte, dass die Vermutung zutraf, würde aber bald eines Besseren belehrt werden. Als er die ersten feuchten und dunklen Stufen erreicht hatte, betete er schon fast, dass Bruder Custo mit der Fackel in der Hand aus einer Spalte springen würde, um sich über das verdutzte Gesicht seines Mitbruders lustig zu machen. Aber nichts dergleichen geschah.

Nach einigen endlos erscheinenden Momenten war Bruder Martin am Fuße der Treppe angekommen und spähte in den dunklen Gang vor sich. Niemand war zu sehen. Er scheute sich davor, Bruder Custos Namen auszurufen. Der Stock, den er umklammerte, drohte ihm zu entgleiten, da seine Hände vom Angstschweiß feucht waren.

Bruder Martin setzte einen Schritt vor den anderen, ohne viel Lärm zu verursachen, doch egal wie er sich anstrengte, der Kies unter seinen Füßen knirschte bedrohlich. Als er näher kam, versuchte er einen Blick in Bruder Vanums Zelle zu erhaschen, doch vergeblich. Er würde noch einen Schritt machen müssen. Als er an dem Raum vorbei kam, in dem nun die Utensilien des Scriptoriums lagerten, packte er den Stock noch fester. Jetzt wünschte er sich zum ersten Mal in seinem Mönchsleben, eine richtige Waffe bei sich zu tragen. Nicht um anzugreifen, sondern um sich vor dem Kommenden zu verteidigen. Als Bruder Martin schließlich nur noch fünf Fuß von Bruder Vanums Gefängnis entfernt war, stieß er einen unwillkürlichen Schrecklaut aus. Die Tür stand offen. Sie war offensichtlich nicht mit Gewalt geöffnet worden. Er befürchtete, dass das Klopfen seines Herzens alle im Kloster aufwecken könnte, so laut schien es ihm. Doch Bruder Martin war kein Feigling. Er betrat die kleine Zelle.

Was er dort sehen musste, gab seinem empfindlichen Magen den Rest. Etwa in der Mitte des Raumes lag eine noch glimmende Fackel auf dem Boden, die in eben jenem Moment erlosch und das Verlies noch finsterer zurück ließ, als es ohnehin schon war. Daneben lag Bruder Custo mit heraushängender Zunge, alle Gliedmaßen von sich gestreckt auf der feuchten Erde.

Er war tot.

Seine offenen Augen blickten an die dunkle Decke. Doch Bruder Martin hatte nicht einmal Zeit, eine angsterfüllten Schrei auszustoßen, denn im nächsten Augenblick sah er aus den Augenwinkeln eine schnelle Bewegung und etwas Hartes traf seinen Hinterkopf.

Noch bevor Bruder Martin neben Bruder Custo auf dem Boden aufschlug, war er bewusstlos.

Kapitel 7

Als Artur durch das dünne Glas spähte, sah er nichts als rabenschwarze Dunkelheit, welche mit etlichen Nebelschwaden durchzogen war. Es hatte etwas Beunruhigendes, die Nacht in diesem Zustand zu sehen und Artur war froh, sich in dem sicheren Dormitorium zu wissen. Er wollte sich gerade wieder auf seine strohgepolsterte Pritsche fallen lassen, als er plötzlich ein Geräusch auf dem unteren steinernen Innenhof vernahm. Er spähte erneut durch das Glas und versuchte herauszufinden, woher das Geräusch gekommen sein musste. Er konnte zwischen den Nebelschwaden nichts erkennen. Angestrengt kniff er die Augen zusammen und suchte mit ihnen den geisterhaft verlassenen Hof ab. Noch immer konnte er keine Bewegung oder etwas anderes ausmachen.

Als er schon wieder zurück zu seiner Pritsche gehen wollte und das Geräusch als eine Einbildung seinerseits abgetan hatte, fegte ein heftiger Windstoß eine graue Wolke beiseite und der Mond erleuchtete den Hof mit seinen silberneren Strahlen. Erst jetzt wurde eine sonderbare Gestalt sichtbar. Diese, welche gerade die kreuzförmigen Kirche erreicht hatte, hatte offenbar die Absicht, nicht erkannt zu werden, denn als das Mondlicht auf ihr Haupt fiel, duckte sie sich rasch und bewegte sich nicht mehr. Artur war diese Gestalt jedoch nicht entgangen. Irgendjemand schlich heute Nacht im Kloster umher, um irgendwelchen Aktivitäten nachzugehen. Die Aufregung Arturs stieg. Was sollte er tun? Die Mönche aufwecken? Als Artur seine Entscheidung getroffen hatte, war er sich im nächsten Moment nicht mehr sicher, das Richtige zu tun.

Er schlüpfte schnell in seine Mönchskutte, warf sich das hölzerne Kreuz um und öffnete seine Tür. Er glitt hinaus in den zugigen Gang und verschmolz mit der Dunkelheit zu einem großen Schatten. Ohne große Umschweife wandte er sich nach rechts und begann den langen Gang entlangzuschreiten. Noch immer hatte die Angst seinen Körper fest im Griff und Artur begann zu zittern. Das letzte Mal, als er eine vermummte Gestalt im Kloster gesehen hatte, war es für diese Gestalt tödlich ausgegangen, da sie sich freiwillig von der hohen Balustrade des Kirchturms gestürzt hatte.

Ja, Arturs Mutter war wahrhaftig eine wahnsinnige Frau gewesen. Doch nun war sie tot und es herrschte seit zwei Monaten Frieden im Kloster. Artur freute sich über diese positive Entwicklung der Dinge, doch irgendjemand schien heute Nacht etwas durchzuführen, was niemanden sonst etwas angehen sollte. Wer mochte dies sein? Artur konnte sich einfach keinen seiner Mönche vorstellen, der des Nachts allein im Kloster umherwanderte, zumal die Anordnungen Bruder Martins meistens mit respektiert wurden. Die Wachen, die der Cellerar vor Monaten postiert hatte, um den Eindringling des Klosters zu fassen, waren schon lange wieder abgezogen, da Arturs Mutter gefasst worden und Bruder Vanum, welcher schreckliche Dinge im Kloster geschehen lassen hatte, eingekerkert war. Ansonsten wusste hoffentlich niemand von dem geheimen Kloster, aus Furcht der Mönche, dass andere nicht verstehen könnten, was sie für ihren Schatz der Christenheit – die Liebe – opferten. Nicht einmal jemand aus der nächsten Stadt hatte eine Ahnung von der Existenz des Klosters St. Caritum. Ganz zu schweigen vom Lateranpalast, von Rom und von Seiner Heiligkeit.

Artur bog um eine Ecke und steuerte auf die Treppe zu, die auf den Innenhof führte. Die Mönche nannten das Kloster St. Caritum schon seit Jahrhunderten ihr Zuhause. Genauso lange wurde hier das Keuschheitsgelübte von dem jeweiligen Abt gebrochen, um ein Kind zu zeugen, welches die Liebe verkörpern sollte. Wurde hier im Kloster einmal der Name des Papstes ausgesprochen oder die Stadt Rom nur erwähnt, gerieten manche der Mönche noch immer fast in Panik, da es sicher war, dass weder der Papst noch die amtierenden Kardinäle begeistert wären zu erfahren, was die Äbte hier seit Jahrhunderten trieben. Dennoch wurde Seine Heiligkeit auf dem Kloster ebenso respektiert und geachtet wie der Herr selbst. Auch auf dem Kloster erhoffte man sich, nach nunmehr über einem Jahr, ein Ende des Konklave. Artur glaubte nicht daran, dass Rom jemals erfahren würde, was sich hier in der Bergkette abspielte.

Als Artur die entlegenen Treppenstufen hinablief, wurden seine Schritte hastiger und ungleichmäßiger. Er musste sich beeilen, um die Gestalt noch zu erwischen. Vielleicht war sie gerade in diesem Moment im Begriff, wieder unterzutauchen. Der Schlüssel, welcher im Schloss des Dormitoriums steckte, war schwer, doch Artur drehte ihn leise herum und die Tür gab ein befriedigendes Geräusch von sich. Artur schob die Tür einen Spalt breit auf und spähte hindurch. Die Gestalt war nicht mehr dort, wo Artur sie von seinem Fenster aus gesehen hatte. Sie war aber auch nicht gänzlich verschwunden, sondern kauerte einige Meter weiter vorne. Plötzlich erhob sie sich und schlich langsam auf die Treppenstufen zu, mit denen man auf die Schutzmauer gelangte. Die Mauer umschloss das gesamte Kloster und war, trotz der Geheimhaltung des Klosters, errichtet worden, um etwaige Feinde oder neugierige Beobachter abzuwehren und den Elementen der Natur zu trotzen. Der Grundriss Kirche war der eines lateinischen Kreuzes und die hintere Wand der Kirche war mit der Schutzmauer des Klosters verbunden. Fast alle Kirchen, die nach dem lateinischen Stil erbaut worden waren, hatten den simplen Grundriss eines Kreuzes.

Links von der Kirche waren einige sehr alte Gräber. Andere Überreste der verstorbenen Mönche ruhten weit unten in einem Verlies. Als nun die Gestalt die Treppenstufen erreicht hatte, begann sie, die Mauer zu erklimmen. Ganz oben angekommen, wandte sie den Kopf noch einmal zum Kloster St. Caritum herum. Als Artur das Gesicht der Gestalt nun endlich erkannte, war er sich sicher, dass sein Herz für einen kurzen Augenblick aufgehört hatte zu schlagen. Dort auf der Mauer stand niemand anderes als der verhasste Bruder Vanum, der offensichtlich aus seinem Verlies entkommen war.

Augenblicklich stürzte Artur nach draußen und begann so laut er konnte zu schreien: »HALT, BLEIBT SOFORT STEHEN! HILFE, ER BRICHT AUS! HILFE, SO HELFT MIR DOCH!« Als Bruder Vanum erkannt hatte, wer da aus dem Eingang herausgestürzt kam, schien er im ersten Moment verdutzt, ja verängstigt. Doch er setzte rasch wieder sein breites Grinsen auf, welches Artur so sehr an ihm hasste. Er verhöhnte er ihn mit einer letzten Handbewegung, bevor er von der Mauer auf die andere Seite sprang. Artur stieß einen wutentbrannten Schrei aus und rannte noch schneller. Er rief erneut um Hilfe und erreichte schließlich die Treppen, die auf die Mauern führten. Dort angekommen, sah er gerade noch, wie Bruder Vanum den Weg entlang hinein in den Nebel rannte.

Artur drehte sich verzweifelt herum, schrie dem Kloster noch einmal einen Hilferuf entgegen und sprang Bruder Vanum hinterher.

Kapitel 8

Bruder Vanum rannte wie er noch nie in seinem Leben gerannt war. Er hatte einen dumpfen Schlag in seinen Knien gespürt, als er von der hohen Mauer gesprungen war, hatte sich jedoch schnell wieder aufgerichtet und begonnen zu rennen. Wie es schien, konnte er so viele Schmerzen aushalten, dass es an etwas Göttlichem grenzte und seine Leistungsfähigkeit kannte keine Grenzen. Es gab keinen Zweifel, der Herr war mit ihm.

Bruder Vanum riss seinen Kopf herum, als er oben auf der Mauer einen erneuten Schrei gehört hatte. Der Junge war ihm gefolgt und schrie nun dort oben auf dem steinernen Wall um Hilfe. *Es würde Artur nichts nützen,* dachte er glückselig. Bis die Mönche aufgewacht und möglicherweise sein Verschwinden bemerkt hatten, war er schon längst auf dem Weg nach unten in das befreiende Tal. Wieder hörte er, wie der Junge etwas schrie, doch er achtete nicht mehr darauf. Der Kies unter seinen Füßen knirschte bei seinen schnellen Schritten noch lauter, doch bald würde er den steinernen Weg verlassen. Er riskierte noch einmal einen Blick hinter sich und sah, dass der Junge gesprungen war und ihn weiter verfolgte. Wie töricht von Artur. Als Bruder Vanum seinen Kopf wieder herumfahren ließ, begann er zu straucheln. Er stürzte. Er hörte gedämpft wie der Junge hinter ihm einen Lacher ausstieß. Am liebsten hätte er den Kampf mit diesem Bastard gesucht, doch er musste sich beherrschen. Es gab Dinge von höherer Priorität.

Bruder Vanum richtete sich geschickt auf und rannte weiter. Er warf noch einmal einen kurzen Blick nach hinten und sah nun mit leichtem Schrecken, dass einige kleine Lichtpunkte auf der Mauer erschienen waren. Fackeln! Die Mönche waren schneller aus ihren Betten gesprungen, als er gedacht hatte. Doch jetzt war es zu spät für sie, er war schon viel zu weit weg. Artur war der einzige, der ihn noch erreichen konnte. Als Bruder Vanum den gefährlichen Weg sah, der nach unten führte, rannte er schnell und geschickt durch einen dornigen Busch und riss sich seinen Umhang an den Knien auf. Ein Zweig schlug ihm ins Gesicht und verletzte seine linke Wange. Warmes Blut quoll hervor und lief ihm über das

Gesicht. Er wischte es mit seinem Ärmel ab und rannte weiter. So etwas würde ihn nicht schwächen, geschweige denn aufhalten. Doch jetzt musste er aufpassen. Ein falscher Schritt, eine falsche Bewegung und all seine bisherigen Bemühungen wären umsonst gewesen. Zwar waren hier einige Sträucher, Bäume und Felsen, an denen man sich festhalten konnte, doch wenn man stürzte, bedeutete das fast sicher den Tod. Der Abgrund, welcher sich neben ihm auftat, war erschreckend. Bruder Vanum vernahm hinter sich ein dumpfes Knacken und wusste, dass Artur durch die Dornen zu ihm durchbrach. Kurz darauf stieß der Junge einen Schmerzensschrei aus. Innerlich jauchzte Bruder Vanum über dieses Zeichen der Schwäche, doch er konnte jetzt seine unverhohlene Freude nicht kundtun. Er musste sich auf den beschwerlichen Weg konzentrieren. Vielleicht sollte er sich einfach in einer Felsspalte verstecken und auf den Jungen warten, damit er ihn in einem günstigen Moment in den Tod stürzen lassen konnte. Nein, sollte er diesen Moment verpassen und der Junge und die Mönche, die nun sicherlich auch schon auf dem Weg zu ihnen waren, würden ihn einschließen, dann würde er seinen Plan nie verwirklichen können. Sie würden ihn wieder für seine Taten, die notwendig gewesen waren, einsperren und dort unten verfaulen lassen. Bruder Vanum lebte nur nach den Geboten Gottes und so sollten auch die jeweiligen Äbte des Kloster leben - keusch und in Demut!

Ein weiterer Ast schlug ihm ins Gesicht. Nun erschwerte auch noch dichterer Nebel als auf dem Kiesweg seine Sicht. Er beschleunigte seine Schritte dennoch und hastete den steilen Pfad hinab, seiner Freiheit entgegen.

Als er schließlich fast das Tal erreicht hatte, riskierte er erneut einen Blick zurück. Er konnte seinen Verfolger zwar nicht mehr sehen, doch das Unterholz, durch welches sich Artur schlug, krachte unheilverkündend. Wenn er erst einmal im Tal angelangt war, konnte ihn nichts mehr aufhalten. Die letzte Biegung kam und er stürzte schließlich ein letztes Mal durch tiefhängendes Geäst, um dann schließlich auf dem Erdboden zu landen. Er wollte niederknien, seinem Herrn danken, dass er noch lebte, doch er wusste, dass er nur wenige Augenblicke Zeit haben würde. Er begann erneut zu rennen und suchte die großen Schatten der Bäume des nahenden Waldes. Würde er sie erreichen und das grelle Mondlicht hinter sich lassen, war er in Sicherheit.

Als Artur erneut ein Dornenzweig ins Gesicht schlug, bemerkte er erst, wie zerkratzt er im Gesicht aussehen musste. Doch dies war nun ohne jegliche Bedeutung. Jetzt zählte nur eines: Bruder Vanum durfte nicht entkommen. Zum einen, weil er ein elender Verräter und das düstere Verlies noch eine milde Strafe für seine Taten war und zum anderen, weil er mit großer Sicherheit der Menschheit von ihrem Kloster und was in ihm praktiziert wurde erzählen würde. Es durfte nicht geschehen, dass dieser Mönch die Freiheit erlangte. Artur hatte Angst vor den Taten, die Bruder Vanum durchführen würde, wenn seine Flucht gelingen würde. Doch es drängte sich ihm auch noch eine weitere Frage auf: Wie war der verräterische Mönch aus seiner Zelle entkommen? Bruder Martin hatte ihm beim Essen des Öfteren mit großem Stolz die Sicherheitsvorkehrungen erläutert, die getroffen worden waren, um Bruder Vanums Ausbruch unmöglich zu machen. Jetzt war Bruder Vanum in Freiheit und verhöhnte das Kloster allein schon mit seinem Dasein außerhalb seines Verlieses. Artur hatte gerade die letzte Biegung der scheinbar unbezwingbaren Bergkette hinter sich gelassen, als er auch schon das flacher werdende Land erkennen konnte.

Er stürmte den letzten steilen Weg des Berges nach unten und konnte fast nicht mehr abbremsen. Als er schließlich seine Augen am Fuße des Berges umherwandern ließ, bemerkte er schnell, dass es beinahe hoffnungslos war. Dann nahm er jedoch eine Bewegung am Waldrand wahr und begann, ohne zu überlegen, zu rennen. Tatsächlich erkannte Artur nach wenigen Metern den Mönch, der gerade im Begriff war, in die Dunkelheit des Waldes zu verschwinden. Artur rannte noch schneller und hörte, wie hinter ihm etwas gerufen wurde, doch er wandte den Kopf nicht um. Er wusste, dass die Mönche aus dem Kloster hinter ihm waren. Am Waldrand stürzte er nicht sofort in den dunklen Forst hinein. Dies, sagten ihm sein Instinkt, wäre zu gefährlich. Er fing an zu schreien:

»KOMMT SOFORT HERAUS! GLAUBT IHR, WIR FINDEN EUCH NICHT?« Aus seinem Mund drang ein fast wahnsinniges Lachen.

»OH DOCH, WIR WERDEN EUCH FINDEN! DAS VERSPRECHE ICH EUCH, SO WAHR ICH HIER STEHE! WIR WERDEN ALLES NACH EUCH ABSUCHEN UND NICHT EHER RUHEN, BIS WIR EUCH GEFUNDEN HABEN.« Als niemand aus dem Wald antwortete, stieg Arturs Wut ins Unermessliche. Er wollte gerade Bruder Vanum in den Wald hinterherstürzen, als sich Hände um seinen Bauch schlangen und ihn zurückhielten. Gleichzeitig stürmten drei Gestalten an ihm vorbei in den Wald und wurden fast sofort von der Dunkelheit verschluckt.

»Lasst mich los«, schrie Artur sofort, ohne zu sehen, wer ihn festhielt. »Nehmt Eure Hände von mir.« Dann drehte er sich um und blickte in das Gesicht Bruder Vetus', dem alten Mönch, den sie in der Stadt Patria aufgesammelt hatten und der seit einigen Monaten dem Kloster St. Caritum angehörte.

»Bleib ruhig«, sagte Bruder Vetus leise und hielt ihn fest am Arm gepackt. »Drei unserer Mitbrüder sind soeben in den Wald und verfolgen seine Spur. Bitte, bleib ruhig.« Die alte Stimme Bruder Vetus' hatte etwas Beruhigendes, aber sie war auch soweit erhoben, dass Artur merkte, dass sie keinen Widerspruch dulden würde. Artur warf einen letzten Blick in den dunklen Wald und wandte sich mit Bruder Vetus um.

Artur konnte nicht ahnen, dass diese Nacht noch eine unsagbar schreckliche Tat Bruder Vanums bereithielt.

Kapitel 9

Kardinal Girolamo Masci d'Ascoli konnte es nicht fassen. Bereits die dritte Stimme in Folge war aus der Wahlurne gezogen worden und hatte ihm gegolten. Konnte es wirklich so weit sein? War der große Augenblick nur noch ein paar Stimmen entfernt? Hatten sich die Mühen des Franziskanerordens letztendlich doch ausgezahlt? Waren die Bestechungsgelder nicht umsonst gewesen und würde Girolamo schließlich das Heiligste aller Ämter einnehmen? Girolamo hatte während der Bekanntgabe der Stimmen immer und immer wieder gebetet. Er wusste, dass er sich das Papstamt vielleicht unrechtmäßig, ja auf fragwürdige Weise beschafft haben würde, und doch hoffte er, dass der Herr sein Handeln verstand und billigte. Es war einfach notwendig und in der Not musste man auch die Prinzipien der Heiligen Wahl in Frage stellen. Um den Verdacht des Ordensgründers zu überprüfen und zu begreifen, würde er jedes erdenkliche Risiko eingehen. Nun musste er nur noch den Apostolischen Thron einnehmen, um sich zu diesen Behauptungen Zutritt zu verschaffen.

Als der Zeremonienmeister die nächste Stimme aus der Urne zog, beschleunigte sich Girolamos Puls. Würde diese Stimme wieder für ihn zählen? Er blickte in die Runde der Kardinäle. Hatten sie ihm ihre Stimme gegeben, weil sie ihn für einen würdigen Papst hielten oder weil sie ein schnelles Ende der Wahl erzielen wollten? Oder beides? Auf jeden Fall, da war er sich sicher, hatten seine gekauften Kardinäle ihm nun ihre Stimmen gegeben. Das hoffte er jedenfalls. Die nächste Stimme wurde entfaltet und wieder einmal hallte die laute Stimme des Zeremonienmeisters durch die Kapelle: »*Eligo in Summum Pontificem*«, wieder ließ er eine kleine Pause, warf einen lächelnden Blick in die Runde und fuhr dann fort, »*Cardinalem Girolamo Masci d'Ascoli.*« Ein Raunen ging durch die Kardinäle, als hätten sie nun, nach dem fünften Wahlpapier, erwartet, dass Girolamos Stimmen damit versiegt waren. Freude, unverhohlene Freude kam in Girolamo auf und erfüllte seinen ganzen Körper. Der Stimmzettel wurde an die Wahlhelfer weitergegeben, die seinen Namen notierten. Girolamo konnte es nicht fassen. Warum nahm die Wahl jetzt einen derart positiven Verlauf, wo doch ein Jahr lang nichts geschehen war und die Wahl sogar unterbrochen werden musste. Ein Weihrauchfass wurde von einem Kardinal in der Ecke geschwenkt und hüllte alles in weißen Rauch ein, welchen Girolamo bereitwillig mit seiner Nase einsog. Er fühlte, wie der Rauch ihm neue Kraft gab, diesen Wahlgang zu überstehen, egal, was kommen mochte.

Als er sich in seinem Stuhl aufrichtete, sah er, wie einige Augenpaare in der Kapelle auf ihn gerichtet waren. Sicherlich fragten sie sich, ob der nächste Papst womöglich in diesem Wahlgang auserkoren werden würde.

Bald würden sie Gewissheit haben.

Einige Augenblicke wurde Girolamo gänzlich von seiner Aufregung eingenommen. Ein anderer *Preferiti*, Kardinal Cholet, hatte ebenfalls zwei Stimmen gesammelt. Nun würde es sich zeigen. Stand der Herr auf seiner Seite und wollte ebenfalls Gewissheit in der Sache, die Girolamo als Erstes überprüfen wollte? Sollte er zum Heiligen Vater ernannt werden oder hatte er Girolamo nur als Spielzeug benutzt und würde seinen Rivalen zum Obersten Bischof von Rom aufsteigen lassen? Girolamo hatte mit der letzten Stimme soeben die vierte Stimme erreicht. Da eine Zweidrittelmehrheit erforderlich war, um als Papst anerkannt zu werden, war bei einer Teilnehmerzahl des Konklaves von zehn Kardinälen bestimmt worden, dass ein möglicher Pontifex sieben Stimmen benötigte. Mittlerweile war es zwei Uhr morgens und die Augen der Kardinäle waren innerhalb der letzten paar Stunden immer kleiner geworden. Viele sahen begierig zu ihren Schlafkammern hinüber, doch Girolamos Augen waren wach - wach und gespannt. Sein Gegenüber sah ihm trotzig in die Augen, als wollte er sagen: *Du wirst dein Leben lang ein erbärmlicher Kardinal bleiben.*

In Girolamos Augen wurde ein Feuer entfacht, ein Feuer seiner Entschlossenheit. Als die nächste Stimme aus der Urne gezogen wurde, nahm Girolamos Schwitzen unter der Kutte noch zu. Er wusste zwar, dass sein Konkurrent in diesem Wahlgang keine Chance mehr hatte Papst zu werden, es war ihm auch klar, dass es nur noch wenige Stimmen auszuwählen gab, und wenn diese an einen anderen Kardinal gingen, würde erneut gewählt werden müssen. Die einzige Chance seines Konkurrenten war, das Ende des Konklaves hinauszuzögern. Die letzten Stimmen waren nun entscheidend. Vier Stimmen waren noch in der Wahlurne und es stand vier zu zwei. Noch hatte Girolamo eine Chance. Er versuchte nicht im Entferntesten seine Freude über seine Führung zu zeigen. Er nahm einen nüchternen Gesichtsausdruck an und blickte ernst in die Runde. Würde er an ein oder zwei Stimmen scheitern und würde es einen erneuten Wahlgang geben, könnte er sich das niemals verzeihen. Seine vier Stimmen gaben Girolamo allen Grund zur Freude, denn auch, wenn zu einem erneuten Wahlgang aufgerufen würde, konnte sich Girolamo sicher sein, dass er gute Aussicht auf Erfolg haben würde. Die nächste Stimme wurde gewertet. Sein Herz raste, als der Zeremonienmeister den Namen seines Rivalen aussprach. Nun stand es vier zu drei und es waren noch genau drei Stimmen übrig. Girolamo wäre fast in Tränen ausgebrochen, als die nächsten zwei Stimmen ihm galten und schließlich das bittere Ergebnis von sechs zu drei vor seinem inneren Auge erschien.

Es war noch genau eine Stimme in der Urne. Sollte diese Stimme seinen Namen tragen, dann war er mit sofortiger Wirkung das Oberhaupt der mächtigsten Kirche. Vielleicht, so schoss es Girolamo durch den Kopf, ja vielleicht war keiner ihrer beiden Namen auf dem letzten Zettel, sondern ein völlig anderer. Nun schaute niemand mehr verstohlen zu den Schlafplätzen hinüber. Alle Augen in der Kapelle waren auf Girolamo Masci d'Ascoli gerichtet.

Der Zeremonienmeister schluckte. Noch nie waren sie einem Ende der Wahl so nahe gewesen. Die ganze Welt wartete seit über einem Jahr auf ein Ergebnis, weil sie der Menschheit bisher keinen Papst liefern konnten.

Heute Nacht würde es vielleicht geschehen und der neue Papst konnte ausgerufen werden. Der Zeremonienmeister blickte ernst in die Runde und sah, dass den Kardinälen nun ebenso wie ihm, die Anspannung im Gesicht anzumerken war. Gleich war es soweit und sie würden wissen, ob der nächste Papst Girolamo Masci d'Ascoli war. Er blickte hinüber zu dessen Rivalen und bewunderte ihn für seine unglaubliche Ruhe, die er auszustrahlen schien. Er stand kurz davor war, ein Amt einzunehmen, welches als das am geheimnisumwittertste in der Geschichte der Menschheit galt und Macht mit sich brachte, die für einen Einzelnen fast zu groß war. Dann beugte sich der Zeremonienmeister über die Urne und blickte hinein. Eine letzte klägliche Stimme, verborgen in einem Pergamentfetzen, lag darin.

Erschreckt stellte der Zeremonienmeister fest, dass er zitterte. Er ballte seine Hand zu einer Faust, als er seine Hand in die Urne streckte. Er holte die letzte Stimme des Wahlganges aus der Urne und zog sie langsam an seine Brust. Als er das Pergament entfaltete, konnte man die Spannung in der Kapelle beinahe greifen. Kein Geräusch der Gewänder oder des Pergaments war zu hören. Man konnte fast das Stöhnen und Ächzen des alten Savellipalastes wahrnehmen. Der Palast stöhnte nach einem neuen Papst, der seit über einem Jahr vergeblich gesucht wurde.

Niemand der anwesenden Kardinäle konnte wissen, dass die heutige Nacht in die Geschichte eingehen sollte.

Kapitel 10

Als Artur am nächsten Morgen erwachte, brummte ihm der Kopf. Etwas war geschehen. Nur wollte ihm nicht gleich wieder einfallen, warum er ein derart schlechtes Gefühl hatte. Dann kamen die Eindrücke zurück, wie eine Lawine unheilvoller Gedanken. Bruder Vanums Ausbruch!

Nachdem Bruder Vetus ihn am Waldrand beruhigt hatte, waren sie gemeinsam zurück zum Kloster gegangen. Der Aufstieg war noch schwerer als sonst gewesen, denn jetzt lastete auch noch der Ausbruch eines Mönches auf Artur. Doch vielleicht waren seine Bemühungen nicht umsonst gewesen. Möglicherweise war es den drei Mönchen gelungen, Bruder Vanum wieder einzufangen. Vielleicht saß er schon jetzt wieder in seinem Verlies. Wäre er nicht gewesen, so wäre Bruder Vanums Ausbruch vielleicht sogar unentdeckt geblieben und niemand hätte ihn verfolgen können.

Ja, das Kloster verdankte Artur eine Menge. Ohne ihn und Cito, der eine wesentliche Rolle gespielt hatte, als sie einen geheimen Eingang in das Kloster fanden, wäre seine Mutter immer noch unter ihnen und würde Böses verbreiten. Das Kloster hatte nun ein noch größeres Problem. Bruder Vanum war ausgebrochen und würde sicherlich nicht eher ruhen, bis er das Kloster verraten hatte, als Rache dafür, dass man ihn eingekerkert hatte.

Jetzt war er frei und auf der Flucht vor der Gerechtigkeit.

Artur fluchte leise vor sich hin und schwang seine Beine von seiner Pritsche. Er hatte in dieser Nacht nicht viel Schlaf gefunden und doch fühlte er sich so weit ausgeruht, um die neusten Nachrichten über Bruder Vanum entgegennehmen zu können. Er kleidete sich rasch an und verließ in aller Frühe seine Zelle.

Bruder Martin stöhnte leise auf, als er die Augen aufschlug. Verschwommene Gestalten erschienen vor seinen Augen und begutachteten ihn mit prüfenden Blicken. Sie beugten sich näher zu ihm herab, als wollten sie sicher gehen, dass er noch atmete.

»Wo bin ich?«, brachte Bruder Martin mühsam über die Lippen.

»In Eurer Zelle«, antwortete ein kleiner Mönch freundlich und nickte ihm zu. Offenbar erleichtert, dass Bruder Martin wieder zu sich gekommen war, trat nun ein schwaches Lächeln in ihre Gesichter. Bruder Martin konnte sich noch immer nicht entsinnen, warum um alles in der Welt er mitten in einer Menschentraube aufgewacht und nicht wie sonst allein in seiner Zelle war.

»Wie geht es Euch?«, fragte ihn der kleine Mönch.

»Mein Kopf fühlt sich an, als hätte jemand mit einem großen Stein darauf eingedroschen.« Bruder Martin wollte sich erheben und aufrichten, als er erneut einen kleinen Schmerzensschrei ausstieß. Sein Kopf wollte offenbar nicht zulassen, dass er sich jetzt schon von seiner Pritsche schwang.

»Nein, Bruder Martin«, sagte der kleine Mönch bestimmt.

»Bleibt noch liegen. Es eilt nicht. Wir haben alles unter Kontrolle.« Jetzt erst waren die Eindrücke und Erinnerungen der letzten Nacht wieder da. Der unheimliche dunkle Gang, das Verlies, Bruder Custo, das Geräusch. »Was ist mit Bruder Custo geschehen?«, fragte Bruder Martin, nicht sicher ob er die Antwort hören wollte. Die Mönche tauschten betretene Blicke aus und noch bevor der kleine Mönch sprach, wusste Bruder Martin, was er sagen wollte.

»Bruder Custo … ist tot.« Stille breitete sich aus. Diese Stille schien in Bruder Martin einzudringen und ihn von innen heraus zu Fall zu bringen. Er schloss für einen kurzen Moment die Augen, als wollte er flehen, dass der Mönch gelogen hatte. Dann schlug er sie wieder auf und sah die traurigen Gesichter der Brüder. Mit Bruder Custo hatte ihn eine enge Freundschaft verbunden. Er war fast schon so lange in diesem Kloster wie Bruder Martin selbst und war Bruder Martin immer wie ein jüngerer Bruder vorgekommen, den es zu beschützen galt. Auch wenn Bruder Custo nicht im Hohen Rat war, der dem Abt mit Rat zur Seite stand, hatte Bruder Martin ihn immer gemocht. Tränen traten ihm in die Augen und rollten die alte Wange hinunter.

»Haben … wurde er schon bestattet?«, fragte Bruder Martin mit erstickter Stimme.

»Nein«, sagte der kleine Mönch gefasst und fügte schnell hinzu, »es ist erst eine Nacht her, dass Bruder Vanum geflohen ist und Bruder Custo sowie auch Euch haben wir erst heute in den frühen Morgenstunden gefunden.«

Bruder Martin schluckte. Zu allem Übel kam jetzt auch noch hinzu, dass Bruder Vanums Flucht eine noch nie da gewesene Gefahr für das Kloster heraufbeschworen hatte. Sollte jemand von ihrer Existenz erfahren, wusste Bruder Martin nicht, ob sie noch länger in diesem Kloster bleiben konnten. Er zwang sich ruhig zu atmen und richtete sich dann langsam auf. Er konnte jetzt nicht untätig auf seiner Pritsche verweilen während das ganze Kloster in Aufruhr war und versuchte die Situation zu meistern. Die Mönche wollten ihn schon wieder zurück auf das Bett drängen, als ein Blick von Bruder Martin sie zurückweichen ließ.

»Ich weiß es wirklich zu schätzen, dass Ihr Euch um mich gekümmert habt, aber jetzt muss ich darauf bestehen, zu erfahren, was genau im Kloster vor sich geht, damit ich meine Funktion als Cellerar wieder einnehmen kann.«

Die Mönche wechselten kurz einen Blick und schritten dann ehrfurchtsvoll aus der Zelle.

Artur wanderte den langen Gang hinunter und versuchte währenddessen nicht auf das mulmige Gefühl in seinem Magen zu achten. Es wurde mit jedem Schritt, den er tat, stärker und Artur wusste, dass es nichts Gutes zu verheißen hatte. Auf sein Gefühl war meist Verlass. Er sah noch niemanden auf dem steinernen Hof. Die Mönche mussten gerade beim allmorgendlichen Gebet in der Kirche sein. Doch angesichts der Ereignisse der letzten Nacht, bezweifelte Artur dies.

Er bog um eine Ecke, schritt eine Treppe hinunter und befand sich in einem Gang unter seiner Zelle. Vor ihm ragte die große Tür des Refektoriums auf. Er öffnete die Tür und fand, fast als hätte er es erwartet, aufgeregte Mönche vor. Niemand saß auf seinem Platz. Alle waren im Raum verstreut und redeten durcheinander.

Das Refektorium war immer der erste Raum, welcher aufgesucht wurde, wenn etwas Schreckliches geschehen war oder es etwas Neues gab, was jeder erfahren musste. Als Artur eintrat, wurde es für kurze Zeit still, doch dann fingen alle Mönche wieder an, hitzig zu diskutieren und sich zu unterhalten. Artur ließ sich nicht beeindrucken. Er durchschritt den Raum und setzte sich an der Stirnseite des Tisches auf seinen thronartigen Stuhl. Dann faltete er die Hände und blickte gespannt in die Runde. Niemand merkte offenbar, welchen Lärm sie zu veranstalteten schienen. Artur überlegte, ob er einen Schrei von sich geben sollte, um die Mönche zur Ruhe zu bringen. Doch das war nicht mehr nötig. Die Tür sprang erneut auf und Bruder Martin trat ein, gefolgt von sechs oder sieben weiteren Mönchen. Als er das Refektorium betreten hatte, wagte niemand mehr auch nur einen Laut von sich zu geben. Alle wussten, dass Bruder Martin zwar ein liebenswürdiger aber auch ein willensstarker Mönch war, den man in gewissen Momenten unter keinen Umständen reizen durfte. Ein solcher Umstand war mit dem Tod Bruder Custos eingetreten.

Als er neben Artur Platz nahm, setzten sich auch die übrigen Mönche an die lange Tafel. Niemand sagte auch nur noch ein Wort. Bruder Martin wartete geduldig ab, bis sich alle gesetzt hatten. Dann erhob er sich von seinem knarrenden Stuhl.

»Ich grüße Euch«, sagte er mit belegter Stimme und nicht mit der sonstigen Leichtigkeit. »Letzte Nacht ist in unserem Kloster etwas geschehen, was ich nicht für möglich gehalten hätte.« Er legte erneut eine Pause ein und blickte am Tisch auf und ab. »Bruder Vanum, welcher seit ungefähr zwei Monaten unser Gefangener war, ist gestern Nacht geflohen und hat dabei unseren allseits geschätzten Bruder Custo ermordet.« Da niemand am Tisch reagierte, vermutete Artur, dass alle schon von diesem Verlust gehört hatten. Bruder Martins Stimme begann leicht zu zittern. Er fasste sich aber fast im gleichen Moment wieder und fuhr fort:

»Ich denke, ich spreche für alle hier Anwesenden, wenn ich sage, dass wir einen großen Verlust erlitten haben. Bruder Custo war einer der Mönche, die gewissenhaft und gründlich ihrer Arbeit nachgingen und dabei niemals die Freude am Leben verloren. Daher ist es, denke ich, angebracht, kurz für ihn zu schweigen und ein Gebet zu sprechen.« Vollkommene Stille verbreitete sich nun am Tisch.

Nach einigen Augenblicken, in denen Artur still für den toten Mönch gebetet hatte, erhob Bruder Martin seine Stimme erneut.

»Ich bin sicher, Bruder Custo wäre einverstanden gewesen, wenn ich sage, dass sein Leichnam ohne eine Trauerfeier beerdigt wird, aufgrund der Tatsache, dass sein Mörder gefunden werden muss.« In diesem Augenblick nahmen die Gesichtszüge der Mönche härtere Konturen an und ihre Augen blitzten bedrohlich. »Ja, wir müssen nun unsere ganze Kraft darauf verwenden, Bruder Vanum zu stellen und ihn aufzuhalten solange es nur möglich ist. Ich glaube, dass Bruder Vanum den schnellsten Weg nach Rom wagen und dort den Lateranpalast von unserem Kloster unterrichten wird. Ich bin mir sicher, dass ich niemanden daran erinnern muss, dass, sollte er den Palast erreichen, dies unser aller Ende wäre.« Artur konnte sehen, wie einige der Mönche schluckten und Bruder Martin entgeistert anstarrten.

»Letzte Nacht ist Bruder Vanum aus seinem Verlies geflohen und wäre fast, ohne Aufmerksamkeit zu erregen, entkommen, hätte Artur ihn nicht bemerkt. Bruder Martin nickte Artur dankend. »Nun, wie man mir mitgeteilt hat, stürmte Bruder Vanum letzte Nacht in den Wald, gefolgt von drei unserer Brüder. Ich bin zuversichtlich, aber nicht sicher, dass sie Bruder Vanum einfangen werden, noch bevor er die Stadt Patria erreicht haben wird. Auch sie sollten wir in unsere Gebete einschließen.«

Artur konnte spüren, wie sich eine allgemeine Erleichterung am Tisch breit machte, welche dem Umstand der Verfolgung zu verdanken war. Doch wie Bruder Martin sagte, war es nicht sicher, dass Bruder Vanum aufgehalten werden konnte. Vielleicht hatte Bruder Vanum einen völlig anderen Weg als zur Stadt Patria eingeschlagen. Sollte Bruder Martin jedoch Recht behalten und Bruder Vanum würde nach Rom wollen, so führte ihn sein Weg unweigerlich zur Stadt Patria. Außerdem musste Bruder Vanum sich ein Transportmittel beschaffen, da der Weg nach Rom eine lange Reise beanspruchte. Bruder Martin sagte schließlich: »Ich bitte Euch jedoch alle, mit der Arbeit wie gewohnt fortzufahren, solange wir nicht weitere Gründe zur Besorgnis haben.«

Mit einer Handbewegung löste er die Trauertafel auf.

Kapitel 11

Bruder Solus‘ Pferd verfiel in einen leichten Trab, als er leise mit der Zunge schnalzte.

Mit seinen kastanienbraunen Augen blickte Bruder Solus in den tiefen Wald hinein. Die Dunkelheit wurde gerade von der Sonne besiegt und der allmorgendliche silberne Nebel lichtete sich. Seine zwei Mitbrüder aus dem Kloster St. Caritum ritten rechts und links neben ihm und hielten ebenfalls Ausschau nach einem verräterischen Zeichen, welches Bruder Vanums Aufenthaltsort möglicherweise aufzeigen könnte. Schon seit Mitternacht folgten sie seiner Spur und waren einmal fast kurz davor gewesen, ihn zu stellen. Sie hatten gegenüber Bruder Vanum einen unschlagbaren Vorteil: Sie ritten zu Pferde und Bruder Vanum konnte sich nur auf seinen Beine verlassen. Als sie nämlich gestern Nacht in den Wald gestürmt waren um Bruder Vanum um jeden Preis einzufangen, waren sie so schnell wie möglich zu einem versteckten Stall gerannt. Dort hatten sie die Pferde gesattelt und waren Bruder Vanum hinterhergestürmt. Bruder Martin hatte ihnen schon vor mehr als einem Monat aufgetragen, dass, sollte Bruder Vanum einmal fliehen, sie genau jenes, was sie gestern Nacht getan hatten, zu tun hatten. So ritten sie, so leise die Pferde es zuließen, durch den heller werdenden Wald und versuchten, Bruder Vanum im Unterholz auszumachen. Sie vermuteten, dass er diese Richtung einschlagen würde. Außerdem hatte Bruder Martin den Verdacht geäußert, Bruder Vanum wolle sich womöglich nach Rom durchschlagen. Allein dieser Gedanke ließ Bruder Solus einen Schauer über den Rücken laufen. Was, wenn Bruder Vanum tatsächlich den zukünftigen Papst, denn das Konklave dauerte ja noch an, über ihr Kloster informieren würde? Das gesamte Lebenswerk von fast 50 Mönchen würde dabei zugrunde gehen und was noch wichtiger war: Der Schatz, welcher über die Jahrhunderte aufbewahrt worden war, würde verloren gehen. Er spürte plötzlich eine große Trauer. Doch die Zuversicht ließ nicht lange auf sich warten, denn er wusste, dass sie noch eine Chance hatten, Bruder Vanum einzufangen. Selbst wenn dieser bis zur Stadt Patria vordringen würde und sich womöglich dort schon an den König oder die Wache gerichtet hatte, würde dort keiner einem zerlumpten und abgemagerten Mönch Glauben schenken. Nein, sie würden ihn vermutlich sogar für verrückt erklären und ihn in die Tiefe des patrianischen Kerkers verbannen. Dort würde er entweder für den Rest seines erbärmlichen Lebens bleiben und nicht einmal daran denken, nach Rom zu kommen oder sie würden ihn befreien können, unter dem Vorwand, dass dies ein vom Teufel besessener Bruder ihres Ordens war, der aus ihrem frommen Kloster ausgebrochen war. Doch Bruder Solus gab die Hoffnung nicht auf, dass sie Bruder Vanum vielleicht sogar noch vor der Stadt Patria zu fassen bekamen. Wenn sie Glück hatten, würde Bruder Vanum mit der Zeit leichtsinnig werden und der offenen Straße nicht widerstehen können, da ihn von dort aus vielleicht eine Kutsche in die Stadt mitnehmen konnte.

Bruder Solus‘ Blick streifte erneut durch den Wald und lauschte gespannt. Bruder Martin hatte ihnen oftmals eingeflößt, dass es nichts Wichtigeres für ihr Kloster gab, als die Rückkehr Bruder Vanums, sollte es ihm je gelingen zu fliehen. Bruder Solus hatte dies immer für unmöglich gehalten und war umso verwunderter gewesen, als gestern Nacht Bruder Magnus, der jetzt neben ihm ritt, in seine Zelle gestürmt gekommen war, um ihn zu wecken.

Die Zellentür war hart aufgestoßen worden und eine Gestalt war Hals über Kopf und atemlos hereingerannt, unfähig, im ersten Moment zu sagen, was vorgefallen war. Irgendjemand hatte sich auf dem steinernen Innenhof die Seele aus dem Leib geschrien und vereinzelt hatte Bruder Solus Fackeln in kurzen Abständen an seiner Zimmertür vorbeiziehen gesehen. Als er sich langsam aufgerichtet und den Schlaf aus den Augen gerieben hatte, konnte er erst wahrnehmen, wer über ihm gestanden und ebenfalls eine Fackel in der Hand gehalten hatte.

»Wir müssen gehen!«, hatte Bruder Magnus aufgebracht geschrien und an Bruder Solus‘ Hand gezerrt. *»Schnell, beeilt Euch. Es ist so weit.«* Bruder Solus hatte nichts verstanden. Was war vorsichgegangen? Er hatte gerade etwas erwidern wollen, doch Bruder Magnus hatte ihn mit einem heftigen Ruck auf die Beine gezerrt. Er hatte fragen wollen, was Bruder

Magnus eigentlich einfiele, doch dann hatte auch er die Stimme unten auf dem Hof deutlich gehört:

»HELFT MIR! ER BRICHT AUS! SCHNELL!«. Da hatte Bruder Solus begriffen, hatte sich vollends aufgerichtet und war mit Bruder Magnus aus der Zelle gestürmt.

Dies war vor Stunden geschehen. Bruder Solus kam es vor, als ob es schon vor Tagen passiert wäre. Doch nun ritten sie. So lange war Bruder Solus noch nie auf einem Pferd unterwegs gewesen. Er wusste, dass sie keine Pause einlegen durften, so grausam dieser Befehl Bruder Martins auch war. Bruder Solus wusste, dass er Recht hatte. Doch wie sollten sie den langen und beschwerlichen Ritt nach Patria an einem Stück schaffen? Bruder Solus atmete langsam aus und beschloss, sich jetzt darüber noch keine Gedanken zu machen. Sollten sie vor Bruder Vanum in der Stadt sein, so hatten sie die Chance, versteckt am Tor zu warten, den Wachen eine gut erzählte Lüge aufzutischen und Bruder Vanum bei seiner Ankunft in Ketten legen zu lassen. Dann konnten sie ihn in aller Ruhe zurück zum Kloster schaffen. Ja, so würde es geschehen. Jetzt mussten sie nur hoffen, dass Bruder Vanum auch den Weg zur Stadt Patria einschlagen würde.

Diese Gewissheit würden sie im nächsten Moment erhalten, denn ein unheilverkündendes Knacken im Unterholz bestätigte ihre Vermutung.

Kapitel 12

Die Hände des Zeremonienmeisters waren so feucht, dass er befürchtete, das Pergament könnte in seinen nassen Händen Schaden nehmen. Er beschloss, dass das Pergament sein Geheimnis preisgeben musste. Der Meister blickte langsam auf das Pergament hinab. Als er den dort geschriebenen Namen las, schluckte er.

Er konnte nicht verhindern, dass seine Stimme zitterte. Mit stotternden Worten brachte er den einen Satz hervor, welchen er in den letzten Stunden so oft gesprochen hatte: »*Eligo in Summum Pontificem*«, er brach kurz ab, fuhr dann aber mit der gleichen zittrigen Stimme fort: *»Cardinalem Girolamo Masci d'Ascoli.«*

Das einjährige Konklave des Jahres 1288 war zu Ende.

Am nächsten Morgen erwachte Girolamo Masci d'Ascoli als ein neuer Mensch. Sein Himmelbett im Lateranpalast war warm und erfüllte nicht nur seinen Körper mit Wärme. Ein Feuer prasselte in einem Kamin aus Marmor und erhellte den großen und freundlich eingerichteten Raum. Die vergoldeten Türen erinnerten noch immer an das lang andauernde Konklave, doch jetzt war das Leiden ausgestanden, denn Girolamo war letzte Nacht zum neuen Papst gewählt worden. Ja, er hatte es geschafft. Unmittelbar nach dem Sieg, der ihn zum Pontifex erhoben hatte, schrieb er einen Brief an den Ordensgeneral der Franziskaner, in dem er schilderte, was in den letzten Stunden in der Heiligen Kapelle vorsichgegangen war. Während er geschrieben hatte, kamen noch einmal die Bilder der vergangenen Nacht zurück. Der Kardinalsdekan hatte ihn sofort nach der Wahl gefragt:

»Acceptasne electionem de te canonice factam in Summum Pontificem?«[6] Natürlich hatte Girolamo das Papstamt sofort angenommen. Dann hatte der Diener Gottes weiter gefragt:

---

[6] Nimmst Du Deine kanonische Wahl zum Papst an?

»Quo nomine vis vocari?«[7] Girolamo hatte nicht lange überlegen müssen, denn er hatte sich zuvor schon über seinen Papstnamen Gedanken gemacht. Er genoss den Augenblick, in dem die Spannung in der Kapelle weiter zunahm und sagte dann laut: »*Nikolaus IV.*« Die Kardinäle hatten sich vor ihm verbeugt und er hatte danach auf dem Papstthron Platz genommen. Die Kardinäle hatten ihm ihre Unterstützung versichert und ihm gehuldigt. Dann hatte er die Tiara, die dreifache Papstkrone, von dem Zeremonienmeister überreicht bekommen und war mit heiligem Öl gesalbt worden. Die Tiara hatte eine drei Bedeutungen: Der Träger, also der Papst, sollte Heiligen, Lenken und Lehren. Doch die eigentliche Vorzeigeinsigne war der Hirtenstab und wurde vom Papst bei fast allen Anlässen getragen. Er hatte das Pallium und die liturgischen Gewänder angelegt bekommen und gefühlt, wie seine Macht mit jeder weiteren Insigne stieg.

Er war, nachdem die Kapelle geöffnet worden war, mit einer Kutsche in den Lateranpalast gefahren worden. Dort hatte er sich dann ins päpstlichen Amtszimmer eingeschlossen. Er hatte zu Feder und Papier gegriffen und sein Schreiben mit wohlgewählten Worten eingeleitet. Sein Brief war nicht lang. Der neue Papst schrieb nur das Nötigste, falls der Brief in die falschen Hände fiel, würde niemand damit etwas anfangen können:

Verehrter Bruder und Freund,

das Konklave ist vorüber! Es ist geschafft! Das Kardinalskollegium hat uns zum neuen Heiligen Vater gekrönt. Nach unseren vielen und unermüdlichen Bemühungen ist es uns eine Ehre, Euch mitzuteilen, dass wir nun bereit sind, zu überprüfen, was unser allseits geschätzter Ordensgründer uns zu hinterlassen gedacht hat. Wir wären daher erfreut, Euch sobald als möglich in den Heiligen Hallen des Lateranpalastes willkommen heißen zu dürfen. Falls Ihr an der Loyalität des Boten zweifelt, dann wisst Ihr, wie Ihr ihm seinen Dienst zu vergelten habt.

In der Hoffnung, Euch bald zu sehen.

Papst Nikolaus IV.

---

[7] Mit welchem Namen willst du gerufen werden?

Als Girolamo mit diesem Namen, mit seinem neuen Titel, den Brief unterzeichnete, fühlte er erneut eine Welle der Macht in sich aufsteigen. Er griff zu einer Kerze, die auf dem Tisch brannte, nahm rotes Wachs zur Hand und träufelte ein bisschen davon auf den zusammengerollten Brief. Dann drückte er sein Wappen in das noch warme Wachs und hinterließ das einflussreiche, päpstliche Zeichen darin. Das würde seine erste Handlung als neuer Papst sein. Auf den Pergamentumschlag schrieb Girolamo noch in seiner schönsten Schrift die Worte: *Supremus moderator*[8], Carlo Discu da Viterbo.

Zwar wusste Girolamo, dass die päpstlichen Boten die zuverlässigsten in ganz Rom waren, aber er musste Vorkehrungen treffen, falls man den Boten beseitigte oder die Botschaft abfing. Als er den Raum verließ, wandte er sich noch einmal in seinem flatternden Gewand um und blickte in den Raum. Hier würde er für den Rest seines Lebens wichtige Entscheidungen treffen. Für ihn, für seinen Orden und für die gesamte Christenheit. Er ließ die Tür ins Schloss fallen und sah, als er sich umdrehte, mit einer tiefen inneren Befriedigung, dass der Bote, den er verlangt hatte, schon erwartungsvoll vor der Tür wartete. Ab jetzt würde man ihm jeden Wunsch von den Lippen ablesen und es würde nichts, rein gar nichts mehr geben, was er vermissen sollte.

»Ihr habt nach mir gerufen, Heiliger Vater?«, sagte der junge muskulöse Mann mit schüchterner Stimme.

»In der Tat«, antwortete Papst Nikolaus IV. mit mehr Autorität in der Stimme als er beabsichtigt hatte. Der Bote zuckte kaum merklich zusammen. Er wusste genau, dass der Papst ihn mit einem Fingerwink zum Tode verurteilen konnte. Der Papst ließ ein beruhigendes Lächeln über sein Gesicht gleiten und sagte dann mit fast väterlicher Stimme:

»Wir haben eine wichtige Nachricht, die für den Ordensgeneral des Franziskanerordens bestimmt ist.« Er hielt inne und eine dramatische Pause entstand. »Wir wissen, die Nachricht scheint es der Mühe nicht wert, dass man einen derartigen Weg auf sich nimmt, noch dazu bei diesem Wetter, aber …«

---

[8] Bezeichnung eines Ordensgenerals

»Ich werde so schnell eilen, wie es mir möglich ist, Heiliger Vater.« Der Papst lächelte.

»Da sind wir uns sicher, mein Sohn. Aber wir müssen dich dennoch warnen. Diese Nachricht muss unbedingt in die richtigen Hände – in die, des Ordensgenerals – und nur in diese Hände. Es wäre nicht vorstellbar, was geschehen würde, wenn Zweifler, Ketzer oder Ungläubige das Dokument zu lesen bekommen würden.« Auf dem Gesicht des Boten zeichnete sich augenblicklich eine Anspannungen ab und seine Augen weiteten sich. Natürlich war Girolamo bewusst, dass das Dokument für alle wertlos war, die nicht wussten, wovon er sprach. Und doch hielt er es für das Beste, dem Boten ein wenig mehr zu sagen, als er es normalerweise getan hätte.

»Ich verstehe«, sagte der Bote knapp und verbeugte sich tief. Dann übernahm er das Dokument, so vorsichtig, als sei es aus Glas und könnte jeden Moment zerspringen. »Ich werde Euch nicht enttäuschen, Heiliger Vater.«

»Natürlich nicht«, sagte Girolamo und drehte den Hirtenstab in seiner rechten Hand. »Geh jetzt und denk an unsere Worte. Dieses Dokument muss um jeden Preis in die Hände des franziskanischen Ordensgenerals fallen.« Der Bote verbeugte sich erneut und schritt hastig den Gang hinab, um dann hinter einer Ecke zu verschwinden. Der Papst lächelte in sich hinein. Es war getan. Jetzt konnte er nichts anderes tun, als abzuwarten bis der Ordensgeneral eintraf und mit ihm die notwendigen Nachforschungen anstellte, für die er einzig und allein Papst geworden war.

Kapitel 13

Artur wusste, dass die Mönche alles daran setzten würden, Bruder Vanum wieder einzufangen. Dennoch war es noch nie so gewesen, dass Artur sich auf andere hatte verlassen können und untätig geblieben war. Nein, er musste selbst etwas unternehmen, um sein Gewissen zu beruhigen und dem inneren Drang zu widerstehen, den Mönchen, die Bruder Vanum jagten, hinterherzureiten. Er war gleich nachdem Bruder Martin die Tafel aufgelöst hatte zur Küche geeilt, aber nicht, um sich etwas zu essen zu besorgen. Sein Magen verlangte jetzt nicht nach Nahrung. Sein Herz schrie nach Gerechtigkeit. Artur sah ein, dass er nichts ausrichten konnte, um Bruder Vanum wieder einzufangen. Das mussten die drei zuverlässigen Mönche übernehmen. Doch es gab etwas anderes, das er tun konnte. Zwar würde es nichts nützen, aber es interessierte ihn dennoch, wie Bruder Vanum es geschafft hatte, aus der Zelle zu fliehen.

Bruder Custos Tod hing immer noch schwer über dem Kloster und belastete alle Mönche. Es war schrecklich, dass Bruder Custo ein derartiges Ende gefunden hatte. Er war stets ein sehr freundlicher Mönch gewesen und Artur hatte sogar mit dem Gedanken gespielt, ihn einmal in den Hohen Rat St. Caritums aufzunehmen. Artur fand, es wäre eine Beleidigung Bruder Custos Andenken, wenn man sich nicht um seinen Tod und die damit zusammenhängenden Umstände kümmern würde. Eigentlich hatte Bruder Custo von Bruder Martin die Anweisung erhalten, nur in die Zelle zu gehen, wenn er sich sicher war, dass Bruder Vanum an der gegenüberliegenden Wand stand und so keine Gefahr darstellte. Entweder hatte der arme Bruder Custo diese Anweisungen nicht beachtet oder Bruder Vanum war mit einem anderen Trick aus der Zelle geflohen und hatte Bruder Custo danach getötet.

Als Artur in der Küche nach links lief und die Tür sah, die zu den Kellern führte, spürte er den gewohnten kühlen Luftzug, der durch die Tür drang. Artur fühlte sich immer unbehaglich, wenn er dort hinab musste. Es gab dort kein Tageslicht. Der faulige Geruch stieg ihm in die Nase, als er die Treppenstufen hinabstieg.

Artur hatte die Fackel, die in der Halterung brannte, ergriffen. Sie leuchtete ihm bereitwillig den Weg nach unten. In den letzten Stunden hatte er oft für Bruder Custo und seine Seele gebetet, auch wenn er wusste, dass jene Seele sicherlich einen Platz im Paradies verdient hatte.

Artur betrat schließlich den steinernen Weg, der die Mönche durch die unteren Räumlichkeiten des Klosters führte. Mehrere Kellerräume waren hier in den Fels geschlagen worden, um Lebensmittel zu lagern. Artur zog seine Mönchskutte enger, um den eisigen Lüften zu trotzen. Er bog um eine Ecke und sah den Raum, in dem Bruder Vanum gefangen gehalten worden war. Artur hatte den Mönch seit seiner Festnahme am Heiligen Abend nicht mehr gesehen. Mit Ausnahme der gestrigen Nacht. Artur war oft hier heruntergekommen, um die Vorstellung zu genießen, dass Bruder Vanum hier in der Dunkelheit allein sitzen musste und gezwungen war, über seine Taten nachzudenken, selbst wenn er diese für gerechtfertigt hielt. Allein für diesen Gedanken verachtete ihn Artur. Doch jetzt war Bruder Vanum frei und hatte womöglich die Absicht, das Kloster zu verraten.

Artur trat in das Verlies Bruder Vanums. Es war klein und eigentlich unzumutbar, aber für gewisse Taten schien auch dieser Kerker angebracht. Artur hängte die Fackel in eine Halterung und begann, das Verlies abzuschreiten. Schon nach kurzer Zeit war Artur klar, dass Bruder Vanum nur mit einer List aus diesem Verlies entkommen sein konnte. Es war absolut ausbruchssicher und niemand konnte bei verschlossener Tür hinein oder hinaus. Schließlich griff Artur sich die Fackel und schritt mit ihr erneut den kleinen Kerker ab. Vielleicht würde sie ihn auf irgendwelche Luftströme hinweisen, auch wenn das schier unmöglich war, außer Bruder Vanum konnte durch den Stein einen Tunnel an die Oberfläche graben. Bruder Vanums Ausbruch musste tatsächlich durch die Missachtung von Bruder Martins Anweisungen ausgelöst worden sein. Artur sah ein, dass er hier nichts mehr erreichen konnte, außer weitere niederschmetternde Erkenntnisse zu erlangen.

Er ging langsam zurück zu der hölzernen Türe und trat hinaus auf den Gang, der nicht minder unfreundlich war als das Verlies. Er wollte sich schon wieder nach oben begeben, als er schräg gegenüber einen anderen

Raum bemerkte. Artur hatte schon gehört, wie die Mönche über diesen Raum gesprochen hatten. Hier lagerten die kleinen Schätze des Klosters und das Scriptorium hatte hier Federn, Pergamente und Tinte untergebracht. Auch Gemälde, Statuen und einige Säcke mit Gold wurden hier, in der Tiefe des Berges aufbewahrt. Artur hatte sich schon immer gefragt, was sich sonst noch in diesem Raum befand und nutzte die Gunst der Stunde, um einen schnellen Blick hineinzuwerfen. Er überquerte raschen Schrittes den Gang, der die zwei Keller voneinander trennte und trat ein. Darin waren vielerlei Gegenstände, um sie vor dem Verfall zu bewahren.

Der Raum war etwas größer als Bruder Vanums Verlies. Man konnte sich lediglich zwischen den abgestellten Gegenstände frei bewegen und musste dennoch aufpassen, dass man nirgends dagegen stieß. Artur sah dutzende Rollen Pergament, Tintenfässer und Federhalter. Auch einige Vasen standen dort beieinander. Bilder, die offenbar keinen Platz mehr im Kloster gefunden hatten oder über die Jahre hinweg aussortiert worden waren, lehnten an den Wänden. Ein großes, hölzernes Kreuz stand ebenfalls gegen eine Wand gelehnt; viel zu groß, als dass ein einzelner Mensch es tragen konnte. Der Keller war an einigen Stellen mit Lehm abgedichtet worden, da man die wertvollen Gegenstände so vor Nässe schützen wollte.

Der Raum hatte eine besondere Ausstrahlung und Artur fühlte sich hier fremd. Er betrachtete eines der großen Gemälde, welches größer war als er. Auf dem Kunstwerk war ein großer, hagerer Mann zu sehen, der die Arme links und rechts von sich gestreckt hatte, mit den Füßen aber eng zusammen stand. Etwas an diesem Mann kam Artur bekannt vor, auch wenn er sich sicher war, dass er ihn noch nie zuvor hier im Kloster gesehen hatte. Das Bild lehnte fast unsichtbar an einer Wand und wurde durch eine große Vase beinahe vollständig verdeckt. Spinnweben hatten den Bilderrahmen nahezu vollständig eingenommen und besetzten ihn wie hartnäckige Ritter eine Burg. Dennoch waren die Umrisse des Bildes immer noch sehr gut erkennbar. Artur näherte sich dem Gemälde, welches die Zeit zwar überdauert hatte, doch anscheinend von den Mönchen unbemerkt geblieben war. *Eine Schande*, dachte Artur verbittert. Das Gemälde war mit Herzblut und Liebe gezeichnet worden. Die Konturen des Mannes waren in keiner Weise so gezeichnet, wie es in diesen oder vorigen Jahrhunderten üblich gewesen wäre. Sie schienen viel menschlicher und natürlicher, als Artur es je bei einem Bild gesehen hatte.

Dieser Mann musste eine einflussreiche Stellung inne gehabt haben, um sich ein Kunstwerk wie dieses leisten zu können. Als Artur vorsichtig zwischen den Spalt von Vase und Gemälde trat, stellte er belustigt fest, dass Bruder Martin, mit seinem dicken Bauch hier niemals dazwischen gepasst hätte. Er entfernte sorgfältig und langsam alle Spinnweben. Nun kamen die Umrisse noch besser zur Geltung. Der Mann hatte ein purpurnes Gewand an, das bis zum Boden reichte. An seiner Hand bemerkte Artur einen Ring mit einem großen Bernstein. Der Mann trug, wie Artur selbst, ein hölzernes Kreuz um den Hals und wurde von einem Heiligenschein illuminiert. Artur hatte keinen Zweifel, dass dieser Mann ein großer Mann der Kirche gewesen sein musste. Der Mann streckte seine Arme links und rechts von seinem Körper weg und blickte mit einem Gesichtsausdruck auf Artur, als wisse er mehr als alle anderen. Doch erst jetzt fiel Artur noch etwas auf: An der Stelle, an der das Herz sein musste, stand etwas geschrieben. Artur hob die Fackel näher an das Gemälde, um die Schrift besser wahrnehmen zu können. Wer immer dies geschrieben hatte, wollte nicht, dass man die Worte auf den ersten Blick entziffern konnte. Arturs Herz pochte schneller.

Dann gelang es ihm, die Schrift zu lesen. In verschnörkelten Buchstaben standen dort vier Worte in Kreisform geschrieben:

Hic aliquid lapideum requiescit.

Artur hatte inzwischen genug Lateinunterricht genossen, um den Sinn der Worte halbwegs zu verstehen: *Hier ruht etwas Steinernes.*

Artur stutzte. Was war mit diesen Worten gemeint? Hatten diese Worte lediglich zum Ausdruck bringen sollen, dass dieser Mann ein steinernes Herz hatte? War er in seinem Leben herzlos oder gar ein Tyrann gewesen. Angesichts seines erhabenen Gesichtsausdrucks hätte man diese These auf jeden Fall bejahen können. Doch was hatte dieser Mann getan, dass ein Künstler sich anmaßte, ihm ein steinernes Herz zuzuschreiben? Daraus schloss Artur, dass dieser Mann auf keinen Fall selbst das Kunstwerk in Auftrag gegeben hatte, denn wer auf dieser Welt würde freiwillig in einem Bild verewigen lassen, dass er ein Herz aus Stein hatte? Artur beschloss, das Bild von seinem Platz zu befreien und es zumindest weiter in die Mitte des Raumes zu bringen, damit er es besser betrachten konnte. Er musste all seine Kraft aufbringen, um das Bild überhaupt bewegen zu können. Keuchend schleppte Artur es auf den Gang zwischen all die antiken Dinge und stellte es dort aufrecht auf den Rahmen. Wieder las er die Inschrift auf Herzhöhe des Mannes: *Hier ruht etwas Steinernes.*

Was konnte das bedeuten?

Doch das sollte nicht alles sein, was ihm an diesem Tag beschäftigen würde. Als Artur nämlich um das Bild herum schritt und auf die hintere Leinwand blickte, stieß er fast einen Schrei aus, so überwältigend war der Anblick. Hinten auf der Leinwand standen Worte, viele Worte, viel zu viele, um sie zu zählen. Und ganz oben waren einige dieser Worte deutlich hervorgehoben, um dem Leser sofort ins Auge zu stechen. Artur führte die Fackel dichter an das alte Gemälde heran und las die Worte, die etwas Unmissverständliches preisgaben:

Am hellen Mittag tappst du im Dunkeln wie ein Blinder. Deine Wege führen nicht zum Erfolg!

Kapitel 14

Bruder Vanum schoss aus dem weißen Wald. Auf dem Rücken eines anmutigen Rappen ließ es sich schneller reisen, als nur zu Fuß durch das schneebedeckte Dickicht im Wald zu irren. Er war gerissen genug gewesen, einen arglosen Reiter in den Wald zu locken, ihn niederzuschlagen und dann sein Pferd zu stehlen. Diese armen, gutgläubigen Menschen. Warum zweifelten sie auch niemals etwas an, was verarmt aussehende Gestalten von sich gaben? Er konnte dies nicht verstehen. Bevor er Vertrauen zu jemandem fasste, vergingen oft Monate, wenn nicht sogar Jahre. Es war sein oberstes Gebot gewesen, jedem zu misstrauen und er lief lieber einen Schritt zu wenig als zu viel. Man sah ja, was es dem freundlichen Reiter gebracht hatte, seiner Geschichte zu glauben. Jetzt lag er tot auf dem Waldboden und würde nie wieder seine Familie oder seine Freunde sehen. Misstrauen! Das war das wichtigste Wort, wenn man sich in einer fremden Umgebung wiederfand.

Jetzt ritt er mit einem schwarzen Pferd auf der rutschigen Straße, wohl wissend, dass er soeben die ungeteilte Aufmerksamkeit von drei Mönchen auf sich gezogen hatte. Bruder Vanum warf einen Blick nach hinten und stellte fest, dass er einen guten Vorsprung hatte, den es zu erweitern galt. Er sah, wie Bruder Solus den anderen beiden Mönchen etwas zuschrie, seinem Pferd die Fersen in die Flanken rammte und dann mit einem irrsinnigen Blick hinter ihm hergestürmt kam. Doch Bruder Vanum befand sich schon in einem sehr schnellen Galopp und hatte zudem noch einen gewaltigen Vorsprung.

Als er eine langgezogene Kurve schnitt, geriet er für kurze Zeit außer Sicht. Er musste sich etwas einfallen lassen, um den Mönchen zu entkommen. Er trieb sein Pferd nun zu Höchstleistungen an und es wurde noch schneller, als es ohnehin schon war. Die Bäume und Sträucher rauschten an Bruder Vanum vorbei.

Als er erneut eine Biegung passieren musste, tauchte vor ihm plötzlich eine alte Kutsche auf. Er riss hektisch an den Zügeln und konnte ihr nur um Haaresbreite ausweichen. Der Kutscher, ein älterer Mann, erschrak, als er Bruder Vanum so nah an seiner Kutsche vorbeireiten sah und protestierte heftig. Bruder Vanum achtete nicht auf ihn, sondern jagte weiter den Waldweg entlang. Jetzt hörte er deutlich die Stimmen Bruder Solus‘ und der anderen zwei Brüder hinter sich ertönen und feuerte sein Pferd an, noch schneller zu laufen.

Er musste so schnell wie möglich einen Weg finden, die Mönche abzuhängen, denn er wusste, dass sein Pferd nicht den ganzen Weg nach Patria in solch einer Form laufen konnte. Vielleicht sollte er sich wieder ins Unterholz begeben? Doch er wusste nicht, ob sein Pferd dem schnellen Wechsel mit Hölzern, Dornen, Schneeböen und Ästen stand halten würde. Bruder Vanum warf erneut einen nervösen Blick zurück und fragte sich gleichzeitig, ob es ratsam gewesen war, aus dem Unterholz zu kommen. *Offensichtlich nicht*, dachte er verbittert, denn seine Verfolger kamen näher – bedrohlich näher. Sein Pferd begann plötzlich schneller und unregelmäßiger zu schnaufen als zuvor und Bruder Vanum verfluchte das Befinden des Tieres. Vielleicht sollte er tatsächlich bei der nächsten Biegung einfach vom Pferd springen und dann so schnell er konnte ins Unterholz stürzen. Doch das Risiko, sich zu verletzten war zu groß, als dass Bruder Vanum noch weiter darüber nachdachte.

Er musste sich etwas einfallen lassen. Jetzt sofort.

Bruder Solus war kein alter Mönch und doch hatte Bruder Martin ein solches Vertrauen in ihn gesetzt. Er und die anderen Mönche glaubten fest daran, dass sie Bruder Vanum einfangen würden. Das wollten sie auf jeden Fall erreichen, koste es ihr eigenes Leben. Viele Mönche hatten in der Geschichte bewiesen, dass ihnen ihr eigenes Leben nichts bedeutete, wenn es darum ging, den Schatz zu bewahren. Die letzten Märtyrer waren die Mönche des Hohen Rates gewesen, die der Tod ereilt hatte.

Bruder Solus feuerte die beiden Mönche neben ihm an, noch schneller zu reiten. Die Pferde wieherten laut, als sie ihnen die Fersen in die Flanken schlugen. Jetzt konnten sie gar nicht schnell genug sein. Sie würden nicht aufgeben. Irgendwann musste Bruder Vanums Pferd müde werden. Doch, dachte Bruder Solus verbittert, dass das gleiche Schicksal auch auf ihre Pferde wartete. Noch rannten sie, als wäre Luzifer selbst hinter ihnen her, um sie für ihre Sünden zu bestrafen. Aber wie lange noch? Bruder

Magnus zog nun mit seinem Pferd an Bruder Solus vorbei und trieb es weiter an. Das Wettrennen der Pferde half ihnen, noch schneller zu werden. Plötzlich preschte das dritte Pferd mit einer Geschwindigkeit an ihnen vorbei, die angsteinflößend war. Jetzt würden sie aufholen. Mit einem Lachen im Gesicht stellte Bruder Solus fest, dass sich die Strecke zwischen ihnen und Bruder Vanum verringert hatte und er schöpfte neue Zuversicht.

Es hätte alles so leicht werden können, hätte da nicht der Wald entschieden, Bruder Vanum entkommen zu lassen.

Eine große, viel zu große Wurzel ragte aus dem Waldboden und sogar aus dem tiefen Schnee empor. Das Pferd war in einem solch hohen Tempo, dass es nicht mehr ausweichen konnte. Bruder Magnus Pferd stürzte und der Mönch wurde vom Rücken des Tieres geschleudert. Sofort riss Bruder Solus an seinen Zügeln und auch der dritte Mönch, weit vor ihnen, bemerkte, dass etwas nicht stimmte. Bruder Solus wusste, was nun geschehen musste. Er sah wie Bruder Magnus bewusstlos auf dem Schnee lag und schrie mit zitternder Stimme dem ersten Reiter zu: »Reitet weiter. Ihr kennt unseren Auftrag. Wir kommen nach, schnell!« Bruder Martin hatte ihnen Dutzende Male eingeflößt, dass sie selbst ihr Leben nicht der Gefangennahme Bruder Vanums vorziehen durften. So schrecklich diese Nachricht für sie gewesen war, Bruder Solus musste sie jetzt einhalten. Er warf einen Blick zurück und sah, wie sein Mitbruder Bruder Vanum eilig hinterher ritt. Dann, mit einem mächtigen Satz, sprang Bruder Solus von seinem Pferd und lief zu Bruder Magnus hinüber. Bruder Magnus blutete am Kopf. Das Blut verlief im weißen Schnee. Der Sturz war schlimmer als er ausgesehen hatte.

»Bruder Magnus?«, Bruder Solus sank neben ihm auf die Knie und rüttelte an seinem leblosen Körper, »könnt Ihr mich hören?« Er fühlte nach dem Herzschlag des Bruders und nach einem kurzen und schrecklichen Augenblick entspannte er sich wieder. Das Herz, das schlagende Herz in der Brust Bruder Magnus‘, war ganz deutlich zu vernehmen und eine Woge der Erleichterung übermannte ihn. Er atmete kurz auf und blickte sich dann rasch um, um zu sehen, ob irgendwo in der Nähe ein Bach war, der Wasser spenden konnte. Doch er konnte Bruder Magnus nicht alleine hier auf der Straße liegen lassen. Er blickte noch einmal die verschneite

Straße hinauf und dachte an seinen Bruder, der jetzt Bruder Vanum nachritt. Er hoffte, dass es ihm gut gehen und er Erfolg haben möge.

Doch Bruder Solus konnte nicht ahnen, dass er seinen Mitbruder nie mehr wiedersehen würde.

Kapitel 15

Am hellen Mittag tappst du im Dunkeln wie ein Blinder. Deine Wege führen nicht zum Erfolg!

Artur stockte der Atem. Was hatte das zu bedeuten? Er begutachtete die Rückseite des Bildes eine Weile und versuchte herauszufinden, was genau dieser Ausspruch für eine Bedeutung haben konnte.

Am hellen Mittag tappst du im Dunkeln wie ein Blinder. Deine Wege führen nicht zum Erfolg! Es hörte sich fast wie ein Befehl, gar wie eine Drohung an. Er musste an eine Nacht denken, die schon weiter zurücklag, in der er mit einigen Mönchen des Hohen Rates in Patria unterwegs gewesen war und sie es mit den Wachen zu tun bekommen hatten. Auch damals war ein solcher Ton angeschlagen worden und es wurde heftig gestritten. Artur hatte damals die Situation, die zu eskalieren gedroht hatte, gerettet.

Er blickte erneut auf die hellbraune Leinwand und ließ seinen Blick nun langsam zu den Worten wandern, die unterhalb in kleinerer Schrift standen:

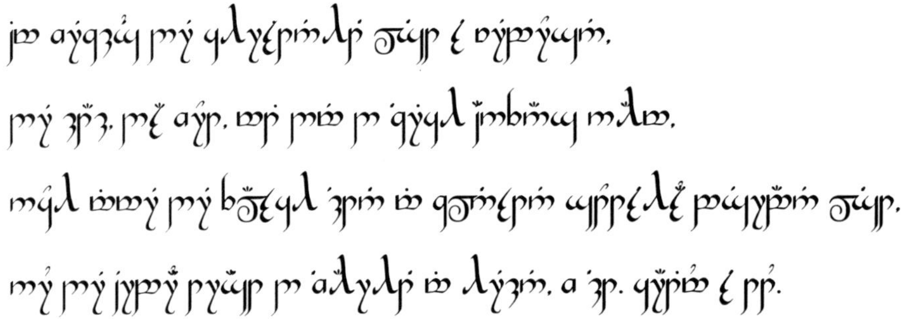

Artur konnte sie weder in seiner Sprache lesen, noch seine mühsam erworbenen Lateinkenntnisse anwenden, um etwas daraus abzuleiten oder wenigstens ein einzelnes Wort zu erkennen.

Ja, es hatte ganz den Anschein, als ob diese Nachricht, wer immer sie geschrieben hatte, nicht wollte, dass sie von jedem gedeutet werden konnte. Er schritt erneut um das Gemälde herum und begutachtete es von allen Seiten. Nun konnte er nichts Ungewöhnliches mehr entdecken und er dachte noch einmal über dieses sonderbare Bild nach. Auf seiner Vorderseite war ein Mann zu sehen, der beide Hände von sich gestreckt hatte. Kreisförmig angeordnet standen die Worte: *Hier ruht etwas Steinernes.*

Auf der Rückseite stand deutlich lesbar und in seiner Sprache ein Zitat: *Am hellen Mittag tappst du im Dunkeln wie ein Blinder. Deine Wege führen nicht zum Erfolg!*

Dies, so fasste Artur es auf, war als eine Art Drohung zu verstehen. Und nun tauchte auch noch diese verschlüsselte Nachricht unterhalb des drohenden Satzes auf. Artur wusste nicht, was es zu bedeuten hatte. War dies ein Spiel oder bloß ein altes Kunstwerk, in welchem sich der Künstler einen Spaß erlaubt hatte? Doch es war viel zu schön, zu vollkommen, als dass es als Zeitvertreib hätte dienen können.

Artur beschloss, das schwere Bild mit ins obere Kloster zu nehmen und es dort eingehender zu untersuchen. Hier unten, bei spärlicher Beleuchtung, konnte er ohnehin nichts ausrichten. Was würden wohl die anderen Mönche zu seinem Fund sagen? Vielleicht war ihnen dieses Gemälde durchaus vertraut und die merkwürdigen Zeichen und Botschaften stammten sogar von ihnen? Möglicherweise hatten sie das Bild aber auch aus Furcht hier abgestellt und es war in Vergessenheit geraten? Oder sie hatten das Bild hier unten abgestellt, damit es in Vergessenheit geriet? In Artur keimte Unbehagen auf. Er würde dieses Kunstwerk nicht hier unten lassen. Womöglich hatte es viel mehr Bedeutung als er sich vorstellen konnte. Er steckte die Fackel in eine Halterung an der Wand und begann, das schwere Bild hochzustemmen. Nachdem er die Tür erreicht hatte, ergriff er erneut die Fackel und leuchtete sich unbeholfen den steinernen Weg hinauf zur Küche Bruder McLarens‘.

Als er schließlich auf dem letzten Treppenabsatz angekommen war und die große Tür aufschwang, sah er den dicklichen und freundlichen Mönch in der Küche. Er hantierte eifrig mit Töpfen und Krügen, um das Mittagessen zuzubereiten.

»Ah, Artur«, dröhnte er freundlich und winkte mit einer Hand in seine Richtung. »Ich hoffe, das Frühstück hat gemundet?«, fragte er und lächelte.

»Sehr«, sagte Artur und zog das riesige Bild hinter sich durch die Tür.

»Guter Gott«, keuchte Bruder Clarens und riss die Augen auf. »Was bringst du denn da aus den Untiefen des Klosterbergs?«

»Ein Bild«, antwortete Artur und fragte sich zugleich, ob dies so schwer zu übersehen war.

»Ich habe es in einer Kammer, in der Nähe von Bruder Vanums Verlies gefunden und es hat … einige Besonderheiten aufgewiesen, die ich überprüfen möchte«, erläuterte Artur, während er das Bild über den Küchenboden schleifte.

»So, so, dann hoffe ich, dass du fündig wirst«, entgegnete der Mönch und blickte neugierig auf die Leinwand.

»Ja, das hoffe ich auch.« Mit diesen Worten schleppte er das Bild aus der geräumigen Küche.

Im Refektorium war genügend Platz, um das Bild auf den großen Tisch zu legen und es in aller Ruhe zu begutachten. Licht drang durch die großen Fenster und zusätzlich waren noch Fackeln an den Wänden entzündet worden. Mit größter Anstrengung hob er das Bild auf den hölzernen Tisch und beugte sich darüber. Er konnte jetzt mehr erkennen als vorhin im Dunkeln im Keller und beschloss darum, sich die Texte und Schriften, die er auf dem Bild entdeckt hatte, noch einmal genau anzusehen. Doch abgesehen davon, dass die Schrift nun besser zur Geltung kam, konnte er dennoch nicht mehr herausfinden. Die Sätze auf dem Bild blieben ihm ein Rätsel und offenbar waren sie nicht bereit, ihr Geheimnis preiszugeben. Als Artur, nachdem er das Bild mehrmals umrundet hatte, nicht mehr wusste, was er tun sollte, um dessen Bedeutung zu entschlüsseln, faste er einen Entschluss. Es gab auf dem Kloster nur einen Mann, der weise genug war, um ihm helfen zu können, hinter das Geheimnis des Bildes zu kommen.

Dieser Mann wartete bereits in seinem Turmzimmer darauf, dass Artur zu seinem täglichen Unterricht erschien.

Kapitel 16

Carlo Discu da Viterbo saß in einem hohen Lehnstuhl im Ordenshaus der Franziskaner. Er wartete. Er wartete seit fast einem Jahr auf eine Benachrichtigung aus Rom. Doch sie kam nicht. Offenbar war sein Freund Girolamo gewillt, ihn warten zu lassen bis er alt und schwach war. Doch er hatte nicht vor zu sterben, ohne zu erfahren, ob Franziskus von Assisi die Wahrheit in seinen Aufzeichnungen geschrieben hatte. Wenn es stimmte, dann stand ihnen, oder besser gesagt der ganzen Christenheit, eine Katastrophe ungeahnten Ausmaßes bevor. Sollte Girolamo Masci d'Ascoli tatsächlich das Papstamt eines Tages erwerben, dann mussten sie rasch Überprüfungen anstellen. Girolamo hatte versprochen, dass er Carlo nach Rom bestellen würde, um festzustellen, ob dieses Gerücht einen Funken Wahrheit in sich barg. Falls dies so war, würde dieser kleine Funken ausreichen, einen Brand zu legen, der dem legendären Brand durch Kaiser Nero, der halb Rom zerstört hatte, in nichts nachstehen würde.

Carlo stand auf, ging ungeduldig um seinen Tisch herum und schritt auf ein altes Bücherregal zu. Weil zu diesem Raum niemand, außer er selbst natürlich, Zutritt hatte und er diese Kammer versiegelte, konnte er auch die geheimen Dokumente getrost in seinem Bücherregal aufbewahren. Er zog die alten Pergamentblätter heraus und blätterte sie gedankenverloren durch.

Konnte es wirklich sein? Konnte die Christenheit auf einer Lüge errichtet worden sein? Er hob die Blätter auf den Holztisch und ging alle Einzelteile des Textes noch einmal durch. Theoretisch war es möglich, aber praktisch konnte der Text nicht die Wahrheit sprechen.

Das alte Manuskript verblich schon fast, doch das Wesentliche, was es übermitteln sollte, hatte es geschafft die Zeit zu überdauern und die Ordensbrüder des verstorbenen Assisis hatten seine Botschaft erhalten. Sie versuchten jetzt herauszufinden, ob etwas Wahres an der Geschichte war. Carlo Discu da Viterbo hoffte inständig, dass es nicht so war und er hatte im letzten Jahr öfters als sonst zu ihrem Herrn gebetet. Doch hatte es etwas genützt?

Girolamo musste unbedingt das Amt des Heiligen Vaters einnehmen. Normalerweise passte es überhaupt nicht zu den Franziskanern, dass sie sich auf derartige Weise in eine Wahl einmischten – noch dazu in eine Heilige Wahl. Aber nachdem sie dieses Dokument studiert hatten, war es unumgänglich gewesen, einige Kardinäle zu kaufen. Außerdem wäre Girolamo der erste Papst, der aus dem Franziskanerorden stammen würde. Dies wäre gleichzeitig eine große Ehre für den Orden und für Franziskus von Assisi.

Die Hände Carlos‘ wurden feucht. Er kam nun zu der Stelle, in der das Unmögliche erwähnt wurde. Er erinnerte sich nur zu gut daran, als er den Text das erste Mal studiert hatte. Girolamo war damals noch Ordensgeneral der Franziskaner gewesen und hatte dieses dunkle Geheimnis nur mit einem engen Vertrauten geteilt - mit Carlo! Gemeinsam hatten sie die fragwürdige Wahrheit erfahren. Diese Wahrheit hatte Girolamo damals wie ein Schlag getroffen. Und Girolamo hatte tatsächlich danach ausgesehen, als ob er gleich in Tränen ausbrechen wollte.

Nun, 14 Jahre später, saß Carlo auf dem Thron des Ordens und Girolamo war soweit in den Lateranpalast eingedrungen, dass es beinahe beängstigend war. Carlo erinnerte sich noch genau daran, wie Girolamo aufgebrochen war, um der Papstwahl beizuwohnen. Das war das letzte Mal gewesen, dass er Girolamo gesehen hatte. Denn wie ihm jetzt bekannt war, dauerte das Konklave länger an, als es üblich war. Zwar war es aufgrund der heimtückischen Malaria, die in Rom kursierte und einige Kardinäle in den Tod gerissen hatte, unterbrochen worden, aber dennoch fragte er sich, warum die auserwählten Männer Gottes immer noch kein brauchbares Ergebnis zustande gebracht hatten. Es war verwunderlich, dass die Kirche nach einem Jahr noch immer führungslos war, denn es war eigentlich das Ziel aller Beteiligten, das Konklave schnell zu Ende bringen.

Zermürbt sammelte er die Pergamentblätter wieder ein und legte sie sorgfältig in das Bücherregal zurück. Er fürchtete, dass Girolamo ihr Anliegen nicht überzeugend vertreten hatte und die Kardinäle, von denen die meisten bekannt dafür waren, dass sie Korruption der Gerechtigkeit vorzogen, ihn dennoch abgewehrt hatten. Vielleicht, so schoss es ihm durch den Kopf, hatte man Girolamo sogar vom Konklave ausgeschlossen, weil man ihn ertappt hatte, wie er andere Kardinäle bestochen hatte. Dennoch, dies war allgemeinhin bekannt, Bestechung und der Erkauf von Wahlstimmen waren üblich und allgegenwärtig im Konklave. Doch davon würden sich die Franziskaner nicht beirren lassen. Carlo würde auf jeden Fall einen Brief an den gewählten Papst schreiben und ihm die Geschichte erzählen. Dann musste er, wohl oder übel, Girolamo vergessen und ohne ihn fortfahren. Er war eben nur, wie fast alles in Carlos Orden, ein Mittel zum Zweck.

In diesem Moment klopfte es heftig an die Tür. Carlo schreckte auf und erhob sich von seinem Stuhl. »General? General? Eine dringende Nachricht für Euch ...«

Carlo schritt durch das Zimmer und öffnete die Tür. Einer seiner Mitbrüder, einer der wenigen, die ihn stören durften, stand vor der Tür. Nach Atem ringend stieß dieser hervor: »Eine Botschaft! Von einem Boten … steht unten … verlangt, Euch zu sehen.« Carlo hob die Brauen.

»Solltet Ihr Euch entschließen mir ohne Stotterei mitzuteilen, was geschehen ist, bin ich erfreut, dies zu hören«, sagte er kühl. Seinem Mitbruder stieg die Röte ins Gesicht und er atmete einmal tief durch.

»Ein Bote wartet unten auf Euch. Er sagt, er habe eine dringende Nachricht.«

»Alle, die mir Botschaften senden, behaupten, sie seien dringend«, spottete Carlo und dachte ein paar Tage zurück, als der Bote ebenfalls verkündet hatte, eine Nachricht sei von größter Bedeutung. Allerdings ging es lediglich darum, einen Gefangenen aus dem umliegenden Dorf, über welches der Orden herrschte, zu kreuzigen. Man hatte dafür sein Siegel und seine Zustimmung benötigt. Eine Lappalie. Nichts im Vergleich zu jener Nachricht, auf die er begierig wartete – seit über einem Jahr.

»Der Bote verlangt, Euch sofort zu sehen…«, Carlo schnaubte verächtlich, » … denn er kommt aus Rom«, schloss der Bruder. Carlo riss die Augen auf und starrte seinen Mitbruder an.

»Wo … woher kommt er?«, fragte Carlo und hoffte, sich nicht verhört zu haben. Sein Mitbruder stutzte einen Augenblick, aus Furcht, er hätte eine schreckliche Nachricht überbracht. Dann sagte er stockend:

»Aus Rom. Er sagt, er habe eine wichtige Nachricht für Euch, die nur Ihr bekommen dürft. Es war mir nicht möglich, sie ihm abzunehmen. Es war, als ob er um jeden Preis sehen muss, dass Ihr sie entgegen nehmt. Er wartet unten auf Euch.«

Carlo beschloss, die Ruhe zu bewahren und erst einmal die Situation abzuwarten. Dann sagte er würdevoll:

»Das wäre alles, Ihr könnt ihm ausrichten, dass ich gleich bei ihm bin.« Damit ließ er die Tür ins Schloss fallen und wartete bis die leisen Schritte auf dem Gang verschwunden waren. Eigentlich hatte er keinen Grund mehr zu warten, doch um wichtige Gäste zu empfangen, ließ er immer ein wenig Zeit verstreichen. So etwas trug zur Steigerung der Spannung bei. Und diese Botschaft sollte hoffentlich zu den wichtigsten seines Leben gehören.

Nach einigen Augenblicken öffnete er schwungvoll die Tür und marschierte in seinem langen Gewand nach draußen auf den Gang. Er schritt eilig zu der großen marmornen Treppe hin, doch bevor der Bote ihn sehen konnte, nahm er wieder einen ernsten und herablassenden Gesichtsausdruck an. Als er oben auf der Treppe stand, sah er einen jungen Mann mit einer großen Schriftrolle in der Hand. *Ausgezeichnet*, dachte Carlo. Solche Boten hatte er am liebsten. Der Bote blickte ehrfurchtsvoll zu ihm auf, als er die Treppe herunterkam.

»Seid gegrüßt«, sagte er laut und seine Stimme hallte in der Eingangshalle wider. »Von wem darf ich heute eine Nachricht entgegennehmen?« Er streckte seine Hand aus. Der Bote kniete hastig nieder, ergriff Carlos plumpe Hand und küsste den Ring des Ordensgenerals. Der Bote erhob sich wieder und sprach mit leicht zitternder Stimme:

»Ich komme aus Rom und ...«

»Das sagte man mir bereits«, unterbrach Carlo ihn forsch.

»Natürlich. Ich komme direkt von unserem neuen Heiligen Vater.« Als der Bote diese Worte aussprach, glaubte Carlo, sich verhört zu haben.

»Was ..., wie war das?«, sagte Carlo laut und versuchte seine Aufregung zu verbergen. Der junge Bote schien im ersten Moment verwirrt, doch dann fuhr er fort:

»Von unserem Heiligen Vater. Das Konklave hat gestern Nacht ein Ende gefunden. Papst Nikolaus IV. sendet mich zu Euch.«

Carlo versuchte, seine Erregung zu verbergen. Ein irres Lächeln zeichnete sich auf seinem Gesicht ab.

»Ist das wahr?«, fragte er und dieses Mal zitterte seine Stimme vor unterdrückter Freude. »Ich hoffe, die Kardinäle haben einen würdigen Nachfolger gefunden.«

»Oh, das haben sie. Er ist ein weiser Mann und ich bin sicher, er wird die Kirche auf bewundernswerte Weise voranbringen.«

Das wird er sicherlich, dachte Carlo und unbändiges Glück durchströmte ihn. Dann nahm er die Pergamentrolle entgegen, zerbrach das rote Siegel, welches mit dem Wappen des neuen Papstes gekennzeichnet war und entrollte die Botschaft. Seine Augen flogen schnell über das Pergament und sogen die Worte begierig auf. Bei jedem Satz wurde sein Glück noch größer. Er begann beinahe zu lachen. Bei einem Satz weiteten sich seine Augen aufgeregt und er las ihn gleich noch einmal: *Falls Ihr an der Loyalität des Boten zweifelt, dann wisst Ihr, wie Ihr ihm seinen Dienst zu vergelten habt.*

Der Ordensgeneral warf einen kurzen, kaum merklich abschätzenden Blick auf den Boten und vertiefte sich dann wieder in die Nachricht. Sicher, er war muskulös und sicherlich nicht unbegabt, wenn der Papst ihn entsandte, um ihm diese Nachricht zu bringen. Doch es würde ihm nichts nützen. Carlo hatte es sich angewöhnt, allen Leuten den Weg zu ihrem Schöpfer zu erleichtern, die in irgendeiner Weise mit einer so heiklen Situation betraut waren, wie es diese ganz sicherlich war.

Als Carlo die Unterschrift sah, flog ein kurzes Lächeln über sein Gesicht. Es war höchst ungewöhnlich Girolamos Handschrift zu sehen und dies in Verbindung mit den Worten Papst Nikolaus IV. Dies war also der Name, den er sich gegeben hatte. Nicht auszudenken, welchen Einfluss Carlo nun auf den Lateranpalast, auf Rom und auf die gesamte Christenheit nehmen konnte, nachdem der vorige Ordensgeneral des Franziskanerordens nun auf dem Papstthron saß. Dann, als er die Nachricht erneut gelesen hatte, sagte er zu dem schüchtern wirkenden Boten:

»Kommt noch für einen kurzen Augenblick mit nach oben.«

»Sehr gerne, verehrter Vater«, antwortete der Bote, nicht ohne einen verwunderten Unterton.

Carlo schritt wieder die große und eindrucksvolle Treppe nach oben und trat in den windigen und zugigen Gang, der zum Zimmer des Ordensgenerals führte. Auf dem Weg dorthin kamen ihm immer wieder einige seiner Brüder entgegen und warfen ängstliche Blicke auf die beiden, die das Zimmer nun direkt ansteuerten. Als Carlo an der Tür angekommen war, blickte er noch einmal die Gänge auf und ab, um sich zu versichern, dass niemand in der Nähe war, der ihn stören konnte.

Dann traten sie ein und schon in diesem Moment, in dem der Bote die Schwelle der Türe übertrat, sah man es ihm an, dass er sich unbehaglich fühlte. Normalerweise waren die Herren, denen man Nachrichten überbrachte, immer froh, wenn die lästigen Überbringer wieder das Weite gesucht hatten. Carlo wusste, dass er es geschickt anstellen musste, da der junge Mann sichtlich stärker war als er. Immerhin, so dachte Carlo, hatte man ihm beim Eintritt in das Ordenshaus sämtliche Waffen abgenommen. Denn, wie es üblich war, trugen einfache Boten meist nur einen Dolch bei sich, um sich verteidigen zu können. »Setzt Euch«, sagte Carlo bestimmt und schob einen großen Riegel vor die Tür. Der Bote warf wachsame Blicke umher, als würde er genau wissen, was Carlo vorhatte. Der Bote nahm zögernd auf einem Stuhl Platz und blickte sich im Zimmer um. Das Fenster würde keinen Fluchtweg bieten, dafür war es viel zu hoch und einen Sturz würde selbst er nicht überleben. Dann zog Carlo, ohne dass es der Bote merkte, ein silbernes Messer aus seinem wallenden Umhang und schritt von hinten auf den Boten zu.

»Ich bin mir sicher, dass Euch der Papst die Wichtigkeit dieser Nachricht vor Eurem Aufbrechen nahe gelegt hat, nicht wahr?«, fragte Carlo und achtete sorgfältig darauf, nicht zu schnell durch den Raum zu laufen.

»Natürlich«, sagte der Bote, ohne sich umzudrehen. »Er sagte, es gäbe nichts Wichtigeres, als dass Ihr diese Nachricht bekommt und niemand sonst.«

»Und der Papst hat Recht«, sagte Carlo nun mit unheilvoller Stimme. »Ich bin mir sicher, dass Ihr Euch als überaus schweigsam erweisen werdet.«

»Ich schweige bei all meinen Nachrichten, das ist meine Pflicht«, sagte der junge Bote und wirkte fast beleidigt. Carlo stand nun unmittelbar hinter ihm und legte ihm die Hand auf die Schulter.

»Ich bin aber dennoch sicher, dass Ihr noch nie eine Botschaft ausgeliefert habt, die eine derartige Wichtigkeit aufwies, wie diese hier.«

»Das mag durchaus sein, aber…«

»Und darum, denke ich auch, dass Ihr Verständnis für das Kommende haben werdet.« Und noch bevor der Bote sich auch nur rühren konnte, ließ Carlo die scharfe Klinge durch den Hals des jungen Boten fahren. Blutend ging dieser zu Boden, zuckte noch ein letztes Mal und regte sich dann nicht mehr.

Kapitel 17

Der alte Mann, welcher im ganzen Kloster nur unter dem Namen Meister Callidus bekannt war, saß leise vor sich hinsummend in seinem Stuhl und brütete über ein Buch, welches so schwer war, dass der alte Meister es beinahe nicht bewegen konnte. Das Buch, das er gerade illuminierte, würde die alte und wertvolle Sammlung des Klosters hervorragend ergänzen. Zwar waren Illuminationen eigentlich die Aufgabe des Scriptoriums, doch Meister Callidus wollte unbedingt selbst Hand an diesem Buch anlegen.

Der Meister blickte kurz von seinem Werk auf und studierte die Sanduhr, welche er gestellt hatte, um zu sehen, um wie viel sich der junge und unbekümmerte Artur wieder einmal verspäten würde. Doch Meister Callidus war nicht wütend, nachtragend oder verärgert. Meistens, wenn Artur zu spät zu seinem Unterricht erschien, gab es einen wichtigen Grund, denn selbst der Junge wusste, wie wichtig das Privileg der Bildung war, das nur sehr wenige Menschen erhielten. Hinter der Sanduhr, die schon zum dritten Mal abzulaufen drohte, stand ein alter und steinerner Mörser, in welchem einige Pflanzen, Kräuter und Öle vermischt lagerten und einen beruhigenden Duft in dem Turmzimmer verbreiteten. Eine Kerze brannte flackernd auf dem großen Holztisch, den Meister Callidus als Unterlage für seine Arbeiten nutzte. Die drei kleinen Fenster warfen Licht in das Turmzimmer, welches der Meister selten verließ. Einige Federn und Tintenfässer lagen rechts neben seiner Hand und wartete darauf die Genialität des Meisters wiederzugeben. Denn Meister Callidus hatte mit keinem Lebensjahr auch nur im Entferntesten an Geisteskraft eingebüßt.

Er wurde nicht umsonst Meister des Klosters und des Rates St. Caritums genannt. Nein, er war zweifellos und mit großem Abstand der Älteste der Mönche und hatte schon so manchen Abt in dem Kloster erlebt. Einige von ihnen hatte er unter seine Fittiche genommen, um sie zu unterrichten.

Meister Callidus‘ Hauptaufgabe war es auch jetzt, den zukünftigen Abt zu lehren, zu erziehen sowie ihm die Gebräuche und Praktiken des Klosters eingehend zu erläutern. Bei Artur, der schon früher als geplant auf das Kloster gekommen war, da ihn seine schändliche Mutter zuhause in keinster Weise unterrichtet hatte, war es umso mehr Wissen, welches er vermitteln musste. Es bereitete Meister Callidus unweigerliche Freude mit anzusehen, welche großartigen Fortschritte Artur machte und er war sich sicher, dass Artur einmal ein großer Abt werden würde. So versuchte Meister Callidus ihn jedenfalls zu erziehen und er freute sich immer, wenn Artur eine moralisch richtige Entscheidung traf, die man ihm in den letzten Monaten des Öfteren abverlangt hatte. Der arme Junge hatte es bei Gott nicht leicht gehabt, nachdem seine Mutter ihn in einem fremden Kloster abgesetzt und man ihn hier beschuldigt hatte, für grausame Taten, die Bruder Vanum begangen hatte, indirekt verantwortlich zu sein. Als dann auch noch vier Mönche getötet wurden, war Meister Callidus erstaunt darüber gewesen, dass Artur besser mit der Situation umging, als manch anderer Mann. Jetzt, gut zwei Monate nachdem die Mörderin überführt worden war, ging das Klosterleben wieder seinen gewohnten Gang - bis vor wenigen Stunden.

Die Sanduhr war jetzt bereits das dritte Mal abgelaufen und die allerletzten Sandkörner rieselten soeben nach unten. Meister Callidus wollte gerade die Sanduhr erneut herumdrehen, als jemand mit der Faust an die Tür klopfte. Meister Callidus‘ weißhaariger Kopf fuhr herum und er richtete sich auf. Er war der Einzige im gesamten Kloster, der ein weißes Gewand anhatte und fiel in einer großen Gruppe immer sofort auf. Er griff sich seinen hölzernen Stock, auf dem eine ebenfalls hölzerne Kugel thronte und humpelte langsam zu der großen Eichentür. Als er sie öffnete, erwartete er, dass der junge Artur mit hochrotem Kopf davorstehen würde. Aber Meister Callidus sollte sich irren, was selten vorkam. Zwar hatte Artur einen roten Kopf, doch Meister Callidus merkte gleich, dass dieses nicht aus Scham wegen seiner Unterrichtsverspätung, sondern wegen eines Gemäldes war, welches den Jungen beinahe überragte. Er hatte das Bild offensichtlich die ganze lange Wendeltreppe zu ihm nach oben getragen.

»Drei Sanduhren zu spät«, sagte Meister Callidus tadelnd, lächelte aber dabei. Artur schien im ersten Moment verdutzt, dass der Meister seinem ungewöhnlichen Fund keinerlei Bedeutung beimaß.

»Ich hatte einen guten Grund«, sagte Artur zu seiner Verteidigung und blickte an Meister Callidus sehnsüchtig vorbei in das Zimmer, in dem ein Stuhl einladend auf ihn zu warten schien.

»Ich bin sicher, dass du mir gleich erklären wirst, warum du ein menschengroßes Bild in mein Turmzimmer schleppst«, sagte der Meister lächelnd und fand nun immer mehr Gefallen an der Situation. Er trat beiseite und ließ Artur schließlich eintreten. Dieser lehnte mit letzter Kraft das Gemälde gegen eine Wand und wischte sich den Schweiß von der Stirn. Erst jetzt erkannte Meister Callidus, wen das Bild zeigte. »Oh«, sagte er und musterte interessiert den Mann, der mit ausgestreckten Händen zu ihnen in das Turmzimmer blickte. »Ich sehe, du musst ein wenig im Kloster herumgestreunt sein.«

»Ich frage erst besser gar nicht, woher Ihr das wisst«, erwiderte Artur verschmitzt.

»Das ist nicht schwer zu erraten«, gab Meister Callidus zurück. »Ein derartig großes Bild habe ich im ganzen Kloster noch nicht gesehen und ich bin schon eine Weile hier zu Gast«, sagte er lächelnd. »Einzig und allein in der Kathedrale sind solch große Bilder zu finden und ich bezweifle oder hoffe stark, dass du dich nicht an jenen aus der Kirche vergriffen hast. Sollte Bruder Martin dich erwischen, wer weiß, was dir blühen würde.« Er zwinkerte.

»Das heißt, Ihr kennt das Bild nicht?«, fragte Artur und seine Stimme klang ein wenig enttäuscht. Er hatte sich fast daran gewöhnt, dass Meister Callidus ihm auf alle seine Fragen hier im Kloster eine Antwort geben konnte. Doch nachdem Meister Callidus, der älteste der Mönche, nicht einmal das Bild kannte, musste es wohl schon sehr lange dort unten in dem Keller stehen.

»Nein, ich kenne es nicht, aber ich kenne den Mann, der darauf abgebildet ist«, sagte er mit seiner Stimme. Artur blickte auf.

»Den Mann?«, fragte Artur. Das war immerhin etwas.

»In der Tat, es scheint fast töricht einen Mönch in diesem Kloster zu fragen, ob er diesen Mann kenne, denn er ist niemand Geringeres als der

Gründer des Ordens und unseres Klosters St. Caritum.« Stille breitete sich in dem Turmzimmer aus. Artur blickte das Gemälde ehrfürchtig an und musterte den Mann mit seinem weiten Umhang, welcher ihm über die ausgestreckten Arme fiel, eingehend. »Das war der Mann, der das Kloster St. Caritum gegründet hat?«

»Wie ich sagte«, antwortete Meister Callidus. »Dieser Mann, Bruder Auctor genannt, ist einer deiner ältesten Ahnen und der erste Mönch in unserem Orden, der es gewagt hat, Gottes Gebot zu brechen und ein Kind zu zeugen – aus Liebe zu einer Frau.«

Dies war also Arturs Vorfahre, welcher vor Hunderten von Jahren dieses Kloster errichtet und das erste Kind des Klosters gezeugt hatte. Mit ihm hatte die lange und außergewöhnliche Tradition des Klosters, die noch immer fortbestand, begonnen. Artur schritt nun bedächtiger auf das Bild zu und schaute es sich noch einmal an. Diesem Mönch war vieles zu verdanken. Seine Augen funkelten allwissend hinter dem geschmückten Rahmen und er blickte fast spöttisch auf sie.

»Aber ich bin mir sicher«, sagte Meister Callidus, den Artur für einen kurzen Moment vergessen hatte, »dass du das Bild aus einem anderen Grund zu mir gebracht hast.«

Artur wandte seinen Blick Meister Callidus zu.

»Ja«, antwortete Artur und konnte doch nicht umhin, wieder zu Bruder Auctor zu blicken, der ihm jetzt beinahe wie ein Heiliger vorkam. »Ich habe das Bild, wie Ihr sagtet, im Kloster gefunden. In den unteren Verliesen, in der Nähe, von Bruder Vanums Gefängnis.« Bruder Callidus nickte und Artur fuhr fort.

»Als ich es aus einer düsteren Ecke zog, bemerkte ich etwas Sonderbares auf dem Bild und begutachtete es näher.«

»Was meinst du?«, fragte Meister Callidus und sah Bruder Auctors' Bild noch einmal an. Artur deutete mit dem Finger auf die Stelle, an der das Herz Bruder Auctors' sein musste und um welches die Worte *hic aliquid lapideum requiescit* kreisförmig angeordnet waren.

Bruder Callidus näherte sich vorsichtig dem Bild, als fürchtete er, es könnte lebendig werden.

»In der Tat«, murmelte er und kniff seine alten Augen zusammen. »Ich nehme an, du hast die Inschrift übersetzten können«, sagte Meister Callidus hoffend. Artur lächelte kurz hinter seinem Rücken und entgegnete dann stolz:

»Natürlich, ich habe im Unterricht gut aufgepasst.« Meister Callidus drehte sich herum und nickte ihm dankend zu. »Du hast sicher gehofft, ich würde wissen, warum sich dieser Spruch an genau dieser Stelle des Gemäldes befindet?« Er blickte Artur durchdringend an.

»Ja, ja, ich hatte es gehofft«, antwortete Artur.

»Nun, wie ich dir schon einmal erzählt habe«, sagte Meister Callidus freundlich, »dein Glaube an meine allwissende Weisheit ist weder gerechtfertigt noch angebracht.« Artur blickte ihn fast trotzig an und sagte:

»Aber Ihr seid nun einmal der Einzige im Kloster, der imstande ist zu verstehen. Denn das ist nicht alles, was auf dem Bild zu sehen ist.«

Meister Callidus runzelte die Stirn und blickte das Gemälde erneut an. Artur eilte an ihm vorbei, drehte das Bild einmal um die eigene Achse und stellte es wieder gegen die Wand. Nun konnte man Meister Callidus' Erregung ganz deutlich erkennen. Langsam ging er auf das Gemälde zu und blickte auf die verschnörkelte und unleserliche Schrift, welche fast die komplette Rückseite des Bildes einnahm. Dann wanderten seine Augen zu dem herausgehobenen Satz, der offenbar nicht zu dem unleserlichen Text gehörte und las laut:

»*Am hellen Mittag tappst du im Dunkeln wie ein Blinder. Deine Wege führen nicht zum Erfolg!* Großer Gott«, fügte er halb belustigt hinzu und Artur fragte sich, warum er ein breites Lächeln auf dem Gesicht trug. »Artur, ich habe gehofft, dass du in den Unterrichtsstunden aufgepasst hast.« Dies war keineswegs tadelnd und doch konnte Artur eine Spur von Enttäuschung heraushören.

»Das habe ich«, erwiderte Artur schnell und suchte in seinem Gedächtnis nach etwas, was diesen sonderbaren Satz, der einzige Satz in seiner Sprache auf diesem Bild, erklären konnte. Doch es wollte ihm nichts einfallen und er hielt den Blicken Meister Callidus' nicht stand. »Das heißt, Ihr wisst, was dieser Satz bedeutet?«

»Nun, die Bedeutung ist in diesem Fall zweitrangig«, antwortete Meister Callidus und sein Lächeln wurde breiter. Artur verstand nicht.

»Aber Meister«, sagte Artur verwirrt, »wenn Ihr mir jetzt zustimmt, dass dieses Gemälde keineswegs normal ist und eine Art sonderbares Rätsel verbirgt, dann ist es doch zwingend notwendig, diesen Satz zu deuten, auch wenn er in unserer Sprache dort steht.« Artur fand es mehr als merkwürdig, dass der Meister offenkundig die Bedeutung für nicht wichtig hielt, denn das Bild enthielt jeweils drei Texte, auch wenn zwei davon nur aus einem Satz bestanden, die jeweils in drei unterschiedlichen Sprachen verfasst worden war.

»Dieser Satz, so glaube ich, ist lediglich ein Verweis auf etwas und wird gleichzeitig als Warnung benutzt, dieses Gemälde nicht weiter zu untersuchen, wenn man seiner nicht würdig ist.«

»Ein Verweis?«, fragte Artur skeptisch und las den Satz erneut. »Worauf?«

»Das gilt es herauszufinden. Das ist der Auftrag des Künstlers.«

Meister Callidus Augen blickten noch einmal den verschnörkelten und längsten der drei Texte an. Artur war sich sicher, dass diese brillanten Augen versuchten, auch ihn zu durchschauen. Konnte Meister Callidus denn etwa jetzt schon ein Muster erkennen? Nein, das konnte selbst der weiseste Mann im Kloster nicht leisten, da war sich Artur sicher.

»Nun, wenn du nicht weißt, auf was dieser Satz verweist, dann sollten wir unseren Unterricht wohl noch verstärken«, sagte Meister Callidus scherzend und sah belustigt zu, wie Artur verwundert dreinblickte.

»Meister, nun nennt mir die Bedeutung dieses Satzes«, sagte Artur drängend.

»Ich sage es dir gerne erneut«, erwiderte Meister Callidus geduldig, »der Künstler hat der Bedeutung sicherlich nicht halb so viel beigemessen wie dem Verweis des Satzes.« Artur ballte die Fäuste.

»Nun gut, sagt, auf was dieser Spruch verweist, dann sehe ich vielleicht meinen Fehler«, sagte Artur und wurde zunehmend ungeduldiger. Meister Callidus jedoch beharrte weiter darauf, dass Artur selbst auf das Geheimnis des Satzes kam und wollte ihn nicht einfach so davonkommen lassen. Artur wollte die Bedeutung des Satzes aber einfach nicht einfallen. Hatte er den Satz in ihrem Unterricht vielleicht schon einmal gehört? War es eine Art Leitspruch für das Kloster, welcher Artur eigentlich geläufig sein sollte? Artur konnte mit den Worten *Am hellen Mittag tappst du im Dunkeln wie ein Blinder. Deine Wege führen nicht zum Erfolg* nichts anfangen. Er schüttelte resignierend den Kopf und blickte Meister Callidus fragend an.

»Nun, ich sehe, du wirst es zu dem jetzigen Zeitpunkt auch nicht herausfinden, nicht wahr?«

»Nein«, sagte Artur verbittert und wünschte sich nun nichts sehnlicher, als dass Meister Callidus ihn endlich aufklärte.

»Dann denke ich, dass es an der Zeit ist, dir zu sagen, wo dieser Satz noch zu finden ist, denn wenn du weißt, wo dieser Satz steht, wirst du sehr bald einsehen, dass ich mit meiner Einschätzung Recht hatte, dass er auf etwas Bestimmtes verweist.«

»Ich bitte darum«, sprach Artur schnell, achtete jedoch darauf, dass seine Stimme freundlich klang. Er wollte den alten Meister auf keinen Fall verärgern und sich damit um die Gelegenheit bringen, den Verweis zu begreifen.

»Nun«, begann Meister Callidus leise und langsam. »Dieser Satz ist, wie ich bereits sagte, ein Verweis und dient gleichzeitig als Warnung. Vielleicht dachte sich der Künstler, dass nur ungewöhnlich mutige und tapfere Männer dieses Gemälde untersuchen sollten, weil es ein Geheimnis in sich birgt.«

»Ihr seid also sicher, dass dieses Bild etwas verbirgt?«, fragte Artur und seine Hände begannen zu schwitzen.

»Ich bin mir sicher«, sagte Meister Callidus, »denn warum hätte jemand ohne einen Grund drei Texte auf ein Bild unseres Ordensgründers schreiben sollen, die man nicht ohne Weiteres versteht. Vielleicht ...«, mutmaßte der Meister, »hat unser lieber Bruder Auctor selbst diese Texte angeordnet oder das Bild selbst gezeichnet.«

Artur wurde noch aufgeregter. Konnte es wirklich sein, dass etwas Großes, etwas Gewaltiges hinter dem Rätsel des Bildes steckte? Er hatte sich schon einmal eingeredet, dass ein gewaltiger Schatz in dem Kloster existieren musste, um dann herauszufinden, dass er selbst der Schatz war, denn in ihm war die Liebe seines Vaters verkörpert, so wie Bruder Auctor es gewollt hatte, damit die Liebe niemals verloren ginge.

»Der Ausspruch auf dem Bild«, begann Meister Callidus schließlich und riss Artur damit aus seinen Tagträumen, »ist aus dem Buche Deuteronomium, in welchem man sehen kann, was uns, dem Volke, widerfährt, wenn es die Regeln und Gebote des Herrn nicht einhält.«

Artur kniff die Augen zusammen.

»Dieser Satz sowie das Buch Deuteronomium sind wesentliche Bestandteile der Heiligen Schrift.«

Kapitel 18

Wie jeder Papst hatte aber auch Girolamo einige Dinge, von denen die Diener des Palastes nichts wussten – und dies aus gutem Grund. Der Bote, den Girolamo heute Nacht gleich nach der Papstwahl ausgesandt hatte, war noch nicht zurückgekehrt. Doch Girolamo erinnerte sich noch gut an die Worte, mit welchen er den Boten in dem Brief erwähnt hatte. Diese Worte waren nicht gerade hoffnungsbringend, dass der junge Mann je wieder in den Palast kommen würde. Girolamo würde ihn allerdings nicht betrauern. Für die höhere Sache, die der er selbst herausfinden musste, war kein Leben zu schade.

Girolamo fiel niemand ein, dem die Ehre erteilt wurde, ein ähnlich schönes und wertvolles Gewand zu tragen. Viele Edelsteine und Rubine waren an den Rändern eingelassen und trotz seiner Schwere fühlte es sich befriedigend an, es zu tragen. Eine gewisse Macht und Stärke schien von ihm auszugehen und Girolamos Selbstbewusstsein noch zu verstärken. Die Menschen in seiner Umgebung würden vor Ehrfurcht erstarren. Das Papstamt, das wusste Girolamo, war auch eine Verpflichtung und sollte nicht nur für seine eigenen Interessen genutzt werden. Auch wenn Carlo insgeheim sicherlich hoffte, von nun an die Christenheit durch Girolamo beeinflussen zu können, so wusste Girolamo auch, dass er jetzt mehr Menschen unter seinem Banner versammelt hatte, wie kein Kaiser, kein König oder kein anderer Herrscher dieser Welt es sich erträumen konnte.

Girolamo wurde langsam ungeduldiger. Das Ordenshaus der Franziskaner lag nicht unweit der Heiligen Stadt und Girolamo kannte Carlo gut genug, um zu wissen, dass er sich sofort nach Erhalt der Nachricht auf den Weg machen würde. Sein Größenwahn und seine Gier, die Girolamo ihm zuschreiben musste, trieben ihn unermüdlich voran und waren für den strengen Ordensgeneral unerlässlich. Diese zwei Eigenschaften würden auch etwas Gutes haben, sollten sie tatsächlich die These bestätigen, die einst Franziskus von Assisi aufgestellt hatte. Es wäre auch ein Schock, ein Schock, der die Grundpfeiler des Palastes und damit die Grundpfeiler Girolamos, zum Einsturz bringen könnte. Darum musste diese Behauptung um jeden Preis überprüft werden und wenn sie sich bestätigte, beseitigt werden. Zuerst einmal musste Carlo Discu da Viterbo sein Ordenshaus verlassen und den Lateranpalast aufsuchen, damit sie gemeinsam aufbrechen konnten. Immerhin, dachte Girolamo und blickte aus dem Fenster, vor dem schon wieder dicke Schneeflocken vorbeitrieben, war der Weg, den sie zurücklegen mussten, nicht allzu weit.

Hoffentlich kamen sie jedoch mit der päpstlichen Kutsche durch den Schnee, denn die kleinen Straßen Roms waren eng und verschneit. Selbst der Tiber, den sie bei ihrer Reise überqueren mussten, war an manchen Stellen gefroren. Ja, einen derartigen Winter hatte die Bevölkerung Roms in der vergangenen Zeit noch nicht erleben müssen.

Carlo Discu da Viterbo fror, als der Kutscher gerade aus einem großen Schneehaufen fuhr, in dem sie zuvor stecken geblieben waren. Noch war unklar, wann sie den Lateranpalast erreichen sollten, denn das Schneetreiben wurde immer stärker und die Schneemassen schienen kein Ende nehmen zu wollen.

Es sah ganz danach aus, als wollte der Herr selbst verhindern, dass Carlo jemals den Palast erreichen würde. Doch das würde nicht geschehen. Wenn es sein musste, dann würde er hier in dieser Kutsche auf den nahenden Frühling warten und dann selbst zum Palast gehen. Zwar hatte man ihm versichert, dass der Kutscher der kompetenteste in der Gegend des Ordenshauses sei, doch bisher hatte der Mann seine Fähigkeiten mit erstaunlichem Geschick verborgen.

Carlo hieb mit seinem Stock gegen das Kutschendach und schrie: »Schneller, ich sagte doch, ich muss so schnell als möglich den Lateranpalast aufsuchen.« Carlo glaubte, ein grimmiges Knurren vom Kutschbock aus zu hören und beschloss, dass dieser Kutscher weder tauglich, noch fähig war, eine Kutsche zu lenken und dass jene, die seine Fähigkeiten gelobt hatten, entweder blind oder aber geistig zurückgeblieben waren.

Vielleicht sollte Carlo, sowie sie wieder im Ordenshaus zurück wären, sich seiner entledigen. Ja, das wäre wohl das Beste für alle. Zuerst einmal mussten sie aber überhaupt den Lateranpalast erreichen und das stellte sich, wie das Wetter seit Stunden bewies, als überaus schwierige Aufgabe heraus. In einem Anflug von Ärger stellte Carlo sich vor, wie der nun amtierende Papst in seinen Gemächern vor einem wohlig prasselnden Kaminfeuer saß, das seine Diener für ihn entzündet hatten.

Ein weiteres Poltern der Kutsche sagte ihm, dass sie erneut in einem Schneehaufen steckten und Carlos‘ Verdacht wurde sogleich bestätigt, als der Kutscher von seinem Kutschbock heruntersprang und den Schnee mit einer kleinen Schaufel beiseiteräumte. Nun würde es nur noch fehlen, dass der unfähige Mann ihm mitteilte, dass es nicht möglich wäre, weiterzufahren und er nun zu Fuß gehen müsste.

Carlo atmete tief durch, wollte schon die Tür aufstoßen um dem Kutscher zu sagen, dass er sich beeilen solle, besann sich dann aber eines Besseren. Er würde nicht noch mehr Nerven in dieses Unternehmen stecken, als er es ohnehin schon getan hatte. Stattdessen wollte er einfach ruhig in der kalten Kutsche warten, bis sie ihr Ziel erreicht hatten, was sicherlich noch Stunden dauern würde. Doch wozu war man ein Geistlicher. Carlo begann in eine stille und andächtige Kontemplation zu verfallen.

Es wäre zu einfach, jetzt die Beherrschung zu verlieren und den Kutscher zu beschimpfen, zumal er zum jetzigen Zeitpunkt in allen Angelegenheiten auf ihn angewiesen war. Die Vergeltung würde kommen. Ob früher oder später war egal, aber sie würde kommen.

Mit einem Ruck fuhr die Kutsche plötzlich wieder an und der Kutscher schrie durch den Schneesturm hindurch, dass es jetzt nicht mehr allzu weit war. Carlo nahm diese Worte nur sehr undeutlich war und gab sich weiter seinem Nichtstun hin, welches als Beten getarnt war.

Kapitel 19

Äste und Zweige schlugen Bruder Ferire in sein junges Gesicht und zerkratzten seine blasse Haut. Der Wind fegte durch seine Haare und blies ihn fast von seinem Pferd, welches er zu Höchstleistungen antrieb. Bruder Vanum durfte auf keinen Fall entkommen und Außenstehenden von ihrem geheimen Kloster erzählen. Nicht auszudenken, was dies für den Orden St. Caritum bedeuten würde. Er rammte seine Fersen in die Flanken des Pferdes, das aufwieherte. Bruder Vanum, der einen beachtlichen Vorsprung hatte, riss den Kopf herum und überlegte sich sicherlich in diesem Moment, wie er am besten entkommen konnte. Nun, diese Gedanken konnte Bruder Vanum zwar hegen, doch verwirklichen würde er sie nie. Dafür würde Bruder Ferire sorgen und wenn es sein Leben kostete. »HALTET DAS PFERD AN!«, schrie Bruder Ferire und spürte Wut in sich aufkochen. Er hätte schwören können, ein Lachen Bruder Vanums zu hören, was ihn nur noch mehr in Rage versetzte. Bruder Ferire trieb sein Pferd weiter an, doch Bruder Vanum riss plötzlich seine Zügel herum und jagte mit seinem Pferd in den dichten Wald.

Obwohl die Sonne schien, war es im Wald finster und man konnte fast nichts sehen. Bruder Ferire fragte sich, was zum Teufel Bruder Vanum angetrieben hatte, dort hineinzureiten. Auch Bruder Ferire zog nun gewaltsam an den Zügeln und ritt in das kühle Dunkel. Bruder Vanum, das musste man ihm zugestehen, wusste, wie ein Pferd zu reiten war. Bruder Vanum ritt es geschickt durch den dichten Wald. Sein schwarzes Pferd sprang leichtfüßig über einen umgefallenen Baum. Bruder Ferire hatte alle Mühe ihm zu folgen, doch Beharrlichkeit und ein übermäßiger Sinn für Gerechtigkeit konnten sich ebenfalls auszahlen. Zwar kam das Tier von Bruder Vanum deutlich eleganter voran, doch schneller waren sie nicht, im Gegenteil. Bruder Ferire hatte den Eindruck, aufzuholen. Plötzliche Wassergeräusche verrieten Bruder Ferire, dass sie geradewegs auf einen Fluss zusteuerten. Würde Bruder Vanum es wagen, über ein Gewässer zu springen? Das würde sich zeigen.

Als Bruder Vanum hinter großen Büschen verschwand, schnalzte Bruder Ferire ungeduldig mit der Zunge, als Zeichen dafür, dass sein Pferd ihm folgen sollte. Er wusste nicht, was passiert war, aber als Bruder Vanums Pferd wieder in Sicht kam, preschte es davon – ohne den Reiter auf seinem Rücken. Bruder Ferire griff hastig in die Zügel, um sein Pferd an ein mäßigeres Tempo anzupassen. Als sie schließlich standen und Bruder Ferire den Fluss sah, der durch den Wald führte, spürte er erst, wie still es in dem Wald war. Er blickte sich verstohlen um und trieb sein Pferd nun doch an. Einfach dazustehen und zu warten, behagte ihm keineswegs. Er steuerte sein Pferd auf den nahe gelegenen Fluss zu und warf immer wieder aufmerksame Blicke umher. Wo war Bruder Vanum geblieben?

Bruder Ferire blickte zum Fluss. War Bruder Vanum vielleicht dort hineingefallen? Nein, ein Mann wie Bruder Vanum hätte sich ohne Weiteres daraus retten können. Es nützte nichts, Bruder Ferire hatte von Bruder Martin den Auftrag erhalten, Bruder Vanum um jeden Preis wieder zum Kloster zurückzubringen. Und diesen Preis würde er jetzt zahlen müssen.

Bruder Ferire schwang sich nervös von seinem Pferd und spähte gespannt umher. Es war immer noch nichts von dem Mönch zu sehen. Er dachte an Bruder Solus und Bruder Magnus. Würde es den beiden gut gehen?

In dieser Situation aber musste er jedoch an sich selbst denken. Bruder Ferire schritt vorsichtig an den Fluss, an dem einige Büsche standen, die ein gutes Versteck waren. Plötzlich hörte Bruder Ferire etwas hinter sich rascheln. Er wirbelte herum, sah dann aber mit großer Erleichterung, dass es sich nur um ein Reh handelte, welches verängstigt davonrannte, ganz so, als würde es sich vor dem friedfertigen Mönch fürchten. Bruder Ferire lächelte und wollte sich gerade wieder dem Fluss zudrehen, als er eine schnelle Bewegung wahrnahm und spürte, wie sich zwei kräftige Arme um seine Kehle schlossen.

Sofort riss Bruder Ferire seine Hände nach oben und drehte sich so gut er konnte herum. Er starrte geradewegs in das Gesicht Bruder Vanums‘, der einen irren Gesichtsausdruck angenommen hatte. »Lasst mich los«, krächzte Bruder Ferire und versuchte die todbringenden Hände zu lockern. Über Bruder Vanums Gesicht huschte lediglich ein Lächeln, bevor er Bruder Ferire zu Boden warf und ihn gewaltsam zum Wasser schleifte.

Nein, schoss es Bruder Ferire durch den Kopf, der die Absicht Bruder Vanums schon erkannt hatte, als dieser ihn zu Boden gedrückt hatte. Mit einem Knie schlug er Bruder Vanum in den Bauch, der kurz aufkeuchte und ihm dann mit der Faust ins Gesicht schlug. Blut spritzte aus Bruder Ferires Mund. Er musste sich anstrengen, nicht ohnmächtig zu werden. Beinahe hatten sie das Wasser erreicht. Bruder Ferire versuchte erneut Bruder Vanum mit einem Schlag seines Fußes so zu verletztzen, dass dieser sein grausames Vorhaben nicht umsetzen konnte. Er konnte jedoch nicht verhindern, dass Bruder Vanum ihn bis an den Fluss zerrte und ihn dort mit dem Kopf ins Wasser drückte. Panik, Panik wie Bruder Ferire sie noch nie verspürt hatte, keimte in ihm auf. Er schlug mit seinen Händen wild um sich. Die Luft wurde ihm jetzt schon knapp und er wusste nicht, wie lange er es noch durchhalten konnte.

Bruder Vanum schien keine Anstalten zu machen, seinen Griff zu lockern. Auf dem Grund des Flusses konnte er vereinzelt Fische sehen, die kein Problem mit der Atmung unter Wasser hatten. Langsam wurde ihm schwarz vor Augen und Sterne tauchten vor seinem inneren Auge auf. Bruder Ferire durfte dem Verlangen nach Luft nicht nachgeben. Er riss seinen Kopf hin und her, doch Bruder Vanum drückte ihn nur noch weiter nach unten. Und dann öffnete er doch seinen Mund und zog das Wasser in sich ein.

Ein Schmerz, ein stechender Schmerz durchfuhr seine Lungen, als ob Bruder Vanum diese durchstochen hätte.

Als er das zweite Mal das eisige Wasser einsog, wurde der Schmerz unerträglich und alles um ihn herum wurde schwarz.

Kapitel 20

In Arturs Kopf rasten Gedanken umher, Gedanken, die so schnell verschwanden wie sie gekommen waren, als ob er sie nicht richtig begreifen wollte. Meister Callidus stand weise lächelnd vor ihm und blickte abwechselnd ihn und das beeindruckende Gemälde an, welches immer noch an der kalten Wand lehnte.

»Die Heilige Schrift?«, sprach Artur und fragte sich, ob er sich vielleicht verhört hatte.

»Richtig«, bestätigte Meister Callidus immer noch lächelnd. Artur griff den Satz, um den es sich handelte, noch einmal auf und las ihn abermals laut vor:

»*Am hellen Mittag tappst du im Dunkeln wie ein Blinder. Deine Wege führen nicht zum Erfolg!* Dieser Satz soll aus der Bibel sein?«

»Wenn mich mein altes Gedächtnis nicht vollkommen im Stich lässt, dann bin ich mir fast sicher«, antwortete der belesene Mönch.

»Aber wie? Wo?«, fragte Artur und begriff nur noch weniger. Dieser Satz hörte sich für ihn wie eine Drohung an und da er die Bibel selbst schon gelesen hatte und somit wusste, dass dieses Buch die Nächstenliebe pries, konnte er sich nicht erinnern, diesen Satz schon einmal gelesen zu haben. Meister Callidus schritt nun schnell hinüber zu einem vollgestopften Bücherregal und zog ein altes, in Leder gebundenes Buch heraus. Artur konnte in verschnörkelter Schrift die Worte *Biblia*[9] auf der Vorderseite erkennen und Meister Callidus begann in dem Buch umherzublättern. Als er die entsprechende Stelle gefunden hatte, winkte er Artur zu sich und legte die Bibel behutsam auf den hölzernen Tisch. Er deutete auf Kapitel 28 des Buches Deuteronomium. Artur begann den Text zu studieren, doch Meister Callidus tippte bereits auf den 29. Vers. Arturs Augen wanderten langsam auf eine Stelle, in der Mitte des Textes und begann zu lesen:

---

[9] Bibel

»*Am hellen Mittag tappst du im Dunkeln wie ein Blinder. Deine Wege führen nicht zum Erfolg! …* «, Artur verglich den Satz Wort für Wort mit jenem Satz, der auf dem Bild stand. »Und noch immer bin ich mir gewiss, dass dieser Satz nicht als Drohung zu verstehen ist, sondern lediglich als Hinweis auf die Bibel, wo wir vielleicht ein entsprechendes Zeichen suchen sollten. Doch will ich dir gleich sagen, dass ich mir nicht sicher bin, was ich von diesem Gemälde halten soll.« Artur blickte auf.

»Was?«, fragte er schnell. Meister Callidus blickte Artur skeptisch an, als wüsste er nicht, wie er seine Worte ausdrücken sollte.

»Artur«, sagte er langsam, »du musst verstehen, dass dieses Bild wohl vor vielen Jahren in die Kerker verbannt wurde, aus welchen Gründen auch immer und wir nicht alle Tage ein Bild finden, welches mit verschlüsselten Botschaften übersät ist. Vielleicht hatte es einen guten Grund, dass dieses Bild nicht gefunden werden sollte.«

»Warum sollten die Mönche aus dem Kloster dieses Bild verbannen und es doch nicht unschädlich machen? Es kann wohl kaum gefährlich sein, sonst hätten die Mönche es doch zerstört, oder?« Meister Callidus runzelte die Stirn und blickte zu dem kleinen Fenster.

»Nicht, wenn es zwar gefährlich ist, aber etwas so Wertvolles bewahrt, dass eine Zerstörung Schlimmeres auslösen würde, als die bloße Anwesenheit des Bildes ... Nun gut, lassen wir uns also für einen Moment auf das Spielchen des Gemäldes ein und überlegen nun, was uns der Künstler mit den Rätseln aufzeigen wollte.« Artur nickte schnell und wandte sich dem Bild erneut zu.

»Ihr sagt also, dass dieser Satz lediglich ein Verweis auf die Bibel sein soll?«, wiederholte Artur und es kam ihm vor, als ob er diese Tatsache nun schon unzählige Male wahrgenommen hatte.

»In der Tat«, bekräftigte Meister Callidus erneut. »Dieser Ausspruch ist zwar recht schlicht, aber wie ich bereits sagte, hat er eine zentrale Funktion im Buche Deuteronomium. Wie ich dir bereits eingehend erläutert habe, ist diese Textstelle mehr als beängstigend. In unserem Fall jedoch nehme ich an, dass unser Spruch einfach gut zu dem gestellten Rätsel gepasst hat und der Künstler ihn somit für sein Vorhaben, etwas vor den neugierigen Augen der Menschheit zu schützten, benutzt hat. Darum können wir, wenn du meiner Meinung Glauben schenkst, die Aussage des Satzes vernachlässigen.«

Artur zog die Augenbrauen nach oben und Meister Callidus fuhr lächelnd fort: »Du glaubst mir nicht«, stellte er fest und Artur stieg eine leichte Röte in sein Gesicht.

»Allerdings … Nein … Vielleicht«, stotterte Artur und mühte sich, ehrlich zu sein. »Ich bin mir nur nicht sicher, warum der Künstler dann genau diese Stelle ausgewählt hat.«

»Das habe ich bereits mit mir selbst diskutiert und für mich interpretiert«, sagte Meister Callidus geduldig. »Ich denke, dieser Ausspruch Gottes passte einfach gut zu dem Rätsel, welches sich um dieses Bild offensichtlich rankt.« Artur zögerte, nickt dann aber und beschloss, Meister Callidus zu vertrauen, denn wie die Vergangenheit ganz offenkundig bewies, war es noch nie ein Fehler gewesen, dem alten Mann zu glauben.

»Nun gut«, begann Meister Callidus zu überlegen. Er hatte nun seinen Spaß an der Sache gefunden und konnte Artur so ganz nebenbei in Sachen Mythen und Rätseln prüfen und unterrichten.

»Ich denke, dass dieses Gemälde beinahe so alt ist wie die Gebeine unseres geschätzten Bruder Auctors‘, der, wie du weißt, unser Kloster gegründet hat.«

»Ja«, sagte Artur schnell und hörte Meister Callidus gespannt zu, der sicherlich schon einen Einfall hatte, wie das erste Rätsel zu lösen war.

»Damals, als das Kloster gegründet wurde, gab es Pergament und Tinte nicht in Übermaß, wie wir es aus unserer Zeit kennen. Nein, es war eher eine Seltenheit, dies zu besitzen.« Artur wusste nicht, worauf Meister Callidus hinaus wollte. Was hatten Pergament und Tinte mit dem Rätsel des Bildes zu tun? Meister Callidus fuhr schon mit seinen Überlegungen fort und ließ Artur keine Zeit für selbständige Argumentationen.

»In der Zeit, in der das Kloster von Bruder Auctor gegründet wurde, gab es demnach auch noch nicht viele Bücher auf St. Caritum. Vor allem, da das Kloster an einem Ort wie diesem hier versteckt ist«, sagte Meister Callidus und deutete mit seiner geäderten Hand nach draußen. Artur nickte.

»Was glaubst du, könnte dies für unser Rätsel bedeuten?«, fragte Meister Callidus nun gespannt und blickte Artur neugierig an. Artur schaute auf das Gemälde, als könnte es ihm Antworten geben, die Meister Callidus verlangte. Er überlegte, was er bereits wusste. Diese Wörter, welche als Verweis auf die Bibel genutzt wurden, waren zu einer Zeit entstanden, in der das Kloster vermutlich nicht allzu viel Pergament oder Tinte besaß. Nun also war es die logische Konsequenz, dass »das Kloster nicht viele Bücher herstellen oder duplizieren konnte«, platze Artur heraus.

»Richtig«, sagte Meister Callidus und ein Anflug von Stolz schwang in seiner brüchigen Stimme mit.

»Wie du bereits selbst herausgefunden hast, waren Pergamente oder Tinte eine Rarität und so nehme ich an, dass zu Zeiten Bruder Auctors das Kloster lediglich eine Bibel besaß. Glücklicherweise ist die älteste Bibel des Klosters noch immer hier und wird bis zum heutigen Tag genutzt.«

»Sie ist noch immer in Benutzung?«, fragte Artur entgeistert und fragte sich, ob sie nicht schon längst der Zeit zum Opfer gefallen sein musste.

»Natürlich, und wenn ich mich nicht irre, dann kann der Hinweis auf dem Bild lediglich auf diese eine Bibel verweisen, da es zu dieser Zeit nur eine Bibel in dem Kloster gab«, schloss der junge Abt.

Artur fiel im ersten Moment nur eine Bibel ein, die in dem Kloster für alle zugänglich war und somit für ihr Rätsel infrage kommen konnte. »Die alte Bibel der Kirche?«, sagte Artur zaghaft und blickte aus einem nahe gelegenen Fenster zu der verschneiten Kathedrale. Meister Callidus lächelte zufrieden und nickte. »Die Bibel, aus der immer die Predigen für besondere Festtage, wie Weihnachten oder Ostern, gelesen werden, war die erste Bibel des Klosters und wurde, wenn man der mündlichen Überlieferung Glauben schenkt, von Bruder Auctor selbst angefertigt.«

Arturs Herz begann schneller zu schlagen. Er fühlte, wie Erregung seinen ganzen Körper durchströmte. »Die Bibel ist frei zugänglich für jeden, sagtet Ihr?«, fragte Artur und Meister Callidus nickte erneut. »Aber was kann an dieser Bibel denn anders sein als an jeder anderen Bibel?«, fragte Artur. Meister Callidus entgegnete lächelnd:

»Ich sitze seit einigen Jahren in diesem Raum, studiere unsere alten Schriften und werde gleichzeitig noch in wichtige Entscheidungen des Hohen Rates mit einbezogen. Ich kann dir nicht sagen, wie lange ich schon nicht mehr in diese Bibel geblickt habe.«

»Dann ist der Weg, wie wir uns Klarheit verschaffen können, wohl eindeutig«, sagte Artur schlicht und schritt auf die alte Eichentür zu.

Meister Callidus war zwar ein alter Mann, doch immer auf der Suche nach neuen Anregungen für seinen Unterricht. So erweiterte er nebenbei noch seinen ohnehin gewaltigen Horizont. Ja, man sah es dem gebrechlichen Meister zwar nicht an, aber er war wagemutiger als viele andere Mönche.

Der verschneite, steinerne Innenhof war zwar noch passierbar, doch versanken beide immer wieder in eisigen Schneeböen. Der Weg zur alten kreuzförmigen Kathedrale dauerte länger als sonst und Artur war erleichtert, als sie das steinerne Gemäuer erreicht hatten. Die Kirche erweckte in Artur jedes Mal ein Gefühl der Unendlichkeit, wenn er sie betrat. Dieses Gebäude hatte etwas an sich, was Artur sich nicht erklären konnte und jener göttliche Geist, der in der Kirche schlummerte, schien ihn jedes Mal zu erfüllen. Die vielen Heiligenstatuen an den Wänden wurden einzig und allein durch Gemälde vom Leidensweg Jesu unterbrochen. Arturs Blick wanderte, wie so oft, nach oben an die wunderschön gestaltete Decke, an dessen Ränder sich viele steinerne Blumen befanden. Meister Callidus schien das uralte Gotteshaus ebenfalls noch zu beeindrucken, denn auch er blieb stehen und blickte sich fasziniert um. Dann schritt er ruhig und langsam nach vorne, wobei sein weißes Gewand in der dunklen Kirche zu leuchten schien.

Sie näherten sich dem schwarzen Ambo, wobei Artur sorgsam darauf achtete, dass er vor dem beeindruckenden Stein stehen blieb und eine angedeutete Verbeugung durchführte. Meister Callidus lächelte zufrieden und nickte ebenfalls mit dem Kopf. Dann gingen sie langsam um den Ambo herum. Artur wurde sich erst jetzt bewusst, dass er diese Bibel noch nie aufgeschlagen hatte, seit er das Kloster bewohnte. Für eine Bibel, die Bruder Auctor nur für das Kloster angefertigt hatte, die zu seiner Zeit ein Unikat war, musste Artur zugeben, dass sie wenig von dem Glanz hatte, welchen er erwartet hatte.

»Das ist sie?«, fragte Artur und konnte es nicht verhindern, dass ein enttäuschter Unterton in seiner Stimme mitschwang. Meister Callidus entging dieser Unterton nicht und er sagte mit leicht gerunzelter Stirn:

»Die Leprakrankheit eines Bettlers sollte dir niemals Aufschluss über die Würde des Mannes geben.« Artur wandte sich dem alten Meister zu, nickte entschuldigend und warf einen erneuten Blick auf das Heilige Buch.

»Nun, Ihr sagtet, dass dieser Ausspruch lediglich ein Verweis auf diese Bibel ist, da diese Bibel die einzige in unserem Kloster zu Zeiten Bruder Auctors war.«

»Sehr gut«, lobte ihn Meister Callidus. »Wie du sicher weißt und bemerkt hast, bin aber auch ich nicht allwissend und kann daher nur mutmaßen. Darum bin ich jetzt ebenso gespannt wie du, was diese Bibel für uns bereit hält.« Artur öffnete erwartungsvoll die große Bibel und schlug die erste Seite auf. Er musste nicht lange suchen. Er konnte mittlerweile geschickt mit dem Heiligen Buch umgehen und es war ihm ein Leichtes, die entsprechende Stelle zu finden. Meister Callidus beugte sich interessiert über den Ambo und betrachtete mit Artur die Textstelle im Buch Deuteronomium Kapitel 28, Vers 29. Als Artur zu lesen begann, wusste er, was Meister Callidus damit gemeint hatte, was dem Volke Gottes widerfahren würde, sollten sie seine Gesetze missachten:

»Der Herr schlägt dich mit dem ägyptischen Geschwür, mit Beulen, Krätze und Grind, und keiner kann dich heilen. Der Herr schlägt dich mit Wahnsinn, Blindheit und Irrsein. *Am hellen Mittag tappst du im Dunkeln wie ein Blinder. Deine Wege führen nicht zum Erfolg!* Dein Leben lang wirst du ausgebeutet und ausgeraubt und niemand hilft dir. …«

Artur blickte auf den beinahe apokalyptischen Text.

»Das ist einer der zentralsten Stellen im Buche Deuteronomium. Dort kann man sehr gut erkennen, was den Menschen anscheinend widerfahren wird, wenn sie sich nicht an Gottes Gesetz halten.« Artur machte sich nicht viele Gedanken zu diesem biblischen Text. Er hing in Gedanken immer noch an Meister Callidus‘ Aussage, dass diese Wörter auf der Rückseite des Bildes lediglich ein Verweis auf diese Bibel seien:

Am hellen Mittag tappst du im Dunkeln wie ein Blinder. Deine Wege führen nicht zum Erfolg! Zwar eignete sich dieser Satz hervorragend, um Leichtgläubige von dem Bild fern zu halten, doch wurde er, war Meister

Callidus‘ Einschätzung korrekt, für einen gänzlich anderen Zweck genutzt.

»Habt Ihr nicht gesagt, dass der Ausspruch aus dem Buche Deuteronomium lediglich auf diese Bibel hinweist?«, fragte Artur, unsicher, ob Meister Callidus diese Behauptung vergessen hatte.

»Wie Recht du hast«, sagte Meister Callidus und schien offensichtlich mit dem Erinnerungsvermögen seines Schülers zufrieden. Dann sagte er verschmitzt lächelnd: »Ich schlage vor, dass du eine Seite umblätterst.«

Kapitel 21

Papst Nikolaus IV. wartete. Es kam selten vor, dass ein Papst wartete, das hatte Girolamo die Geschichte gelehrt. Eigentlich war es ein wertvolles Privileg der Päpste, niemals warten zu müssen, doch heute, für diesen besonderen Anlass, war es ihm gleichgültig. An diesem ersten Morgen als neuer Papst hatte er jedoch schon einige Aufgaben zu bewältigen gewusst.

Hunderte von Gläubigen waren, als sie die frohe Botschaft erfahren hatten, zum Lateranpalast geeilt und hatten Girolamo zugejubelt. Girolamo hatte einige neue Edikte aufgestellt, die seinen Wert- und Normvorstellungen entsprachen. Er hatte einigen armen Seelen Absolution erteilt und Verbrecher exorziert. Ja, Rom feierte. Rom feierte ihn, auch wenn die Heilige Stadt es sich nicht anmerken ließ, denn das Schneetreiben war noch dichter geworden. Girolamo fragte sich, wie um alles in der Welt, Carlo Discu da Viterbo durch dieses Schneegestöber zu ihnen durchdringen wollte. Das konnte als Papst aber nicht seine Sorge sein. Er sollte sich um nichts sorgen. Ein breites Lächeln huschte über sein dickliches Gesicht und erfüllte ihn mit Genugtuung.

Plötzlich klopfte es an der vergoldeten Tür zu seinen Gemächern. Girolamo wandte sich um und wartete. Er wartete ein, zwei Augenblicke ehe er mit kraftvoller Stimme »Herein!«, rief. Ein kleiner, aber gut aussehender und wohlgekleideter Diener betrat sein Gemach, führte eine kleine Verbeugung aus und sagte dann in höflichem und respektvollem Ton:

»Verzeiht, Eure Heiligkeit, dass ich Euch stören muss, aber es ist Besuch für Euch eingetroffen.«

»Besuch?«, fragte Girolamo gespielt argwöhnisch. Wie hatte sein Vater immer gesagt: Besser schweigen und als Narr erscheinen, als sprechen und jeden Zweifel beseitigen. Leute, die zu viel wussten und zu viel ausplauderten, lebten seiner Meinung nach kürzer. Doch, überlegte er, da er jetzt Papst war, würde er dieses Lebensmotto wohl verwerfen müssen.

»Ja, verehrter Vater. Es ist der Ordensgeneral des Franziskanerordens, Carlo Discu da Viterbo.«

»Tatsächlich?«, sagte Girolamo und konnte nicht verhindern, dass ein erfreuter Tonfall in seiner Stimme zu hören war. Der Diener zögerte einen kurzen Augenblick, nahm jedoch gleich wieder seine ernste und untertänige Haltung an:

»Ist es Euch recht, wenn ich ihn hereingeleite?« Girolamo nickte kurz. Was würde Carlo zu seinem Triumph sagen, den er sich so ersehnt hatte. Zwar wusste Girolamo, dass Carlo erfreut darüber war, dass er nun der Heilige Vater war, doch beschlich Girolamo immer wieder ein Gefühl, Carlo hätte es wohl bevorzugt, selbst auf dem Papsthron zu sitzen. Damals, als Girolamo zum Kardinal berufen wurde, hatte der Papst nur ihn verlangt, nicht seinen untergeordneten Franziskanerbruder Carlo Discu da Viterbo. Carlo war zum Ordensgeneral aufgestiegen, was ebenfalls ein hoher Rang war, bedachte man die Tatsache, dass die Franziskaner ein mächtiger Orden waren. Vielleicht zu mächtig …

Endlich kam er zurück, der hochnäsige Diener des Papstes. Girolamos Diener. *»Ich werde sehen, ob Seine Heiligkeit gewillt ist, Euch zu empfangen«*, hatte er mit gerümpfter Nase gesagt, als Carlo sein Anliegen vorgetragen hatte. Dieser Narr, er hatte keine Ahnung, dass der Papst ihn sehnlich erwartete und es nichts Wichtigeres gab, als dass Carlo zu ihm gelassen wurde. Stolz glitt der Diener die Treppe herab und blieb vor Carlo stehen, der ohne seinen Kutscher hereingekommen war. Carlo würde einen neuen Kutscher für die Rückfahrt verlangen müssen. »Er wird Euch empfangen«, sagte der Diener und musterte Carlo kaum merklich. Carlo nickte knapp, dann wandte sich der Diener mit einer schwingenden Bewegung um und schritt schnell durch die zugigen Gänge des Laterans.

Carlo hatte keine Mühe Schritt zu halten, war jedoch enttäuscht, so wenig von dem beeindruckenden Palast zu Gesicht zu bekommen. Wobei, er würde sicherlich bald viel mehr Zeit in diesen Gemäuern verbringen dürfen, sollte Girolamo erst einmal die bittere Wahrheit herausgefunden haben, die sicherlich auf sie beide wartete. Vielleicht, denn Carlo war noch nicht alt, besaß Girolamo sogar die Güte, ihn in den Stand eines privilegierten Kardinals zu erheben.

Sie schritten nun durch den bekannten Spiegelkorridor des Palastes. Von jeder Seite blickte sie ein Spiegelbild ihrer selbst an. Carlo war froh, als sie endlich in einen anderen Korridor einbogen und die Spiegel hinter sich lassen konnten. Dann sah er die Tür, die sicherlich zu den Gemächern des Papstes führen musste. Die große, goldene und schwere Tür konnte nur ein Zeichen dafür sein, dass sich hinter ihr der mächtigste Mann auf Erden befand.

Tatsächlich ging der Diener zielstrebig auf sie zu und klopfte drei Mal dagegen. Carlo verspürte ein leichtes Kribbeln in seinem Körper, achtete jedoch nicht darauf. Eine vertraute Stimme aus dem Inneren rief kraftvoll: »Herein!« Der Diener stieß die Tür mühsam auf und trat beiseite. Carlo trat ein und sah seinen früheren Ordensgeneral nach Jahren endlich wieder vor sich.

Zuallererst standen sich die beiden Männer für einen kurzen Augenblick gegenüber und niemand sagte ein Wort. Dann jedoch wurde Carlo bewusst, wem er gegenüber stand, ließ sich auf die Knie sinken und küsste mit einer respektvollen Geste die Schuhe des Papstes.

»Heiliger Vater«, sagte Carlo und richtete sich auf, nicht ohne sich noch einmal zu verbeugen.

»Carlo, es ist schön Euch zu sehen«, sagte der Oberste Bischof von Rom und nickte freundlich. Carlo wandte leicht den Kopf, um zu sehen, ob der unverschämte Diener schon gegangen war und sagte dann zu Girolamo:

»Ich bin erfreut, dass unser … Vorhaben so gut vorangeschritten ist.« Girolamo lächelte.

»Warum sollte Gott uns Steine in den Weg legen, während wir diese Absicht unter seinem Banner vollführen, auch wenn natürlich niemand wissen darf, was wir erforschen werden. Ihr habt es doch niemandem erzählt?«, fragte Girolamo und runzelte die Stirn, während sie sich an einen hübschen hölzernen und kunstvoll verzierten Tisch setzten.

»Natürlich nicht«, sagte Carlo und wirkte fast beleidigt. »Ihr wisst genauso gut wie ich, dass wir niemandem davon erzählen sollten, falls sich unsere Befürchtung bestätigt.« Girolamo nickte und fügte dann knapp hinzu:

»Was ist mit dem Boten geschehen?« Er war sich allerdings nicht sicher, ob er die Antwort wissen wollte. Carlo schmunzelte, schüttelte dann kurz und gleichgültig den Kopf und sagte:

»Er ist tot, aber Ihr wisst besser als ich, *nihil fit sine causa.*«[10]

»Ich werde ihn in meine Gebete einschließen«, sagte Girolamo und blicke aus dem weißen Fenster, dann bekreuzigte er sich.

»Ihr stimmt sicher mit mir überein, dass wir unsere Behauptungen so schnell es uns möglich ist prüfen müssen? Doch wäre ich erfreut, wenn wir einen Tag warten könnten. Die Reise hat mich doch sehr angestrengt und ich würde gerne eine Nacht hier verbringen, ehe wir uns aufmachen.« Girolamo zögerte, als er aber aus dem Fenster blickte und die dicken Schneeflocken bemerkte, die vor dem Fenster vorbeitrieben, war er der gleichen Meinung wie Carlo.

»Natürlich«, sagte er, erhob sich und klatschte in seine Hände. Sofort wurde die goldene Tür aufgestoßen und ein Diener trat ein. Er erteilte ihm den Auftrag, Carlo in ein angemessenes Gemach zu führen, damit sie morgen früh so schnell als möglich dem größten Geheimnis der Kirche auf die Spur kommen konnten.

---

[10] Nichts geschieht ohne Grund.

Kapitel 22

Bruder Solus war gerade dabei, Bruder Magnus‘ Wunden zu reinigen, als ihm erneut bewusst wurde, dass Bruder Vanum entkommen war. Er war weg, zusammen mit Bruder Ferire. Auch wenn Bruder Ferire es gelingen sollte, Bruder Vanum zu verfolgen, so hätten sie dennoch keine Spur von ihnen. Bruder Solus und Bruder Magnus wussten nicht, wohin die beiden verschwunden waren. Sie konnten nur mutmaßen. Erschwerend kam hinzu, dass Bruder Magnus eine klaffende Wunde an seinem Kopf aufwies und diese erst versorgt werden musste.

Mit einem leisen Seufzer schien wieder ein wenig Leben in Bruder Magnus‘ zu kommen, denn er öffnete die Augen und blickte verwirrt in Bruder Solus‘ Gesicht.

»Was ist …?«, setzte Bruder Magnus an und Verzweiflung war in seinem jungen Gesicht zu lesen.

»Er ist entkommen. Bruder Ferire ist hinter ihm her.« Mehr konnte Bruder Solus im Moment nicht sagen. Er war zu sehr damit beschäftigt, Bruder Magnus‘ Wunden zu versorgen. Doch schon nach wenigen geschickten Handgriffen wusste Bruder Solus, dass er nichts für Bruder Magnus tun konnte. Sie mussten ein Gasthaus aufsuchen, in der Hoffnung, dass es dort jemand gab, der mit der Heilkunde vertraut war.

»Bruder Magnus?«, fragte Bruder Solus leise und hoffte auf eine klare Antwort des Bruders. »Fühlt Ihr Euch stark genug, um bis zum nächsten Gutshaus zu reiten? Ihr werdet bei mir mitreiten.«

Es dauerte eine Weile bis Bruder Magnus reagierte, doch dann nickte er kaum merklich. Bruder Solus atmete erleichtert auf und pfiff einmal durch seine Zähne. Sofort kam sein eigenes Pferd angetrabt und kam vor ihm zum Stillstand. Es stellte sich als eine überaus schwierige Aufgabe heraus, Bruder Magnus auf das Tier zu heben, doch schließlich saß dieser wacklig auf dem Rücken des Pferdes. Bruder Solus kletterte hinterher und zusammen machten sie sich auf, das nächste Gasthaus zu erreichen, in welchem sie die Nacht verbringen und hoffentlich Bruder Magnus‘ Wunden gereinigt werden konnten. Die Kälte machte ihnen ebenfalls zu schaffen und während sie unterwegs waren, begann sich Bruder Solus bereits in Gedanken auszumalen, was mit Bruder Ferire passiert sein könnte. Wie immer, wenn Bruder Solus nachdachte, rechnete er bereits mit dem Schlimmsten.

Doch dieses Mal, dieses eine Mal, sollte Bruder Solus tatsächlich mit dem Schlimmsten konfrontiert werden.

Kapitel 23

Arturs Hände schwitzten, als er auf Meister Callidus‘ Anweisung hin, das biblische Blatt umblätterte und auf eine fast göttliche Erleuchtung hoffte. Als er dabei in Meister Callidus‘ lächelndes Gesicht blickte, schien es, als würde sein Erwartungsgeist jeden Augenblick aus ihm herausbrechen.

Auf der anderen Seite offenbarte das alte Buch Meister Auctors Buchstaben. Hunderte Buchstaben befanden sich auf der Bibelseite und sponnen die Geschichte vom Buche Deuteronomium weiter. Artur sah auf, legte seine Stirn in Falten und blickte Meister Callidus verdutzt an.

Dieser Augenblick war so suspekt, so unwirklich und derart unglaublich, dass Artur sich fragte, ob er in einem seiner Träume steckte. Meister Callidus, die wandelnde Weisheit, von dem Artur überzeugt war, dass es keine Frage auf Erden gab, die dieser Mann ihm nicht beantworten konnte. Meister Callidus selbst schien mehr als erschüttert zu sein, als Artur die Bibel auf dem schwarzen Ambo drehte und dem alten Meister einen prüfenden Blick gewährte. Im ersten Moment war Artur nicht sicher, ob es klug war, den Meister auf seinen offensichtlichen Fehler anzusprechen oder nicht. Dann entschied sich Artur dagegen und ließ Meister Callidus die Zeit, die dieser sicherlich benötigte, um seine Gedanken wieder zu sammeln. Wenn dies ihr erster Anhaltspunkt gewesen war, um dieses sonderbare Rätsel zu lösen, dann versank diese uralte Spur im Sand der Geschichte. Vielleicht war die Bibel Bruder Auctors‘ über die Jahre einfach verschwunden und man hatte eine andere Bibel an dessen Stelle platziert, völlig unbemerkt.

Es gab viele Komponenten, die bei der Lösung des Rätsels zusammentreffen und ein verfälschtes Ergebnis präsentieren konnten. Es war nahezu unmöglich, dass alle Spuren, die Bruder Auctor oder wer auch immer, gelegt hatten, noch vollständig intakt waren. Artur war sich jetzt fast sicher, dass es sinnlos war, weiter nach Zeichen zu suchen, auch wenn er brennend an der Geschichte des Bildes interessiert war. Meister Callidus war inzwischen sicherlich nicht mehr der Meinung, dass das Rätsel nur als Zeitvertreib gedient hatte. Immerhin waren sie gerade auf beinahe biblische Art aufgehalten worden. War Meister Callidus‘ These, dass dieser Satz lediglich ein Verweis auf diese Bibel sei, eine Fehleinschätzung gewesen? Wusste der alte Mann vielleicht mehr, als er zugeben wollte?

»Meister Callidus?«, fragte Artur schließlich zaghaft. Zuerst reagierte Meister Callidus nicht, sondern blickte weiterhin auf den Text vor ihm und blätterte eine Seite zurück.

»*Nam nemo sine vitiis nascitur.*[11] Wie ich dir bereits erläutert habe, bin auch ich nicht fehlerfrei und darüber, das sage ich dir voller Stolz, bin ich mehr als froh.«

Artur zögerte. Meister Callidus‘ philosophische Wortwahl war für ihn manchmal nicht ganz einfach zu interpretieren, doch er war sich sicher, den Sinn dieser Worte vollständig verstanden zu haben.

»Was wird der nächste Schritt sein?«, fragte Artur, der wusste, dass es nichts brachte, Meister Callidus jetzt auf seinen Fehler anzusprechen. Artur wie auch Meister Callidus wussten um den Fehler und dennoch würde Artur sich weiter an Meister Callidus halten. Denn wenn jemand auf diesem Kloster ihm bei diesem Rätsel helfen konnte, dann der weißhaarige Meister.

»Das Problem überschlafen«, sagte der Meister zuversichtlich. »Vielleicht ist es dir möglich, dass du Bruder Martin beim Abendessen nach diesem Rätsel frägst.«

»Aber Bruder Martin ist …« Meister Callidus lächelte.

»Ich weiß, dass Bruder Martin sicherlich nicht der größte Denker des Klosters ist«, sagte Meister Callidus und wandte sich kurz herum, um zu sehen, ob auch niemand in der großen Kirche war. »Dennoch habe ich vor unserem gutherzigen Bruder Martin den allergrößten Respekt. Du weißt nicht, was er vor seiner Zeit als Mönch alles durchstehen musste und dennoch hat er eine unglaubliche Kenntnis über unser Kloster und unsere Traditionen. Also unterschätze Bruder Martins Weisheit nicht. Sie ist nicht die gleiche wie die meine und doch ist sie auf eine andere Weise gleichwertig und ebenso zu bewahren.«

---

[11] Kein Mensch wird ja ohne Fehler geboren.

Gewillt Meister Callidus‘ Ratschlag anzunehmen, ging Artur später am Abend nach unten in das Refektorium. Die Mönche waren in den Speisesaal gekommen, um ihr abendliches Mahl einzunehmen. Bruder Martin hatte Artur schon des Öfteren darauf hingewiesen, dass das Essen, welches Bruder Clarens ihnen hier zubereitete, keine Selbstverständlichkeit war und es darum immer ein Gebet wert sei.

Artur setzte sich an die Stirnseite des langen Holztisches, dort wo der thronartige Abtstuhl stand. Wie es schien, war Bruder Martin noch in seine Arbeit als Cellerar vertieft, denn er war noch nicht zum Essen erschienen. Artur musste dem kleinen, molligen Bruder aber auch eingestehen, dass er mehr und härter arbeitete, als alle anderen Mönche im Kloster. Als Artur begann, sein stilles Mahl einzunehmen, dankte er dem Herrn für Speis und Trank und dafür, dass er dieses Leben leben durfte. Es schien ihm wie ein Luxus, verglich er seine jetzige Situation mit der vor wenigen Monaten.

Als Artur sein Mahl beendet hatte, betrat der kleine Bruder Martin mit seinem typischen Mönchshaarschnitt das Refektorium. Artur lächelte, wie immer, wenn er den lebensfrohen und gutmütigen Mönch sah. Bruder Martin steuerte zwinkernd auf Artur zu und setzte sich neben ihn.

»Jedes Lächeln ist in der Dunkelheit wie ein Sonnenstrahl, der von unserem Herrn selbst in das Kloster geschickt wird«, sagte Bruder Martin weise und blickte Artur lächelnd an. »Ich hoffe, es gibt einen Grund für deine Heiterkeit?«, fragte Bruder Martin und schöpfte sich ein wenig von der Gemüsesuppe in den Teller.

»Eigentlich nicht«, sagte Artur und lächelte noch ein wenig breiter, angesichts Bruder Martins verwirrtem Gesichtsausdruck.

»Dann darf ich annehmen, dass du dich über mich lustig machst?«, fragte der Bruder und blickte Artur durchdringend aber nicht unfreundlich an.

»Nein, sorgt Euch nicht«, sagte Artur lachend und fügte hinzu: »Ihr strahlt für mich lediglich immer, wenn ich Euch sehe, ein Gefühl des Mutes und der Zuversicht aus.« Bruder Martin öffnete den Mund, um etwas zu sagen, schloss ihn dann wieder, blickte Artur erstaunt an, öffnete den Mund erneut und nahm einen großen Löffel seiner Suppe zu sich.

»Aber ich bin mir sicher, dass dies nicht das Einzige ist, was du mir mitteilen möchtest?«, sagte Bruder Martin selbstsicher. Artur grinste. Bruder Martins unheimliche Fähigkeit, Dinge in Erfahrung zu bringen, die man noch nicht ausgesprochen hatte, beunruhigt Artur schon seit ihrem ersten Treffen.

»Nein, natürlich nicht. Ihr habt wie immer Recht«, sagte Artur verschmitzt lächelnd.

Bruder Martin warf ihm einen vielsagenden Blick zu und widmete sich wieder seiner Suppe. »Ich habe nur eine Frage an Euch, die mir Meister Callidus leider nicht beantworten konnte.« Bruder Martin verschluckte sich umgehend an einem Stück Brot, welches er der Brühe hinterher in den Mund gesteckt hatte. Dann sprach er hustend, keuchend und prustend weiter:

»Du möchtest mich etwas fragen, was dir Meister Callidus nicht beantworten konnte?«, fragte Bruder Martin ungläubig und wurde rot. Ob vor Stolz oder weil die Suppe derart heiß war, konnte Artur nicht feststellen. »Artur, dein Vertrauen ehrt mich. Sehr sogar. Nur bin ich nicht sicher, ob du ganz bei Sinnen bist, mir die Fähigkeit zuzusprechen, eine Frage zu beantworten, die unser hochgeschätzter Meister nicht beantworten kann.« Doch Artur entgegnete schnell:

»Es geht nicht um eine Frage, für die man den klügsten Mann des Klosters benötigt. Es geht vielmehr um eine spannende Geschichte und um das Rätsel eines Bildes.«

»Rätsel eines Bildes?«, wiederholte Bruder Martin und vergaß für kurze Zeit seine dampfende Suppe.

»Ja«, erwiderte Artur und war nun gespannt, ob Bruder Martin ihm eine bessere Auskunft geben konnte, als Meister Callidus.

»Nun, Ihr kennt doch sicherlich den Gründer dieses Klosters, Bruder Auctor?«, fragte Artur.

»Allerdings«, antwortete Bruder Martin und blickte Artur nun ebenso gespannt an, wie Artur Meister Callidus‘ Worten gelauscht hatte.

»Ich habe heute Morgen, als ich Bruder Custos Todeszelle aufgesucht habe, im Keller ein sonderbares Bild entdeckt.«

»Und was«, sagte Bruder Martin leise, »war auf dem Bild zu sehen?« Artur rief sich das unheimliche und doch beeindruckende Bild in Erinnerung und begann mit seiner Beschreibung.

Als Artur geendet hatte und Bruder Martin in die Geschichte eingeweiht war, war er sich sicher, dass der kleine Mönch, der mit der Geschichte dieses Klosters besser vertraut war als mit seiner eigenen, eine Lösung parat hatte. Es konnte nicht so schwer sein, jemanden im Kloster zu finden, der eine Antwort auf die Frage des Bildes hatte. In einem der drei Sätze, musste sich doch ein Hinweis verbergen, den sie übersehen hatten. *Hic aliquid lapideum requiescit, am hellen Mittag tappst du im Dunkeln wie ein Blinder. Deine Wege führen nicht zum Erfolg!* Auch die völlig unleserliche Schrift musste ihnen früher oder später Aufschluss geben. Und warum, diese Frage war von Artur bisher noch völlig außer Acht gelassen geworden, warum standen die Worte *Hic aliquid lapideum requiescit*, kreisförmig auf Bruder Auctors Brust?

Hatte all dies einen logischen Zusammenhang und niemand konnte oder wollte ihn verstehen? Artur fiel es schwer, den Mönchen nach den Vorkommnissen in den letzten Monaten gänzlich zu vertrauen. Sicher, sie würden alles dafür tun, dass ihm nicht geschah, doch war sich Artur nicht sicher, und er war sich auch damals nicht sicher gewesen, ob die Mönche ihm immer wieder Tatsachen verschwiegen, von denen sie glaubten, sie seien zu gefährlich für einen jungen Mann wie ihn. Artur beobachtete Bruder Martin genau, als dieser den Anschein erweckte, nachzudenken.

»Artur, ich erflehe deine Nachsicht, aber ich kann mir … ich weiß tatsächlich nicht, was ich von diesem Rätsel halten soll, und ich kann dir daher leider nicht weiterhelfen. Es tut mir leid.«

Artur blickte enttäuscht auf den steinernen Boden.

»Ihr wisst also auch nicht, weshalb die Worte aus dem Buche Deuteronomium ausgewählt wurden?«

»Ich wünschte, ich wüsste es«, sagte der alte Bruder und blickte Artur entschuldigend an.

»Ich werde es mir noch einmal durch den Kopf gehen lassen, doch ich kann dir nicht versprechen, dass ich eine Lösung finde.« Artur nickt dankend und erhob sich schweigend.

Dann ging er hinaus und machte sich auf den Weg in seine Zelle, wo er sich seinen verwirrten Gedanken hingab.

Kapitel 24

Als Girolamo die Augen aufschlug, war es draußen noch dunkel. Gestern Nacht hatte er seinen Dienern ausdrücklich befohlen, ihn früh zu wecken. Immerhin musste etwas erforscht werden, was so schrecklich erschien, dass Girolamo nicht glauben konnte, dass die Kirche sich mit dieser falschen Tatsache schmückte. Dies war aber nicht der einzige Grund, der Girolamo dazu trieb so früh sein Gemach zu verlassen, als der Herr noch nicht einmal die Sonne ausgesandt hatte: Carlo Discu da Viterbo sollte nicht nach dem Papst schicken müssen, der noch schlummernd in seinem Bett lag. Nein, wenn er Glück hatte und wer hatte mehr Glück als der Heilige Vater, lag Carlo noch in seinem Bett und schlief selig, wobei auch er gestern zugestimmt hatte, noch vor Sonnenaufgang aufzubrechen.

Papst Nikolaus IV. schwang seine kurzen Beine aus dem weichen Himmelbett und klatschte in die Hände. Sofort glitt die Tür auf und zwei Diener betraten das Gemach des Papstes. Beide verbeugten sich, sprachen den morgendlichen Gruß und öffneten die Vorhänge. Draußen war es noch dunkel und die Kälte hatte sogar das Innere des Lateranpalastes eingenommen, auch wenn in Girolamos Kamin ein stattliches Feuer brannte. »Darf ich Eurer Heiligkeit beim Ankleiden helfen?«, fragte ein Diener schmeichelnd. Girolamo nickte knapp und ließ sich von dem Mann in sein beeindruckendes Gewand verhelfen.

Als Girolamo an das Fenster trat, sah er trotz der Dunkelheit auf der Piazza vor dem Palast noch immer Hunderte von Gläubigen stehen, die darauf warteten, dass der neue Papst sich ein zweites Mal zeigte oder sich vielleicht sogar direkt an sie wandte. Dafür war heute keine Zeit, denn sie mussten unbedingt den heiligen Ort aufsuchen, an dem das Geheimnis versteckt lag. Die Kutsche, die sie dorthin bringen würde, stand schon seit gestern Abend bereit. Wieder schoss ihm Carlo durch den Kopf, den er hoffentlich mit seinem frühen Aufstehen überraschen konnte, denn dieser lag sicherlich in seinem Bett und ahnte noch nicht, dass der Papst persönlich kommen würde, um ihn zu wecken.

Carlo Discu da Viterbo saß vor dem Gemach des Papstes und wartete auf eben diesen Mann. Ein Lächeln umspielte sein dünnes Gesicht mit dem Spitzbart, welchen er sich oft um die Finger zwirbeln ließ. Carlo war so früh selten derart vergnügt gewesen, doch heute war alles anders: das frühe Aufstehen, das Warten vor dem Papstgemach und dann die Reise durch Rom, zu dem Ort, an dem alles begonnen hatte.

Vor wenigen Augenblicken hatte der Papst seine Diener rufen lassen, damit sie ihm halfen, sich anzukleiden. Carlo genoss den Gedanken an den Moment, in dem Girolamo erkennen würde, dass Carlo schon lange vor ihm auf den Beinen war. Erneut huschte ein Lächeln über sein Gesicht und verzog es zu einer merkwürdigen Grimasse. Hoffentlich würden das Wetter und vor allem die unglaubliche Menschenmasse dort draußen zulassen, dass sie ihre Reise überhaupt antreten konnten. Zwar war der Weg nicht weit, aber sie würden ihn nicht ohne eine Kutsche zurücklegen können. Vor allem bei einem derartigen Schneetreiben. Es war aber auch verrückt! Warum musste Rom gerade dieses Jahr einen solchen Winter erdulden? In den übrigen Jahren waren sie immer um Schnee herumgekommen, denn normalerweise wurde es hier selbst im Winter nicht sehr kalt.

Als die Tür aufgestoßen wurde und Papst Nikolaus IV. mit einem selbstsicheren Lächeln aus seinem Gemach trat, hätte sich Carlo keinen größeren Triumph ersehnen können. Das Lächeln auf dem Gesicht seines alten Ordensgeneral gefror augenblicklich und fiel sofort von ihm ab. Die stolze Haltung bröckelte leicht und Girolamo schien in sich zusammenzufallen. Girolamo und Carlo waren keine Feinde, im Gegenteil, sie waren enge Verbündete und seit jener Zeit befreundet, als Carlo dem Franziskanerorden beigetreten war. Die unausgesprochene Rivalität zwischen ihnen dauerte aber immer noch an und würde wohl niemals ganz aufhören. Zuerst sah es danach aus, als ob der Papst nicht einmal ein Wort aussprechen konnte. Carlo zweifelte nicht daran, dass Girolamo in kurzer Zeit seine Stimme wiederfinden würde und tatsächlich sagte Seine Heiligkeit nach wenigen Momenten stockend:

»Oh, gut … Ihr … Ihr seid schon wach.«

»Guten Morgen«, sagte Carlo höflich und verbeugte sich.

»Wie Ihr seht, habe ich es nicht allzu lange in meinem Bett ausgehalten«, schwindelte Carlo. Er hätte liebend gerne noch ein wenig geschlafen, doch die Pflicht rief und allein schon dieser pikierte Gesichtsausdruck machte ihm den Morgen ein wenig erträglicher.

»Nun«, sagte der Papst langsam. »Nun«, sagte er erneut und schien über den nächsten Schritt nachzudenken. »Wir denken, Ihr stimmt uns zu, wenn wir uns sofort aufmachen. Es eilt.«

»Natürlich stimme ich Euch zu«, sagte Carlo etwas lauter und aufgebrachter, als er beabsichtigt hatte.

»Heiliger Vater«, fügte er schnell hinzu und wurde unter Girolamos Blick ein wenig kleiner. Zwar waren die Rivalitäten zwischen ihnen nichts Persönliches, doch musste sich Carlo nun vor Augen halten, dass er nun mit dem mächtigsten und einflussreichsten Mann der Welt sprach. Der Papst wurde sich dieser Tatsache nun ebenso schlagartig bewusst wie Carlo.

»Wir gehen sofort«, entschied Girolamo, als ob Carlo etwas gegen diesen Vorschlag oder gegen diesen Befehl eingewandt hätte.

»Sehr wohl«, entgegnete Carlo und der Oberste Bischof von Rom ging an ihm vorbei. Mit einer kurzen Verbeugung folgte Carlo dem Papst den langen Gang entlang. Draußen sah man immer wieder das Lodern der Fackeln, welche die Gläubigen auf den Platz vor dem Palast mitgebracht hatten. Es war nicht zu fassen. Seit einem Vierteljahrhundert hatte es in Rom nicht mehr derartig geschneit und doch sah man Gläubige. Nicht nur ein oder zwei nein, es waren beinahe Hunderte, die dort schon früh morgens einen Blick auf den neuen Papst erhaschen wollten. Er könnte keineswegs die große und eindrucksvolle Palasttür durchschreiten. Die Menschenmassen würden ihre Abreise nur noch schwerer machen. Carlo wusste nicht, wie viele Ausgänge und vor allem, wie viele geheime Ausgänge dieser Palast beherbergte, aber einer würde sie sicherlich an den Menschen vorbeibringen, ohne dass sie mit ihnen konfrontiert werden würden.

Unwesentlich, bedeutungslos, nebensächlich, belanglos, trivial. Ja, mit diesen Wörtern würde Girolamo die Tatsache beschreiben, dass Carlo vor ihm das Bett verlassen hatte. Doch kam er nicht umhin, sich darüber zu ärgern. Niemand wartete vor dem Gemach des Papstes bis dieser fertig war. Niemand! Nicht einmal der Ordensgeneral der Franziskaner. Girolamo reckte seine Ferula ein wenig gen Himmel, um sie noch besser zur Geltung zu bringen. Dies war der Gegenstand, mit dem er die wichtigsten Entscheidungen der Christenheit absegnete. Sie war sein Werkzeug. Ein kostbares Werkzeug, wohl bemerkt, die es gab ihn nur einmal in ganz Rom, einmal auf der ganzen Welt.

Girolamo wusste, dass Carlos Augen wie gebannt dem Hirtenstab folgten. Machtgierig, ja, das war Carlo sicherlich, doch diese Charaktereigenschaft konnte durchaus positiv ausgelegt werden. Was würde der General nicht dafür geben, diesen Stab zu besitzen? Seinen rechten Arm? Seinen Fuß? Vielleicht ein Auge? Mit Sicherheit, da war sich Girolamo sicher. Nun, mittlerweile sollte der Papst über solche Kindereien erhaben sein, fand Girolamo und beschloss, sich nicht mehr auf solch primitive Gedankenspiele einzulassen.

Als ein blutroter Rubin sich von seinem Gewand löste und auf den Boden kullerte, sprangen Carlos Augen wie gebannt hinterher.

»Lass ihn liegen«, herrschte Girolamo seinen Diener an, der ihn aufheben wollte. Dieser hastete weiter und Girolamo konnte aus den Augenwinkeln sehen, wie Carlos Augen noch immer wie gebannt auf den Stein starrten. Nun bogen sie um eine Ecke, in der eine prunkvolle Statue aus dem neunten Jahrhundert stand, und schritten eine steile Treppe hinab. Es wurde kaum merklich kälter, aber Girolamo wusste, dass es tief hinunterging. Das Papstgemacht lag weit oben im Lateranpalast, damit es bei einem Angriff nicht leicht zu erreichen war. Außerdem gab es im päpstlichen Gemach und Arbeitszimmer einen versteckten Fluchtgang, den nur der amtierende Papst und seine treusten Gefolgsleute kannten. Girolamo konnte schon den hinteren Ausgang des Palastes sehen, an dem eine schwarze, schlichte Kutsche auf sie wartete. Die Dunkelheit verschluckte den Nachfolger Christi mit seinen Gefährten beinahe, als sie durch das große Portal hindurchschritten.

»Wann werdet Ihr zurücksein, Eure Heiligkeit?«, fragte ein Diener und verbeugte sich, als Girolamo in die Kutsche kletterte.

»So früh, wie es uns der Herr ermöglicht. Das Schneetreiben und etwaige Menschen könnten unsere Reise verzögern, doch wir denken, es wird nicht allzu lange dauern.«

»Sehr wohl, Eure Heiligkeit. Ich werde alles dafür veranlassen, dass, Ihr, wenn Ihr zurückkehrt, ein schmackhaftes Mahl vorfinden werdet.« Girolamo nickte knapp und erklomm nun das Innere der Kutsche.

»Das Schneetreiben könnte in der Tat zu einem Problem werden«, bemerkte Carlo leise, als Girolamo auf der gepolsterten Bank Platz genommen hatte.

»Ja, nur fragen wir uns, warum es seit Jahren in Rom nicht mehr so geschneit hat wie in den letzten Tagen.«

»Das Wetter. Dagegen sind selbst wir Kirchenmänner machtlos«, sagte Carlo und mit einem Ruck setzte die sich Kutsche in Bewegung.

Girolamo lehnte sich leicht fröstelnd auf seiner Bank zurück und blickte verdrossen aus dem Fenster. Nicht nur, dass das Wetter so schlecht war, jetzt mussten sie auch noch etwas erkunden, was vermutlich noch niemand erkundet hatte, aus Furcht, es könnte die bittere und verrufene Wahrheit bedeuten.

Die Wahrheit! Was war sie im Bezug auf ihr Vorhaben? War sie Erlösung oder warf sie neue Fragen auf? Was es auch war, Girolamo war es nun fast egal, ob der Mythos stimmte oder nicht. Er wollte nur eines: Gewissheit. Da der Papst normalerweise in einer prunkvoll geschmückten Kutsche unterwegs war und nicht in einer unscheinbaren schwarzen, achteten die Menschen nicht auf das Gefährt, das aus einem Seitenausgang des Palastes rollte. Girolamo lehnte sich dennoch weiter zurück, um im Schatten Schutz zu finden. Girolamo hörte Rufe, Schreie und freudig erregte Stimmen, die Loblieder auf den Papst sangen, für ihn beteten oder einfach nur seinen Namen riefen. Seine Stimmung besserte sich ein wenig und ein Lächeln überzog sein Gesicht.

»Ihr werdet gefeiert«, sagte Carlo mit einer Spur Missbilligung, die er aber zu verbergen wusste.

»Habt Ihr schon einmal daran gedacht, was passiert, wenn wir herausfinden, dass unser Ordensgründer die Wahrheit gesprochen hat?«

»Nun, gesprochen, kann man nicht sagen«, witzelte Girolamo ein wenig, um die Stimmung erträglicher zu machen. Carlo zog die Brauen hoch und sagte steif:

»Das ist eine ernst zu nehmende Situation. Das muss ich Euch doch nicht klar machen, oder?« Girolamo schüttelte den Kopf und sagte, um auf die Frage zurückzukommen:

»Wenn es tatsächlich stimmt und wir dies herausfinden sollten, dann wird sich erst einmal gar nichts ändern.« Carlo klappte der Unterkiefer herunter.

»Aber dann …?«

»Was sollten wir dann Eurer Meinung nach tun?«

»Ich weiß nicht«, sagte Carlo stockend, »aber findet Ihr es richtig, diese Tatsache der Christenheit vorzuenthalten? Das würde bedeuten, dass einer der zentralsten Orte unserer Religion einen falschen Grundstein beherbergt.«

»Das ist uns durchaus bewusst, aber dann müssen wir zuallererst versuchen, unseren Grundstein zurückzubringen. Wie wir dies anstellen, ist uns noch gänzlich schleierhaft, aber Ihr habt vergessen, welche unglaubliche Macht der Lateranpalast inne hat. Das bedeutet, dass wir Mittel und Wege besitzen, um dieses Geheimnis zu lüften.«

Mit einem Rumpeln erreichte die schwarze und unscheinbare Kutsche die breite Hauptstraße Roms. Carlo zog hastig die schwarzen Samtvorhänge der Kutsche zu. Sie waren nun auf direktem Weg zu den Vatikanischen Hügeln.

Kapitel 25

Es war geschafft. Er war entkommen. Sie würden ihm nicht weiter folgen können, jedenfalls für eine gewisse Zeit nicht, die ihm aber durchaus reichen würde.

Bruder Magnus, das hatte er gerade sehen können, als er davongeritten war, war von seinem Pferd gestürzt. Außerdem hatte er gerade dafür gesorgt, dass Bruder Ferire ihm nicht weiter folgen konnte. Somit würden Bruder Solus und Bruder Magnus viel Zeit benötigen, um wieder zu Kräften zu kommen. Das hieß, sie hatten die Nacht sicherlich in einer Gaststätte verbracht. Bruder Vanum fühlte sich wie von der Macht Gottes angetrieben, den Lateranpalast zu erreichen. Er würde eher nicht rasten, bevor er nicht dort angekommen war. Er würde all seine Erfolge dieser Nacht und des heutigen Tages aufs Spiel setzten, wenn er sich jetzt dem Verlangen beugte, zu rasten. Doch er wusste, er würde entlohnt werden. Bald, sehr bald. Durch den Papst selbst, sofern diese inkompetenten Kardinäle endlich einen neuen Heiligen Vater gewählt hatten. Auch der Winter, der dieses Jahr besonders lange andauerte, machte Bruder Vanum zu schaffen. Es war kalt und würde auch noch kälter werden, wenn erst die Nacht hereinbrach, doch all dies konnte ihn nicht abschrecken. Die ersten Sonnenstrahlen wurden gerade von den dunklen Wolken verschluckt.

Bruder Vanum hatte nun sein Pferd gezügelt und trieb es in einem mäßigen Schritt voran. Immer wieder spähte er den Waldweg auf und ab, um zu sehen, ob ihm nicht doch eine dunkle Gestalt folgte. Vielleicht war Bruder Solus von Bruder Martin angewiesen worden, Bruder Vanums Gefangenschaft noch vor das Wohl seiner Mitbrüder zu stellen und folgte ihm trotz seines offenbar verletzten Bruders. Nachdem nun aber sein Pferd immer und immer wieder leise geschnaubt hatte, sah Bruder Vanum ein, dass es eine Pause brauchte. Die wilde Verfolgungsjagd durch den Wald hatte das Tier angestrengt und Bruder Vanum tätschelte ihm dankbar den Hals. Er wusste, was er dem Pferd zu verdanken hatte und doch würde es nicht infrage kommen, dass sie eine Rast einlegten. Bruder

Vanum schlug mit seinen Fersen gegen die Flanken des Pferdes und es verfiel in einen leichten Trab. Die weißen Bäume zogen an ihm vorbei. Wieder und wieder blickte sich Bruder Vanum um, doch niemand schien zwischen den Bäumen aufzutauchen, niemand schien aus dem Dickicht zu galoppieren um ihn aufzuhalten. Bruder Vanum schmunzelte. Diese einfältigen und gutgläubigen Mönche. Ihm war es schon vor Jahren aufgefallen: Gutmütigkeit war schlichtweg nur mit einem zu verbinden - mit Leichtsinn. Wenn man in dieser rauen Welt überleben wollte, dann durfte man keine Skrupel haben, das Schlimmste zu unternehmen, um in Sicherheit zu sein. Dieser einfache und schlichte Satz war für Bruder Vanum seit Jahren ein wesentlicher Leitspruch.

Als die ersten Sonnenstrahlen des neuen Tages die Bäume erreichten und das Licht sich glitzernd auf den Schnee legte, fühlte sich Bruder Vanum trotz seiner lähmenden Müdigkeit wie im Paradies. Er hatte das Gefühl, in einen Tagtraum zu fallen. Er riss sich in die Wirklichkeit zurück und erinnerte sich ernüchternd an seine bevorstehende Aufgabe: nach Rom zu reisen und den Lateranpalast von dem Gottesverrat zu unterrichten, war keine leichte Aufgabe und er hatte noch einen weiten Weg vor sich. Er hatte eingesehen, dass selbst der willensstärkste Mönch nicht ohne Schlaf vom Kloster St. Caritum bis nach Rom kommen würde wäre. Schlaf war unentbehrlich und wenn er die Stadt Patria erreicht hatte, dann würde er sich dort ein Gasthaus suchen. Die Stadt war so groß, dass selbst die Mönche des Hohen Rates, sollten sie denn so weit kommen, keine Chance hatten, ihn zu finden. Bruder Vanum würde aber eines Besseren belehrt werden, denn die Brüder des Hohen Rates würden bald für einige Komplikationen in seinem Plan sorgen. An Schlaf würde dann allerdings am wenigsten zu denken sein.

Kapitel 26

Es war unglaublich! Für Artur war eine Welt zusammengebrochen. Konnte es tatsächlich sein, dass Meister Callidus und Bruder Martin, zwei einfallsreiche und gelehrte Männer, dieses Rätsel nicht verstanden?

Artur lag auf seiner Pritsche und grübelte über den gestrigen Tag nach. Er seufzte und schüttelte den Kopf. Alles in allem war die heutige Erkenntnis mehr als ernüchternd. Bruder Vanum war in der Nacht ausgebrochen, Bruder Custo wurde erwürgt in Bruder Vanums Zelle aufgefunden und er hatte ein rätselhaftes Bild in den Kellern entdeckt, dessen Geheimnis er nicht zu entschlüsseln vermochte. Dann war da noch die Tatsache, dass jeder in diesem Kloster Bruder Auctor offensichtlich kannte, niemand jedoch das Rätsel auf seinem Bild zu lösen vermochte. Selbst Meister Callidus, der weiseste Mann, dem Artur je begegnet war, und Bruder Martin, dem … einfallsreichsten Mönch des Klosters, gelang dieses nicht. Artur unterschätzte den kleinen und dicken Bruder Martin nicht, doch er war sich sicher, dass dieser einen nicht halb so brillanten Kopf wie Meister Callidus hatte, was jedoch keine Schande war, denn wer konnte das schon von sich behaupten?

Bruder Martin, das musste man ihm zugestehen, wusste mehr über das Kloster als jeder andere. Es schien Artur auf einmal, dass das gesamte Kloster erneut auf eine Katastrophe ungeheuren Ausmaßes zusteuerte. Noch war nichts verloren, das war Artur klar und doch wäre es nicht auszudenken, was geschehen würde, wenn Bruder Vanum sich bis nach Rom durchschlagen könnte.

Artur fand in dieser Nacht keinen Schlaf. Seine Gedanken ließen dies nicht zu. Er wälzte sich auf die rechte Seite und blickte durch das kleine Fenster, durch welches er einen guten Blick über den steinernen Innenhof hatte. Die Kirche lag in seinem Blickfeld und Artur wusste, dass hinter ihren Mauern der Anfang des Schlüssels lag, der ihnen die Tore des Geheimnisses öffnen könnte. Die Bibel hatte heute keinen Aufschluss gegeben. Nichts hatte darauf hingedeutet, dass die Worte auf dem Bild einen Sinn ergeben: *Am hellen Mittag tappst du im Dunkeln wie ein Blinder.*

Deine Wege führen nicht zum Erfolg! Artur hatte das Gefühl, diese Worte heute schon Hunderte und Aberhunderte Male vernommen zu haben, doch was nützte dies? Sie waren keinen Schritt weitergekommen und es war noch immer der Zufall, der die Lösung des Bildes beherrschte. Solange dieser Gegner nicht besiegt war, würde Bruder Auctor sie weiterhin friedlich von oben herab anlächeln.

Als Artur in den frühen Morgenstunden aus der Tür des Dormitoriums trat, wusste er nicht, ob er das Richtige tat. Aber er hatte es einfach nicht mehr ausgehalten, auf seiner Pritsche zu liegen und nichts zu tun, während dieses Rätsel immer noch ungelöst blieb. Der kalte Wind pfiff durch den Innenhof und es begann eben in diesem Moment wieder zu schneien. Artur entzündete die Laterne, die er aus seiner Zelle mitgenommen hatte an der Fackel, die rechts neben der Eichentür hing, und ging langsam über den Hof.

Die silbernen Flocken glitzerten durch das helle Mondlicht, das leicht durch die Wolkendecke drang. Arturs Gedanken jedoch wollten einfach nicht klarer werden. Dieses Rätsel war ihm immer noch so schleierhaft, wie die Tatsache, dass Bruder Vanum entkommen konnte.

Die große Tür des Gotteshauses kam näher und Artur blickte nervös über seine Schulter. Hoffentlich sah ihn niemand aus dem Fenster, sonst würde sicherlich gleich das ganze Kloster vor den Pforten der Kirche stehen.

Mühsam öffnete er das großc Tor. Das letzte Mal, als er um diese Zeit hier gewesen war, stand die Kirche in Flammen und er war losgerannt, um Alarm zu schlagen. Artur hoffte, dass dies heute Nacht nicht nötig sein würde. Die Kirche schlummerte friedlich, als Artur ihr dunkles Inneres betrat. Der Kerzenschein beleuchtete die Wände und die nahen Bänke. Eine unheimliche Stimmung erfüllte die Kirche und Artur schritt eilig nach vorne. Die Wände waren geschmückt mit vielen Statuen und Bildern von Heiligen. Artur meinte sogar, ein neueres und weit weniger sonderbares Gemälde von Bruder Auctor zu sehen, beachtete es aber nicht weiter, denn die unheimliche Stille zerrte an seinen Nerven.

Er erreichte den großen schwarzen Ambo und sah bereits die alte und in Leder gebundene Bibel darauf liegen, die sicherlich noch ein Geheimnis in sich barg, welches Meister Callidus nicht enthüllt hatte. Arturs Hände begannen zu schwitzen, als er das Heilige Buch aufschlug.

Er rief sich nochmals in Erinnerung, was Meister Callidus über die Bibel gesagt hatte:

»Dieser Satz, so glaube ich, ist lediglich ein Verweis auf etwas und wurde gleichzeitig als Warnung benutzt, dieses Gemälde nicht weiter zu untersuchen, wenn man seiner nicht würdig war.«

Wenn Meister Callidus Recht behielt, und Artur zweifelte keine Sekunde daran, dann musste in dieser Bibel etwas verborgen sein, was es nur einmal gab, denn zu Bruder Auctors Zeiten, gab es offensichtlich nur diese einzige Heilige Schrift im Kloster. Es gab nur einen Anhaltspunkt, den das sonderbare Gemälde geliefert hatte:

Am hellen Mittag tappst du im Dunkeln wie ein Blinder. Deine Wege führen nicht zum Erfolg! Somit musste Artur bei der Stelle beginnen, auf die dieser Satz *verwies*:

Buch Deuteronomium, Kapitel 28, Vers 29. Dort musste die Lösung verborgen liegen.

Als Artur die alten Seiten aufschlug und nach der entsprechenden Stelle suchte, musste er sich dennoch sehr schnell eingestehen, dass er dort nichts fand, was eine Lösung des Rätsels ermöglichte. Im Gegenteil: Die Worte auf der Seite schienen sich gegenseitig zu verschlingen und neue, ältere und schwierigere Worte entstehen zu lassen. Artur blickte weiterhin auf den Satz und fragte sich, ob Bruder Auctor vor vielen Jahrhunderten ebenfalls auf diese Stelle geblickt hatte, um danach das Rätsel auf diesem Satz aufzubauen. Arturs Wagemut, das Rätsel in dieser Nacht zu lösen, sank. Er rief sich erneut in Erinnerung, dass Meister Callidus selbst dieses Rätsel nicht lösen konnte. Zwar hatte er selbstbewusst behauptet, dass Artur nur eine Seite umzublättern brauche, um die Lösung zu begreifen, dennoch war aber dann selbst letztendlich mit dieser Überlegung gescheitert. Warum hatte sich der Weiseste aller Weisen geirrt? Warum hatte er in der Annahme gelebt, dass man nur eine Seite umzublättern brauche? Artur stieß einen leisen Seufzer aus, der in der alten und leeren

Kirche widerhallte. Er rief sich noch einmal Wort für Wort, Zahl für Zahl dieses Satzes in Erinnerung:

Am hellen Mittag tappst du im Dunkeln wie ein Blinder. Deine Wege führen nicht zum Erfolg! Kapitel 28, Vers 29.

Nur mit Mühe und Not konnte Artur sich zurückhalten, einen verzweifelten Schrei auszustoßen. Zwar wusste er, dass das Kloster weit größere Probleme mit dem Ausbruch Bruder Vanums‘ zu bewältigen hatte, doch dieser Flucht folgte das sonderbare Bild. Artur wurde das Gefühl nicht los, dass das Geheimnis, was immer es war, beindruckender war als alles, was er bisher erlebt hatte. Mit der Aufdeckung des größten Schatzes der Christenheit hatte Artur schon einige Verwirrungen hinnehmen müssen. Wenn nicht einmal Meister Callidus das Mysterium um das Bild lösen konnte, wer konnte es dann? Erst jetzt erkannte Artur das vollkommene Ausmaß ihrer prekären Lage, in welche er sich mit diesem Bild begeben hatten.

Artur wollte das große und gewaltige Buch bereits wieder voller Enttäuschung schließen Er konnte schon die schimpfende Stimme Bruder Martins in seinem Hinterkopf hörten, was er sich eigentlich dabei gedacht hatte, zu dieser Zeit aus dem Bett zu steigen, um einem Hirngespinst nachzulaufen. Da entdeckte er etwas, was ihn stutzig werden ließ:

Er hatte den Finger schon an den Buchrand gelegt, um das Buch zuzuschlagen, als er sah, dass manche Ziffern, die Verse oder Kapitel ankündigten auf eine andere Weise geschrieben waren als ihre umliegenden Buchstaben oder Zahlen, die wesentlich dünner und feiner auf dem Blatt Pergament ruhten. Irritiert blickte Artur auf eine Zahl, die ihm vorhin nicht aufgefallen war.

Dort stand in winziger Handschrift vor einem langen Absatz die Zahl eins. Nun konnte man deutlich erkennen, dass diese Zahl mit einer ganz anderen Feder geschrieben worden sein musste. Die Zahl wirkte dicker, ausgeprägter und aufwendiger gezeichnet als die übrigen, doch da erspähte Artur noch eine Ziffer. Es kam ihm vor, als ob diese Zahlen sich bis vor wenigen Augenblicken vor ihm versteckt hatten, nun aber sich vor ihm präsentierten und seine volle Aufmerksamkeit forderten.

Bei der Zahl fünfundzwanzig, welche einen anderen Vers ankündigte, war die Zahl zwei ebenfalls ähnlich geschmückt und auffällig wie die erste sonderbare Ziffer. Und da … Erneut tauchte eine Zahl auf dem dünnen Blatt Pergament auf, welche dicker hervorgehoben war.

Eine unscheinbare Drei hob sich sonderbar von dem Blatt ab und stach in Arturs Augen. Vielleicht bildete er sich das alles aufgrund des mangelnden Schlafes nur ein und Gott vergiftete gerade eben seinen Verstand. Artur schüttelte die widerwärtigen Gedanken von sich und spähte gespannt in der dunklen Kirche umher. Jeder Schatten, jede Statue sah in seinen von Spannung geweiteten Augen danach aus, als wäre sie etwas Bedrohliches. Artur hatte allerdings Besseres zu tun, als die Kirche nach Geistern seiner Fantasie abzusuchen und versuchte, sich zu beruhigen. Als er zurück auf das Blatt blickte, war es, als ob die letzte Zahl des Blattes schon seit Jahren dort auf ihn gewartet hatte. Was würde Bruder Martin zu seiner Entdeckung sagen?

Die Vier, welche in der Zahl dreiundvierzig hervorgehoben war, war groß, mächtig und es sah danach aus, als ob der Künstler sie so gemalt hatte, dass sie wie aus Stein aussah. Artur schenkte der mühevollen Kunst nur kurz Beachtung und rief sich die vier Ziffern noch einmal in Erinnerung. Eins, zwei, drei vier. Sollten diese vier Ziffern mit dem sonderbaren Rätsel in Verbindung stehen? Artur wusste es nicht. Die nächste Frage, die sich Artur stellte, war, warum Meister Callidus nicht schon heute Morgen die merkwürdigen Zeichen in der Bibel Bruder Auctors erkannt hatte. Artur erinnerte sich aber auch daran, dass ihm ebenfalls diese merkwürdigen Symbole nicht aufgefallen waren. Er durchwühlte seine Gedanken nach Zahlen, die in irgendeinem logischen Zusammenhang mit der Heiligen Schrift standen. Es wollte ihm nicht einfallen, ob diese Ziffern einen Bezug zur Bibel hatten. Eins, zwei, drei vier. Sollte er die Zahlen miteinander addieren, multiplizieren oder subtrahieren? Auch diese Zahlen ergaben jedenfalls kein nennenswertes Ergebnis. Vielleicht war dies ein Anagramm aus Zahlen. Ein Anagramm, so hatte Meister Callidus es ihm einst erklärt, war eine Reihe aus Buchstaben, die in einer anderen Reihenfolge ein völlig neues Wort ergaben. Artur hatte in seinem Unterricht bei Meister Callidus gelernt, dass man die Zahlen bei Rechenaufgaben oft willkürlich tauschen konnte, ohne dabei das Ergebnis zu fälschen. Es schien, als gäbe es Hunderte, gar Tausende Möglichkeiten, diese Zahlen zu interpretieren. Artur fragte sich im gleichen Moment, warum alles immer derart kompliziert sein musste. Warum konnte eine Aufgabe denn nicht einmal so leicht sein, dass es fast schon zu einfach war, sie zu lösen. Eins, zwei drei, vier. 1234.

Artur blieb der Mund offen stehen. 1234. Diese Ziffern konnte man als Jahreszahl verstehen oder … oder ganz einfach als Seite eines Buches.

Dieses Buches.

Beinahe wäre das Pergament in seinen Fingern zerrissen, so hastig blätterte er die empfindlichen Seiten um. Konnte es sein, dass dies alles war? Konnte es sein, dass auf der Seite 1234 die Lösung verborgen lag, die Meister Callidus übersehen hatte? Konnte es sein, dass dort ein neuer Hinweis auf ihn wartete oder war dies alles ein Spiel? Ein Spiel, um Leichtgläubige in die Irre, in eine Sackgasse zu führen? Seine Hände begannen wieder zu schwitzen und die Laterne in seiner Hand drohte ihm aus den nassen Händen zu gleiten. Er stellte sie schnell auf den marmornen Ambo und schlug die letzte Seite um.

Die Seite 1234 sah nicht wie eine gewöhnliche Seite der Bibel aus. Ganz und gar nicht. Artur hatte Recht behalten.

Kapitel 27

Bruder Solus schlug die Augen auf. Er lag auf einem notdürftig gerichteten Bett, wenn man dieses karge Lager denn überhaupt so bezeichnen konnte. Bruder Magnus lag neben ihm. Man hatte ihm ein großes Tuch um den Kopf geschlungen. Ein kleines Rinnsal einer grünlichen Paste schien aus seinem Kopf zu quillen, doch Bruder Solus wusste, dass dies nur eine heilende Salbe war.

Bruder Solus wandte sich auf die Seite und blickte Bruder Magnus direkt an. Sollte er ihn wecken? War es schon Zeit? Beim Gedanken an Bruder Vanum, raffte er sich sofort auf und begann Bruder Magnus zu schütteln.

»Wacht auf«, sagte er leise und blinzelte Bruder Magnus väterlich an. Dieser öffnete einen Spalt breit die Augen und schaute zu seinem Mitbruder hinauf. Als Magnus ihn erkannte, begann er, seinen Kopf zu betasten.

»Was ist passiert?«, fragte er und versuchte langsam den Kopf zu heben, sank aber sofort wieder leise stöhnend auf das Stroh zurück.

»Geht es Euch gut?«, fragte Bruder Solus, ohne auf die Frage seines Bruder einzugehen. Bruder Magnus war noch nicht imstande, seine Frage zu beantworten. Die Tür wurde aufgestoßen und Nebel schien in die alte Scheune hereinzukommen. Eine kleine Frau wurde im dem silbernen Dunst sichtbar. Sie schloss das Tor sofort wieder hinter sich zu. Als sie mit ihrer Laterne nahe genug war, um die Gesichter der Brüder zu sehen, sagte sie mütterlich:

»Ich hoffe, Ihr habt eine angenehme Nacht verbracht?« Bruder Solus nickte knapp. Die Frau war wohlgenährt, hatte schmutziges, blondes Haar und trug abgetragene Kleidung. Sie hatte sich eine braune Schürze umgebunden, welche dem Braun der Mönchskutten nicht unähnlich war. Außerdem war die Frau offensichtlich der Heilkunde mächtig, denn letzte Nacht als Bruder Solus und Bruder Magnus, der schwer verwundet war, auf der Suche nach einem geeigneten Gasthaus waren, hätte sie der Zufall nicht großzügiger beschenken können: Als sie an einem kleinen Häuschen inmitten des Waldes vorbeiritten, trat eine Frau aus dem Schatten der Tür und fragte sorgenvoll, ob alles in Ordnung wäre. Als Bruder Solus seine Situation geschildert hatte, hatte sie die beiden Reiter sofort hereingebeten.

Die Salbe, die sie Bruder Magnus in der folgenden Nacht auf seine Wunde aufgetragen hatte, musste einfach ihre Wirkung entfalten, ansonsten würde Bruder Solus Bruder Magnus hier zurücklassen und allein weiterreiten müssen. Noch etwas bereitete Bruder Solus große Sorgen: Bruder Ferire war nun schon seit mehreren Stunden verschwunden. Hoffentlich war ihm nichts zugestoßen. Doch es war Bruder Solus natürlich vollkommen klar, dass Bruder Ferire sie nicht mehr wiederfinden würde. Wohl oder übel musste dieser die Spur alleine aufgenommen haben oder aber zurück zum Kloster geritten sein. Bruder Solus hoffte auf Ersteres.

»Wie geht es Euch?«, fragte die kleine Frau, die sich ihnen unter dem Namen Eranas vorgestellt hatte. Bruder Magnus hob erneut seinen bandagierten Kopf, um der heilkundigen Frau in die erstaunlich braunen Augen zu blicken.

»Ich lebe noch«, sagte Bruder Magnus und versuchte es mit einem Lächeln.

»Allerdings«, sagte Eranas und nickte ernsthaft. »Ihr solltet Eurem Herrn danken, dass Ihr diese Nacht ohne Fieber verbracht habt. Hätte Euch das Fieber gepackt, hätte ich Euch keine Hoffnung mehr machen können. Bei einer solchen Verletzung folgt oftmals der schnelle Tod, doch zuvor bricht meist ein unheilbares Fieber aus, welches Tagträume hervorruft, die so schrecklich sind, dass die Opfer oft stundenlag um den Tod betteln.«

Bruder Solus blickte die Frau mit zusammengezogenen Augenbrauen an, dann sagte er langsam:

»Gut, vielen Dank.« Eranas ließ sich jedoch nicht beirren.

»Wir sollten nun sehen, ob sich Eure Wunde entzündet hat. Wie fühlt es sich an?«, fragte sie im Halbdunkeln und begann, Bruder Magnus‘ Verband abzunehmen.

»Normal«, sagte Bruder Magnus, was Eranas bei ihrer Versorgung der Wunde nicht weiterhalf. Sie wickelte das Stofftuch ganz ab und legte damit die klaffende Wunde frei, auf der sich noch die Überreste der grünen Masse befanden. Bruder Solus zwang sich, nicht laut aufzulachen, als er sah, dass sich bereits eine kleine Kruste über der Wunde gebildet hatte. Zwar war er mit den Heilkünsten nicht vertraut - im Kloster wurde das von Meister Callidus übernommen - doch er verstand genug von Heilungsprozessen, um zu wissen, dass die Wunde sehr gut aussah. Eranas lächelte ebenso zufrieden und sagte:

»Ihr müsst einen mächtigen Engel an Eurer Seite gewusst haben, doch sollten wir nicht vergessen, auch den Pflanzen und der Natur zu danken.« Zwar hatte Bruder Solus die Vermutung, dass diese Frau womöglich eine Heilerin war, die die Natur vergötterte, schon einige Zeit gehegt, doch hatte er den Gedanken bisher erfolgreich aus seinem Gedächtnis verbannt.

»Aber wie wollt Ihr denn den Pflanzen danken?«, fragte Bruder Solus abschätzend und blickte sie misstrauisch an. Eranas schaute ihn durchdringend an und antwortete kühl:

»Ihr glaubt doch nicht, dass ich Euch auf diese Frage eine passende Antwort liefere, damit Ihr mich in der nächsten Stadt als Gotteslästerin anprangert oder womöglich der Hexerei bezichtigt.« Sie sprach damit genau das aus, was Bruder Solus dachte. Dieser lächelte.

»Da Ihr meinem Bruder das Leben gerettet habt, werde ich weder das eine noch das andere tun. Doch muss ich Euch sagen, dass dieser eine Satz schon beinahe die größte aller Gotteslästerungen war. Ich denke, Ihr seid Euch dessen bewusst.«

»Natürlich«, sagte Eranas und begann eine neue Salbe auf das Haupt von Bruder Magnus zu reiben. Bruder Solus schüttelte kaum merklich den Kopf. Diese Frau war eine Verfechterin des puren Glaubens an die Natur. Wie konnte diese verkümmerte alte Frau nur denken, dass man den Pflanzen huldigen sollte, nur, weil diese Bruder Magnus geheilt hatten. »Ihr seid aber hoffentlich nicht der Ansicht, dass die Pflanzen, die Bäume oder die …«

»Ich weiß, worauf Ihr hinaus wollt, aber meine Antwort lautet ja. Ja, die Bäume, die Pflanzen, die Büsche und Gräser, all dieses sind Lebewesen wie wir.« Bruder Solus fiel die Kinnlade herunter.

»Wie könnt Ihr …?«, prustete er los und ließ beinahe die Schale mit der Salbe fallen, die sie ihm in die Hand gedrückt hatte, doch Eranas erhob ihre Stimme:

»Belegt mir, dass Pflanzen und Büsche keine Lebewesen sind. Belegt mir, dass ein Baum keine Gefühle hat. Belegt mir, dass Gräser und Blumen nicht miteinander kommunizieren können. Belegt mir, dass all dies um uns herum nicht gottgewollt ist. Wenn Ihr mir all das belegt, dann werde ich Eure Ansichten akzeptieren.« Bruder Solus sah aus, als hätte sie ihm ins Gesicht geschlagen.

»Wie könnt Ihr?«, fragte er erneut und bemerkte nun, dass Bruder Magnus wie gebannt zu ihnen aufblickte. Eranas hatte aufgehört, seinen Kopf einzureiben.

»Das erste Gebot Gottes besagt, dass man keine anderen Götter neben unserem Herrn haben darf«, betete Bruder Solus herunter.

»Wer sagt das?«, fragte Eranas.

»Moses«, antwortete Bruder Solus prompt.

»Und woher weiß Moses dies?«, fragte Eranas und betonte den Namen des Propheten mit Abscheu.

»Er weiß es, da Gott ihm die zehn Gebote auf dem Berg Sinai übergeben hat und sie ihm eingehend erläutert hat.«

»Woher wisst Ihr das? Wart Ihr etwa dabei?« Bruder Solus musste sich nun beherrschen, nicht zu schreien.

»Dies steht seit mehr als tausend Jahren in der Heiligen Schrift, auf der unser Glauben beruht.«

»Genau«, sagte Eranas nun auf einmal ganz ruhig. Bruder Solus zuckte zusammen, als hätte sie etwas auf ihn geworfen. »Auf Eurem Glauben«, wiederholte Eranas. »Die Heilige Schrift beruht auf Eurem Glauben. Wer sagt, dass dieser Glaube der richtige ist?«

Doch nun war sie zu weit gegangen. Bruder Solus schlug ihr mit der flachen Hand ins Gesicht. Er ließ die Schale mit der heilenden Mixtur fallen, kniete sogleich zu seinem Mitbruder nieder und packte ihn unter den Achseln.

»Ich bedanke mich für Eure Hilfe, doch kann ich es nicht mit meinem Gewissen vereinbaren, dass wir weiterhin unter der Betreuung einer Hexe stehen.« Eranas stand vollkommen starr da und blickte ihnen nach, als Bruder Solus den verletzten Mönch aus dem Stall schleifte.

Eranas folgte ihnen nach und murmelte nur:

»Solltet Ihr jetzt mit Eurem Bruder weiterreisen, so versichere ich Euch, dass er sterben wird.«

»Droht Ihr mir?«, fuhr Bruder Solus auf und wirbelte herum.

»Nicht im Geringsten. Ich weise Euch nur auf die Folgen meiner bisherig geleisteten Arbeit hin«, sagte Eranas und blieb stehen, obwohl Bruder Solus ihr bedrohlich nahe stand. Bruder Magnus stand zitternd hinter ihnen und schaute zurück in den Stall. »Ich sage es Euch noch einmal. Geht Ihr jetzt, stirbt Euer Bruder.«

»Ich glaube Euch nicht«, sagte Bruder Solus schlicht. »Wer sollte dem Wort einer Hexe und Ketzerin glauben?«

»Dann geht«, sagte Eranas leise und bestimmt. »Geht und findet Euren Weg. Ich bin sicher, Euer Gott wird Euch leiten und führen.« Bruder Solus entging der sarkastische Unterton nicht, doch er schlug nicht wieder zu, sondern drehte sich um und hob Bruder Magnus auf sein Pferd. Er schwang sich danach in seinen Sattel und riss an den Zügeln.

Als das Pferd vom Hof galoppierte, sah ihnen Eranas traurig hinterher. Dieser junge Mönch würde den nächsten Tag nicht überleben, soviel stand fest.

Kapitel 28

Artur blickte wie gebannt auf die verblichene Seite der Bibel. Dort, auf dem dünnen und ledrigen Pergament, stand etwas geschrieben, was man in keiner anderen Bibel finden würde. Der Schein der Öllampe tanzte über das Blatt, gerade so, als ob das warme Feuer sich mit Artur freute. *Welch passendes Sinnbild,* dachte Artur und begann den Inhalt der Seite zu studieren. In der Mitte des Blattes war ein Kreis aus Buchstaben und Zahlen gezeichnet worden. Die Buchstaben des einfachen Alphabets waren in Kreisform angeordnet und der Buchstabe Z schloss nahtlos an den Buchstaben A an. Das Ganze bildete so eine perfekte Kreisform. Um diese jeweiligen Buchstaben war ein zweiter Kreis mit gänzlich unbekannten Zeichen und Symbolen gezeichnet. Die Symbole waren über den Buchstaben des Alphabets angebracht worden. Es sah ganz danach aus, als wären diese Zeichen diverse Platzhalter für die einfachen Buchstaben. Jedes Zeichen stand also in diesem Kreis für einen gewöhnlichen Buchstaben. Doch dies war nicht genug. Um diese Zeichen herum waren noch weitere Dinge geschrieben. Zahlen rankten sich ebenfalls in Kreisform um die anderen beiden Kreise und standen über den unbekannten Symbolen und den Buchstaben. Offenbar waren auch Zahlen mögliche Platzhalter. Doch es gab bei der Zahlenreihe in Kreisform etwas Besonders, auf das sich Arturs konzentrierte. Während die Buchstaben in korrekter und alphabetischer Reihenfolge in Kreisform auf dem Blatt Pergament standen, waren die Zahlen scheinbar wahllos außen herum verteilt worden, ohne einen Sinn erkennen zu lassen. In der Mitte der drei umeinandeliegenden Kreise stand ein kurzer und prägnanter Satz geschrieben: *Per aspera ad astra!*[12]

Zwar wäre Artur in der Lage gewesen, diesen Satz zu übersetzen, doch hatte er nur einen kurzen Blick dafür übrig. Das schlichtweg Unfassbare war dieser dreifache Kreis in der Heiligen Schrift. War es denn möglich,

---

[12] Auf steinigem Weg zum Erfolg.

dass diese Zeichnung schon seit Hunderten von Jahren existierte und niemand sie bisher gefunden hatte?

Nein, das war unmöglich.

Es war vielmehr wahrscheinlich, dass der eine oder andere Mönch sie entdeckt, aber nichts mit ihr anzufangen gewusst hatte. Schließich hatte noch kein anderer Mönch das alte Gemälde Bruder Auctors eingehend untersucht und diese alte Bibel mit dem Ölgemälde in Verbindung gebracht. Doch die spannendste Frage, die Artur sich in dieser Nacht nun stellen musste, war die, was dieser Kreis für einen Sinn ergab. Ergab er denn überhaupt einen Sinn? Oder hatte sich der Künstler einen weiteren Spaß erlaubt, um Leichtgläubige zu verunsichern?

Drei Kreise: Der Erste bestand aus den Buchstaben des Alphabets, der zweite aus Symbolen und Zeichen, die keinerlei Bedeutung aufwiesen und der dritte und größte Kreis, der die anderen beiden umschloss, war ein einfacher Zahlenkreis, wobei die Zahlen in fragwürdiger Reihenfolge angeordnet waren.

Gähnende Leere breitete sich in Arturs Kopf aus. Er war unfähig, sich weiter mit diesem Thema auseinanderzusetzten. Er sah ein, dass er in dieser Nacht nichts mehr ausrichten konnte und stahl sich leise zurück durch die dunkle Kirche.

Hoffentlich hatte keiner der Mönche etwas bemerkt.

Kapitel 29

Bruder Vanum ritt durch die Bäume ins Dunkel. Die dunklen Tannen taten sich vor ihm auf. Er hatte erwartet, dass mehr Licht auf der Straße als in dem düsteren Wald sein würde, doch der Tag war noch nicht angebrochen und die Sonne war weit entfernt. Bei Tag und Licht reiste es sich deutlich angenehmer, auch wenn dies bedeutete, dass er sich einem höheren Risiko aussetzte, gefangen zu werden. Er war sich allerdings sicher, dass die beiden verbliebenen Brüder seine Spur verloren hatten. Bruder Magnus war ernsthaft am Kopf verletzt worden. Solch eine Wunde bedeutete nicht selten den Tod.

Ein Glück, Glück für Bruder Vanum, denn somit mussten die beiden Mönche einen Gasthof ansteuern oder auf andere Weise Bruder Magnus' Wunden versorgen, wobei sich Bruder Vanum mit Genugtuung daran erinnerte, dass Bruder Solus nicht viel von der Heilkunst verstand. Diese Straße wurde während des Tages viel bewandert und viele Reisende und Händler wählten diesen Weg nach Patria. Da Bruder Vanum auf dem Weg nach Rom war, in die heiligste Stadt, musste auch er den Weg nach Patria einschlagen, wobei er auch gleich noch etwas Nahrung stehlen konnte und, wenn der Herr ihm wohlgesonnen war, ihn eine Kutsche mitnahm. Denn sein Pferd, das spürte der Mönch, war seiner Kräfte beraubt worden. Vielleicht war der Zufall sogar so übermächtig, dass er eine Kutsche fand, die nach Rom fuhr. Und wer würde es wagen, einen Bruder, einen Mann Gottes, nicht mitzunehmen. Vor allem, wenn dieser Mann der Kirche ein Kloster ausliefern konnte, welches bis ins Mark verdorben war.

Bruder Vanum spähte die Straße auf und ab und stellte fest, dass die Sonne gerade im Begriff war aufzugehen. Die Tautropfen auf den Bäumen glitzerten wie tausend kleine Diamanten. Der Himmel hatte sich blassrosa verfärbt und die Dunkelheit begann dem Licht zu weichen. Eine Eule schrie über seinem Kopf und flatterte in den Morgen. Eine kleine Maus zappelte in ihren Klauen.

Welch passendes Sinnbild, dachte Bruder Vanum und lächelte. Leichter Nebel lag noch über der heller werdenden Straße. Bruder Vanum ritt nun auf der Straße in Richtung Patria. Der Kies unter seinen Füßen knirschte bei jedem Schritt der Hufe und machte ihm klar, welche Strecke er noch zu bewältigen hatte. Selbst wenn er die Heilige Stadt erreichte, dann würde das nächste Problem auftauchen: Der Papst war wohl der einflussreichste und mächtigste Mann, den es gab. Ihn zu erreichen war beinahe unmöglich. Sein wahrscheinlich größtes Problem war allerdings, dass das Konklave noch immer andauerte. Sie hatten noch nichts Gegenteiliges aus Rom erfahren und warteten nun schon seit nahezu einem Jahr auf die Wahl des neuen Pontifex. Natürlich musste sich Bruder Vanum auch eingestehen, dass sie nicht allzu oft Neuigkeiten und Informationen von der Außenwelt erreichten. Wie auch? Sie waren Tag für Tag, Woche für Woche, Monat für Monat, Jahr für Jahr in diesem gottverdammten Kloster eingeschlossen. Doch das war jetzt vorüber. Es war gottgewollt, als er am gestrigen Morgen das Kloster auf solch eine Weise verlassen konnte, auch wenn dabei ein Leben ausgelöscht werden musste. Aber, und da war sich Bruder Vanum sicher, es war damit unstrittig bewiesen, dass Gott auf seiner Seite stand und selbst diesen Mord befürwortete. Denn warum sollte er Bruder Vanum die Freiheit geschenkt haben, wenn nicht, um dieses Kloster dem Papst auszuliefern? Seiner Obersten Heiligkeit, dem Obersten Hirten, dem Obersten Bischof von Rom. Der Herr würde solange auf Bruder Vanums Seite stehen, wie es nötig war. Und bis dahin würde Bruder Vanum nichts unversucht lassen, um die Heilige Stadt zu erreichen.

Er hatte die Nacht nicht untätig verbracht. Unermüdlich hatte er sein Pferd weiter zur Stadt Patria gelenkt. War es, so hoffte und betete er, nicht mehr weit? Dennoch würde er einen gutmütigen und gutgläubigen Reiter oder Kutscher fragen müssen, ob dieser ihn mitnähme. Er ahnte nicht, dass seine Verfolger ein enormes Tempo mit ihrem Pferd anschlugen.

Bruder Solus‘ Pferd galoppierte majestätisch durch den immer heller werdenden Wald. Doch würde es reichen, um Bruder Vanum einzuholen? Dessen Verbissenheit kannte keine Grenzen und er hatte sicherlich die

Nacht damit verbracht, den Wald zu durchkreuzen. Daran zweifelte Bruder Solus nicht, doch konnte niemand den Funken Glaube in ihm zum Erlöschen bringen, der ihm immer wieder das Weiterreiten befiel. Wenn Bruder Solus‘ Überlegungen und Berechnungen zutrafen, dann müssten sie die Stadt Patria während der Mittagsstunden erreichen. Wenn das Glück sie nicht verließ, war Bruder Vanum dann noch nicht eingetroffen. Es gab aber noch eine andere Tatsache, an der Bruder Solus nicht zweifelte: Nämlich, dass Bruder Vanum nichts unversucht lassen würde, um sich ein Reittier oder Ähnliches zu beschaffen. Bruder Solus betete bereits für die Opfer, die Bruder Vanum töten würde oder bereits getötet hatte, bei seinem unerbittlichen Kampf gegen das Kloster. Wieder musste Bruder Solus an Bruder Ferire denken und er begann erneut zu beten …

Die Mittagssonne stand hoch am Himmel, als Bruder Vanum in der alten und hölzernen Kutsche aus dem Fenster blickte und feststellte, dass die Mauern der Stadt Patria näher rückten. Es hatte gut getan zu schlafen, doch sein Schlaf war nur von kurzer Dauer gewesen, da es in der rumpelnden Kutsche einem normalen Menschen nicht vergönnt war, seine Augen zu schließen und alles zu vergessen. Der alte Kutscher, der ihn mitgenommen hatte, war ein frommer Mann und hatte ihn bereitwillig in sein Gefährt einsteigen lassen. Es würde ihm nichts nutzen, da Bruder Vanum bekanntlich auf der Hut war.

»Wäre es Euch möglich, kurz anzuhalten?«, rief Bruder Vanum laut und mit kränklicher Stimme aus dem Fenster dem Kutscher zu.

»Geht es Euch nicht gut?«, fragte dieser sofort und nichts Böses ahnend.

»Ihr habt es erkannt. Der Herr ist nicht immer gnädig, auch wenn es nur Lappalien sind.«

»Da mögt Ihr Recht haben. Wartet, ich halte die Pferde sofort an.«

»Möge es der Herr Euch vergelten«, sagte Bruder Vanum schmeichelnd, nicht ohne ein Stöhnen in der Stimme. Der Allmächtige würde es diesem Mann sicherlich schnell vergelten, schneller, als dem alten Herrn lieb war.

Kapitel 30

Groß und mächtig tauchten die Vatikanischen Hügel vor der schwarzen Kutsche auf. Das Schneetreiben hatte sich, wohl auf Gottes Wink hin, mit dem nahenden Sonnenaufgang etwas gelegt. Der Kutscher hatte sich noch durch die letzten Schneeberge zu kämpfen und steuerte nun, scheinbar mit letzter Kraft des hölzernen Kastens, auf den größten Vatikanischen Hügel zu, auf dem die Peterskirche und weitere angebrachte Gebäude thronten. Wie Girolamo natürlich bereits wusste, war der Heilige Petrus an dieser Stelle, im Circus Nero, hingerichtet und anschließend dort begraben worden. Kaiser Konstatin erbaute schließlich die Peterskirche über dem Grab als Wallfahrtsort für gläubige Christen. Nach und nach waren im Lauf der Jahrhunderte weitere Gebäude vom Lateranpalast und somit vom Papst selbst erbaut worden. Nun, wie treffend, war genau dieser Ort die Stelle an der Girolamo zusammen mit Carlo ein verruchtes und abscheuliches Gerücht überprüfen musste. Je näher sie dem Vatikanischen Hügel rückten, desto mehr Unruhe und Unbehagen machten sich in Girolamo breit.

»Wir sollten schnell agieren«, sagte Carlo Discu da Viterbo und riss Girolamo aus seinen Gedanken zurück in die Gegenwart. »Es wäre töricht, wenn wir bei unserem Vorhaben gesehen werden. Dieser Bereich steht der Öffentlichkeit Roms nicht zur Verfügung. Habe ich nicht Recht?« Girolamo dachte nach.

»Allerdings«, sagte er schließlich und fügte hinzu: »Wir werden sicherstellen müssen, dass niemand uns folgt oder beobachtet. Wir haben bereits einige unserer Wachen am gestrigen Abend zur St. Peterskirche gesandt und ihnen den Auftrag erteilt, dort auf uns zu warten und das Gebiet frei zu halten von Fremden. Wobei wir uns gewiss sind, dass keiner es bei dieser Kälte wagen wird, die Vatikanischen Hügel zu erkunden.«

»Urteilt nicht voreilig über die Bürger. Denkt nur an die Massen vor Eurem Palast!«, erinnerte ihn Carlo und Girolamo musste ihm wortlos Recht geben.

Die Kutsche rollte holpernd über den verschneiten Weg, kam allerdings nach wenigen Augenblicken zum Stillstand. Nicht etwa wegen eines erneuten Schneehügels, sondern weil sie ihr Ziel in eben diesem Moment erreicht hatten. Der Kutscher sprang von seinem Kutschbock herab, öffnete ihre Tür und verbeugte sich untertänig, als Papst Nikolaus IV. aus der Kutsche trat.

»Wie kann ich Euch weiter dienen?«, fragte der Kutscher und blickte immer noch auf den weiß bedeckten Boden.

»Indem du bei der Kutsche bleibst und dein Bestes tust, um keine Aufmerksamkeit zu erregen«, antwortete Carlo anstelle Girolamos. Dieser hob die Augenbrauen, wandte sich zum Ordensgeneral der Franziskaner um und sagte:

»Soweit ich mich erinnern kann, haben die Kardinäle uns zu ihrem Nachfolger ersonnen und nicht Carlo Discu da Viterbo.« Carlo blickte bestürzt drein.

»Natürlich nicht, Eure Heiligkeit. Bitte verzeiht mir«, sagte Carlo und wollte die Hand des Papstes küssen, doch Girolamo wirbelte herum und nickte seinem Kutscher kurz zu, dann lief er eilig über den weiß glitzernden Schnee, wobei sein purpurner Mantel hinter ihm herflatterte.

Girolamo schritt wütend aus und warf nicht einmal einen Blick zurück, denn er wusste, das Carlo direkt hinter ihm war. Er kroch hinter ihm her. Girolamo war klar, dass Carlo etwa die Zuverlässigkeit aufwies wie der Schnee unter seinen Füßen an einem warmen Frühlingstag. Würde Girolamo kein Papst mehr sein, dessen war er sich gewiss, würden die Winde der Macht ihn zum nächsten einflussreichen Manne tragen. Carlo, dass wusste Girolamo trotz ihrer langen Freundschaft, strebte blindlings nur nach der einen und vollkommenen Macht und liebte es, von niederen Menschen, von Unterdrückten, von seinen Dienern gehasst zu werden. Girolamo wusste auch, dass Carlo sich bewusst war, dass meist nur die Mächtigen gehasst wurden und Carlo strebte zweifellos danach, noch mächtiger zu werden.

»Girolamo, ich …«

»Papst Nikolaus IV.«, sagte Girolamo schneidend.

»Papst Niko …«, setzte Carlo an, doch Girolamo schnitt ihm das Wort ab.

»Schweigt!« Sie bogen um eine große, alte Säule und schritten nun auf die Peterskirche zu, vor der drei der Wachen standen, die er gestern dorthin beordert hatte. Mittlerweile konnten sich sogar die ersten Sonnenstrahlen durch die dicke Wolkendecke stehlen, noch immer flogen jedoch leichte Schneeflocken von den Himmelspforten. Girolamo runzelte die Stirn, er hatte doch vier Wachen geschickt oder irrte er sich? Nein, der Stellvertreter Christi irrte nicht.

»Wo ist der Vierte?«, rief ihnen der Papst entgegen, noch bevor sich einer von ihnen verbeugen konnte. Girolamo schritt energisch aus und stützte sich auf seine prächtige Ferula. Der größte und offenbar auch der älteste der Männer kniete zu seinen Füßen nieder und antwortete dann:

»Er hat es nicht geschafft. Er ist letzte Nacht der Kälte erlegen und erfroren.« Der Wachmann senkte den Blick.

»Erfroren?«, fragte Girolamo.

»Ja, oberster Pontifex«, sagte der Wachmann und deutete mit einer Handbewegung zu einer nahe gelegenen Säule, unter welcher der Leichnam eines Mannes zu sehen war. Girolamo schritt darauf zu und erkannte, dass die Wache ein junger Mann war. Ruhig und unschuldig lag er da.

»Wir hatten gehofft, unser Anliegen klar ausgedrückt zu haben. Diese Aufgabe, die wir euch erteilt haben, sollte höchste Priorität haben. Es sollte kein Versagen geben. Dies war nicht vorgesehen. Ist es nicht einmal möglich, von euch zu verlangen, eine Nacht einen zugeteilten Ort zu bewachen? Ist dies so schwer?«, fragte Girolamo und blickte noch einmal auf das leere Gesicht des Jungen, der in seinem bekannten Waffenrock steckte.

»Ist das zu viel verlangt? Sag es«, schrie Girolamo nun beinahe.

Die Wache zuckte zusammen und erhob schließlich leise seine Stimme: »Nein, Heiliger Vater. Es ist nur …«

Mit dem Kreuz, welches auf der Spitze der Ferula platziert war, schlug der Papst dem Wachmann ins Gesicht und spuckte beinahe, als er sagte: »Wag es nicht, auch nur noch ein Wort zu sprechen. Scher dich fort und wache über die Umgebung. Ein weiterer Fehlschlag und keiner von euch wird den Mittag erleben.« Die Wache erhob sich zitternd, hielt sich beschämt die Nase, die gebrochen war und aus welcher Blut floss, und nickte den beiden anderen zu. Sie verschwanden anschließend und teilten sich auf, um die Umgebung, wie es der Papst gesagt hatte, abzusichern.

Girolamo tobte. Niemand in ganz Rom vermochte es, ihm recht zu machen. Niemand schien fähig zu sein, eine alte Kirche zu bewachen, ohne dass an genau dieser Stelle eine Leiche aufzufinden war. Niemand! Bisher hatte Girolamo gedacht, es wäre ein guter Morgen, trotz der anfänglichen Schwierigkeiten des Schnees. Girolamo würde dem uralten Geheimnis jetzt auf den Grund gehen und hoffentlich würde es sich als unwahr erweisen. Welchen Grund sollte der Ordensgründer des Franziskanerordens, Franziskus von Assisi, allerdings gehabt haben, um die Unwahrheit zu schreiben? Darauf hatte der Papst offenbar keine Antwort.

Carlo zitterte. Es hatte in seinem Leben bisher nicht viele Momente gegeben, in denen er Unwohlsein oder sogar Angst verspürt hatte.

Als er sechs Jahre alt gewesen war, war er von seinen wohlhabenden Eltern auf ein nahe gelegenes Kloster gebracht worden, um dort das wichtige Privileg der Bildung zu erhalten. Bereits zu dieser Zeit wusste Carlo, dass er einmal ein großer Mann werden würde. Glücklicherweise konnte Carlo von sich behaupten, dass er vom besten Lehrmeister in der ganzen Gegend unterrichtet worden war. Seine Eltern hatte es mit Stolz erfüllt, als Carlo Discu da Viterbo nach zehn langen Jahren des Lernens schließlich wieder zu ihnen zurückgekehrt war und alle mit seinem unglaublichen Wissen beeindruckt hatte. Seine Eltern waren reiche Stoffhändler, die ein großes Haus in der Nähe der Stadtmitte hatten. Carlo hatte sich um nichts kümmern müssen, denn die Diener hatten ihm jeden Wunsch erfüllt. Dennoch hatte Carlo bereits mit zwanzig Jahren in der städtischen Schule die Kindern der Reichen und Mächtigen in der hohen Kunst der toten Sprache Latein unterrichtet. So hatte Carlo aber nicht enden wollen, auch wenn ihm diese Arbeit Freude bereitet hatte. Er wollte mehr, viel mehr. Er strebte nach Macht und Einfluss. Darum hatte er sich im Alter von fünfundzwanzig Jahren aufgemacht, um dem jungen Orden des Franziskus beizutreten. Carlo hatte von seinem Gründer gehört und war davon über die Maßen beeindruckt gewesen. Franziskus von Assisi war erst 1226 gestorben, daher bestand der Orden noch nicht allzu lange. Dennoch hatte er in den ersten Jahren seines Bestehens eine Menge an Gewichtung gewonnen und war auf dem richtigen Weg, um zu den großen Orden seiner Zeit zu gehören. Als Carlo 1278 zum Ordensgeneral aufgestiegen und Girolamo Masci d'Ascoli zum Kardinalpriester von Santa Pudenziana berufen worden war, war Carlo in seinem Ziel bestärkt worden, eine große Persönlichkeit zu werden. Zwar war der Franziskanerorden von dem einen Grundsatz geprägt, jeglichen Besitz zu vermeiden, aber Carlo hatte beschlossen, dass auch dieser Orden ein Ordenshaus besitzen musste. So hatte er zum Andenken ihres Gründers, Franziskus von Assisi, eine stattliche Villa errichten lassen und hatte sich daran gemacht, Girolamos Vertrauen zu gewinnen. Einen Kardinal zu beeinflussen war mehr, als er sich bisher erhofft hatte und jetzt stand er hier, mit dem Heiligen Vater und war kurz davor, ein Geheimnis zu ergründen, welches das Leben aller verändern konnte.

Carlo zitterte noch immer. Die drei Knoten in seinem Umhang, welche das Zeichen des Franziskanerordens waren und für das Gelübde der Armut, der Keuschheit und des Gehorsams standen, baumelten teilnahmslos an ihm herunter. Er hatte in keinster Weise vorgesehen, den Papst derart zu verärgern. Er hielt es für angebracht, sich stumm dem Willen des Obersten Pontifex zu beugen. Mit nur einem Wink konnte Girolamo großes Unheil sowie große Freude bewirken, eine Macht, die den Päpsten in allen Ländern Autorität und Geltung gesichert hatte. Gleich war es geschafft oder war dies erst der Anfang? Carlo zitterte noch ein bisschen mehr. Der kühle Morgen, Girolamos Ausbruch der Wut und die Erwartung auf die Lösung des Geheimnisses schienen seinen Körper von innen heraus zum Zittern zu bringen. Und Carlo wusste nicht, was Girolamo noch alles in seinem wahnhaften Verlangen nach der absoluten Gewissheit unternehmen würde.

Kapitel 31

Artur hatte nicht lange geschlafen. Nur ein paar Sonnenstrahlen durchfluteten seine Zelle. Bruder Martin hatte es sich zur Gewohnheit gemacht, Artur immer aus dem Schlaf zu reißen, wenn er länger schlief als er selbst. Bruder Martin war immer der Erste im Kloster, der seine unbequeme Pritsche verließ. »*Carpe diem*«[13], sagte dieser dann immer, wenn Artur ihn wieder durch seine eigene Zelle poltern hörte, doch heute war es anders. Artur war sich sicher, dass Bruder Martin gerade in diesen Momenten ebenfalls aufstehen wollte, doch er brauchte Artur an diesem Morgen nicht zu wecken.

Als Artur aufgestanden war, fiel ihm sofort ein, warum er dermaßen aufgeregt aus dem süßen Reich der Träumereien erwacht war. Die Kirche, die Heilige Schrift, das Rätsel, welches er gelöst hatte. Hatte er es wirklich gelöst? Der schleierhafte Dreifachkreis schien neue Unklarheiten aufzuwerfen. Da Artur das erste Hindernis genommen hatte, würde ihm Meister Callidus sicher weiter helfen können.

Als Artur das Refektorium betrat, wunderte er sich nicht, dass niemand hier war. Das Kloster ging seiner Arbeit nach - auch in den frühesten Morgenstunden. Nur durch Arbeit konnte man das Kloster am Leben erhalten. Und noch bevor alle Mönche ihre Arbeit verrichteten, mussten sie sich in der großen Kirche zum allmorgendlichen Gebet versammeln. Lediglich der Meister und Artur selbst waren wegen des Unterrichts von dieser Pflicht befreit. Artur lenkte seine Beine zur Zelle des alten Meisters. Dort war das Bild. Meister Callidus konnte ihm vielleicht bei seinem nächsten Schritt helfen. Als Artur an die alte Eichentür des Zimmers von seines Meisters klopfte, war er gespannt darauf, wie dieser reagieren würde, wenn er ihm mitteilte, dass er das Rätsel der Gründerbibel gelöst hatte. Er hörte eine freundliche Aufforderung einzutreten und Artur öffnete die Tür.

»Du kommst früh heute«, sagte der Meister zur Begrüßung.

---

[13] Nutze den Tag.

»Kein Grund Eure Enttäuschung preiszugeben, Meister«, setzte Artur scherzend entgegen. »Ich habe Euch einiges zu berichten.«

Der Meister blickte von seiner Arbeit auf.

»Ach, erkläre dich«, sprach der Meister und wartete gespannt.

»Ich bin heute Nacht in unserer heiligen Kirche auf etwas gestoßen, was Euch sicherlich interessieren könnte«, sagte Artur lächelnd und wippte hin und her.

Artur wartete einen Moment, dann fragte er: »Ist es mir erlaubt, mich zu setzen?« Der Meister blickte ihn durchdringend an, dann sagte er langsam:

»Bist du sicher, dass sich dein Geisteszustand nicht über Nacht in irgendeiner Art und Weise … verschlimmert hat?« Artur lächelte, ging dann aber hinüber zu dem alten, hölzernen Stuhl und setzte sich.

»Meister, ich war gestern Nacht zu meinem Bedauern und zu Eurer größten Missbilligung in der alten Kirche, da mir das ungelöste Rätsel keine Ruhe zu lassen schien. Ich konnte es nicht fassen, dass Ihr und Bruder Martin dem Geheimnis nicht auf die Spur kommen konntet, darum bin ich erneut zur Bibel Bruder Auctors‘ gegangen und habe versucht, das Rätsel aus eigenen Stücken zu lösen.«

»Sehr gut«, bekräftigte ihn Meister Callidus. »Natürlich bin ich aber sehr erbost darüber, dass du dich nach der Nachtruhe immer noch in der Kirche umhergetrieben hast«, fügte er schnell hinzu, um sein Gewissen, welches sicherlich ebenfalls immer und immer wieder von Bruder Martin beeinflusst wurde, zu beruhigen. »Dein Altruismus ist dennoch bemerkenswert. Nicht, dass sich alte Männer, wie ich zweifellos einer bin, in dunklen Kirchen herumdrücken müssen, um einem längst vergessenen Geheimnis nachzugehen, nicht wahr?«, fragte der Meister belustigt.

»Nein, so habe ich es nicht gemeint, aber das wisst Ihr. Der Grund für mein Erscheinen liegt an der Tatsache, dass ich in der Lösung des Rätsels einen Schritt weitergekommen bin.«

»Das bist du?«, fragte Meister Callidus nun und konnte die Verwunderung in seiner Stimme nicht verbergen.

»Was soll Euer überraschter Unterton?«, fragte Artur. »Habt Ihr mir eine solche Tat etwa nicht zugetraut?« Nun lächelte der Meister.

»Artur du weißt, dass ich schon immer der Meinung war, dass du ein herausragender und intelligenter junger Mann bist und eines Tages einer unserer größten Äbte sein wirst. Doch nachdem ich an dem Rätsel scheiterte, dachte ich, bitte verzeih mir meine unangebrachte Eitelkeit, niemand würde in der Lage sein, weitere Schritte zu tätigen.«

»Das waren auch meine Gedanken, doch des Rätsels Lösung vermag keinen allzu großen Denker zu verlangen. Diese Lösung ist einfach, beinahe banal, vielleicht zu einfach für Euch«, sagte Artur anerkennend.

Der Meister nickte ihm dankend zu, dann gebot er ihm mit einer Handbewegung fortzufahren: »Nun, wie es der glückliche Zufall wollte…« Dieses Mal war es allerdings Artur nicht gestattet, seinen Satz zu Ende zu führen, denn der Meister sagte tadelnd:

»Vorsicht, nichts unter Gottes Hand und Einfluss wird der reinen Blasphemie, dem Zufall, zugeschrieben. Unter dem Herrn gibt es keinen Zufall.« Artur nickte, fuhr dann aber fort:

»Wie Ihr meint. Ich habe also auf einen Wink Gottes hin in der Bibel Bruder Auctors bemerkt, dass dort vier Zahlen in einer anderen Weise als die übrigen geschrieben waren. Natürlich dachte auch ich zuerst an die künstlerische Freiheit Bruder Auctors, der sicherlich seine Bibel nicht ohne eine gewisse Symbolik verziert hat. Dennoch, reiht man diese Zahlen aneinander, so ergeben sie die Zahl 1234.«

Meister Callidus verengte die Augen zu Schlitzen und sprach: »Soweit meine Kenntnisse ausreichen, ist dies keine Zahl, welche eine biblische oder heilige Bedeutung hat.«

»Allerdings«, sagte Artur. »Es ist eine einfache Zahl, die dennoch Wissen und Weisheit beinhaltet, ganz genau wie die Seite, auf die diese Zahl verweist«, sagte Artur und ließ diese eindrucksvollen Worte in der Luft stehen.

»Fortes fortuna adiuvat«[14], erwiderte Meister Callidus und Artur sagte abwehrend:

»Vorsicht, nichts unter Gottes Hand und Einfluss wird der reinen Blasphemie, dem Glück, zugeschrieben. Unter dem Herrn gibt es kein Glück.«

»Wie Recht du hast«, antwortete der Meister und lachte.

[14] Den Tüchtigen hilft das Glück.

»Nun, was also hast du auf der Seite 1234 vorgefunden?«, fragte er und wartete gespannt auf eine Antwort.

»Das will ich Euch gerne zeigen«, sagte Artur und zog eine Rolle Pergament aus seiner Tasche. Auf der Rolle hatte er den dreifachen Kreis abgezeichnet, der jedoch noch immer ein Rätsel war. Er breitete das Blatt vor dem alten Meister aus, der mit seiner alten Hand darüberfuhr und fragte: »Dasselbe Bildnis findet sich auch in der Heiligen Schrift in der Kathedrale wieder?«

»Ja«, sagte Artur und begutachtete noch einmal den Kreis aus Buchstaben, Zahlen und Symbolen. Meister Callidus brütete eine ganze Weile über dem alten und ledrigen Pergament. Dann, als er offenbar einen Gedanken gefasst hatte, der in dieser Situation Licht ins Dunkel bringen würde, sagte er:

»Nun Artur, das letzte Rätsel hast du gelöst, das ist richtig, doch dieses Rätsel ist wohl das meinige und bitte vergib mir noch einmal, ich habe bereits die Lösung dafür.«

Kapitel 32

Bruder Vanum hatte noch nicht einmal mit seinem Theaterspiel begonnen, als der alte und freundliche Herr von seinem Kutschbock gestiegen war, um ihm zu helfen. Schnell schoss Bruder Vanum dem Mann entgegen und schlang seine beiden jungen Hände um die Gurgel des Mannes. Dieser riss seine Augen auf, als ihm bewusst wurde, dass es ein Fehler gewesen war, auf Wunsch Bruder Vanums anzuhalten.

»N … nicht«, war das hechelnde Wort, welches aus dem Mund des Kutschers drang. »Bitte, … ich …« Der Mann war Bruder Vanum nicht gewachsen. Der Kutscher fuchtelte mit seinen Händen umher, schlug Bruder Vanum ins Gesicht, doch jene, die von Gottes Kraft angetrieben wurden, konnten nicht einmal Schläge eines Ungläubigen aufhalten. Bruder Vanum verstärkte den Druck seiner Hände. Er zerrte den sich wehrenden Kutscher in das nahegelegene Gebüsch, um keine unerwünschte Aufmerksamkeit zu erlangen. Der Mann wehrte sich noch immer.

»Ich warne Euch«, zischte Bruder Vanum und drückte die Gurgel noch fester zusammen. Dann, mit einem letzten Hecheln, erschlaffte der Körper des Mannes und fiel zu Boden.

Es war geschafft, es war getan. Dieser ungläubige und viel zu gutmütige Mann würde sicherlich nicht eine einzige Reinkarnation erleben, geschweige denn einen Platz im Paradies erhalten.

Bruder Vanum erkannte sein fehlerhaftes Tun in dem Moment, in dem eine Schar Reiter den Waldweg passierte und zu ihnen herüberspähte. Bruder Vanum packte den Körper des Mannes, stützte ihn und lehnte sich gegen einen Baum.

»Ist etwas geschehen?«, fragte ein Reiter, der argwöhnisch und besorgt zu ihnen herübersah.

»Nein, vielen Dank«, sagte Bruder Vanum und bemühte sich, den schlaffen Körper des Mannes aufrecht zu halten.

»Meinem Vater bekommt die Reise nicht. Wir werden in der Stadt sofort einen Arzt aufsuchen. Habt vielen Dank, der Herr möge Euch segnen.«

»Seid Ihr sicher, dass man Euch nicht helfen soll?«, fragte der Reiter noch einmal und war schon im Begriff von seinem stattlichen Pferd zu steigen.

»Nein, bitte, ich möchte Euch nicht aufhalten und meinem Vater geht es schon wieder besser. Es war nur ein kurzes Reisefieber. Reitet weiter, bitte«, sagte Bruder Vanum und flehte zum Himmel, dass keiner der Männer absteigen möge. Die Reiter blickten sich argwöhnisch an, sagten dann aber:

»Nun, gut, wie Ihr meint. Hoffentlich geht es Eurem Vater bald besser.«

»Ja, vielen Dank meine Herren. *Deo gratias.*«[15] Die Pferde schritten im leichten Trab in Richtung des großen Tores Patrias davon. Als sie hinter einer verschneiten Tanne verschwunden waren, ließ Bruder Vanum den Leichnam fallen und wischte sich den weißen Schnee von den Schultern, welcher bei der Rangelei mit dem Kutscher auf ihn herabgenieselt war. Er musste sich jetzt um wichtigere Dinge kümmern als den schmelzenden Schnee und stapfte zurück zu der hölzernen Kutsche, nachdem er den vorigen Besitzer im Schnee vergraben hatte. Gnade Gott jenem, der diesen Mann im Frühjahr finden würde. Die Stadt würde ein idealer Platz sein, um Vorräte zu stehlen und die Pferde zu tränken. Mit dieser Kutsche war er in der Lage, nach Rom zu fahren.

Mit einem Peitschenhieb trieb Bruder Vanum die Pferde an, den Blick auf die großen Stadttore Patrias gerichtet. Kurz vor seiner Ankunft in der Stadt wurde er nervös, nervöser als er hätte sein müssen. Er hatte nichts verbrochen, das den Zorn Gottes rechtfertigen würde und die Wachen somit veranlassen könnte, ihn aufzuhalten. Hier war er ein freier Mann, doch auch freie Männer mussten sich dem beinah willkürlichen Willen der Wachen von Patria beugen.

»Halt«, sagte ein Wachmann am Tor laut, als Bruder Vanum gerade hindurchfahren wollte. In Bruder Vanums Augen war für kurze Zeit Verwunderung, gar Angst, zu sehen, doch dann setzte er ein freundliches Lächeln auf und sagte:

»Der Herr sei Euch gnädig. Was kann ich für Euch tun?« Der Wachmann kam näher und umrundete die Kutsche.

---

[15] Dank sei Gott.

»Steigt ab«, sagte die Wache und löste somit ein Gefühl unsäglicher Angst in Bruder Vanum aus.

»Ist etwas nicht in Ordnung?«, fragte Bruder Vanum und stieg zittrig vom Kutschbock herunter.

»Nein, Bruder, es geht vielmehr um den Wegzoll, den Ihr bezahlen müsst.«

»Wegzoll?«, fragte Bruder Vanum und runzelte die Stirn. Sein Magen entspannte sich wieder.

»Ja, mein Herr, Wegzoll. Ihr seid wohl länger nicht mehr in der Stadt gewesen. Der König hat für Kutschen einen Wegzoll eingeführt. Jene, die die Stadt befahren, sollen von nun an den Preis zahlen, den der Lehnsherr fordert.«

»Ungeheuerlich«, sagte Bruder Vanum. »Ihr bestehlt die Menschen mit Euren Edikten auf eine Weise, die man als schändlich bezeichnen könnte.« Der Wachmann verdrehte die Augen, sagte dann aber bestimmt:

»Seht, mein Herr. Ich verfasse diese Normen nicht, ich führe sie lediglich aus. Ihr könnt gewiss sein, dass es mir lieb wäre, wenn all das Gesindel, was die Stadt täglich befährt, einfach vorbeifahren könnte, ohne mir meine Zeit zu stehlen. Ihr könnt Euch nicht vorstellen, was für … unwürdige und widerwärtige Menschen in die Stadt kommen, welche sicher sind, von unendlicher Klugheit gesegnet worden zu sein und somit den Preis nicht zahlen wollen. Dennoch werdet Ihr sehr bald feststellen, dass es meine Autorität ist, die bestimmt, wer dieses Tor passiert und welcher Abschaum wieder zurück in den Wald muss. Ja, Bruder, Abschaum«, wiederholte der Wachmann, »Ihr seid inbegriffen und ich habe weder die Lust noch die Zeit, Euch Gegenteiliges vorzuheucheln. Ihr werdet ebenfalls merken, dass Ihr in keinster Weise in der Lage seid, Anforderungen an mich oder den König zu stellen.« Bruder Vanum war unter den beinahe schreienden Worten der Wache immer kleiner geworden, ließ sich aber nichts anmerken. »Seid Ihr nun also gewillt, den Preis zu zahlen oder wollt Ihr die Stadt umrunden und Eure erbärmliche Reise ohne Rast fortsetzen?« Bruder Vanum war fassungslos. Nicht nur, dass der korrupte König die Menschen ausbeutete, die Wache hatte ihn soeben als Abschaum bezeichnet, was einer Gotteslästerung nahe kam. »Und mein

König«, fügte der Mann noch hinzu, »mag es nicht, wenn man sich ihm widersetzt oder ihn gar enttäuscht.«

»Oh, ich bin sicher, Eure Wenigkeit weiß um diese Tatsache am besten Bescheid.«, sagte Bruder Vanum und sah mit Genugtuung, wie der Wachmann vor ihm den Mund aufriss.

»Nun, guter Mann, Ihr könnt Euch sicher sein, dass vor Euch der erste Manne steht, der nicht gewillt ist, dieses Edikt zu erfüllen, dieser Ausbeute zuzustimmen. Daher werdet Ihr es verstehen, wenn ich mein Gefährt hier lasse und zu Fuß weitergehe«, sagte Bruder Vanum und tätschelte die große Kutsche. Der Wachmann blickte ungläubig drein. Es schien, als ob er nicht richtig verstanden hätte. »Ja, ich bin sicher, ein Mann von Euren Fähigkeiten, der bereits die Aufgabe, das Tor zu bewachen vom König übertragen bekommen hat, wird sicherlich in der Lage sein, meine Kutsche beiseitezuräumen. Ich werde Eure Zeit nicht länger beanspruchen. Somit kann ich Euch beglückwünschen, Ihr seid hiermit von der Last befreit, mir gegenteilige Tatsachen vorzuheucheln und seid gleichzeitig Besitzer einer neuen Kutsche geworden. Was wird nur Euer Weib zu diesem erfolgreichen Tag sagen?« Mit diesen Worten ließ Bruder Vanum den verwirrten Wachmann am Tor stehen und passierte das Tor. Ganz beseelt von seiner Leistung den Wachmann überrumpelt zu haben, nahm Bruder Vanum die zwei Mönche nicht wahr, die gerade, als er das Tor durchschritt, dort ankamen.

Bruder Solus glaubte, trotz seiner Mönchszugehörigkeit, bis zu jenem Augenblick, als er Bruder Vanum durch das Tor gehen sah, nicht an Wunder. Bruder Magnus, welcher hinter ihm saß, blickte ungläubig zum Tor und beide kamen nicht umhin, dies einem Wunder des Herrn zuzuschreiben. Dann erreichten sie das Tor, an dem sie auf einen mürrischen Wachmann stießen. Bruder Solus hatte jetzt jedoch keine Zeit, sich nach den Gefühlszustand anderer Menschen zu erkundigen. Er sagte ohne eine Art der Begrüßung:

»Habt Ihr gerade diesen Mann in die Stadt gelassen?«, und wunderte sich zugleich über die Kutsche, die herrenlos vor dem Tor der Stadt herumstand. Ohne auf eine Reaktion der Wache abzuwarten, fuhr Bruder Solus fort: »Gebt eine Warnung an die Stadtwachen heraus, dieser Mann ist eine Bedrohung für die Christenheit und muss umgehend eingefangen werden. Tut Ihr dies nicht, wird eine Katastrophe das Land heimsuchen, über dessen Ausmaße Ihr nur mutmaßen könnt.« Der Wachmann zeigte keine Regung. »Schnell«, brüllte Bruder Solus und der Mann zuckte zusammen. Anstatt in die Stadt zu laufen, um Bruder Vanum nachzueilen, sagte der Mann nur:

»Ihr glaubt, Ihr könnt mir Befehle erteilen? Ihr glaubt, Ihr…« Doch Bruder Solus hatte keine Zeit, mit dem Mann zu streiten. Er stieß seinem Pferd die Fersen in die Flanken und preschte an der Wache vorbei. Er war noch nicht oft in der Stadt Patria gewesen, dennoch kannte er sich ein wenig aus. Sollte ihre Verfolgungsjagd jedoch in die engen, dunklen und zwielichtigen Gassen der Stadt führen, so würden sie die Spur Bruder Vanums verlieren, dessen war er sich gewiss.

Die Häuser der alten Stadt waren schneebedeckt und glitzernde Eiszapfen hingen von den Dächern. Die Menschen tummelten sich in den Straßen und statteten den jeweiligen Läden ihre Besuche ab. Alles hätte so friedlich sein können, hätte nicht der schreckliche Gedanke auf ihnen gelastet, dass ein Feind der Liebe, ein Feind der Nächstenliebe, in den Straßen sein Unwesen trieb. Eines war sicher: Bruder Vanum musste gefunden werden, denn die Katastrophe, welche er herbeiführen könnte, war zu groß. Bruder Magnus deutete hinter sich auf einen braunen Fleck in der Menge und Bruder Solus erkannte den schleppenden und dennoch hochmütigen Gang der Gestalt. Bruder Solus trieb sein Pferd an, langsam, um nicht zu viel Aufregung in der Menge herbeizuführen. Hätte der verräterische Bruder sich nur herumgedreht, so hätte er Bruder Solus und Bruder Magnus erkannt, da beide hoch über der Menge auf dem anmutigen Pferd saßen. Nur noch wenige Meter, dann könnte Bruder Solus Bruder Vanum berühren, ihn packen, ihn festhalten und zurück auf das Kloster bringen. Die Menge unterstützte ihre Verfolgung des Bruders noch. Die Stimmen der Menge waren laut, sehr laut und hätte selbst ihre Unterhaltung miteinander übertönt:

» … die Steuern wurden erneut erhört. Der König ist habgierig. Das war er bereits, so sagt man sich, ehe er den Windeln entwachsen war …«

Ja, das beschwerende Geschwätz der Menge und das Stöhnen über den noch immer anhaltenden Winter waren ideal für ihr Vorhaben. Der Herr stand an diesem Tag allerdings nicht auf ihrer Seite. Ein ohrenbetäubender Schrei gellte über den großen Platz, den sie soeben erreicht hatten. Bruder Solus riss den Kopf herum, ebenso wie Bruder Vanum. Ihr Pferd war offensichtlich einem bulligen Mann mit einem Schnauzbart und wenig Haar auf den Fuß getreten, denn er hüpfte laut schreiend auf dem Boden herum.

»Seid ihr …« Bruder Solus hatte keine Zeit sich anzuhören, was er und Bruder Magnus alles seien. Er wusste nur eines, Bruder Vanum war gerade im Begriff zu fliehen. Bruder Solus sah Bruder Vanum gerade noch aus der Menge ausbrechen und über den Marktplatz rennen. Sofort rammte Bruder Solus seinem Pferd die Fersen in die Flanken und preschte hinterher. Menschen sprangen ihnen protestierend aus dem Weg. Vereinzelte Teile der Marktausstattung mussten unter ihrem rücksichtslosen Ritt leiden. Eine Vase zerschellte, als das Pferd der beiden Mönche sie mit dem Huf traf. Ein hölzerner Marktstand fiel in sich zusammen, als sich ein loses Stück Schnur im Sattel des Pferdes verfing. Doch es war den Mönchen gleich. Sie kamen immer näher an den fliehenden Bruder heran, bis dieser in eine enge Seitengasse einbog. Bruder Solus wartete nicht, bis sein Pferd angehalten hatte, sondern sprang vom Rücken des Tieres, da ihm durchaus bewusst war, dass ihr Pferd diese schmale Gasse nicht durchqueren konnte. Bruder Magnus kletterte direkt nach Bruder Solus vom Pferd herunter und rannte ihnen nach. Die Gasse war derart eng, dass sie fast jegliche Sonneneinstrahlung verschluckte. Bruder Solus hörte Bruder Vanum durch etwas hindurchbrechen. Im nächsten Moment stand Bruder Solus auch auf einer anderen Straße, welche eigentlich durch ein hölzernes Gatter von der schmalem Gasse abgetrennt war. Bruder Vanum war bereits weitergerannt und stürmte nun auf eine Reihe Geschäfte zu, vor denen sich etliche Menschen tummelten. Die Menge verschluckte Bruder Vanum augenblicklich und auch Bruder Solus wurde von ihr aufgenommen. Nun hatte er Bruder Vanum aus den Augen verloren. Er stieß die plaudernden Menschen, die nicht wissen konnten, dass sie soeben einem Feind der Christenheit Schutz gewährten, grob beiseite. Glücklicherweise stieß Bruder Magnus zu Bruder Solus, sodass sie gemeinsam die Menge durchkämmen konnten. Als sie Bruder Vanum nach einigen Augenblicken noch immer nicht erspäht hatten, machte sich nervöse Unruhe in ihnen breit. Hatte er es geschafft? War er erneut entkommen? Bruder Solus blickte sich hastig um, sah in jedes Gesicht und nahm jeden unter die Lupe, der in etwa die Statur Bruder Vanums hatte, doch der eine war zu klein, der andere zu groß, die nächste Frau, war eine Nonne und die übernächste war zum ersten eine Frau, da ihr ein Schleier im Gesicht hing und zum anderen viel zu dick. Bruder Solus stolperte weiter durch die Menschen. Nun kam Bruder Solus zu den Geschäften, die wegen der Menschenmenge anfangs nicht zu erkennen waren.

Als Bruder Solus schließlich auf ein altes und heruntergekommenes Ladenschild blickte, schien es, als ob ihm ein Eimer mit kaltem Wasser über den Kopf gegossen worden wäre. Auf dem Ladenschild hieß es groß und in abblätternder Schrift:

Roben- und Gewändergeschäft Vanum.

Kapitel 33

Die St. Peterskirche war heilig. Sie war eines der größten Heiligtümer in ganz Rom. Die Geschichte dieser gewaltigen Kirche war beeindruckend und ging weit in die Vergangenheit zurück. So weit, dass sogar der altehrwürdige Kaiser und Feldherr Gaius Caesar Augustus Germanicus, besser bekannt als Caligula, einst die Hand im Spiel gehabt hatte. Dieser hatte dort als erster einen Circus errichten lassen, den Nero anschließend mit einem Palast und einer Brücke über den Tiber erweiterte. Im Jahre 64 kam es schließlich in diesem Circus zu einem Schauspiel, welches die Christenheit prägte, formte und ihnen ihre heutige Stärke und den möglichen Einfluss verlieh:

Nachdem Jesus Christus dem Heilige Petrus erschienen war, hatte dieser sich dort im Herbst desselben Jahres mit dem Kopf nach unten kreuzigen lassen, da er sich nicht als würdig genug empfand, den gleichen Tod zu finden, wie sein Herr. Unmittelbar danach wurde der Leichnam des Heiligen Petrus von den Christen gefunden und nahe des Circus begraben. Die Gläubigen überzeugten Kaiser Konstantin im Jahre 313, dass dies wahrhaftig ein Apostel Jesu war. Da er der erste Bischof von Rom war, ließ der Kaiser dort im Jahre 324 eine Basilika errichten, die Petrus würdig war. Schließlich baute Papst Simplicius 468 die Kirche noch einmal um, damit dort größere Gottesdienste abgehalten werden konnten. Die Basilika musste seit ihrer Erbauung viele Angriffe und Kämpfe erdulden und erlitt daher immer wieder gewaltige Schäden, die jedoch von den Päpsten und den treuesten Christen beseitigt wurden. Außerdem lagen die Gebeine des ersten Papstes noch immer tief unter der Basilika, in der unbewohnten Nekropole. Ja, *tempus fugit.*[16] So war es schon immer gewesen und Girolamo befand sich inmitten des zeitlichen Strudels und Geistes.

Papst Nikolaus IV. schritt bedächtig durch die Kirche. Er fühlte sich geehrt, als Nachfolger Petri betitelt zu werden und gedachte seinem Vor-

[16] Die Zeit vergeht.

fahren mit höchstem Respekt. Die Kirche mit all ihrem Gold und Marmor war wunderschön. All das war durch jahrhundertelange Arbeit entstanden. Die Bänke in der Kathedrale waren aus schönstem Eichenholz, welches in den gesündesten Wäldern des Römischen Reiches gewachsen war. Die kleinen Kapellen innerhalb der Kirche waren einzelnen Heiligen gewidmet und, dies wusste der Papst nur zu gut, dort wurde sehr viel gebetet. Diese Kirche war allerdings nicht nur ein Ort des stillen Gebets. Hier hatte Girolamo, als er noch ein einfacher Kardinal war und wusste, dass er für etwas Höheres bestimmt war, viele Kardinäle bestochen und bedroht, um zum Heiligen Vater ernannt zu werden. Viele hatten gezögert, viele hatten sich geweigert, einige hatten sogar verlauten lassen, dass sie ihn melden würden, doch auch diese Kardinäle waren früher oder später auf seine Seite gewechselt. Es war nicht angenehm im Winter in der kalten Kapelle des Savellipalastes zu sitzen und dies ein Jahr lang. Zwar war das Konklave zeitweilig unterbrochen worden, doch als die Kardinäle endlich merkten, dass sie sich für jemanden entscheiden mussten, der bereits viele Stimmen erhalten hatte, und somit ein schnelles Wahlende erzielen konnten, waren doch einige Zögernde bereitwillig zu ihm gekommen. Zwar hatte Girolamo in der Zeit des Konklaves noch den einen oder anderen Besuch in den Zellen der Kardinäle abhalten müssen, aber er erinnerte sich nur an sehr wenige Kardinäle, die sich ihm längere Zeit widersetzt hatten. Er hatte gewusst, welche Kardinäle er möglicherweise für sich gewinnen konnte und jetzt stand er hier, nach über einem Jahr, als Papst Nikolaus IV.

Die blutroten Teppiche, die in der Basilika nach vorne zum gewaltigsten Hochaltar führten, den Girolamo je gesehen hatte, dämpften seine Schritte. Dennoch hörte er Carlo Discu da Viterbo nicht hereinkommen. Dieser war mitgekommen, um ihm als Verbündeter zu dienen und jene Behauptung zu überprüfen.

Nun war es so weit: Gleich würden sie wissen, ob Franziskus von Assisi die Wahrheit gesprochen hatte, gleich würden sie über jeden Zweifel erhaben sein.

Girolamo schritt langsam auf den Hochaltar zu. Gleich würden sie Gewissheit haben.

Kapitel 34

Das breite Lächeln in Meister Callidus Gesicht war unverkennbar. Seine Genialität blitzte wieder auf. Der alte Meister hatte das Rätsel gelöst? War dies möglich, nachdem er nur einen Blick auf das Pergament erhascht hatte, auf dem Artur den Kreis noch einmal gezeichnet hatte? Nein, das konnte nicht sein. Artur wendete das Pergament in seiner Hand und erinnerte sich erst jetzt daran, dass er den Kreis nicht nur nachgezeichnet, sondern auch gleich aufgelöst hatte. Dies war eine Arbeit, die er bereits erledigt hatte.

»Ah, du hast also den Kreis bereits ordentlich niedergeschrieben, nicht wahr?«, fragte der Meister wohlwollend.

»Wie Ihr meint«, sagte Artur und breitete das Blatt Pergament vor ihnen auf dem hölzernen Tisch aus.

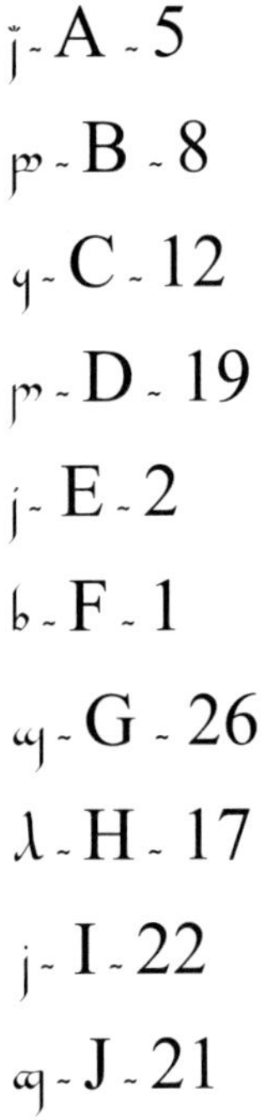

q - K - 13

σ - L - 3

ꝏ - M - 15

m - N - 24

ʃ - O - 25

ƿ - P - 23

ɗ - Q - 7

ɣ - R - 6

ʒ - S - 4

ƿ - T - 9

ʃ - U - 10

ɒ - V - 11

a - W - 18

ɗ - X - 16

ɑ - Y - 20

ʒ - Z - 14

»Wie ich sehe, warst du fleißig«, erwiderte Meister Callidus lächelnd. Artur nickte eifrig und blickte erneut auf das Blatt. Die Buchstaben des Alphabets wurden durch die Symbole ersetzt, doch was es mit den Zahlen auf sich hatte, vermochte selbst Artur nicht zu sagen. Sie waren, wie es schien, willkürlich angeordnet, doch einen Sinn musste der Künstler wohl dahinter gesehen haben. Meister Callidus lachte erneut und Artur wartete sehr gespannt auf die folgenden Worte des Meisters.

»Ich bin sicher«, setzte der Meister an, »dass auch du das Rätsel der sonderbaren Schriftzeichen gelöst hättest, wenn du lediglich eine Nacht mit dem eigenartigen Gemälde verbracht hättest«, schloss Meister Callidus und deutete mit seiner alte Hand zu dem Bild, welches an der Wand lehnte. Artur folgte dem Wink und blickte auf das Gemälde, wobei er dennoch sagen musste, dass er nichts Absonderliches feststellen konnte. Jedenfalls nicht auf den ersten Blick. Meister Callidus gebot Artur mit einer erneuten Bewegung seiner Hand, an das alte Bild zu treten und es näher in Augenschein zu nehmen. Es war merkwürdig. Was mochte an dem alten Bild sein, das sie in Bezug auf das Rätsel verwenden konnten? Doch wie es schien, verbarg das Bild noch einiges mehr, als es auf den ersten Blick preiszugeben gewillt war.

Artur musterte die Vorderseite des Bildes noch einmal. Bruder Auctor, der mit ausgebreiteten Armen dastand und mit erhabenem Blick zu Artur hinaufblickte, hatte noch immer die kreisrunde Schrift auf der Herzstelle geschrieben, wo die lateinischen Worte standen: *Hier ruht etwas Steinernes.* Zwar war hier die Kreisform wiederzufinden, die auch in der alten Bibel vorkam, doch schien es sich bei diesem Satz lediglich um eine Art Wortspiel zu handeln. Als Artur das Bild umdrehte, fiel ihm zuallererst die zwei bedrohlich wirkenden Sätze am oberen Teil der hinteren Leinwand auf: *Am hellen Mittag tappst du im Dunkeln wie ein Blinder. Deine Wege führen nicht zum Erfolg!* Dieses Rätsel war allerdings bereits gelöst. Meister Callidus hatte den Verweis auf die älteste Bibel des Klosters richtig gedeutet und Artur hatte schließlich die entsprechende Seite gefunden und entziffert. Arturs Blick wanderte weiter auf die Symbole darunter und er zuckte kaum merklich zusammen. War es so einfach? Dort unten, am Fuße des Bildes, dies hatte Artur im Eifer des Gefechts schlichtweg vergessen, standen die verschlüsselten Symbole, die scheinbar unleserlich waren. Unleserlich bis zu jenem Zeitpunkt, als Artur die Übersetzungen der Symbole gefunden hatte.

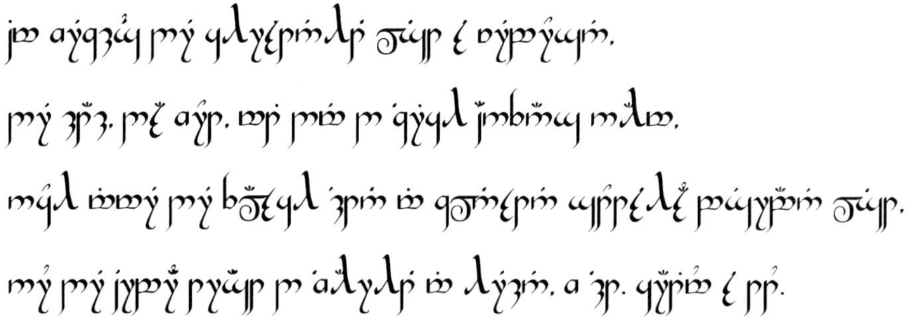

Artur wandte sich zu Meister Callidus um, dieser saß lächelnd in seinem alten Lehnstuhl. Sein gesamtes Gesicht schien um Jahre verjüngt zu sein.

»Woher …?«

»Oh, es war mir ein Leichtes die Symbole zu identifizieren, nachdem du mir den passenden Schlüssel dazu geliefert hattest. Ich bin mir gewiss, dass auch du dies geschafft hättest, wenn du nur eine ganze Nacht damit verbracht hättest«, scherzte der Meister. Nun war sich Artur sicher, dass des Rätsels Lösung nur noch ein Hauch entfernt sein musste. Der junge und ungestüme Artur hatte allerdings nicht mit der Genialität eines Bruders gerechnet, der bereits seit über einem Jahrtausend unter der Erde lag. Jetzt war es an der Zeit, dass diese Symbole den Zeichen wichen, die jedermann verstand.

Artur hatte die Liste mit den Buchstaben, die den Symbolen entsprachen neben ein leeres Blatt Pergament gelegt und begann die Symbole zu ersetzen. Meister Callidus trat an ihn heran und schaute interessiert über seine Schulter. Schon nach wenigen Augenblicken bemerkte Artur, dass etwas nicht stimmte. Einige der Zeichen ergaben keinen Sinn, hatten keine Bedeutung und genau das beunruhigte ihn. Es sah wohl ganz danach aus, als ob doch nicht alles derart einfach werden würde und wieder einmal brachte Bruder Auctor die Gedanken Arturs in dem Moment durcheinander, als er am wenigstens damit gerechnet hatte …

Kapitel 35

Bruder Magnus‘ Erkenntnis übermannte ihn vollkommen. Er warf einen raschen Blick gen Himmel, wo in der Sonne das unscheinbare Schild des Kleidungsgeschäftes Vanum blitzte. Gerissenheit, das musste Bruder Magnus ihrem früheren Bibliothekaren zuschreiben. Dann erinnerte er sich an die dicke und verschleierte Frau, welche vor wenigen Augenblicken an ihnen vorbeigehastet war. Es gab nur einen Mann, der unter dieser Robe gesteckt haben konnte. Bruder Solus wirbelte herum und stieß beinahe mit Bruder Magnus zusammen. Durch ein Kopfnicken bedeutete Bruder Magnus seinem Mitbruder, dass er verstanden hatte.

Mit Gewalt kämpften sie gegen die Menschenmasse an und sahen schließlich, wie die scheinbar alte und dicke Frau mit nicht zuzutrauender Leichtigkeit über den großen Marktplatz rannte. Der Vorsprung, den Bruder Vanum sich erkämpft hatte, war groß. Mit unglaublicher Schnelligkeit setzten sich die beiden Mönche in Bewegung und verfolgten ihr Ziel. Bruder Magnus hielt es für ein Wunder, dass er noch vor wenigen Stunden auf einem notdürftigen Bett gelegen hatte und dem Tode nahe gewesen war, um nun erneut dem geflohenen Bruder hinterherzujagen. Die Marktbesucher sprangen ihnen hastig aus dem Weg, als sie bemerkten, dass die beiden Mönche vor nichts zurückschreckten. Einige Marktstände und deren Verkaufsinhalte hatten unter der Verfolgungsjagd zu leiden, und sowohl alte Vasen als auch handgefertigte Heilmittel, die angeblich gegen die Pest, Lepra und Schlimmeres helfen sollten, gingen zu Boden. Nachdem sie gesehen hatten, wie Bruder Vanum hinter einer Ecke verschwunden war, versuchte Bruder Magnus das Tempo noch zu steigern. Als sie in eine Straße einbogen, war Bruder Vanum nicht zu sehen, was sich aber mit Sicherheit dadurch erklären konnte, dass die Gasse sehr breit und kurz war. Bruder Magnus verweilte nicht einen Augenblick, sondern stürzte sich in die Menge, welche beinahe erschrocken zurückwich. Eine Frau mit einem Kind in der Hand beklagte sich lauthals und eine ältere Dame murmelte etwas von Rücksichtslosigkeit und Unruhestiftung. Wenn dies in einem derartigen Verlauf weiter ging, dann würde es vermutlich nicht allzu lange dauern, bis die Wachen der Stadt Patria auf sie aufmerksam werden würden.

Ein Bettler, der sich scheinbar über ein Almosen in Form von Kleidung freute, versperrte ihnen kurz den Weg, doch dann sprang auch er aus dem Weg und beklagte sich wutentbrannt über den Riss in seinem Stoff. Die Brüder achteten jedoch nicht darauf.

Sie waren auf der breiten Hauptstraße angekommen, wo sich Hunderte von Menschen tummelten. Dort war keine Spur von einer dicklichen Frau zu sehen. Schwer atmend blickte Bruder Solus sich schnaufend um.

»Ist … er … weg?«, prustete er los.

»Das … habt Ihr sehr schön erkannt«, sagte Bruder Magnus beinahe zynisch. Ein untersetzter alter Mann in einer rötlichen Robe rempelte sie an, murrte kurz auf, warf unter seine Kapuze einen Blick zurück und ging weiter. Eine junge Frau trug ein geschlachtetes Huhn in ihrer Hand, offensichtlich auf dem Weg nach Hause. Ein junger Mann trug Bretter und Steine auf seinem Rücken und machte sich sicherlich auf den Weg zu einem Hausbau. Bruder Magnus hätte noch viele weitere Menschen nennen können, die ihm aufgefallen waren, aber eine dicke schwarze Dame war weder links noch rechts ihres Weges zu sehen.

Ein kleiner Trupp Wachen kam die Straße entlang. Bruder Magnus trat hektisch auf sie zu und, da er schon die grausigsten Geschichten über die Wachen von Patria gehört hatten, die nicht nur korrupt, sondern auch blutrünstig und barbarisch sein sollten, sagte er in einem respektvollen Ton:

»Verzeiht, meine Herren«, er verbeugte sich tief, »aber mein Bruder und ich«, und Bruder Magnus zog Bruder Solus zu sich heran, »sind auf der Suche nach einem gotteslästernden Flüchtling unseres Ordens, der seine Heiligkeit, den Papst, und unseren hochwohlgeschätzten König mit Wörtern beleidigt hat, die ich nicht in Anwesenheit von solch rechtschaffenen Männern zu wiederholen wage. Er ist auf der Flucht und hat sich als alte, verschleierte und dicke Dame verkleidet. Er ist offenbar noch in der Stadt. Er hat außerdem angedroht, noch weitere Unruhen zu verursachen, und ich habe mir sagen lassen, dass der König in diesen Zeiten nicht darauf aus ist, Tumulte in der Stadt zuzulassen. Darum bitte ich Euch, habt Augen und Ohren offen, unserem Abt und Großmeister ist es lieb, wenn dieser abtrünnige Mönch auf ewig in unseren Verliesen eingesperrt wird.« Zuallererst hatte Bruder Magnus den Eindruck, dass keiner der Männer auch nur ein Wort verstanden hatte, dann sagte jedoch der Älteste von ihnen bestimmt: »Habt keine Sorge, wir werden sofort die Unsrigen informieren und eine Beschreibung des Mannes herausgeben.« Es war allgemein bekannt, dass die Wachen von Patria sich nicht darum stritten, dem König schlechte Nachrichten zu überbringen, denn dieser übergab den Boten nicht selten dem Tode.

Im Laufschritt marschierten die Wachen die Straße hinauf und verschwanden in der Menge.

Patria hatte einen gewaltigen Vorteil, den man auch in Kriegszeiten auszunutzen wusste: Es gab lediglich ein Tor, durch welches man hereinund hinauskommen konnte. Man musste es also in jedem Fall passieren und die Wachen konnten auf diese Weise alles und jeden kontrollieren, der die Stadt betrat. Bruder Solus und Bruder Magnus waren, nachdem sie Bruder Vanum verloren hatten, sofort zum großen Tor der Stadt geeilt und hatten dort Stellung bezogen. Auch hier hatten sie ihre Geschichte über den gotteslästernden Mönch verbreitet, wobei die Wachen am Tor schon von ihm gehört hatten. Darum wurden die Sicherheitskontrollen der Stadt in diesen Momenten noch verstärkt und jeder musste seine Kapuze und seinen Mantel ablegen. Man konnte zwar über die Wachen sagen was man wollte, sie standen dennoch stets zur Verfügung, wenn man ihnen mit schlechten Nachrichten drohte.

Zwar war Bruder Magnus froh über diese Hilfe, dennoch überlegte er, ob die Mauer auch an allen Stellen so zuverlässig war und Feinde von außerhalb abhalten konnte, hineinzukommen, sowie gleichzeitig auch Ungeziefer wie Bruder Vanum davon abhalten würde, hinauszukommen. Die meisten, die die Stadt verließen oder betraten, waren Händler, Bauern und Menschen, die in der Stadt Dinge zu erledigen hatten und für ein paar Stunden ihr Zuhause verließen. Niemand war auch nur ansatzweise dabei, welcher Bruder Vanum ähnelte und Bruder Solus legte bei allen selbst Hand an, um Kapuzen, Mäntel und Verschleierungen zu entfernen. Zwar beschwerten sich viele und murmelten etwas von einer Unverschämtheit, noch dazu bei einem solch kalten Wintertag, dennoch war die

Antwort Bruder Solus immer dieselbe: »Wollt Ihr, dass das Christentum verloren geht? Wollt Ihr, dass ich in ein paar Wochen vor Eurer Türe stehe, nur um Euch mitzuteilen, dass es Eure Schuld war, dass der größte Feind der Christenheit entkommen ist?« Auf diese Frage hatte nicht einmal der gebildetste Priester eine Antwort und jeder ließ verdutzt die Kontrollprozedur über sich ergehen.

Bruder Magnus saß oben auf der Mauer und spähte über die Menschenmenge hinweg, die sich am Tor gesammelt hatte und verärgert über die Verzögerung immer wieder lauthals über die Köpfe der anderen wüste Flüche schrie. Doch er und Bruder Solus ließen sich nicht beirren und führten die Kontrollen nur noch gründlicher durch. Bei jedoch besonders unverschämten Besuchern setzte Bruder Solus ein breites Lächeln auf und legte eine Freundlichkeit an den Tag, die nahezu arrogant war. Die Mittagssonne schien auf sie alle herab und verursachte die ersten Schweißperlen auf Bruder Magnus' Gesicht. Er saß erschöpft auf dem Gemäuer und überlegte, dass sie innerhalb weniger Tage einige Mal dem Tode nur um Haaresbreite entkommen waren. Der Tod. Grausam und einfallend in jedes Land, wobei niemand ihn aufzuhalten vermochte.

Es musste die Mittagssonne sein, sagte sich Bruder Magnus. Die Menschen unter ihm verwandelten sich in eine helle Masse, welche ihn blendete. Bruder Solus rief ihm etwas zu, doch dies erreichte ihn beinahe nicht mehr. Er war taub, blind und ahnungslos, was mit ihm geschah. Da der Winter das Land fest im Griff hatte, fragte sich Bruder Magnus, woher die unerträgliche Wärme, gar Hitze kam. Er wollte sich aufrichten, schaffte es aber nicht, sondern rutschte auf der dicken Mauer aus. Bruder Solus achtete bereits nicht mehr auf ihn, sondern stritt sich mit einem untersetzten Mann, der sich offenbar nicht in die Tasche schauen lassen wollte. Bruder Magnus Sehvermögen kam für kurze Zeit zurück und er schüttelte benommen den Kopf. Wieder wurde er in Dunkelheit gehüllt. Er wollte sich erheben, doch erneut wurde er von einer Benommenheit gepackt und zu Boden gedrückt. Was geschah hier? Hatte sich der Herr gegen ihn gewandt oder der Teufel sein Inneres bewohnt? Verschwinde, wollte Bruder Magnus schreien, doch seine Stimme versagte. Er war stumm. Etwas stimmte nicht und dies wurde ihm vollkommen und unmittelbar bewusst, als ihm einige traurige Worte einfielen, die vor nicht allzu langer Zeit gesprochen wurden: *Solltet Ihr jetzt mit Eurem Bruder weiterreisen, so versichere ich Euch, dass er sterben wird.*

Eranas Worte hallten in ihm wider und verklangen erst, als sein Geist bereits dabei war, in den Himmel aufzufahren, zu seinem wahren Vater.

Kapitel 36

Papst Nikolaus hatte etwas gefunden, aber nicht das, was er sich erhofft hatte. Bestätigung und nur dies allein fand Papst Nikolaus IV. in der Peterskirche. Unglaubliche, unfassbare und unerträgliche Bestätigung, welche eines der größten Probleme der Kirchengeschichte heraufbeschwor. Was war die Christenverfolgung gegen diese unfassbare Tatsache? Ein Nichts, lächerlich! Die apostolische Kirche hatte nun ein Problem zu bewältigen, welches die Grundpfeiler der Kirche erzittern ließ, wie bei einem Beben, welches von Satan selbst auszugehen schien.

Ja, Satan wollte sie prüfen. Der Papst, scheinbar der mächtigste Mann auf Erden, trat aus der Kirche aus und trotz seiner Macht, trotz seines Einflusses hatte er in diesen Momenten die Macht und den Einfluss eines kleinen Kindes. Der schlimmste Fall, auf dessen Bedeutung nicht einmal er selbst hin schließen konnte war eingetreten. Was dies für ein Ausmaß haben würde, war selbst dem Papst nicht klar. Nun, nach über einem Jahr, hatte er die Wahrheit erfahren, worauf er so lange hingearbeitet hatte, und nun stand er vor einem Scherbenhaufen, den niemand wieder zu einem einheitlichen Gegenstand zusammenfügen vermochte. Wut stieg in ihm auf, Wut auf jene, die dieses Geheimnis vielleicht schon vor Jahrhunderten entdeckt und die gesamte Christenheit belogen hatten. Kurzentschlossen fasste Girolamo die Entscheidung. Wenn diese Katastrophe überwunden war und die geheimen Archive des Lateranpalastes durchforstet waren, und er herausgefunden hatte, welcher vorige Papst etwas über dieses Geheimnis erfahren hatte und untätig geblieben war, würden die Konsequenzen erbarmungslos sein. Eine Verurteilung dieses Mannes im Namen der Kirche! Eine Verurteilung eines früheren Papstes! Girolamos Glaube wurde auf eine harte Probe gestellt und er wusste nicht, ob er diese Probe bestehen konnte, ob seine Kirche diese Probe überstehen konnte, wenn diese Tatsache an die Menschheit gelangte. Niemand durfte etwas erfahren, niemand. Es widerstrebte ihm, sich überhaupt Carlo Discu da Viterbo anzuvertrauen. Dieser hatte vielfach bewiesen, dass er in gewissen Dingen nicht vertrauensselig war. Doch brauchte Girolamo ihn an seiner Seite, alleine konnte er diese Last nicht tragen.

Die Treppen, die Girolamo emporkletterte, bevor er wieder in das verräterische Gotteshaus trat, strengten ihn mehr an als sonst, Girolamo keuchte und rang nach Atem. Carlo war auf Geheiß des Papstes nicht mitgekommen, um diese Überprüfungen anzustellen. Dies war eine Angelegenheit, die nur den Vertreter Christi etwas anging. Girolamo konnte sich in diesem Moment nicht einmal ansatzweise wie ein Papst fühlen, wie der mächtigste Mann auf Erden. Die Tiara, die heute zwar nicht auf seinem Haupt ruhte, und dennoch seine Macht symbolisierte, schien ihn beinahe zu erdrücken. Das Pallium hatte er zwar heute Morgen zusammen mit einem liturgischen Gewand angelegt, doch konnten ihn die edlen Steine auf dem Gewand jetzt nicht mehr so begeistern, wie sie es noch vor Stunden vermocht hatten. Sein Hirtenstab, seine päpstliche Ferula hatte der Papst Carlo Discu da Viterbo anvertraut. Alles in allem, so fand Girolamo, war der Papst in diesen Momenten verzweifelter als ein armer alter Bettler vor den Toren jener Kirche. Dieser hatte zwar die Sorgen des einfachen Volkes, nämlich den Winter unbeschadet überstehen zu müssen, aber was waren dies für Sorgen gegenüber seinen Bürden und Gedanken.

Nun waren Tatsachen und Umstände aufgetreten, die offenbar alles Kommende rechtfertigten würden. Einige würden sterben, vielleicht sogar viele, aber sie würden für ihre Kirche sterben, für ihren Glauben. Sie würden als Märtyrer in die Geschichte eingehen, wenn man nur ihre Namen kennen würde. Im Namen der Kirche, Christus Kirche, heiligte der Zweck ganz sicher die Mittel. Vor allem, wenn man es mit solchen Umständen zu tun bekam.

Girolamo durchschritt zügig die Kirche, achtete nicht auf die prunkvollen Figuren, die von bedeutenden Künstlern entworfen worden waren. Sein Zorn war auf unerklärliche Weise vollkommen verflogen und der Angst vor dem Ungewissen gewichen.

Als Girolamo die Tür aufstieß, kam ihm bereits das besorgt dreinblickende Gesicht Carlo Discu da Viterbos entgegen, auf dessen Stirn Sorgenfalten entstanden.

»Was ist ...?«, begann der Ordensgeneral des Franziskanerordens doch Girolamo schnitt ihm das Wort ab:

»Unsere Besorgnisse, mein lieber Bruder, haben sich bestätigt.« Carlo sah aus, als hätte man ihn vor den Kopf gestoßen.

»Was … was sagt Ihr da?«, fragte Carlo und wie zum Zeichen ihres Unbehagens breitete sich von Norden her ein eisiger Wind aus.

»Ja, es ist wahr«, sagte der Papst und nahm seinen schwarzen und reich verzierten Stock wieder an sich. Mit dem fühlte er sich bereits ein wenig besser, auch wenn er wusste, dass dieser Stock ein Mitgrund dafür war, dass er nun diese Katastrophe bewältigen musste.

»Che cosa è successo? Parli!«[17], forderte Carlo ihn auf, doch der Papst war bereits einen Schritt weiter und ganz und gar nicht in der Stimmung, das Gesehene oder vielmehr das nicht Gesehene zu wiederholen. Nein, in seinem Kopf liefen bereits Gedanken ab, die, so erklärte es sich Girolamo, nur ein Papst haben konnte.

Sein Kopf war auf eine sonderbare Weise leer und befreit und genau diese Tatsache verhalf ihm, klare Gedanken zu fassen. Er wusste bereits, wohin er als nächstes zu gehen hatte. Er hatte es in jenem Moment gewusst, in dem er die Wahrheit erkannt hatte. Nun bestärkte ihn Carlos hastig gestellte Fragen noch mehr. Die Ruhe, die er auszustrahlen schien, übertrug sich jedoch nicht auf Carlo, sondern veranlasste ihn nur dazu, noch mehr Fragen zu stellen.

Carlos Zorn stieg ins Unermessliche. Er war nicht im eisigsten Winter in den Lateranpalast gekommen, um von Papst Nikolaus IV. ignoriert zu werden, nachdem er ihm Bestechungsgelder und andere notwendige Dinge als Ordensgeneral zur Verfügung gestellt hatte. Er war ebenso berechtigt, die Tatsachen zu erfahren, die sich in den vatikanischen Gewölben abgespielt hatten, doch Girolamo schwieg. Der Papst schwieg. Er war nicht bereit, ihm zu erläutern, was in der päpstlichen Kirche vorgefallen war. Dennoch war es Verrat, ja sogar Frevel an Carlo selbst, wenn Girolamo ihm sein Wissen weiter vorenthielt.

»Eure Heiligkeit, mir ist durchaus bewusst, dass Ihr Euch in einer, für uns alle, prekären Lage befindet, und dennoch würde ich mich überaus

[17] Was ist geschehen? Sprecht!

glücklich schätzen, wenn Ihr die Güte besäßet, mir mitzuteilen, was Ihr wisst.«

Girolamo schien den sarkastischen, beinahe zynischen Unterton nicht zu bemerken und auch nicht, dass Carlos Stimme immer gereizter wurde. Er blickte Carlo kurz an und sprach dann zischelnd:

»Verwechselt in unserem Beisein nicht Euer Amt, mit Eurer wahren Bestimmung«, sagte der Papst und fuhr fort, »aber … wir müssen zugeben, dass Ihr uns treu gedient habt. Kommt, lasst uns zum Lateranpalast zurückgehen und über unseren nächsten Schritt nachdenken und wenn wir uns nicht völlig irren, hat uns der Herr auch schon eine Erleuchtung gesandt.«

Kapitel 37

Etwas stimmte nicht. Der Text war falsch, die Lösung konnte nicht stimmen. Auf dem ledrigen Pergament, welches Meister Callidus Artur gegeben hatte, waren folgende Wörter eingetragen:

Im Wkz d Chrth lt vbg,
d Sz, d Wt m d d Kch Anfg nm,
nh m d fsch St st Gth br lt,
n d Erbr trt d Wrh Hz, w St. C t.

Die Wörter schienen nicht richtig. Artur schoss ein Anagramm in den Sinn, eine erneute Verschlüsselung. Auf der Seite der Bibel waren die Zeichen zwar alle übersetzt, aber es gab manche, die dort nicht aufgeführt waren. Viele Zeichen konnten entziffert werden, aber einige schienen gar nicht zu existieren, auch wenn sie gewisse Parallelen mit anderen Zeichen hatten, wie zum Beispiel eines der ersten Zeichen, welches vergeblich von Meister Callidus gesucht wurde:

Zwar konnte man dieses Symbol mit einem gewöhnlichen »R« in Verbindung bringen, aber es war ein merkwürdiger Punkt über dessen Spitze. Scheinbar wollte das Rätsel nicht gelöst werden. Der alte und weise Meister runzelte die Stirn und ließ seine Augen noch einmal über die Tabelle wandern, die alle Symbole übersetzte. Zwecklos. War es möglich, dass Bruder Auctor eine falsche Liste angefertigt oder in der Hast einen Fehler begangen hatte?

Vor Arturs innerem Auge tauchten verschwommene Bilder von einem alten Bruder auf, welcher an einem hölzernen Tisch saß und in großer

Eile seinen Text verschlüsselte. Dann klopfte jemand mit grober Gewalt gegen die Tür und Bruder Auctors Kopf wirbelte herum.

Möglich, nicht ausgeschlossen, aber dennoch unwahrscheinlich.

»Meister, was sagt Ihr dazu?«, fragte Artur und blickte auf. Meister Callidus blieb stumm und überprüfte die Liste auf der Rückseite des Bildes mit den Worten ein letztes Mal.

»Rätsel«, setzte Meister Callidus an, »können immer gelöst werden. Sie warten geradezu darauf, gelöst zu werden, um dann mit Stolz ihren Inhalt zur Schau zu stellen. Jedes Rätsel kann gelöst werden, behalte dies in deinem Gedächtnis.«

»Aber seht doch«, begann Artur, »könnt Ihr eine Regelmäßigkeit bei den Buchstaben erkennen? Könnt Ihr in irgendeiner Form begreifen, was mit den Buchstaben geschehen ist?«

»Nein«, sagt der Meister leise und kaum vernehmbar. »Nein, das kann ich nicht, noch nicht. Du vergisst aber, dass auch Bruder Auctor nur eines war: ein Mensch, ein Mönch, unser Mönch, unser Gründer. Ich bin sicher, dass das Rätsel für jene, die dessen würdig sind, zu lösen ist. Wenn wir beide nicht dafür bestimmt sind, es zu enträtseln, dann wird ein anderer dies übernehmen. Vielleicht morgen, vielleicht in einem Jahr oder vielleicht in einem halben Jahrtausend mit einer moderneren Technik. Du kannst dich darauf verlassen: Irgendwann wird es so weit sein.«

Artur sagte nichts. Er blickte nur das alte und von Gott verlassene Bild an, welches Meister Callidus und ihn auszulachen schien. Ohne ein weiteres Wort wandte sich Artur zum Gehen und schritt langsam und leise durch den Raum, während sich Meister Callidus wieder dem Bild zugewandt hatte. Trotz ihrer ständigen Niederlagen war Meister Callidus‘ Ehrgeiz geweckt. Er hatte nicht jahrelang die anspruchsvollsten und bedeutendsten Schriften der Christenheit gewälzt und bis auf die kleinsten Details verstanden, um jetzt von einem Gemälde verhöhnt zu werden. Gott prüfte ihn. Artur stieg die Wendeltreppe des kleinen Turms hinunter. Noch immer wirbelten die Buchstaben vor seinen Augen wild umher und wollten keinen eindeutigen Platz einnehmen, um ihnen ihr Geheimnis zu offenbaren. Artur wusste, dass ein Anagramm keineswegs ausgeschlossen, ja für sogar sehr wahrscheinlich gehalten wurde. Dann drängte sich jedoch die Frage auf, was mit den anderen Buchstaben, welche nicht übersetzt werden konnten, geschehen würde?

Durch ein kleines Fenster konnte Artur sehen, dass schon wieder dichter Nebel aufgezogen war und Schneeflocken vorbeitrieben. Das Wetter änderte seine Launen hier oben so schnell, wie Arturs Mutter es immer getan hatte, doch dies war nicht das Einzige, was Arturs Aufmerksamkeit erregte. Draußen vor dem großen und hölzernen Tor stolperte ein Mann, einer ihrer Brüder auf das Kloster zu und schrie offenbar nach Einlass. Niemand war draußen zu sehen, da alle Mönche ihrer Arbeit nachgingen und dies für gewöhnlich innerhalb des Klosters stattfand. Artur zögerte nicht einen Augenblick, sondern nahm vier Treppenstufen auf einmal, sprang mit einem gewaltigen Satz auf den nächsten Treppenabsatz und lief weiter auf die nächste Treppe zu. Auch diese hatte er mit wenigen Sätzen bewältigt. Er entriegelte eilig die große Eichentür. Was tat dieser Mönch außerhalb der Mauern? Als Artur auf den verschneiten Hof stolperte, hörte er durch den Schnee und den Nebel leise Schreie, die vom Tor herrührten. Die Worte des Mönches, konnte Artur nicht vernehmen. War etwa Bruder Vanum gefangen worden? Hatten sie ihn aufgehalten, bevor dieser die Stadt Patria erreicht hatte?

Artur begann, über den Hof zu rennen, blieb jedoch bei jedem Schritt im Schnee stecken, womit sich die Zeit, die er bis zum Tor brauchte, verdoppelte. Als er nahe genug war, erhob Artur seine Stimme und rief durch den Nebel hindurch:

»Bruder? Ich bin bei Euch. Was ist geschehen?« Artur erklomm die Mauern und sah nun in das Gesicht des Mannes, den er vom Sehen her kannte. Auf dem Gesicht des Mannes, und dies versetzte Artur in Schrecken, tanzte ein Lachen, welches seit Tagen nicht mehr in dem Kloster zu sehen gewesen war. Im ersten Moment schoss Artur durch den Kopf, dass dieser Mann verrückt sein musste. Der Bruder stand knietief im Schnee, dicke Schneeflocken wirbelten um ihn herum und der Nebel war kühl und dunstig.

»Etwas Wundervolles ist geschehen, junger Abt«, sagte der Mönch und sein Lächeln breitete sich auf seinem Gesicht aus.

»Ist es Bruder Vanum? Ist er gefangen genommen worden?«, fragte Artur und seine Stimme zitterte vor Erregung. Der Mann schüttelte den Kopf.

»Besser, Ihr werdet sehen. Schnell, lasst mich ein und ruft die anderen zusammen. Es gibt etwas zu feiern.«

Als Artur sich aus der nahe gelegenen Schneiderei einen alten Mönch zu Hilfe geholt und dieser das Öffnen des Tores veranlasst hatte, ging Artur mit wilden Gefühlen durch das Kloster und schrie lauthals, dass sich alle im Refektorium einzufinden hatten. Etwas war geschehen. Der Mönch, der gerade angekommen war, wurde von allen freundlich empfangen und Bruder Clarens, jener Mönch aus der Küche, bereitete sogleich eine kräftige Suppe für den Neuankömmling zu, der sie gierig löffelte. Das Refektorium war vollständig besetzt und sogar Meister Callidus hatte es sich, trotz seiner erbitterten Suche nach dem nächsten Schritt des Rätsels, nicht nehmen lassen, nach unten zu kommen. Was war geschehen? Bruder Martin war der Erste gewesen, der ungeduldig wie ein Kind, danach gefragt hatte, was denn so wichtig sei, dass sich alle im Refektorium versammeln mussten. Nachdem nun das ganze Kloster anwesend zu sein schien und der Bruder sich von seiner Wanderung in der Kälte erholt hatte, wurde es still im Refektorium. Eine Seltenheit in diesen Hallen, da die Runde der Mönche meist zufrieden brummte und sich über die neusten Arbeiten in dem Kloster unterhielt.

Der Bruder, dessen Name übrigens Bruder Autitus lautete, erhob sich mit glänzendem Gesicht.

»Meine lieben Brüder«, sagte er strahlend in die Runde und sein Lächeln wurde noch etwas breiter. »Ich bin außerordentlich glücklich, Euch in dieser schweren Stunde eine wichtige und erfreuliche Nachricht überbringen zu können, für die der Herr sicherlich allein verantwortlich ist. Er hat uns in dieser dunkle Zeit ein Zeichen gesandt. Das größte und bedeutendste Zeichen, welches er in unserer heutigen Lage hätte setzen können.« Arturs Gefühle stiegen an. Was konnte jetzt, in ihren Problemen eine derartige Euphorie auslösen, dass Bruder Autitus beinahe in Tränen ausbrach. »Meine lieben Brüder«, wiederholte der Bruder glückselig, und sprach dann ein paar Worte aus, ein paar schlichte und einfache Worte, die nur alle paar Jahre gesprochen wurden, die jedoch in jedem Teil der Erde Ausgelassenheit und Glückseligkeit hervorrief:

»Annuntio vobis gaudium magnum - Habemus Papam.«[18]

[18] Ich verkünde euch große Freude - Wir haben einen Papst.

Kapitel 38

Als Bruder Solus den Kopf hob, um zu sehen, warum Bruder Magnus nicht antwortete, war es zu spät. Es war bereits zu spät gewesen, als sie gemeinsam vom Hof dieser kleinen Kräuterhexe geritten waren. Eranas Worte schienen Bruder Solus Herz zu erfüllen und hallten in seinen Ohren nach. Bruder Magnus kippte seitlich nach hinten, stolperte kurz, sah noch einmal in Bruder Solus Augen, als wollte er sagen, *hätten wir doch auf das kleine Kräuterweib gehört,* und flog rücklings über die Mauer. Bruder Solus hatte nicht gezögert. Ohne auf die verdutzten Wachen zu achten, die Bruder Magnus‘ Fall offenbar noch nicht bemerkt hatten, stürzte Bruder Solus aus dem Tor der Stadt und umrundete den ersten großen Wachturm, der mit einem Späher besetzt war. Bruder Magnus lag mit dem Gesicht nach unten im Schnee und rührte sich nicht. Trotz seines Willens, ihm zu helfen, verlangsamte Bruder Solus seine Schritte plötzlich, je näher er Bruder Magnus kam. Mittlerweile waren auch drei Wachleute aus dem Tor gekommen und schlossen sich Bruder Solus an.

»Bruder Magnus?«, fragte Bruder Solus leise und versuchte nicht auf das beklemmende Gefühl zu achten, was sich in seiner Kehle ausbreitete. Als ob Bruder Solus seine Untertänigkeit beweisen wollte, kniete er schließlich vor seinem leblosen Bruder und drehte ihn herum. Kein Blut, keine Verletzung, nicht die Spur eines Angriffs war zu sehen, und doch schien der Verband, den Bruder Magnus noch immer trug, ihm ins Auge zu fallen. Etwas war darunter, welches alles verursacht hatte. Wenn Bruder Solus nicht vollkommen sicher gewesen wäre, dass Bruder Magnus tot war, hätte man auch behaupten können, er würde lediglich schlafen. Diese Aussage war allerdings falsch und konnte die Schuldgefühle nicht fortreißen, die Bruder Magnus Tod‘ mit sich führte. Bruder Solus‘ Hände wanderten langsam zum Verband seines verstorbenen Bruders. Er scheute sich davor den Verband zu lösen und damit freizulegen, was offensichtlich war. Langsam wickelte er den Verband ab. Dann, als die letzte Schicht der Binde fiel, wurde das ganze Ausmaß des Werkes Eranas sichtbar: Bruder Magnus Wunde war blutunterlaufen und schwarz gefärbt. Es schien, als dass die Wunde vor der Behandlung weitaus besser ausgesehen hatte als jetzt.

Eranas Worte dröhnten in seinem Kopf wieder und wieder, doch auch sie vermochten Bruder Magnus nicht wieder zurück unter die Lebenden bringen. Die ketzerischen und falschen Worte dieser Frau erfüllten Bruder Solus' Herz und riefen Erinnerungen in ihm hervor. Doch waren ihre Worte so ketzerisch gewesen? Waren sie nur deshalb ketzerisch gewesen, weil der Papst und damit die Kirche sie dazu verurteilt hatte? Waren solche Worte einfach dazu bestimmt, ketzerisch zu wirken? Bruder Solus schüttelte rasch den Kopf und verjagte die Gedanken.

»Was ist geschehen?«, fragte eine Wache endlich und bückte sich, um Bruder Magnus eingehend zu begutachten. Man sagt, dass der Mensch dazu verdammt ist, kurz vor seinem Tod sein Leben noch einmal kritisch zu hinterfragen. Bruder Solus wusste in diesem Moment, dass auch jene, die den Tod eines Freundes erdulden mussten, ebenso zu dieser Tatsache gezwungen wurden, vielleicht, weil er eine Mitschuld hatte … Nein, es war Eranas Schuld, daran gab es keinen Zweifel.

Sie hatte einen Fluch, einen Zauber über sie gelegt. Sie war es gewesen, die Bruder Magnus merkwürdige Tinkturen eingeflößt hatte. Tief in ihm wusste Bruder Solus aber selbst, dass Eranas nicht so töricht war, ihr Haus weiterhin zu bewohnen, wenn sie gewusst hätte, dass sie einen Mönch, einen Mann Gottes zu den Toten geschickt hatte.

Während die Männer um Bruder Magnus knieten, und die Wachen das Tor für einige Zeit vollkommen außer Acht ließen, konnte eine dunkle Gestalt ungesehen hindurchschlüpfen, hinaus in die Freiheit.

Kapitel 39

Die hochgeschätzte, uralte und geheimnisvollste Bibliothek der Welt war nur für wenige Menschen frei zugänglich. Zu diesen gehörte natürlich der Heilige Vater, der Oberste Bischof von Rom. Wenige Kardinäle waren privilegiert dazu, die gigantischen Gewölbe zu betreten, die Tausende und Abertausende Bücher beherbergten. Viele dieser Bücher waren Unikate, Raritäten und Seltenheiten, die nur hier in den Gemäuern des Lateranpalasts zu finden waren. Die Tür, welche die alten und empfindlichen Bücher schützte, war dreifach verstärkt und wurde von vier Soldaten des Papstes bewacht. Niemand, der nicht befugt war, die Bibliothek zu betreten, kam an ihnen vorbei und auch wenn ein geübter Kämpfer die Wachen überwältigen sollte, benötigte dieser den Schlüssel, welchen nur der Papst besaß. Dieser übergab ihn lediglich an jene, die ein Recht auf ihn hatten. Da die Bibliothek nur einen Eingang besaß, hatte diese Methode über Jahrhunderte funktioniert und niemand war jemals in den Keller eingedrungen. Heute würde Girolamo das erste Mal seit vielen, vielen Jahren wieder das Innere der Bibliothek bewundern.

Eilig schritt der Papst durch die Gänge des Palastes und achtete nicht auf Carlo Discu da Viterbo, der hechelnd wie ein Hund hinterherlief und noch immer jegliche Informationen aus ihm herauspressen wollte, doch es kümmerte Girolamo nicht. Zwar war Carlo ein wichtiger Mittelsmann, aber es würde bei Problemen keinesfalls eine Herausforderung darstellen, sich seiner zu entledigen. Dann wär der Papst vollkommen auf sich allein gestellt, aber es wäre schnell möglich, ein neues Mittel zum Zweck zu beschaffen. Unter denen Kardinälen hatte er einige Freunde, denen er zu vertrauen glaubte. Jetzt war es aber noch nicht so weit. Noch lag die einzige Hoffnung auf einen Erfolg in der skandalösesten Geschichte der Kirche hinter der hölzernen Tür, die eben in diesem Moment vor ihnen erschien.

Die Wachen, die vor der Tür postiert waren, zogen sich leise zurück und erlaubten dem Papst, die alten Gemäuer zu betreten. Die Ferula glänzte bedeutend und selbst, wenn der Papst verhüllt gewesen, eine Kapuze über sein Gesicht gezogen hätte oder er auf anderweitige Art nicht erkennbar gewesen wäre, hätte ein bloßer Wink mit diesem Stab ausgereicht, um die Tür zu öffnen.

Ja, mit der Ferula des Papstes wurden alle Türen der Erde für ihn offen. Es gab nichts, was der Träger des Stabes nicht betreten durfte. Genau aus diesem Grund war auch der Papst alleiniger Besitzer des Stabes … und des lateranischen Schlüssels zur Bibliothek. Drei Mal klickte das Schloss, bevor die Tür mit einem Knarren nach innen schwang und den Weg freigab, für welchen manche sicherlich ihre Seele verkauft hätten. Auch Papst Nikolaus IV. hätte diesen Tausch in Erwägung gezogen, hätte der Teufel danach verlangt, denn die Erkenntnisse, die der Papst benötigte, waren einzig und allein hier verborgen. Girolamo gab Carlo ein Zeichen, worauf dieser eine Fackel ergriff, die vor der Tür gebrannt hatte.

Kühle und Stille empfingen den Papst und Carlo, den Ordensgeneral der Franziskaner, in einem der geheimnisumwittertsten Räume Roms und vielleicht der ganzen Erde. Hier war seit Monaten, vielleicht seit Jahren, niemand mehr gewesen, denn der Papst wusste, dass diese Bibliothek nur dann benutzt wurde, wenn all das andere Wissen, welches die Berater des Papstes zusammentrugen, nicht mehr ausreichte, eine Situation zu klären. Dies war auch der Grund, warum die Wachen vor der Tür nun sicherlich angeregt zu tuscheln begonnen hatten, da es zu lange her war, dass der Papst oder ein anderer Kardinal Eintritt in die Bibliothek verlangt hatten.

»Tempus fugit«, sagte Papst Nikolaus.

»Heiligkeit?«, sprach Carlo. »Die Zeit«, erwiderte der Papst geduldig. Diese Aura der Gewölbe hatte ihm alle Nervosität, alle Ungeduld genommen.

»Die Zeit rast dahin, ja sie flieht beinahe vor uns und der Gegenwart. Doch ist es weiterhin wie vor Jahren, als ich die Bibliothek das erste Mal betreten habe. Die Zeit verweilt nicht«, sagte der Papst und begann, den langen Gang abzugehen. »Sie fürchtet weder verbale noch körperliche Gewalt, sie hat weder Angst vor den Lebenden noch vor den Toten und auch vor uns beiden macht sie nicht halt. Niemand vermag ihr etwas zu befehlen, niemand vermag sie zu kontrollieren, zu bändigen, nicht einmal wir und doch denken wir immer und immer wieder an einen Satz aus unserer Heiligen Schrift:

Ich will dir die Schlüssel des Himmelsreiches geben, und was du auf der Erde bindest, das soll auch im Himmel gebunden sein, und was du auf der Erde löst, das soll auch im Himmel gelöst sein.

Ihr wisst, Carlo, dass dies eine Beanspruchung der Zeit beinhaltet und dennoch trifft das Sprichwort nach wie vor zu. Vielleicht vermochte Simon Petrus besser mit der Zeit und den Dingen umzugehen, die sie nahm oder gab. In unserer heutigen Zeit ist es schwer, den Überblick zu behalten und alles zu tun, was vom Vertreter Christi verlangt wird.«

»Dessen, Heiliger Vater, bin ich mir bewusst und ich kann nicht in Worten ausdrücken, wie sehr es mich mit Stolz erfüllt, dass Ihr der Papst seid, dass Ihr Euch der Aufgabe widmet, die Eure Vorgänger offensichtlich abgelehnt haben. Ihr seid der wahre Stellvertreter Gottes auf Erden und ich garantiere Euch Unfehlbarkeit, die Euch sicherlich bewusst ist, welche ich aber noch einmal bestärken möchte. Die Kirche Petri wird das Geheimnis um unsere Lage lüften, dessen bin ich mir sicher.«

Papst Nikolaus IV. nickte ihm dankend zu und gemeinsam schritten sie den langen Korridor zwischen den hohen Regalen ab. Langsam, bedächtig, anmutig und ruhig. Nichts und niemand schien sie hier zu beeinflussen, nichts schien sie zur Eile zu treiben. Dieses Geheimnis war seit über tausend Jahren nicht gelüftet worden, dann würde der Herr nun für diese paar Augenblicke sicherlich Verständnis haben.

Es war, als ob sie von der irdischen Welt abgeschnitten waren. Es war, als ob niemand mehr existierte, mit Ausnahme ihrer Person.

Vielleicht war es die Tatsache, dass das Gewölbe keine Fenster besaß. Der Keller wurde lediglich von Fackeln beleuchtet und die Regale waren so hoch, dass sicherlich Hunderte von Büchern in ihnen Platz gefunden hatten. In einem dieser Regale lagerte hoffentlich ein Schriftstück, welches ihnen weiterhelfen konnte in ihrer Misere, die ihnen die verstorbenen Päpste hinterlassen hatten.

Der Fackelschein ließ ihre Schatten an den Wänden umhertanzen und verdeutlichte ihnen nur zu gut, wie sehr sie in der riesigen Bibliothek umherirrten. Doch Papst Nikolaus IV. wusste, wohin ihn seine Beine lenken mussten. Er wusste, dass es nur einen Ort gab, an dem sie Hoffnung und Erlösung finden konnten.

In all den Jahren, in denen Girolamo von der geheimnisvollen Bibliothek gehört hatte, waren die Gerüchte immer und immer wieder selbst zum einfachen Volk durchgedrungen, dass es in der Bibliothek eine Grotte gab, in der Bücher und Schriften lagerten, die nur den Päpsten vorbehalten waren und die selbst die auserwählten Kardinäle nicht aufsuchen durften.

Dort und nur dort konnten sie finden, was sie suchten. Noch kein anderer, außer der jeweilige Papst, hatte die Grotte betreten. Girolamo hatte nicht vor, diese Tradition zu entweihen, indem er Carlo mit hineinnahm.

Die *spelunca sub palatio*[19] war seit jeher ein Mythos, sowohl innerhalb als auch außerhalb der Kirche. Niemand, der sie nicht mit eigenen Augen gesehen hatte, vermochte mit Sicherheit zu sagen, dass sie wirklich existierte, denn der Heilige Stuhl verbreitete schon seit Hunderten von Jahren das Gerücht von der Nichtexistenz dieser Grotte. Carlo wusste wohl, wohin die Füße des Papstes gingen, doch er wagte offenbar nicht, danach zu fragen. Die Grotte, so viel hatte Girolamo aus seinem Vorgänger herausbekommen, war unter dem Lateranpalast in den Fels, auf dem der Palazzo gebaut worden war, hineingeschlagen worden. Über alles Weitere waren die Päpste zum Stillschweigen verpflichtet worden. Girolamo war sich aber auch gewiss, dass keiner der Päpste, selbst wenn es ihnen erlaubt gewesen wäre, jemals ein Wort über die Grotte verloren hätten.

Nachdem Papst Nikolaus IV. und Carlo ein weiteres Bücherregal umrundet hatten, auf dem ein kleines Messingschild mit den Worten *Constitutum Constantini*[20] angebracht worden war, erblickte Papst Nikolaus IV. eine von Naturstein ummauerte Tür. Es war überwältigend. Zwar hatte der Papst von der Existenz der Grotte erfahren, niemals aber hätte er sich erträumen lassen, dass selbst der Eingang dazu etwas Göttliches und Päpstliches an sich hatte. Die Einfachheit der Tür beeindruckte den Papst noch mehr, als die ausgebaute und kunstvoll dekorierte Bibliothek oder

[19] Grotte unter dem Palast
[20] Konstantinische Schenkung

deren Tür. Das einfache Holz, die gräulichen Steine. Alles deutete darauf hin, dass diese Grotte vor langer Zeit angelegt worden war.

Girolamo war mit den Gerüchten über Mark Aurels Grotte nur allzu gut vertraut: Der Legende nach errichtete er im Jahre 161 nach Christus eine geheime Grotte unter der Bibliothek, die er selbst entworfen hatte, um darin die gefangenen Christen, die zu jener Zeit verfolgt wurden, zu quälen, zu foltern und ihnen Beweise ihrer nachgesagten Verschwörung zu entlocken. Zwar konnte diese Vermutung nie bewiesen werden, doch fanden die ersten Päpste, die das Grab entdeckten und ihre Entdeckungen niederschrieben, in den alten Gemäuern Überreste von Knochen, Ketten und Folterinstrumente der grausamsten Art. Daraufhin wurde die Grotte mit einem steinernen Kreuz ausgestattet und für einen heiligen Ort erklärt, den nur der Papst betreten durfte. Natürlich war all dies ein Gerücht, doch die Kardinäle waren trotz ihres nicht allzu großen Einflusses in jener Zeit besser informiert, als Ihre Heiligkeiten vermuten würden. Noch immer wurde Girolamo von der Schlichtheit der Tür ganz und gar in Anspruch genommen. Er zog die alten Schlüssel aus seiner samtenen Tasche hervor. Viele dieser Schlüssel gewährten ihm Einlass in Räume des Palastes, die Dinge vor der Welt bewahrten, für welche die Menschheit nicht bereit wäre, wofür einige Menschen sicherlich ihr Leben lassen würden.

»Ihr werdet warten!«, sagte Nikolaus IV. und wandte sich langsam zu Carlo um. Carlo blinzelte verständnislos, als hätte der Papst ihn in einer fremden Sprache angesprochen.

»Wie meint Ihr?«, fragte Carlo bedächtig und in einem einschmeichelnden Ton.

»Oh, wir sind uns gewiss, Ihr habt uns verstanden. Ihr werdet hier warten.«

»Aber Heiligkeit, ich …«

»Es tut uns leid, Carlo. Diese Grotte ist seit Hunderten von Jahren nicht mehr von einem gewöhnlichen Menschen betreten worden. Dies ist in den Grundsätzen unserer Kirche verankert und wir werden diese Grundsätze nicht brechen, nur weil uns eine große Katastrophe bevorsteht. Sicher nicht!«

»Heiligkeit«, sagte Carlo schnell, »ich habe Euch während des Konklave mit Geld und Einfluss versorgt, überlegt es Euch gut.« Der Papst hob die Augenbrauen.

»Droht Ihr uns?«

Man konnte förmlich die Schweißperlen sehen, die auf Carlos Stirn auftauchten.

»Nein, Heiligkeit und Ihr wisst das. Ich bitte Euch nur noch einmal, Eure Entscheidung zu überdenken. Schon aus dem einfachen Grund, dass noch immer der Grundsatz gilt: Zwei Augenpaare sehen mehr als eines. Vergesst das nicht.«

»Eure Fürsorge ist sowohl rührend als auch unangebracht, denn laut unseren Informationen sind nur wenige Werke, die vollkommene Bedeutung für die Christenheit haben, in der Grotte abgelegt. Wir werden uns zurecht finden, darauf könnt Ihr Euch verlassen. Viele Vertraute der Päpste hatten früher oder später Verrat an ihnen geübt. Wir behaupten in keinster Weise, dass Ihr ein Verräter seid und dennoch seid auch Ihr nicht über den Verdacht des Verrates erhaben, nur weil Ihr Euch unseren Freund nennen dürft.«

»Heiligkeit, bitte, Ihr allein könntet die Tradition brechen, aus Freundschaft und aus Angst heraus, das Schriftstück nachdem Ihr sucht, nicht zu finden. Bitte, Ihr allein könntet dies.«

»Possum, sed nolo«[21], sagte der Papst und wischte damit alle Hoffnungen Carlos hinweg.

Girolamo hatte keine Zeit für erneute Betteleien des Generals. Zwar wurde dieser Ort von der Zeit verschont, nicht aber die Welt außerhalb des Palastes und das, was Girolamo zu begehren verlangte, konnte mit jeder Stunde weiter vom Lateranpalast entfernt werden.

»Carlo, im Namen des Heiligen Stuhls und der Kirche. Ihr bleibt hier!« Girolamo entzündete schnaubend eine zweite Fackel an jener, die Carlo trug. Mit diesen Worten wandte er sich dann um und steckte seinen Schlüssel in die alte Tür. Sie knarrte, als sie aufschwang und ein eisiger Luftzug ihnen entgegenwehte, als ob dieser seit der letzten Öffnung darin gefangen gehalten worden war und nun seine Freiheit antreten konnte. Der Papst setzte seinen ersten Schritt als Papst in die *spelunca sub pala-*

[21] Ich könnte, aber ich mag nicht.

tio. Carlos Augen wanderten gespannt an ihm vorbei, kochend vor Wut. Der Papst betrat die Grotte und ließ die Tür hinter sich ins Schloss fallen.

Carlo stand da und rang um Fassung. Zwar hatte der Papst ihn an der Wahrheit teilhaben lassen, die er entdeckt hatte, und doch war er immer noch nicht bereit, Carlo gänzlich zu vertrauen. Das kleine Wörtchen Verrat, welches der Papst in Carlos Gegenwart gebraucht hatte, war ein Schlag für den Ordensgeneral gewesen. Vielleicht war es den Päpsten vorbestimmt, sobald sie zum Nachfolger Christi gewählt worden waren, misstrauischer zu handeln, als sie es normalerweise getan hätten.

Carlo konnte allerdings noch nicht ahnen, dass eben er es sein würde, der den entscheidenden Hinweis zum Aufspüren der Reliquie liefern würde, und Papst Nikolaus IV. in seiner Vermutung, des Rätsels Lösung in der Grotte finden zu können, vollkommen falsch lag. Die Unfehlbarkeit der Päpste wurde erstmals ernsthaft in Frage gestellt.

Kapitel 40

Unaufhaltsamkeit, dies stieg in Bruder Vanum auf, als er an den vollkommen perplexen Wachen vorbeischlüpfte und den Duft der süßen Freiheit schmeckte. Der Tod oder was auch immer mit Bruder Magnus geschehen war, war ein Wunder, eine Freudenbotschaft. Der Herr war noch immer auf Bruder Vanums‘ Seite, dessen war er sich bewusst. Und nun, da Bruder Solus allein dazu verdammt war, ihm zu folgen, hoffte er, dass ihn bald der Mut verlassen würde. War es nicht ein Zeichen Gottes, dass er immer und immer wieder nur um Haaresbreite entkam? War es nicht ein Zeichen Gottes, dass er, was immer er tat, das Richtige zu tun schien? War es nicht ein Zeichen Gottes, dass zwei der Männer, die ihn verfolgt hatten, bereits den frühzeitigen Tod gefunden hatten? Ja, alles musste so sein. Bruder Solus würde entweder zum Kloster zurückkehren, erfolglos, oder bei dem Versuch, ihn gefangen zu nehmen, sterben.

Bruder Vanums Glaube war stark, der Weg bis zur Ewigen Stadt war aber noch weit und nicht zu unterschätzen. Aber er hatte bereits eine Idee, wie er den Weg ohne größeren Aufwand zurücklegen konnte.

Bruder Vanum schlich an der Mauer der Stadt entlang und achtete sorgfältig darauf, nicht durch seinen Schatten verraten zu werden und so den Bogenschützen Patrias zum Opfer zu fallen. Denn, so viel stand fest, die Stadt war in Aufruhr und jetzt, da ein Mönch auf unerklärliche Weise zu Tode gekommen war, würden die Sicherheitsmaßnahmen noch erhöht werden. Von alldem würde Bruder Vanum verschont werden. Er hatte größere Pläne und konnte sich nicht mit belanglosen Dingen wie einem Todesfall aufhalten. Als Bruder Vanum die Stadtmauer umrundete und den Weg, der um die Stadt herumführte, erreicht hatte, nutze er einen geeigneten Moment und trat in die belebte Menge.

Kutschen, Pferde, Händler, Familien und herrenlose Tiere bereisten diese Straße. Einige hatten die Stadt gerade verlassen und machten sich auf den Heimweg. Andere waren gezwungen, die Stadt zu betreten, da ihre Vorräte knapp wurden. Keiner, da war sich Bruder Vanum sicher, hatte eine derart ehrenvolle und bemerkenswerte Aufgabe wie er.

Nachdem er eine Weile zu Fuß gegangen war und sich mühelos in das Treiben auf der Straße eingereiht hatte, sah er eine große schwarze Kutsche, die am Wegesrand stand. Womöglich war der Kutscher so gütig, ihn mitzunehmen, so weit es ging. Bruder Vanum steuerte auf die Kutsche zu und bemerkte erst jetzt den Kutscher, der eine sorgenvolle Miene aufgesetzt hatte und murmelnd um das Gefährt herumging.

»Seid gegrüßt«, sagte Bruder Vanum und nickte ihm freundlich zu. »Friede sei mit Euch«, sagte er mit einschmeichelnder Stimme.

»Ich bin eigentlich sehr in Eile, aber mein Gewissen ist stärker als meine Ungeduld. Wie ich sehe, habt Ihr Schwierigkeiten mit der Kutsche? Ich wäre erfreut, Euch helfen zu können.«

Mit einem Mal schienen die Sorgenfalten des Mannes von ihm abzufallen und er lächelte erleichtert.

»Euch schickt der Himmel, Bruder. Eine andere Kutsche hat die unsere angefahren, der Übeltäter floh, ohne uns auch nur seine Hilfe anzubieten. Meine handwerklichen Künste übersteigen diesen Schaden leider bei Weitem.« Flüsternd fügte der Mann hinzu: »Und meine Gäste«, er nickte mit dem Kopf zur Kutsche, »werden ungeduldig. Sollte ich bei ihnen in Ungnade fallen, wäre es womöglich nicht nur das Ende meiner Kutschzeit.« Bruder Vanum warf einen Blick zur Kutsche, deren Fenster mit roten Vorhängen verhängt waren.

»Ich bin sicher, dass ich Euch helfen kann«, sagte Bruder Vanum aufheiternd und nickte dem Kutscher ein weiteres Mal freundlich zu. »Zeigt mir Euer Missgeschick.«

Als Bruder Vanum nach einiger Zeit und vielen Dankesbekundungen, die der Kutscher ihm aussprach, den Schaden an der Kutsche beseitigt hatte, sodass eine problemlose Reise wieder möglich war, beschloss der Mönch nun seinen Wunsch zu äußern.

»Guter Mann, ich würde es nicht wagen, Euch zu behelligen, wenn es keine dringliche Angelegenheit wäre«, sagte Bruder Vanum und fragte sich erneut, wer in der Kutsche saß. »Aber es wurde mir aufgetragen, so schnell als möglich nach Rom zu eilen und dort unseren Heiligen Vater aufzusuchen, dem ich eine wichtige Botschaft überbringen muss.«

Der Kutscher runzelte die Stirn, sagte jedoch nichts und Bruder Vanum fuhr fort: »Ist es Euch möglich, einen bescheidenen Mann in Eurer Kutsche ein Stück mitzunehmen? Mein Herr und ich werden es Euch vergelten.«

»Nun Bruder, Ihr habt Glück. Mehr Glück, als Ihr es Euch vielleicht erhofft habt, denn ich bin mit eben dieser Kutsche auf direktem Wege nach Rom unterwegs.«

Bruder Vanum spürte, wie Erregung in seinem Körper aufstieg und er wieder einmal das Gefühl erhielt, dass Gott auf seiner Seite sein musste. *Deus lo vult!*[22] Der Herr sehnte die Vernichtung des Klosters ebenso herbei wie Bruder Vanum.

»So gerne ich Euch helfen würde, Bruder, muss ich zuerst die zwei hochwürdigen Insassen der Kutsche von Eurem Wunsch in Kenntnis setzen und fragen ob sie gewillt sind, Euch zu helfen.« Bruder Vanum nickte knapp und bedankte sich, doch er konnte nicht wissen, was für Männer diese Kutsche beherbergte. Der Kutscher schritt eilig auf die Tür der Kutsche zu. Darin konnte man schon ungeduldige Stimmen vernehmen, die über den Grund ihres Anhaltens ungehalten waren. Der Kutscher öffnete die Tür und flüsterte den Insassen etwas zu. Bruder Vanum glaubte leises Gelächter zu hören, was seine Hoffnung nicht steigerte mitgenommen zu werden. Nach einigen Augenblicken wandte sich der Kutscher um und sagte mit bedauernswerter Miene: »Es tut mir leid Bruder, aber es ist Euch nicht vergönnt, unserer Reise beizuwohnen. Verzeiht!«, flüsterte der Kutscher und wollte gerade wieder auf seinen Kutschbock steigen, als Bruder Vanum beschloss, alle Vorsicht in den Wind zu schlagen:

»Bitte, wer sitzt in der Kutsche? Ich sage Euch, es ist eine Angelegenheit von solcher Eile, dass der Heilige Vater sie unbedingt erhalten muss. Ihr könnt Euch die Ausmaße der Katastrophe nicht vorstellen, sollte der Papst in Unkenntnis gelassen werden. Bitte!«, sagte Bruder Vanum deutlich. Der Kutscher schien einen Moment lang gewillt, erneut das Innere der Kutsche aufzusuchen und für Bruder Vanum ein gutes Wort einzulegen, doch dies war nicht mehr nötig.

Die Tür der Kutsche schwang nach außen auf und heraus trat ein Mann, groß, ganz in Purpur gekleidet, mit einem großen, roten Hut und von einer ehrwürdigen Aura umhüllt. Bruder Vanum schien allein schon bei

---

[22] Gott will es.

seiner Erscheinung kleiner zu werden und war sich nicht sicher, was er von diesem Mann halten sollte. Der Mann musterte ihn eingehend, zog dann die Augenbrauen nach oben und fragte:

»Was, und ich hoffe für Euch, dass Ihr einen wichtigen Grund habt, kann eine derartige Bedeutung haben, dass Ihr es wagt, so mit uns zu sprechen?«, sagte der Mann und schien mit seinem Blick Bruder Vanum zu durchbohren.

»Verzeiht mir ...«, antwortete Bruder Vanum und spürte, dass er es hier mit einem Mann zu tun hatte, der sich keineswegs von ihm einschüchtern lassen würde.

»Was stottert Ihr so herum? Ihr habt vorhin etwas von einer wichtigen Botschaft gefaselt, dann teilt sie uns mit. Wir werden sie, wenn sie denn tatsächlich der Wichtigkeit des Laterans entspricht, dem Obersten Bischof von Rom mitteilen.«

»Verzeiht mir«, wiederholte sich Bruder Vanum, »aber ich sollte die Botschaft nur Seiner Heiligkeit persönlich überbringen. Zu groß ist die Gefahr, dass Fremde und Ungläubige mehr darüber erfahren.«

»Fremde und Ungläubige?«, fragte der Mann. »Glaubt Ihr, wir sind Fremde und Ungläubige? Ich sollte Euch hinrichten lassen«, sagte der Mann und mit jedem Wort, welches aus seinem Mund drang, tauchten mehr Schweißperlen auf Bruder Vanums Stirn auf. Die Fähigkeit, mit Worten zu spielen, war Bruder Vanum vor langer Zeit gegeben worden und dieser Fähigkeit würde er sich auch jetzt bedienen.

»Habe ich dies mit einem Wort erwähnt?«, fragte Bruder Vanum und ließ den Mann nicht weiter zu Wort kommen. »Ich kann Euch nur eines sagen: Sollte ich jemals auf anderem Wege nach Rom kommen, und glaubt mir, das werde ich, dann wird der Papst erfahren, dass Ihr mir nicht geholfen habt, diese Information früher zu ihm zu bringen. Ich verspreche Euch, dann werdet Ihr den kommenden Morgen nicht mehr erleben.« Dem Kutscher klappte der Unterkiefer herunter und wurde kalkweiß im Gesicht. Auf dem Kutschbock schüttelte er hastig seinen großen Kopf, doch Bruder Vanum ließ sich nicht beirren. Der Mann machte einen Schritt auf Bruder Vanum zu und blickte ihm tief in die Augen.

»Droht Ihr uns?«, fragte der Mann mit schrecklicher Stimme.

»In keinster Weise«, erwiderte Bruder Vanum schlagfertig. »Ich weise Euch nur freundlich darauf hin, dass jegliches Verhalten Eurerseits Konsequenzen haben wird.« Der Mann blickte Bruder Vanum eine ganze Weile lang an, dann sagte er laut, sodass es der Kutschbock und jener andere Mann in der Kutsche hören konnten:

»Nun gut, ich bin gewillt, Euch mitzunehmen, doch wäre ich erleichtert, und das werdet Ihr sicher verstehen, wenn Ihr mir ein kleines Versprechen abgeben würdet.« Ein Grinsen zeichnete sich auf dem Gesicht des älteren Mannes ab. Bruder Vanums Herz schlug schneller. Ein Versprechen? Versprechen waren Bruder Vanum nicht nur suspekt, er hasste sie. Mit Versprechen war man an etwas oder jemanden gebunden und dies war der schrecklichste Gedanke, den Bruder Vanum sich vorstellen konnte. Doch er nickte kurz und der Mann fuhr fort: »Ihr sagt also, dass Eure Information derart wichtig wäre, dass der Papst sie mit Sicherheit aufnehmen und ihr nachgehen wird?«

»So wird es sein«, sprach Bruder Vanum mit fester Stimme.

»Wunderbar, dann seid Ihr sicherlich bereit, in den lateranischen Kerker zu gehen, falls dem nicht so sein wird. Lasst mich auch noch anmerken, dass die Folterstrafen für Lügner um Einiges schlimmer ausfallen, wenn es sich dabei auch noch um einen Mönch handelt.« Bruder Vanum musste dieses Angebot eigentlich abschlagen. Zu gefährlich wäre sein Scheitern, doch diese Männer schienen direkten Zugang zum Heiligen Vater zu haben und eine bessere Gelegenheit würde sich nicht bieten.

Gott prüfte ihn.

»Ihr werdet sehen«, sprach Bruder Vanum. »Nehmt mich mit.« Mit einem breiten Grinsen trat der Mann beiseite und Bruder Vanum stieg trotzig in die Kutsche ein. Der Mann folgte ihm rasch und Bruder Vanum nickte dem anderen Mann, welcher ein wenig jünger als sein grämlicher Freund zu sein schien zu und setzte sich auf die hölzerne Bank. Wer waren diese Männer, dass sie einen solchen Einfluss beim Papst zu haben glaubten? Berater? Als Bruder Vanum der gigantische Ring an den Fingern der Männer auffiel, wurde sein Herz erneut auf eine harte Probe gestellt. In diesem Moment wusste Bruder Vanum, dass diese Männer nicht nur einfache Berater des Papstes waren, sondern dass sie einen großen Einfluss auf den Papst hatten. Denn die Männer waren keine geringeren Männer als die Zeremonienmeister des Laterans.

Diese Männer waren die hochrangigsten und mächtigsten Kardinäle der Erde.

Kapitel 41

Die Feier an diesem verschneiten Nachmittag schien kein Ende nehmen zu wollen. Die Nachricht, dass ein neuer Heiliger Vater durch das Konklave gewählt worden war, versetzte die Runde der Mönche in allgemeine Feierlaune und niemand mochte an diesem Nachmittag an die Flucht Bruder Vanums oder an das rätselhafte Gemälde denken. Selbst Meister Callidus, der vom Ehrgeiz angetrieben wurde, das Rätsel um die fehlenden Buchstaben zu lösen, war von seinem Turmzimmer heruntergestiegen, um an den Festlichkeiten teilzunehmen. Zwar verschwand der alte Meister bereits wieder nach einem Teller Suppe, dennoch war es immer etwas Besonderes, wenn sich der Älteste der Mönche zu ihnen gesellte. Bruder Clarens hatte mit einer beinahe erstaunlichen Schnelligkeit einige kleine Köstlichkeiten auf den Tisch gezaubert und Artur wusste, dass auch dieses Essen keineswegs alltäglich war. Die Mahlzeiten der Mönche waren meist spärlich und keineswegs üppig.

Als sich der Tag dem Abend entgegenneigte, wollten viele der Mönche, trotz der unglaublichen Nachricht, dass ein Papst nach einem Jahr der Sedisvakanz gewählt worden war, noch ein wenig an ihre Arbeit und verließen das Refektorium. Auch Artur kehrte müde und erschöpft in seine Zelle zurück, wo er die abendlichen Ruhepausen durchaus genoss. Solange der Meister nicht das Rätsel der Nachricht, die ihnen die Symbole beschert hatten, gelüftet hatte, war Artur zum Nichtstun verdammt.

An diesem Abend war es ihm nicht möglich, ruhig zu schlafen. Nicht nur das Bild belastete seine Träume, auch Bruder Vanum brachte ihm einen unangenehmen Schlaf ein.

Es war nicht die Angst vor dem, was Bruder Vanum dem Kloster antun konnte, es war die Angst vor dem Ungewissen, die Artur umtrieb. Seit Tagen hatten sie kein Lebenszeichen mehr von ihren drei Brüdern erhalten, die draußen in der Wildnis festsaßen und diesem Verräter hinterherlaufen mussten.

Meister Callidus hatte nicht geschlafen. Den ganzen Abend hatte er mit dem Text des Bildes zugebracht und studiert, rückwärts gelesen, die Buchstaben vertauscht, nach Größe geordnet, auf dem Kopf stehend betrachtet oder den Text auf Anagramme untersucht. Nichts! Das Bild blieb verschlüsselt. Als Meister Callidus dann endlich auf einen Hinweis stieß, übermannte ihn jedoch der Schlaf. Das Buch, auf welchem Meister Callidus eingeschlafen war, trug den Titel: *Geheimnisse und Verschlüsselungsriten der alten Zivilisation.*

Meister Callidus hatte dieses Buch in der Bibliothek gefunden, wo es auch noch eine weitere Ausgabe davon gab, da irgendein Schreiber des Scriptoriums eines Tages scheinbar beschlossen hatte, dieses Werk sei es würdig, abgeschrieben zu werden. Die Seite zwölf beschäftigte sich mit den einfacheren Verschlüsslungen, die jedoch eine solche Unkompliziertheit besaßen, dass man wiederum nicht auf sie achtete.

Der Wind war frisch und rüttelte an den alten Fenstern des Klosters. Besonders der hohe Turm, den Meister Callidus bewohnte, war dem Wetter unweigerlich ausgeliefert, hielt aber trotzig den Elementen der Natur entgegen. Eben jene Naturgewalten veranlassten Meister Callidus auch dazu, seinen Schlaf einzustellen. Den Kopf auf dem Buch aufgestützt, welches ihm endlich die erlösenden Zeilen lieferte, war dick, beinahe unlesbar. Meister Callidus war aber mit diesem seltenen Werk vertraut und hatte es schon häufiger um Rat ersucht. Auch dieses Mal hatte es ihm seine Dienste nicht verwehrt und Meister Callidus, empört über sich selbst und seine Undiszipliniertheit, eingeschlafen zu sein, rieb sich die restliche Müdigkeit aus den wässrigen Augen. Als er das Buch erblickte war er jedoch hellwach und blickte begierig auf den Text, der noch immer in verschlüsselter Form vor ihm lag. Nachdem er nun wusste, was der Text verbarg, wurde ihm auch bewusst, dass der Text keineswegs verschlüsselt war sondern, lediglich unvollständig.

Meister Callidus schlug die Seite auf, welche des Rätsels Lösung bereithielt und las erneut:

Viele der alten und unleserlichen Texte erschienen dem gemeinen Volk als wertlos. Die umständlichen Methoden der Entschlüsselungen sind meist kompliziert und bei den meisten Texten weder angebracht noch nützlich. Nur wenigen ist bewusst, dass die leichte Verschlüsselung der Schriften mitunter auch die wertvollste und am besten gesichertste Art darstellt.

Schon die frühesten Philosophen unserer Zeit hatten an dem einfachen Grundsatz festgehalten, besonders auserwählte Buchstaben in den Schriften ihrer Meister zu entfernen, sodass das Lesen ohne die Kenntnisse des Schlüssels eben jener Buchstaben unmöglich war. Dennoch sind diese Buchstaben allgemein bekannt, werden aber bei solch wertvollen Texten, wie es jene von Sokrates, Platon und Epikur sind, nicht beachtet.

Mögliche entfernte oder ausgelassene Buchstaben, sind unter anderem die ersten sieben des Alphabets oder auch nur jeder zweite, das Alpha oder Omega, die schändlichsten Buchstaben aus kirchlicher Sicht, die Selbst- und Umlaute oder auch jene, die der Verfasser selbst bestimmt und niedergeschrieben hat auf einem anderen Blatt Pergament, welches als Schriftlicher Schlüssel betitelt wird.

Als Meister Callidus die Zeilen noch einmal las und diese erneut wiederholte, hellte sich seine Miene auf. Er hatte sich heute nicht geirrt. Der Text war nun von ihm so oft bearbeitet worden, dass er beinahe unleserlich geworden war. Deshalb hatte die schnelle und eifrige Hand des Meisters den Text noch einmal abgeschrieben und eben dieser lag nun vor ihm:

Im Wkz d Chrth lt vbg,
d Sz, d Wt m d d Kch Anfg nm,
nh m d fsch St st Gth br lt,
n d Erb trt d Wrh Hz, w St. C t.

Den Schlüssel, den der Junge entdeckt hatte, lag daneben und nun, da der Meister wusste, welche der Buchstaben des Alphabets fehlten, war es ihm beinahe ein Leichtes, den ursprünglichen Text zu rekonstruieren. Der Meister hatte nämlich begriffen, dass fünf Buchstaben in der Schrift nicht zu finden waren, zumindest größtenteils: a, e, i, o, u.

Dies waren jene fünf Buchstaben, die ausgelöscht worden waren, vom Verfasser selbst oder von anderen bedeutenden Männern, die vermutet hatten, dass jenes Geheimnis zu schrecklich oder zu mächtig war, um es gänzlich zu enthüllen. Heute Abend hatte er, Meister Callidus, der Großmeister des Ordens St. Caritum und Oberster des Hohen Rates, das Rätsel gelüftet. Zwar war ihm durchaus aufgefallen, dass manche Buchstaben, wie beispielsweise das »E« in einem Wort auftauchten, doch ebenso bemerkte er, dass alle Buchstaben, die ausgelöscht worden waren, kleingeschrieben wurden.

Als Meister Callidus schließlich noch einmal die Tabelle der Übersetzung betrachtete, sah er, dass die kleinen Punkte über dem verschlüsselten Text jene Buchstaben symbolisierten, die nicht dazu bestimmt waren, zum Text zu gehören. Nun war es ihm ein Leichtes: Die Prozedur nahm einige Zeit in Anspruch, da alle fünf ausgelassenen Buchstaben für die Punkte infrage kamen und der Meister bei einem Punkt jeweils alle fünf Buchstaben, die nicht verwendet wurden, ausprobieren musste. Sein Talent und seine Ruhe wurden noch einmal für einige Zeit auf die Probe gestellt. Einige Sätze ergaben keinerlei Sinn. Ab und zu musste der Meister darauf spekulieren, dass an einer bestimmten Stelle ein kurzes Wort gestanden hatte, welches von den verschwundenen Buchstaben ausgelöscht worden war, doch das Prinzip des Textes war dem Meister nun vollkommen klar: Jeweils ein Buchstabe nach einem gelöschten Schriftzeichen, trug einen Punkt über sich, der die Existenz des verbannten Buchstabens anzeigte. Nachdem der Meister diese zeitaufwendige Arbeit bewerkstelligt hatte, fiel er vollkommen erschöpft in sich zusammen und rieb sich mit den faltigen Händen die Augen, den entschlüsselten Text vor sich liegend!

Spät am Abend konnte Artur den Impuls nicht länger unterdrücken, doch noch einmal nach dem Rätsel zu sehen. Artur kletterte leichtfüßiger als sonst den Turm hinauf und erreichte das Portal zu Meister Callidus Welt der Weisheit. Einen kurzen Augenblick lang lauschte Artur an der Tür, vernahm keinen Laut. Dann, ohne, wie es ihm eigentlich befohlen worden war, zu klopfen, betrat Artur den kreisrunden Raum.

Der Meister, eigentlich immer arbeitend, wenn Artur ihn in seinem Turmzimmer aufsuchte, saß an diesem Tag schweigend und tatenlos an seinem alten Holztisch und blickte gebannt aus dem Fenster. Artur schloss leise die Tür des Turmes und flüsterte leise:

»Meister?« Keine Antwort oder Reaktion des Meisters. Sofort schoss Artur der Gedanke des Todes durch den Kopf. Absurd, das war absurd. Der Meister schien in einen tranceartigen Zustand verfallen zu sein und Artur nicht zu bemerken. Vor dem Meister auf dem Tisch, so viel konnte Artur sehen, lagen Dutzende von Büchern, Papyrus- und Pergamentrollen, alle wild durcheinander. »Meister?«, wiederholte sich Artur und trat nun näher an den alten Mann heran, der ihn immer noch nicht bemerkt zu haben schien. Mit leisen Schritten durchquerte Artur den kreisrunden Raum, bis er schließlich direkt hinter Meister Callidus stand und noch einmal etwas lauter sprach: »Meister? Könnt Ihr mich hören?« Auch nun blieb die Reaktion des Meisters aus.

Hatte der Meister über der Arbeit um das Rätsel seinen Verstand verloren? Oder war es lediglich die Müdigkeit, die ihn plagte? Was es auch war, der Meister schien vollkommen davon eingenommen zu sein. Und dann, als Artur noch einen Schritt auf Meister Callidus zumachte, sah er auf dem Tisch vor dem Großmeister ein Pergament, auf dem nur einige Worte standen. Stolz und edel schienen die Worte zu schimmern und etwas zu verkünden, was Artur und dem ganzen Kloster neue Rätsel aufwerfen würde:

Im Werkzeug der Christenheit liegt es verborgen,
der Satz, das Wort, mit dem die Kirche Anfang nahm,,
noch immer ist der falsche Stein im kleinsten Gotteshaus begraben,
nur der Erbauer trägt die Wahrheit im Herzen, wie St. Caritum es tut.

Kapitel 42

Vertrauen ohne Zynismus ist töricht. Nach diesem einfachen Grundsatz gedachte der Papst zu leben und in seinen vergangenen Tagen als Kardinal war er damit einer der wenigen gewesen, die sich nicht von einfachen Versprechungen und angekündigten Freundschaften hatten hinters Licht führen lassen. So musste auch Carlo Discu da Viterbo sich diesem Grundsatz Seiner Heiligkeit beugen, so schmerzhaft es auch war. Die Tür hinter dem Papst fiel zu und das Echo, das sie hinterließ, war ein derart stilles und einsames, wie es an einem Ort nur sein konnte, der seit mindestens einem Vierteljahrhundert von niemandem mehr aufgesucht worden war.

Girolamos Fackel brannte knisternd in dessen Hand und spendete das wenige Licht, das den steinernen Weg erleuchten sollte. Wenn es möglich war, dem Frevel der Kirche, welcher bereits vor Jahrhunderten begangen worden war, nachzugehen, dann hier. Noch einmal warf Girolamo einen Blick zurück zur Tür, hinter der Carlo nun stand. So musste es sein und Girolamo war froh darüber, denn er hatte niemals vorgehabt, die Beziehung, die zwischen Carlo und ihm entstand, auf Mitleid aufzubauen. Nein, nicht auf der größten Schwäche des Menschen. Er wollte es auch nicht auf Hass oder Misstrauen errichten, ein wenig Neid war jedoch niemals verkehrt, auch wenn dies den Gesprächen immer einen bitteren Unterton versetzte. Mitleid konnte jeder haben, doch Neid musste man sich verdienen und Girolamo hatte ihn sich durch die Wahl zum *Pontifex Maximus*[23] verdient.

Girolamo spürte die Kälte der steinigen Wände und drang nun weiter in den schlecht behauenen Berg ein. Feuchte und modrige Luft schlugen ihm entgegen, doch nichts von alledem konnte den Papst davon abhalten, hier nach einem Schriftstück über den Verrat an der Kirche zu suchen. Viele wichtigen Dokumente, welche die Kirche selbst anklagten und daher niemals bekannt werden sollten, waren hier gelagert, auf dass sie

[23] Papstbezeichnung

zwar die Ewigkeit überdauern, nicht jedoch die Ewigkeit bezwingen und nach draußen dringen sollten. Nur der Heiligste Vater entschied, welche dieser Schriftstücke veröffentlicht wurden, wobei dies in der gesamten Geschichte der Kirche nicht einmal vorgekommen war. Denn, welcher Papst würde dem Wohl seiner Kirche absichtlich Schaden zufügen und eine Erschütterung der Kirche oder gar des Glaubens verantworten können? Girolamo war ebenso nicht derjenige, welcher der Kirche Schaden zufügen wollte. Sollten sie das Geheimnis um Sankt Peter lüften können, so würde niemand davon erfahren, denn der Papst selbst würde alles dafür tun, dass die größte aller Kirchen nicht länger auf einer Lüge gebaut sein würde.

Die Grotte, die Papst Nikolaus IV. betrat, übertraf seine Vorstellungen über alle Maßen. Nicht nur die Größe war derartig beachtlich, dass ihm der Atem stockte, auch die Atmosphäre war der einer päpstlichen Geheimkammer mehr als würdig. Die Regale an den steinernen Wänden waren mit Schriften, Pergamentblättern und ein paar Büchern gefüllt. Die Informationen, die diese Schriftstücke bewahrten, reichten weit zurück, offensichtlich bis vor die Gründung der Kirche durch den Apostel Petrus. Die Schriften in den Regalen waren nach Jahren sortiert und gut aufbewahrt worden von jenen, die sie hüteten. Girolamos Ehrerbietung der Situation gegenüber war beachtlich und nur langsam traute er sich, weiter in die Kammer zu gehen. Wenn es eine Schrift mit Hinweisen auf den Verrat gab, dann hier.

Doch war der Papst fähig genug, sie zu finden?

Die Heilige Stadt Rom, 1084 n. Chr.

Papst Gregor VII. war einer der wenigen Päpste, der seine gesamte freie Zeit in der eisigen Grotte *spelunca sub palatio* verbracht hatte. Kein anderer seiner Vorgänger, so berichtete man, war einmal mehr dort hinabgestiegen, als es notwendig gewesen war. Ihn faszinierte die Grotte mehr als alles andere am Lateran und die Zeit, die ihm zur Verfügung stand, wurde durch den Besuch in der *spelunca* sinnvoll genutzt. Denn die Stadt Rom war in Aufruhr. Kaiser Heinrich IV. rief blasphemistische Thesen gegen ihn, den Papst, aus. Schon vor etlichen Jahren war der Streit zwischen Papst Gregor und dem Kaiser entbrannt, doch Gregor konnte sich immer wieder gegen den Kaiser, seine eigenen Bischöfe oder gar gegen das Volk Roms behaupten. Der Papst hatte sogar vor einem Jahr Kaiser Heinrich die Einreise in die Stadt Rom verwehrt und das Volk hatte den Nachfolger Christi geschützt. Nun aber, da Heinrich ein zweites Mal vor den Mauern lagerte, lehnte sich auch das einfache Volk, der Pöbel, gegen die Kirche auf. Selbst seine treuen Kardinäle waren nicht gewillt, ihm länger zu dienen und so war der Lateranpalast in den letzten Tagen zu einer Festung umgerüstet worden Gerade hatte Papst Gregor VII. ein interessantes Schriftstück gefunden, welches ihm, so Gott wollte, aus seiner gefängnisähnlichen Lage im Lateranpalast heraushelfen konnte.

Gut versteckt hatte die Schriftrolle in einer Nische gelagert, nicht wissend, welches Geheimnis sie verbarg und welche Leben sie bewahrte:

Dies sind die Aufzeichnungen von Pontianus, achtzehnter Nachfolger des Heiligen Petrus, Stellvertreter Christi auf Erden und Oberster Bischof von Rom.

Diese Nachricht wird selbst dann noch Gewichtung finden, wenn mein Körper schon längst meinem Leiden erlegen sein wird.

Wir schreiben das Jahr 235 nach unserem geliebten Herrn. In meiner Freude, den Weg in die Kirche gefunden zu haben und schließlich als ihr aller Anführer zu gelten, verleitete Gott unser Herr mich dazu, diese Schrift, zu verfassen. Auf das jenes, was ich nachfolgend berichten werde, zwar Gehör bei meinen Nachfolgern findet, die alle an mein Schicksal gebunden werden sollen, dennoch niemals Erwähnung beim Volke findet. Innerhalb unserer Mauern wurde ein Verrat begangen, ein Verrat, der sicherlich noch Auswirkungen auf unsere Zukunft haben wird, wenn ich auch schon längst bei meinem Vater weilen werde. Ich bin beschämt, diesen Zwischenfall anzeigen zu müssen und immer noch verwundert über jenes, was ich nun niederschreiben werde:

Da meine Bürde in dieser Kirche in den letzten Wochen zu schwer wurde, war es mir ein inniges Verlangen, zu jenem Ort zu reisen, wo alles begann: Ich suchte die heiligste Stätte des Christentums auf und betrat die kleine Kapelle, die zum Andenken dort errichtet worden war. Natürlich war mir in keinster Weise bewusst, welchen Einfluss mein abendlicher Besuch auf die Zukunft und die Vergangenheit des Christentums haben würde. Das Beten an diesem Abend war eine Befriedigung und ich hatte gehofft, dass meine Begierden von den Wolken meiner staubaufwirbelnden Arbeit nach oben zu unserem Herrn getragen wurden, doch dem sollte nicht so sein. Die scheinbar in Eile geschriebene Nachricht, die ich in der Kapelle fand, war offenbar schon Jahrhunderte alt und in lateinischer Schrift verfasst. Sie ist jener Schrift die Ihr lest, beigefügt. Der Verfasser, wer immer es war, und möge Gott seiner Seele gnädig sein, berichtete mir von einer Tat, die er begangen hatte, sodass ich mir sicher war, dass meine Gebete nicht viel weiter als zur Kapellendecke gekommen waren: Da unser Oberhaupt, Simon Petrus, kurz vor seinem irdischen Tode eine Pilgerfahrt in das entfernte Land, in dem einstweilen Krieg und Verrat herrschten, unternehmen wollte, vernahmen die Bürger Roms dies als den Willen Gottes und scheuten sich nicht davor, den Obersten Bischof ziehen zu lassen, da dieser ein Appell an die christliche Nächstenliebe der Kämpfenden richten wollte. Wie uns heute bekannt ist, kam der Heilige Vater niemals wieder von seiner Pilgerfahrt nach Rom zurück. Zwar war es der Wille und Befehl Petri gewesen, ihn allein ziehen zu lassen, aber niemand dachte jemals daran, dass, vergebt mir, er derart unvorsichtig sein würde, sodass diese Reise zu seinem Tod führen sollte. Möglicherweise war es Petrus bewusst, dass er nicht aus einem Land zurückkehren würde, welches von Krieg und Elend fest im Griff gehalten wurde. Vielleicht war es sein Wunsch, Lügen und Heucheleien zu verbreiten.

Kurz vor der Ernennung des zweiten Bischofs von Rom, Linus, wurde in ganz Rom das Gerücht verbreitet, dass Simon Petrus von Kaiser Nero in dessen gotteslästernden Circus gekreuzigt worden war. Zur Ehrenrettung des Bischofs wurde mit aller Dreistigkeit auch noch behauptet, dass dieser, aufgrund mangelnder Gleichheit mit unserem geliebten Herrn, Jesus von Nazareth, mit dem Kopf nach unten gekreuzigt worden war. Schließlich wurde Petrus, so erzählte man, nahe der Stelle der Kreuzigung begraben und fand, dort seine letzte Ruhestätte.

Mit Kummer und Besorgnis stellte ich heute fest, dass all dies eine Lüge ist und die Gerüchte, wer auch immer sie gestreut hat, zwar eine Welle der Ehrerbietung für unseren ersten Bischof aufbrachten, dennoch aber eine Lüge bleiben und der Unwahrheit entsprechen. Die Nachricht, die ich fand, wies mit schrecklicher Genauigkeit darauf hin, dass alle Gerüchte um unseren gefallenen Bischof falsch sind und schon zu Beginn unserer Kirchengeschichte ein Frevel und eine Ketzerei begangen worden sind, dass es lächerlich zu sein scheint, auch nur annähernd unseren Gläubigen die frohe Botschaft des Herrn zu übermitteln. Bereits am Anfang unserer Geschichte wurde unser Kirche, unser Glaube auf einer Lüge errichtet.

Nachdem mich diese Nachricht derart in meinem Glauben erschüttert hat, dass ich mit meinen Gedanken nicht mehr im Stande bin, diese Kirche nach bestem Gewissen zu leiten, sehe ich mich gezwungen, meinen Bischofsplatz zu räumen, um anderen die Möglichkeit zu bieten, diese Schande aufzudecken.

Papst Gregor VII. ließ 849 Jahre, nachdem jene Nachricht geschrieben worden war, seine alten Hände sinken. Es breitete sich ein unwohles Gefühl der Leere in ihm aus. Was hatte diese Nachricht zu bedeuten, die der zweite aller Bischöfe verfasst hatte und von der er sicherlich wollte, dass sie in naher oder ferner Zukunft ein gewissenhafter Papst las, der dem unglaublichen Frevel Einhalt zu gebieten gewillt war. Der Papst wusste, dass ein Schriftstück der päpstlichen Grotte ihren Platz niemals verlassen durfte, doch er war gewillt, jene Schrift mitzunehmen und sie vor den grausamen Armeen Kaiser Heinrichs zu schützen. Dieses Dokument war in der Lage, einen der größten Skandale und Verleumdungen in der Geschichte der Kirche aufzudecken und dem Volke preiszugeben. Dies durfte nicht geschehen und Papst Gregor war nicht der Papst, unter dessen Herrschaft dies geschehen sollte.

Als Papst Gregor sich gerade erheben und das Dokument sicher verstauen wollte, vernahm er Schritte, Schritte, die eilig den steinernen Gang hinunterliefen und bedrohlich näher rückten. Was in aller Welt ging vor sich? Welcher gotteslästernde Mann würde es wagen, die *spelunca sub palatio* zu betreten? Als der Schatten der Gestalt sich an der Wand immer weiter vergrößerte, erschien schließlich der Hauptmann der päpstlichen Wache, verschwitzt und blutüberströmt. Er blutete heftig aus einer Wunde an der Stirn, sein Gesicht war entstellt und an der rechten Hand hatte er drei Finger verloren. Ein Krieger Gottes!

»Panur, was erlaubt Ihr Euch? Habt Ihr den Verstand verloren? Dies ist die *spelunca sub palatio*. Ihr wisst …«

»Heiligkeit«, sagte der Hauptmann, von dem anzunehmen war, dass er seinem äußerlichen Zustand nach nicht mehr lange zu leben hatte. Offenbar hatte er alles riskiert, um nur den Papst in der Grotte zu warnen.

»Heinrich hat die Stadtmauern erklommen und ist im Begriff, die ganze Stadt zu überrennen. Die Bürger Roms haben sich gegen uns aufgelehnt und der Lateran kann nicht mehr lange standhalten. Wir müssen Euch in die Engelsburg schaffen, sofort.« Papst Gregor war kein Dummkopf. Er verstand, was es bedeutete, seinem Hauptmann jetzt zu vertrauen und begann mit der Schriftrolle in der Hand hinter seinem Hauptmann herzulaufen.

»Euer Eindringen sei Euch vergeben«, sagte der Papst leise. »Ich weiß, dass Ihr lediglich zu unserem Schutz gehandelt habt. Und das werden wir nicht vergessen.«

»Mein Handeln ist nun nicht wichtig, Heiligkeit. Ihr seid es, der nun in Sicherheit gebracht werden muss. Wir dürfen nicht zögern.«

Die Tür zur *spelunca* war offen und die Wachen standen bleich und ohne jede Regung davor. Scheinbar hatte keiner von ihnen gewagt die *spelunca* ohne Einwilligung des Papstes zu betreten, selbst nicht in einer solchen Situation.

Als Papst Gregor VII. und sein Hauptmann aus der *spelunca* drangen, wurden sie von den bestürzten Wachen zum großen Tor der Bibliothek begleitet. Weit bevor sie diese erreicht hatten, stürmte eine weitere Wache zu ihnen hinein und schrie, dass Heinrich bereits die Tore des Laterans belagert hatte.

Es war Schicksal, so überlegte Papst Gregor nach jenem verheißungsvollen Tag, dass in dem Durcheinander, welches zuvor noch nie in der Bibliothek geherrscht hatte, die Schriftrolle des Frevels aus der Manteltasche Seiner Heiligkeit flog und dies von niemandem bemerkt wurde. Hätte der Papst die Schriftrolle mit in die Engelsburg nehmen können, dann hätte er mit seinen folgenden Taten die Geschichte der Heiligen Kirche, des Simon Petrus‘ Heiliger Kirche, vollkommen umgeschrieben.

Gott war offenbar nicht willens, ihm dabei zu helfen, denn als der Papst bemerkte, dass das kostbare Schriftstück fehlte, war es bereits zu spät.

Der Herr hatte ihn in jenen Tagen offensichtlich vollkommen verlassen, denn wenige Zeit später wurde Papst Gregor VII. von Kaiser Heinrich IV. zur Abdankung gezwungen.

Die heilige Stadt Rom, 1288 n. Chr.

Carlo Discu da Viterbo verfluchte den Papst. Sofort wurde er aber von sich selbst und seinem göttlichen Glauben mit Selbstverachtung bestraft. Den Papst verfluchte man nicht. Man verfluchte niemanden, der unfehlbar war und unter dem Schutz des Heiligen Petrus und Christi stand. Carlo schüttelte erschöpft und müde den Kopf und ließ sich an einer Mauer nahe des Tores zur *spelunca* nieder. Sein Kopf sank auf seine Knie herab und Tränen der Ermattung kullerten über sein Gesicht. War die Anstrengung, die sie unternehmen würden, all dies wert, um einem Frevel der Kirche Einhalt zu gebieten? Das Schluchzen Carlos klang in der schaurigen Stille des riesigen Gewölbes nach und wurde von den steinernen Wänden zurückgeworfen. Niemals hatte Carlo ein Anzeichen von Schwäche gezeigt, niemals. Nicht einmal, wenn er sich sicher war, allein zu sein. Die Last der Tage lastete auf ihm wie ein Fluch, welchen der Herr ihm auferlegt hatte. Dennoch, so erinnerte sich Carlo selbst: Der Papst stand auf ihrer Seite und es war ihm klar, für welche Seite sich der Herr entscheiden würde, denn auch er vermochte, die Aufklärung der Ungeheuerlichkeiten schnell herbeizuführen, sodass die Kirche wieder in Einheit und Reinheit ihre Herrschaft weiterführen konnte. Dazu musste Girolamo, Papst Nikolaus IV., aber zuerst einmal das Dokument finden, welches ihnen eine neue und göttliche Spur aufzeigte. Da Carlo nicht wusste, was für einen Umfang die *spelunca sub palatio* maß, war ihm auch in keinster Weise klar, wie lange der Papst sich dort aufhalten würde. Der Gedanke, die *spelunca* ohne päpstliche Genehmigung zu betreten, war ihm völlig fremd. Den Zorn des Papstes auf sich zu laden, war etwas, vor dem selbst Carlo Discu da Viterbo, der Ordensgeneral des Franziskanerordens, zurückschreckte. Er war ein Mann mit ausgezeichneten Verbindungen und Einflüssen im ganzen Reich. Selbst er würde es aber nicht mit den Mächten des Papstes aufnehmen können.

Carlo erhob sich leicht schwankend und steuerte auf einige der großen Regale zu. Nur hier, in der päpstlichen Bibliothek zu sein erfüllte Carlo mit Stolz. Allein hier lagerten Geheimnisse versteckt, welche die Menschheit besser noch nicht erfahren sollte oder niemals erfahren durfte. Nun, da Carlo allein hier stand, bestand seine einzige Beschäftigung, der er nachgehen konnte, im Lesen alter und wertvoller Schriften aus vergangenen Jahrhunderten. Und da die Zeit grausam war, konnte es nicht schaden, ein wenig darin zu stöbern.

Carlo entzündete die Lichter auf einem nahe gelegenen Tisch und begann, einige der Bücher, Pergamentblätter und Schriften auf den Tisch zu holen. In diesen Schriften verbargen sich Rätsel und Geheimisse, die noch weitaus interessanter waren, als das, nach welchem er und Girolamo so sehr suchten. Behutsam öffnete er einige der Bücher und Pergamentrollen. Die Buchtitel verrieten, dass in dieser Bibliothek nicht nur Bücher lagerten, die der Lateran aufgenommen hatte, um die schrecklichen Geheimnisse nicht preiszugeben, sondern auch um Heucheleien, Ketzereien und andere Schandtaten gegen die Kirche zu unterbinden.

Das übelste Fäulnis der Kirche – Der Papst lautet der Titel eines Buches. Natürlich war der Autor so klug gewesen, nicht seinen Namen hineinzuschreiben. Der Arm der Gerechtigkeit des Papstes war lang.

Der Lateran – Was geschieht wirklich im Hause Gottes? war ein anderes Buch, welches Carlo aufschlug und hineinspähte. Mit diesen Schriften wurde mit literarischen Mitteln der Finger in die Wunde der Kirchengeschichte gelegt. Die dritte Schrift, die er öffnete, war offensichtlich kein Buch, doch musste sie wohl ketzerische Gedanken beherbergen, sonst wäre sie nicht mit den anderen Werken in einem Regal gelagert. Carlo entrollte das alte Pergament, welches an einigen Stellen bereits von Nässe angegriffen war, und warf einen Blick darauf:

Dies sind die Aufzeichnungen von Pontianus, achtzehnter Nachfolger des Heiligen Petrus, Stellvertreter Christi auf Erden und Oberster Bischof von Rom ...

Kapitel 43

Vor wenigen Tagen hatte Bruder Vanum noch in einer alten, kalten, schmutzigen und modrigen Zelle gesessen, umgeben von dunklen Mauern, die nicht wussten, welchen Verrat an der Kirche sie beherbergten. Nun, zwei Tage später, saß Bruder Vanum in einer Kutsche, zusammen mit den zwei mächtigsten Männern, die es in der Kirche neben dem Papst gab. Noch immer schwirrte Bruder Vanum der Kopf und sein Magen verkrampfte sich schmerzhaft, als er sich an den Handel, den er eingegangen war, zurückerinnerte. Was hatte er sich nur dabei gedacht? Doch die Kutsche rollte unbeirrt weiter und beförderte ihre Insassen immer näher und näher zur Heiligen Stadt.

»Wollt Ihr etwa noch immer Euer Vorhaben vor uns verbergen und das unumstößliche Risiko eingehen, dass der Heilige Vater Euch kein Gehör schenkt?«, wollte der Kardinal wissen, welcher nahe der Stadt Patria aus der Kutsche gestiegen war.

»Allerdings«, erwiderte Bruder Vanum knapp. »Ihr habt, vergebt mir, leider nicht das Recht, über das zu richten, von dessen Existenz ich Kenntnis besitze«, beteuerte Bruder Vanum demütig und schenkte den beiden Kardinälen ein entschuldigendes Lächeln. Zwar war sich Bruder Vanum seiner Fertigkeit, mit Worten zu spielen, noch immer bewusst, doch wusste er auch, dass ein Fingerzeig der Kardinäle ausreichte, um ihn in enorme Schwierigkeiten zu bringen. Dies war Bruder Vanum bei Weitem zuwider.

»Gestattet Ihr mir eine Frage, Eminenz?«, versuchte Bruder Vanum in der Hoffnung auf ein halbwegs normales Gespräch. Wiederum sprach der Ältere der beiden, welcher nach kurzem Schweigen erwiderte:

»Wenn es denn sein muss. Mein hochverehrter Bruder und ich kommen direkt aus einer Stadt, die vier Tagesreisen von Rom entfernt liegt. Diese vier Tage haben wir genutzt, um in Kontemplation zu verfallen und zu beten. Stört dies nicht zu leichtsinnig«, fügte der Kardinal hinzu und verengte seine Augen zu Schlitzen.

»Natürlich nicht, Eminenz. Ich frage mich nur, da ich gehört habe, dass vor wenigen Tagen ein neuer Heiliger Vater gewählt wurde, wie Ihr eine vier Tagesreise von Rom entfernt sein konntet, wo Ihr doch im Konklave zusammenkehren solltet?« Der Kardinal beäugte ihn scharfsinnig, sagte aber dann:

»Während des Konklaves im letzten Jahre musste unsere Heilige Wahl für einige Tage unterbrochen werden, da ein schreckliches Fieber die Stadt Rom und alle Bürger, einschließlich uns Kardinäle, heimsuchte. Viele unserer Brüder verloren ihr Leben und konnten nicht länger an der Wahl teilnehmen, wie auch wir. Möge Gott Ihrer Seelen gnädig sein«, sagte er und bekreuzigte sich, ebenso wie sein Bruder.

»Nun, manche der Gläubigen deuteten diesen Ausfall einiger Kardinäle als ein Zeichen dafür, bei der Wahl des neuen Papstes auf einem falschen Weg zu sein. Da aber für uns noch Hoffnung auf Heilung bestand, wurden wir in eine weit abgelegene Stadt gebracht, wo die besten Heiler des Landes uns behandelten. Diese konnten aufgrund der Seuche, nicht nach Rom eilen, also mussten wir die Heiler aufsuchen. Da wir die Heilung dank unseres Herrn erfuhren und ein neuer Heiliger Vater gewählt worden ist, eilen wir so schnell, wie uns die Pferde ziehen können, zurück nach Rom. Ich hoffe, Ihr seid mit meiner Antwort zufrieden und zeigt nun in unserer Gegenwart ein wenig Respekt und achtet die Stille.«

Bruder Vanum hatte keinerlei Absicht auf diese Beleidigung zu reagieren. Glaubte etwa dieser Kardinal, dass Bruder Vanum Mönch geworden war, aufgrund seiner Vorliebe für kratzige Kutten? Er wusste sehr wohl die Kontemplation zu achten und verfiel das eine oder andere Mal selbst darin. Für ihn stand fest, dass seine Lippen von jetzt an bis zu ihrer Ankunft in Rom versiegelt sein würden.

Bruder Solus‘ Schock saß tief. Der plötzliche und rasch eingetroffene Tod Bruder Magnus‘ hatte ihn tief berührt. Vor allem, da die Voraussage Eranas mit solch einer Präzision eingetroffen war, dass man an Hexerei glauben musste. Nicht einmal ein Begräbnis konnte er Bruder Magnus gewähren.

Kurz nach Bruder Magnus' Tod war Bruder Solus nämlich geflüchtet, in der Angst, man könnte ihm die Schuld an jenem Tod des Bruders geben. Nun war er auf der Straße, welche ihn von Patria entfernte. Bruder Vanums Spur hatte sich verloren und war nicht mehr ausfindig zu machen. Er konnte ebenso gut noch in der Stadt sein, als auch den Trubel für seine Zwecke genutzt haben. Einzig und allein Bruder Vanums Ziel war Bruder Solus bekannt. Dies schien er zumindest zu glauben. Somit konnte er nur hoffen, dass er Rom vor Bruder Vanum erreichen würde, um den Lateran vor dem bösartigen Mönch zu warnen. Bruder Solus' Scheitern würde vom Kloster sicherlich nicht erfreut aufgenommen werden. Dies wäre die größte Katastrophe, die das Kloster heimsuchen würde, seit der altehrwürdigen Gründung vor über einem Jahrtausend.

Und nun, da Bruder Solus weder Pferd noch Kutsche, noch Kraft in den Beinen hatte, um zu Fuß zu gehen, schien die Lage immer misslicher zu werden. Eine große und majestätisch aussehende Kutsche fuhr rüttelnd an ihm vorbei und in ihm kam der Gedanke auf, dass keine andere Möglichkeit bestand, als eine gute Seele zu bitten, ihn mitzunehmen. Auch wenn dafür möglicherweise wieder ein Gebot Gottes gebrochen werden musste, denn die Lügen, die er sich dann ausdenken musste, waren alles andere als gottgewollt. Der Herr würde es vergeben, sollte er die Probleme wahrnehmen, die der Verrat Bruder Vanums aufwarf.

Viele der Kutscher, die Bruder Solus ersuchte, ihn mitzunehmen, schenkten ihm keinerlei Beachtung. Vielmehr waren sie belustigt über die Hilflosigkeit des einzelnen Mönchs und fuhren rasch an ihm vorüber. Schließlich gelang es ihm aber einen Kutscher zu überreden, ihn so weit als möglich mitzunehmen.

Wie lange würde Bruder Vanums Versteckspiel noch andauern? Und wie lange würde es dauern, bis der Papst vor den Toren St. Caritums stand, um es zu zerstören?

Bruder Solus konnte nicht ahnen, dass die Verfolgungsjagd bald ein bitteres Ende nehmen würde.

Kapitel 44

Es waren inzwischen ganze drei Tage vergangen, seit Bruder Vanum die beiden Kardinäle aufgefordert hatte, ihn mitzunehmen. Die Zeit, die er in der Notwendigkeit mit den gottesfürchtigen Männern verbringen musste, war schrecklich. Die Behandlung, die er erfahren hatte, glich der eines Tieres nur zu gut. Während die Kardinäle und selbst der Kutscher vornehme Zimmer in Herbergen bewohnten, war es Bruder Vanum lediglich gestattet, in der kalten und zugigen Kutsche zu übernachten. Selbst dies sahen die Männer als Privileg an und waren zutiefst empört über die Tatsache, dass Bruder Vanum sich nicht zu bedanken schien.

Nach vier verbitterten Tagen, die auch Bruder Vanum in stiller Kontemplation verbrachte, da er schließlich einsehen musste, dass es unmöglich war, mit den Männern ein Gespräch zu führen, war die Heilige Stadt in Sicht. Die Brüder und der Kutscher waren an diesem Morgen früh aufgebrochen und hatten das Gasthaus noch vor Sonnenaufgang verlassen. Schon am Vorabend hatte der Kutscher verkündet, dass die Heilige Stadt nur noch eine Tagesreise entfernt sei und dies die letzte Rast sein würde. In Gedanken dankte Bruder Vanum dem Herrn und verwünschte die unfreundlichen Kardinäle.

Schon vor etlichen Jahren hatte Bruder Vanum gelernt, seine düsteren Gedanken niemals gegen autoritäre Personen zu offenbaren. Diese Menschen waren es, durch die man im Leben weiter kam und Vergünstigungen erhielt, seien sie auch noch so klein. Die Dunkelheit zog schon langsam wieder heran und färbte den Himmel gleichzeitig blutrot. Der Kutscher ließ seine gellende Stimme über die Straße hallen:

»Die Heilige Stadt, wir sind da, Eminenz.« Der ältere Kardinal streckte seinen plumpen Kopf aus dem Fenster und ein Lächeln glitt über sein altes Gesicht. Endlich! Nach Wochen und Monaten war er zurück in der Stadt, die er so liebte und in der ihr neuer Papst schon darauf wartete, sie zu empfangen. Natürlich konnte der Kardinal nicht wissen, dass der Papst gegenwärtig mit weitaus dringlicheren Angelegenheiten beschäftigt war.

In Bruder Vanums Kopf entzündete sich ein Leuchtfeuer der Hoffnung, welches sich seit den Tagen, in denen er eingekerkert war, nicht mehr entflammt hatte. Selbst in Freiheit war er nicht bereit gewesen, es wieder zu entzünden, aus Furcht wieder ein Gefangener des Klosters zu werden. Nun, da er in der Gesellschaft von zwei Kardinälen war und in eben ihrer Kutsche in die Heilige Stadt Rom fuhr, war es unwillkürlich wieder entbrannt.

Als sie das gigantische Tor zur Stadt durchfuhren, durchzuckte Bruder Vanum wilde Euphorie. Noch nie zuvor war er hier gewesen oder hatte Schätzen, Reliquien und Bauten wie dem *Castel Sant'Angelo*[24] so nahe sein dürfen. Vor allem aber versetzte ihn die überaus große Nähe zum Heiligen Vater in Aufregung. So wie jene Distanz schwand, würde aber auch seine Lebenskraft schwinden, sollte der Papst ihm keinerlei Gehör schenken. Bruder Vanum konnte schon das arrogante und grinsende Gesicht des Kardinals vor sich sehen, sollte sich sein Verlangen, Bruder Vanum in den Kerker zu werfen, bestätigen. Der Kardinal fragte sich sicherlich, was so wichtig war, dass sich ein Fremder das Recht herausnahm, den Primas selbst auf seiner Seite zu glauben.

Auch Bruder Vanum streckte nun seinen schmalen Kopf aus dem Fenster, um die erste römische Luft zu schnuppern. Die Stadt unterschied sich in wesentlichster Form von jenen Städten, die Bruder Vanum bereits besucht hatte. Die Häuser und Straßen waren weitaus breiter und massiver gebaut und auch wenn der Winter die Sicht auf vielerlei Dinge versperrte und mit der Dämmerung auch wieder die ersten Schneeflocken vom Himmel fielen, war Bruder Vanum doch mehr als angetan von Rom. Die Kontrollen der Wachen schienen hier noch intensiver durchgeführt zu werden und scharfe Blicke wurden von den Wachmännern all jenen zugeworfen, die auch nur die Stimme erhoben, um eine leise Beschwerde kund zu tun. Selbst die Pferde und Hunde schienen hier von edlerem Geblüt als die der Stadt Patria. Schemenhafte Umrisse ließen unter einer beachtlichen Masse Schnee an jeder Ecke eine Kapelle oder gar eine Kirche vermuten. Ja, dieser Ort wurde wahrlich von Gott bewohnt. Zwar war es Bruder Vanums Verlangen, zuerst einmal sicherzustellen, dass das Kloster und damit die Gotteslästereien ein Ende fanden. Danach jedoch,

---

[24] Engelsburg

hatte Bruder Vanum sich einmal die Gunst des Papstes gesichert, konnte er es sich sehr gut vorstellen, hier zu leben. Vielleicht würde der Papst Verwendung für ihn finden. Jetzt war es allerdings erst einmal an der Zeit, sein eigenes Leben zu sichern und dem Papst einen Vorschlag zu unterbreiten. Ein Vorschlag, der in Bruder Vanums Lage mehr als riskant war, doch die Aussprache mit dem Papst würde kommen. Selbst wenn Bruder Vanum seine Meinung änderte, der nachtragende Kardinal würde das Versprechen Bruder Vanums nicht vergessen.

Bruder Solus war es nicht gewohnt, Niederlagen zu vergessen, sie zu ignorieren oder untätig zu bleiben. Diese Fähigkeit, seine Hartnäckigkeit und sein Wissen, was geschehen würde, wenn Bruder Vanum den Papst informieren würde, ließen ihn die Tagesreisen zur Stadt Rom in kürzester Zeit zurücklegen. Er hatte kaum geschlafen, immer und immer wieder die Kutsche gewechselt. Außerdem war er zu Fuß unterwegs gewesen, wenn er kein geeignetes Transportmittel gefunden hatte. Nun, da die Stadt Rom nur noch Stunden entfernt war, kam das berauschende Gefühl des Triumphs zwar stärker denn je in ihm auf, doch Bruder Magnus Tod lastete gleichzeitig noch immer auf ihm und dämpfte seine Euphorie.

Vergiss die Toten nicht! Sie sind es, die dir in der größten Not am nächsten sein werden. So lautete ein altes Sprichwort und auf der ganzen Reise gab es wohl niemanden, an den Bruder Solus häufiger gedacht hatte als an seinen verstorbenen Bruder. Nun, da Bruder Magnus den Tod gefunden hatte, war Bruder Solus sich sicher, dass auch Bruder Ferire Bruder Vanums Wahnsinn unterlegen gewesen war und bei seinem Vater weilte. Die Trauer des Mönchs überschattete aber nicht seine Kraft, die er aus dem Schicksal seinen beiden Brüdern schöpfte. Er würde Rom erreichen. Er würde den Papst vor Bruder Vanum aufsuchen und … Doch Bruder Solus hatte während der Reise ebenso oft einen Gedanken, den er nicht wagte auszusprechen. Der Gebrauch von Lügen war, so entschied Bruder Solus kurzerhand, notwendig und gottgewollt, sollte etwas derart Wichtiges auf dem Spiel stehen wie die Liebe. Zum Schutz von St. Caritum war er sogar bereit, den Papst zu belügen.

Er war sich sicher, das Richtige zu tun. Bruder Vanum musste aufgehalten werden, koste es was es wolle, das waren die Worte Bruder Martins gewesen. Als er erneut einem herzensguten Kutscher begegnete, der ihn mit nach Rom nehmen wollte, fühlte sich Bruder Solus in seinem Vorhaben bestärkt und fuhr mit neuem Mute gestärkt die letzte Wegstrecke an sein Ziel weiter. Gemäß der glücklichen Lebenseinstellung, die man ihm in dem Kloster beigebracht hatte: *Dum spiro spero.*[25]

[25] Solange ich amte, hoffe ich.

Kapitel 45

Papst Nikolaus IV. war bestürzt. War sein Erfolg, zum Papst gewählt worden zu sein, nur ein verstecktes Scheitern gewesen? Waren all seine Bemühungen, die Gelder für die erkauften Kardinäle, seine Versuche, sich zum Papst krönen zu lassen, nun vollkommen irrelevant, da die Suche nach dem größten Geheimnis der Kirche nun an dieser Stelle ein Ende fand? Carlos Fund, die Schriftrolle des Bischofs Pontianus, wurde von ihnen auf Spuren, Hinweise und versteckte Rätsel untersucht. Nun, da sie sich eingestehen mussten, dass die Schriftrolle nichts preisgab, was nicht schon längst bekannt war, wurden auch die päpstlichen Berater mit der Rolle vertraut gemacht, natürlich nur jene, bei denen der Papst sicher gehen konnte, dass sie Stillschweigen bewahren würden oder von denen er wusste, dass ein Verschwinden ihrerseits nicht auffallen würde.

Die Ratlosigkeit des Papstes schien sich in den Hallen und Gängen des Laterans auszubreiten wie eine unaufhaltsame Seuche. Viele seiner Diener mussten wohl bemerkt haben, dass der Papst seit Tagen nicht mehr in der Lage, war Geschäfte abzuwickeln, Gläubige zu empfangen oder auch nur seine Mahlzeiten regelmäßig einzunehmen. Noch zu sehr lastete die Trauer der Ohnmacht auf ihm. Natürlich wurde die *spelunca sub palatio* von ihm noch am selben Tag, an dem Carlo die Schriftrolle durch Zufall und Gottes Hand gefunden hatte, gründlich durchsucht und sogar auf geheime Verstecke überprüft. Wider allen Erwartungen war nichts zum Vorschein gekommen, was eine Auflösung des Falles beschleunigt oder auch nur einen Hinweis geliefert hätte.

Nicht einmal seine Macht und sein Einfluss konnten seine Stimmung aufheitern, nichts und niemand vermochte dies in diesem Moment, so glaubte er zumindest. Was nützten ihm jetzt noch die Tiara, seine liturgischen Gewänder und all seine Macht, wenn das Geheimnis für immer ein Mythos bleiben würde? Carlo hatte ihm am Vorabend geraten, die Vermutungen, die sie hegten und die Franziskus von Assisi zu seiner Zeit aufgestellt hatte, auch ohne Beweise und ohne die Gewissheit des Glaubens öffentlich zu machen. Davon wollte Girolamo nichts wissen. Lieber würde er schweigen, schweigen, wie Dutzende seiner Vorgänger es getan hatten. Schweigen und darauf hoffen, dass in naher oder ferner Zukunft ein Papst mit reinem Herzen das Glück erhalten möge, den Mythos zu einer Tatsache zu machen. In den Briefen, die Papst Nikolaus IV. seinen Nachfolgern hinterlassen würde, würde stehen, dass er sich seit seiner Verpflichtung als Papst, immer und immer wieder um die Aufklärung dieses Geheimnisses gekümmert hatte. Er würde nicht als untätig, wie all seine Vorgänger dastehen und das Bildnis der Kirche noch weiter beschmutzen.

Lieber würde er sterben, als die Kirche zu verraten.

Alessandro war stolz darauf, einer der Würdenträger des Laterans und ein Diener des Papstes zu sein. Es zählte zu den größten Ehren und Auszeichnungen, die man in Rom erhalten konnte, wenn man in den Lateranpalast berufen wurde, um am Hofe des Papstes zu dienen. Alessandro erfüllte nicht nur seine ganze Familie mit Stolz, sondern erledigte auch im Lateran seine Pflicht, um dem Wohlergehen des Papstes nichts im Wege stehen zu lassen. Dies war das oberste Gebot, welches schon am ersten Tage jedem neuen Diener auferlegt worden war: *Diene und schütze dem Papst, auf dass es ihm an nichts mangele.*

Vor allem in diesen Tagen war der Machtwechsel im Palast deutlich zu erkennen, wie immer, wenn ein neuer Pontifex gewählt worden war und die Dienerschaft sich neu orientieren musste. Doch noch etwas anderes schwebte unsichtbar, verborgen und geheimnisumwittert in den Gängen des Palastes herum. Niemand ahnte, was es sein konnte und allein eine kritische Mutmaßung über die Arbeit des Papstes auszusprechen, konnte ein Grund für den sicheren Tod sein. Nur ein kurzer Messerstich der Wachen, wenn man alleine und zu später Stunde in den Gängen umherwanderte … Das Verschwinden der Leiche stellte ebenfalls kein Problem dar. Die Abwasserkanäle der Stadt Rom waren endlos und spülten jeden Körper, eine menschliche Erinnerung an jede Existenz hinfort. Der Papst konnte nicht verhindern, dass sich viele ihre ganz eigene Geschichte erfanden, was den Obersten Bischof beschäftigte. Die Wahrheit, das schien Alessandro zu ahnen, war so unglaublich, dass niemand jemals daran dachte, dies in Erwägung zu ziehen.

Der Dienst an der Eingangspforte des Palastes war unter den Dienern unbeliebt. Vor allem zu Zeiten eines so schroffen Winters, wie er gerade im ganzen Land herrschte, war die Arbeit ermüdend und kalt. Nicht selten raffte ein schweres Fieber vereinzelte Diener hinweg, da sie zu lange an der Tür hatten arbeiten müssen. Zwar waren links und rechts zu seiner Seite Wachen postiert worden, doch diesen gewaltbereiten Männern schien der Winter nichts anhaben zu können.

Am heutigen Tage war das Betreten des Palastes für alle verboten worden. Der Papst hatte dies ausdrücklich befohlen. An diesen Tagen war es daher auch nicht nötig, jemanden an der Tür aufzustellen, man verriegelte sie einfach. Ein Bote hatte allerdings angekündigt, dass ausgerechnet heute zwei hochrangige Kardinäle anreisen würden, die das Konklave wegen einer schweren Krankheit hatten unterbrechen müssen und in eine andere Stadt verlegt worden waren. Die Ankunft der Kardinäle war ungewiss, darum war ein Diener des Papstes an der Eingangstür unverzichtbar – den ganzen Tag.

Der Abend nahte bereits, als eine große Kutsche das lange Pflaster entlangrollte. Alessandro hatte bereits in Gedanken heftig protestieren wollen, da entgegen der Ankündigung bisher niemand eingetroffen war und er den ganzen Tag lediglich die Schneeflocken beobachtet hatte. Als die große und schwarze Kutsche vor den Toren des Laterans schließlich ruckelnd zum Stehen kam, sprang der Kutscher missmutig von seinem Kutschbock herab, warf den Wachen und Alessandro einen griesgrämigen Blick zu und stapfte langsam um den Wagen herum.

Als er die Tür der Kutsche öffnete, entstieg ihr ein älterer, etwas kleinerer Kardinal. Jeder der Stadt Rom hätte einen Kardinal sofort als solchen erkannt. Die purpurnen Gewänder, reich verzierte Ringe und Schmuck sowie die unverwechselbaren Hüte waren das Zeichen von Macht und Einfluss. Das Wort eines Kardinals war beinahe so gefürchtet wie das des Papstes. Ein zweiter Kardinal stieg aus der Kutsche und schaute sich, die Nase rümpfend, auf der Straße um. Zwar war der Papst erst wenige Tage in seinem Amt, doch noch immer zog es Gläubige zum Lateranpalast, um ihm zu huldigen. Als Alessandro gerade auf die beiden Kardinäle zueilen wollte, stieg zu seiner größten Verwunderung noch ein anderer Mann aus der Kutsche.

Der erkennbare Unterschied von Kardinal und Mönch hätte nicht größer sein können. Der Mönch war mit einem schlichten Gewand bekleidet, welches mit einem Strick zusammengehalten wurde. Ebenso verriet der typische Mönchshaarschnitt seine ursprüngliche Herkunft.

»Kardinal Hugh of Evesham, Kardinal Gervais Jeancolet de Clinchamp, wie sehr ich mich freue, Euch im Lateran erneut willkommen heißen zu dürfen. Der Heilige Vater erwartet Euch schon sehnsüchtig. Es ist ihm ein inniges Bedürfnis, sich für die Unterstützung Eurerseits bei seiner Wahl zu bedanken, auch wenn Ihr die Wahl nicht vollkommen beenden konntet. Ich hoffe, es hat sich zugunsten Eures Wohlergehens ausgewirkt.«

Kardinal Hugh of Evesham atmete schwer ein und stieß die Luft dann wieder aus, als könne er das Gerede eines Dieners des Papstes nicht ertragen. Dann setzte er eine blasierte Miene auf und sprach mit leiernder Stimme:

»Ich weiß Euren Empfang durchaus zu schätzen, doch wir haben eine lange Reise hinter uns und würden es vorziehen, nachdem wir den Heiligen Vater begrüßt haben, unsere Quartiere aufzusuchen.« Alessandro hatte eines gelernt, seitdem er an dem päpstlichen Hofe arbeitete: Widerspreche niemals einem höhergestellten Mann. Dieser Kardinal konnte ihn mit einem Blick hinter Gitter bringen oder ihn gar töten lassen. Beides empfand Alessandro als grausam und er beschloss, sich dem Gefühlsausbruch des Kardinals anzupassen.

»Natürlich, ich verstehe. Wenn Ihr mir bitte folgen würdet, ich bringe Euch zum Heiligen Vater.« Alessandro führte die Kardinäle die Treppe hinauf und öffnete die Tür. Hinter ihnen stieg der Mönch die Treppe hinauf und machte einen unbeholfenen Eindruck. Da die Kardinäle den Mann nicht vorgestellt hatten, war es auch nicht Alessandros Pflicht, ihn zu beachten oder etwas für ihn zu tun und dennoch machten die Kardinäle keine Anstalten, zu protestieren, als der Mönch mit ihnen den Lateran betrat.

Kapitel 46

Als Artur am folgenden Abend den Unterricht Meister Callidus‘ verließ, war er keineswegs mit den Gedanken bei ihrem eigentlichen Thema: Die Gründung der Kirche durch den Apostel Petrus.

Vielmehr beschäftigte ihn die Frage nach etwas ganz anderem, nach etwas, das ihm fast als gleichgroße Plage erschien, als es die Morde im letzten Jahr gewesen waren. Die Unwissenheit über das Rätsel brachte ihm neben Kopfzerbrechen auch noch die Ungeduld des alten Meisters mit ein, da dieser zwar bis tief in die Nacht das Rätsel zu lüften versucht hatte, aber immer noch den Unterricht mit Artur wichtiger fand. Dieses Problem war nicht das schwerwiegendste, welches das Kloster beschäftigte. Bruder Vanums Flucht war die eigentliche Last, die das gesamten Kloster erdrückte, da viele der Brüder nicht in das Rätsel und dessen Existenz eingeweiht waren. Lediglich Bruder Martin hatte den Meister in den vergangenen Tagen häufiger in seinem Turmzimmer besucht, um bei der Lösung des Rätsels behilflich zu sein.

Zwar war Meister Callidus sich sicher, dass das Rätsel in Abschnitte zu unterteilen war und jeder Abschnitt einen Hinweis auf etwas enthielt, aber dies war nicht das Problem. Nicht einmal Meister Callidus oder Bruder Martin hatten bislang eine Zeile des Mythos gelöst oder sie in etwas einordnen können, was eine ansatzweise Lösung versprach. Als Artur die steile Wendeltreppe hinabstieg, sprach er noch einmal leise das Rätsel vor sich hin, welches er inzwischen auswendig aufzusagen vermochte:

Im Werkzeug der Christenheit liegt es verborgen,
der Satz, das Wort, mit dem die Kirche Anfang nahm,
noch immer ist der falsche Stein im kleinsten Gotteshaus begraben,
nur der Erbauer trägt die Wahrheit im Herzen, wie St. Caritum es tut.

Nun, da sie ein Rätsel in solch reiner Form vor sich hatten, schien es beinahe unmöglich, nicht zur Lösung zu gelangen. Artur erinnerte sich noch einmal zurück an die Anfänge des Rätsels, an jenes verheißungsvolle Bild, welches den Gründer des Klosters gezeigt hatte. Von der Bibel über verschlüsselte Symbole waren sie nun zu diesen Zeilen gelangt. Diese einfachen Zeilen schienen jedoch das größte und erstaunlichste Problem darzustellen.

Im Werkzeug der Christenheit liegt es verborgen.

Was lag wo verborgen? Diese Frage beschäftigte Artur seit Tagen, denn er war sich sicher, dass man Zeile für Zeile lösen musste, um auf die Bedeutung der anderen Worte zu kommen. Wessen Rätsel? Wessen Lösung? Und welches Werkzeug? Es gab so vieles, was unklar war und nicht eindeutig in eine Richtung wies.

Der Schneesturm hatte zwar nachgelassen, doch noch immer vermochte der Himmel sich nicht entscheiden, ob er eine erneute Eiszeit oder den lange und sehnsüchtig erwarteten Frühling schicken sollte. Letzteres könnte sicherlich auch die Aufspürung Bruder Vanums beschleunigen. Artur konnte trotz seiner Begeisterung für das Rätsel nicht verhehlen, dass sich ein unangenehmes Gefühl der Angst in ihm ausbreitete. Nicht nur um das Wohlergehen der Verfolger machte er sich nun Gedanken. Nein, auch über das, was geschehen würde, wenn Bruder Vanum bis nach Rom durchdringen und den Papst über ihre angebliche Gotteslästerei berichten würde, musste er Tag und Nacht nachdenken. Artur konnte nicht wissen, dass ihm dieser Gedanke noch viel zu wenig Angst bereitete, als er eigentlich sollte, denn Bruder Vanum war nicht einmal mehr wenige Fuße vom Heiligen Vater entfernt und dies sogar in Gesellschaft zweier hochrangiger Kardinäle.

Artur erinnerte sich an einen weiteren Ausspruch Meister Callidus', der seine Angst ein wenig einzudämmen schien: *Quid sit futurum cras, fuge quaerere.*[26]

Als Artur schließlich auf dem langen und dunklen Korridor unterhalb des hohen Turmes war, verspürte er ein Hungergefühl, welches ihn veranlasste, wieder einmal das Refektorium aufzusuchen und nach etwas

---

[26] Was morgen sein wird, frage nicht.

Essbarem zu suchen. Viele Mönche hatten heute ihre Arbeit unterbrochen. Viele waren gekommen und hatten gemeinsam mit Artur das Gebet der Dankbarkeit aufgrund der Mahlzeiten gesprochen und es sich nicht nehmen lassen, nach Arturs Wohlergehen zu fragen. Oft war der junge Abt in den vergangenen Tagen nicht zu sehen gewesen, denn zwischen Schlaf, Unterricht und dem Rätseln über das Geheimnis waren Artur oftmals nur wenige freie Momente geblieben. Cito, der Straßenjunge aus Patria, hatte neben Artur Platz genommen und war offenbar tief in Gedanken, als Artur ihn ansprach:

»Ich hoffe, du genießt deine Zeit im Kloster?« Cito schreckte auf, blickte um sich und als er bemerkte, wer ihn angesprochen hatte, erhellte sich seine Miene.

»Ja, vielen Dank. Ich bin mir immer noch nicht sicher, warum Ihr mich an jenem Tage aus dem Sumpf der Stadt herausgeholt habt. Ich weiß nicht, ob ich dieses Schicksal, nach all dem, was ich getan habe, verdiene.«

»Du wirst von mir nicht aufgefordert werden, deine Taten zu rechtfertigen und auch vor Gott wirst du nicht aufgefordert zu begründen, warum du in einer solchen Weise gelebt hast. Die Menschen der Stadt haben dich zu dem gemacht, was du bist. Es war nicht dein Selbstverschulden und ich denke, der Herr hat dein Schicksal mit großer Sorgfalt gewählt. Nun danke es ihm, indem du fleißig lernst und den Unterricht mit dem Meister annimmst«, sagte Artur väterlich und dachte an sein eigenes Unterrichtsverhalten in letzter Zeit. Cito strahlte.

»Ich danke dir, auch ich bin überzeugt davon, dass der Herr mir Kraft gegeben hat und natürlich halte ich es noch immer für einen Traum, das Privileg der Bildung zu erhalten.« Zwar hatte Cito nur alle paar Tage die Begünstigung, an einer Lehrstunde teilzunehmen, denn Arturs Vorrecht als nächster Abt des Klosters wurde als weitaus wichtiger angesehen, aber Meister Callidus ließ sich des Öfteren lobend über den Jungen aus. Die Tatsache, dass Cito die Dinge in einer derart nüchternen Weise betrachtete und offensichtlich auch noch ein barmherziger Mensch war, ließ ihn ideal erscheinen, um an Arturs Seite über das Kloster zu herrschen. Da der Hohe Rat im letzten Jahr durch die Gräueltaten Arturs Mutter vollkommen ausgerottet worden war, war nun ein Übergangsrat gebildet worden, an dem lediglich Mönche beteiligt waren, die Artur weniger nahe standen.

»Ich hoffe«, meldete sich Cito wieder zu Wort, »dass auch dein Wohlbefinden nicht unter den Umständen der Flucht Bruder Vanums gelitten hat«, und an seiner Wortwahl ließ sich die ausgezeichnete Arbeit des Meisters vermerken.

»Nein … nein, darunter leide ich nicht … noch nicht. Aber ich habe etwas anderes, das …«

»Meinst du das Bild?«, fragte Cito aufgeregt und es schien, als hatte er das ganze Gespräch über nur darauf gewartet, danach fragen zu können.

»Woher weißt du davon?«, fragte Artur und senkte seine Stimme.

»Ich hatte geglaubt, dass außer Meister Callidus und Bruder Martin niemand anderes davon Kenntnis hat.« Cito stieg eine leichte Röte ins Gesicht. Offenbar hatte er nicht erwartet, dass dieses Thema Artur in eine solch prekäre Lage versetzten würde.

»Nun«, stammelte Cito und suchte nach geeigneten Worten, »ich habe gehört, wie Bruder Clarens mit einem anderen Bruder über ein sonderbares Bild gesprochen hat, welches du, seiner Aussage nach, aus dem Kellergewölbe hervorgebracht hast.« Artur lehnte sich in seinem hohen Lehnstuhl zurück und runzelte die Stirn.

»Ist etwas nicht in Ordnung?«, fragte Cito entschuldigend und blickte Artur besorgt an.

»Nein, nein, es ist nichts. Ich war nur der festen Überzeugung, dass niemand etwas davon erfahren hat, aber nun, da du es sagst, ist es meine Schuld, dass dieses Gerücht kursiert.« Citos Miene entspannte sich schlagartig und er fragte, nachdem er laut ausgeatmet hatte: »Aber birgt dieses Gemälde nicht etwas dermaßen Wichtiges, dass die Mönche ein Recht darauf haben, es zu erfahren?«

»Nein, es ist sicherlich nicht so, dass es gefährlich ist, doch der Meister möchte offenbar nicht, dass zu viel Aufsehen um einen Mythos gemacht wird, welcher vielleicht nicht einmal existiert und von dem wir nicht wissen, was er tatsächlich enthält«, schloss Artur. Nun, da er darüber nachdachte, verwunderte es ihn selbst ein wenig, dass die Brüder noch nicht über den seltsamen Fund informiert worden waren. Doch etwas hatte Artur in dem Kloster gelernt: Etwas Unausgesprochenes erreichte die

Runde der Mönche ebenso schnell, wie eine kundgegebene Mitteilung. Artur wurde nun von der Müdigkeit übermannt und beschloss, an diesem Abend früher als gewöhnlich das Bett aufzusuchen.

»Ich wünsche dir eine gute Nacht«, flüsterte Artur Cito zu, der kurz nickte und sich dann wieder seinem Speck zuwandte.

Zu diesem Zeitpunkt konnte Artur noch nicht wissen, dass er bereits in dieser Nacht die erste Zeile des Rätsels lösen würde.

Kapitel 47

Bruder Solus' Wunsch, abseits des Lateranpalastes aus der Kutsche zu steigen, wurde berücksichtigt. Da der Kutscher ohnehin nicht zum Lateran fuhr, wurde Bruder Solus an einer nahe gelegenen Kapelle abgesetzt, die den bescheidenen Namen *sacellum iustitiae*[27] trug. Trotz der abendlichen Stunde waren viele der Bürger Roms noch auf den Straßen. Die Erleichterung, ein neues Oberhaupt der Kirche gefunden zu haben, breitete sich in den alten Straßen seit Tagen aus wie der Schnee, der die Steine bedeckte. Neben der Freude waren aber auch Argwohn, Skepsis und Unwissenheit anzutreffen. Als Bruder Solus an einem Bettlerpaar vorbeikam, konnte er einige Gesprächsfetzen aufschnappen:

» … Papst bereitet etwas Sorge, so behauptet die Dienerschaft …«
Bruder Solus bekreuzigte sich. Wenn es eine Stadt gab, in der Geheimniskrämerei oder Spekulationen derart eng beieinanderlagen, dann war es die Heilige Stadt. Er konnte nur hoffen, dass die Sorgen Seiner Heiligkeit nichts mit den Vorkommnissen in dem Kloster zu tun hatten und das Bruder Vanum noch nicht in Rom angekommen war.

Schon wurde er an sein nächstes Problem erinnert, welches es zu lösen galt. Der Mönch bog um eine Hausecke und warf beunruhigte Blicke über seine Schultern. Zwar waren die Straßen noch belebt, doch Diebe, Räuber und Verbrecher kannten sich in ihrer Stadt besser aus als Bruder Solus und er würde bei einem Überfall keine Chance haben, sie zu verfolgen. Die Wachen, soviel hatte er bei seiner Reise nach Rom herausfinden können, waren weder kooperativ noch zeigten sie Mitgefühl oder Einsicht in Hinblick auf das einfache Volk.

Als er die Hauptstraße erreichte, hatte die Dunkelheit die Heilige Stadt vollkommen verschluckt. Zwar ragte der Lateran mit seinen hohen Mauern, prächtigen Bauten und Türmen in den Himmel und Bruder Solus konnte von Weitem einen ersten Blick auf das Hause des Stellvertreters Christi erhaschen, doch erschien ihm das Weitergehen mehr als fragwür-

---

[27] Kleine Kapelle der Gerechtigkeit.

dig. Es war nicht ratsam, in der Dunkelheit weiterzulaufen und zu riskieren, dass er den folgenden Sonnenaufgang nicht mehr erleben würde.

Es war besser, ein Gasthaus aufzusuchen und den Fußmarsch zum Lateran am morgigen Tag fortzusetzen.

Das Gasthaus »Zur Pferdetränke« war angenehm warm, als Bruder Solus es betrat und sofort schlug ihm der Geruch von gebratenem Fleisch und Suppe ins Gesicht. Angesichts der Tatsache, dass er sich seit mehreren Tagen nur spärlich ernährt hatte, erschien ihm die Rast in einem Gasthaus angemessen. Er war sich zudem sicher, dass der Papst zu dieser späten Stunde niemanden mehr empfangen würde.

Selbst wenn Bruder Vanum in der Stadt war, würde er dennoch morgen den Palast aufsuchen müssen. Als die dickliche Wirtin des Hauses an seinen Tisch kam, bestellte Bruder Solus sogleich einen großen Teller Eintopf. Obwohl das Wirtshaus voll mit etlichen Menschen war, konnte er es sich nicht verkneifen, mit gierigem Blick hinzuzufügen, dass es bitte sehr schnell gehen solle.

Die Wirtin zwinkerte ihm heiter zu und servierte ihm Augenblicke später die große und dampfende Schüssel des Eintopfs, mit einem halben Laib Brot. Bruder Solus begann sogleich mit seinem Mahl und rief der Wirtin noch hinterher, ob denn auch ein Zimmer für die Nacht frei wäre.

»Natürlich«, sagte sie mit einer weiblicheren Stimme, als er es erwartet hätte. »Seid Ihr auf der Durchreise, Bruder?«, fragte sie und setzte sich für einen Moment an seinen Tisch. Bruder Solus verschluckte sich und konnte sich erst wieder beruhigen, als die Wirtin ihm unsanft auf den Rücken klopfte.

»Es … geht schon wieder«, prustete Bruder Solus und blickte die Wirtin mit Tränen in den Augen an.

»Und nein«, sagte Bruder Solus, »um auf Eure Frage zurückzukommen. Ich bin gekommen, um die wunderschönen Kapellen in Rom zu besichtigen. Mein Orden sandte viele meiner Brüder aus, um die Kapellen in den umliegenden Gegenden zu besuchen, da auch wir gewillt sind, ein Denkmal Gottes zu errichten. Die Gnade Gottes verschlug mich nach Rom«, sprach Bruder Solus glückselig.

»Ich verstehe«, sagte die Wirtin. »Nun, wenn Ihr wollt kann ich Euch gerne einige Kapellen, die die prachtvolle Seite Roms besonders widerspiegeln, nennen.«

»Es wäre mir eine Freude und ein Vergnügen«, antwortete Bruder Solus und nickte der Wirtin dankend zu.

»Aber ich bin sicher, dass es in der heutigen Zeit nicht nur prachtvolle Seiten Roms gibt«, sagte Bruder Solus weise lächelnd, bemüht, nicht allzu neugierig zu klingen.

»Wem sagt Ihr das«, seufzte die Wirtin.

»Allein in den vergangenen Tagen wurden vier Leichen in der Umgebung gefunden und die Bürger melden vermehrt Diebstähle und Überfälle, trotz der patroulierenden Wachen des neuen Bischofs von Rom. Auch im Lateran ballen sich Gerüchte über eine Verstimmung des Papstes.«

»Ja«, hauchte Bruder Solus und senkte nun seine Stimme.

»Auf der Straße munkelte man, der Papst sei nach seinem Sieg nicht gerade freudig überrascht oder gar gewillt, sich länger als notwendig dem Volke zu zeigen. Höchst eigenartig, findet Ihr nicht?«

»Nun, jeder unserer Pontifizes hatte seine … Eigenheiten«, entgegnete die Wirtin, wohl höchst erstaunt darüber, wie ein Mönch sich anmaßte, ein derartiges Thema anzuschneiden. Bruder Solus' Gedanken schweiften kurz ab, dann entschloss er sich zu einer erheblich risikoreichen Frage:

»In den nächsten Tagen werde ich gezwungen sein, den Lateran aufzusuchen, aufgrund einer Angelegenheit von allergrößter Wichtigkeit. Der Papst selbst muss davon erfahren. Ihr wisst nicht, wie ich es ermöglichen könnte, die Chancen auf Zutritt zum Kirchenfürsten zu erhöhen?«, fragte er scheinheilig. Die Wirtin machte ein noch verdutzteres Gesicht als zuvor. Doch dann fragte sie in einem Ton, der Spott und Mitleid enthielt:

»Ihr beliebt zu scherzen?«

»Nicht dass ich wüsste«, sprach Bruder Solus und blickte der Wirtin verheißungsvoll in die Augen.

»Ich bin eine Wirtin, Bruder, nicht die Mutter seiner Heiligkeit.« Nach kurzem Zögern sagte die Wirtin aber schließlich: »Man sagt, unser amtierender Papst wäre besessen.« Bruder Solus blickte erschrocken auf und wandte sich von seiner Suppe ab. »Nicht was Ihr denkt«, fügte die Wirtin schnell hinzu. »Er wird nicht vom Teufel besessen, aber man sagt sich, dass die Mittel, durch die er zum Papst aufstieg, nicht legitimer waren als die eines Taschendiebs. Ein Einbruch kommt selbstverständlich nicht infrage. In das Hause Gottes wäre ein Einbruch nicht nur sündhaft, sondern würde auch zu Eurem schnellen Tode führen. Doch man sagt, dass der Papst besessen sei von der Idee, die Kirche zu reformieren und ketzerische Orden und blasphemistische Organisationen zu verbannen, um der Reinheit der Kirche Willen.« Bruder Solus lief es eiskalt den Rücken hinab. Konnte diese Frau wissen, dass er eben einem solchen Orden angehörte? Doch sie sprach weiter: »Sorgt dafür, dass der Papst erfährt, dass Ihr Informationen über eine ketzerische Gruppierung besitzt. Ich bin sicher, er wird es sich nicht nehmen lassen, jemanden zu empfangen, der ihm bei der Reinigung seiner Kirche behilflich sein kann«, sagte die Wirtin und nickte. »Ich werde veranlassen, dass Euch ein Zimmer bereitgestellt wird«, schloss sie dann, als hätte die eben geführte Unterhaltung nie stattgefunden und fügte hinzu: »Wenn Ihr noch Hilfe bei Eurer Suche nach Kapellen benötigt, wisst Ihr, wo Ihr mich finden könnt.«

»Herzlichen Dank, das ist sehr freundlich von Euch, aber ich werde morgen in aller Frühe aufbrechen und es wäre mir recht, das Zimmer schon heute Abend bezahlen zu können.«

»Selbstverständlich, sucht mich auf, bevor Ihr schlafen geht. Ich bleibe sicherlich noch einige Stunden wach«, sagte sie finster und blickte in eine Ecke des Wirtshauses, wo große und offensichtlich raufsüchtige Männer gerade angefangen hatten, ihre Wut in Wein zu ertränken.

Kapitel 48

Girolamos Stimmung schien sich keineswegs zu bessern, als er die Nachricht erhielt, dass die Kardinäle Kardinal Gervais Jeancolet de Clinchamp und Hugh of Evesham im Palast angekommen seien. Zwar empfand er es als große Erleichterung, sich in seine Gemächer zurückziehen zu können, doch gab es einen besseren Ort für einen päpstlichen Empfang als diese prunkvolle Halle des Lateranpalastes? Da die Dunkelheit auch vor dem Lateran nicht Halt gemacht hatte, wurden Fackeln und Kerzen in der großen Halle entzündet. Die liturgischen Gewänder waren schöner, als es für viele Päpste gut gewesen war. Die Tiara lastete schwer auf seinem Haupt und erinnerte ihn allgegenwärtig an die schwere Bürde, die er zu tragen hatte. Die Ferula mit dem bläulichen Stein und dem vergoldeten Kreuz an der Spitze schimmerte im Kerzenschein und warf den Umriss des Kreuzes auf den Boden.

All dies, vereint mit einer Person und der Kathedra, dem päpstlichen Thron, verhalf Girolamo zu einem neuen, flackernden Gefühl der Zuversicht. Der Herr würde ihn nicht vollkommen verlassen. Nein, so weit würde es nicht kommen lassen. Er war nicht zum Pontifex ausgerufen worden, um als Taugenichts der Kirche zu fungieren.

Und doch richtete Girolamo noch immer seine ganze Kraft auf den Mythos, der noch immer seine ganzen Gedanken in Anspruch nahm.

Die Tür des Palastes wurde weit aufgestoßen und Alessandro glitt in die Halle hinein, gefolgt von den zwei Kardinälen und dem unscheinbaren Mönch, der mit seinen verschmutzten Kleidern diese Hallen und vor allem den Pontifex entehrt hätte. Um dies zu vermeiden, hatte Kardinal Gervais Jeancolet de Clinchamp darauf bestanden, dass man ihm ein einfaches, schwarzes Gewand gab, mit dem er vor den Papst treten konnte. Es war nicht annähernd so prachtvoll wie das der Kardinäle, aber in den verdreckten Lumpen, welche, dieser Mann vorhin am Leib getragen hatte, wäre es unmöglich gewesen, ihn zum Papst vorzulassen. Obwohl er schon unter der Führung des Papstes Honorius IV. für den Lateran gearbeitet hatte, war Alessandro noch immer tief beeindruckt von den Räumlichkeiten des Laterans. Die Halle, das wusste Alessandro nur zu gut, war einzig und allein für den Zweck gebaut worden, diplomatische Gegner und große Kämpfer schon allein mit ihrem Anblick zu beeindrucken.

Anmutig schritt Alessandro mit seinen Gästen auf den Papst zu. Der Weg bis zum Heiligsten aller Väter schien kein Ende zu nehmen.

Bruder Vanum wurde nervös. Ehrfürchtig blickte er sich in der Halle um, beobachtete jeden Winkel und konnte nicht glauben, dass er gleich dem leibhaftigen Papst gegenüberstehen würde.

Nur die Ruhe sagte sich Bruder Vanum und erinnerte sich daran, dass seine größte Stärke, mit Worten zu spielen, hier auch gleichzeitig seine größte Schwäche werden konnte. Dem Mann, dem er sogleich ein Angebot unterbreiten würde, was über Leben und Tod, über die Reinheit der Kirche entscheiden würde, konnte mit einem Augenzucken abgelehnt werden. Bruder Vanum war dann der Willkür der Kardinäle ausgeliefert. In Bruder Vanum tobte ein Kampf. Bis zum jetzigen Moment hatte er sich noch nicht entschieden, welche Vorgehensweise am besten war, um den Papst auf seine Seite zu ziehen: Angriff oder Schmeichelei? Heuchelei oder Täuscherei? Noch war alles möglich, noch konnte er sich dem Papst mit großer Hochachtung nähern und ihn umgarnen. Dieser Mann war mit Sicherheit so vielen Menschen begegnet, die ihm mit ihren Heucheleien zuwider waren, dass er den Unterschied erkennen würde. Die großen und kunstvollen Wandbehänge, Kronleuchter und Kerzen, die die Halle noch weitläufiger erscheinen ließen, bereiteten Bruder Vanum noch mehr Sorgen. Er sah, wie Kardinal Gervais Jeancolet de Clinchamp ihm einen boshaft, lächelnden Blick zuwarf und sich sicherlich schon auf die Einlösung seiner Abmachung freute. So ging es also in den Tod oder in unermesslichen Ruhm. Der Diener kam vor dem Papst an, verneigte sich mit ergebenem Blick und sagte laut:

»Heiliger Vater, ich bringe die beiden Kardinäle Gervais Jeancolet de Clinchamp und Hugh of Evesham vor Euer Angesicht.« Mit versteinerter Miene schritt der Diener, das Gesicht zum Papst gewandt, einige Schritte zur Seite und verneigte sich erneut. Nun schritt Kardinal Gervais Jeancolet de Clinchamp auf den Papst zu und kniete in einer untertänigen Geste nieder, küsste die Füße des Papstes und blickte dann auf.

»Heiliger Vater, ich kann meine Freude über Eure Wahl nicht in Worte fassen. Es erfreut mein Herz, Euch nun hier vor mir zu sehen und ich danke Gott für dieses großzügige Geschenk.« Mit einem Schlag setzte auch der Papst ein freundliches Lächeln auf. Er hatte nicht vergessen, welcher Kardinal von Anfang an seine … Beihilfen angenommen hatte und sich bereiterklärt hatte, ihn zu wählen.

»Wir danken Euch, Cardinale, wir haben Eure Unterstützung im Konklave nicht vergessen, dass wisst Ihr, und wir sind sicher, dass sich bald eine geeignete Gelegenheit ergeben wird, dass wir es Euch vergelten.«

»Mein Pontifex, Euer Vertrauen ist alles an Vergeltung, was ich brauche«, sagte Kardinal Gervais Jeancolet de Clinchamp scheinheilig und trat beiseite, um auch Kardinal Hugh of Evesham zum Papst vorzulassen.

»Kardinal«, sagte der Papst freundlich, als sich der Gottesmann wieder erhoben hatte. »Wie geht es Euch? Wir waren betrübt zu sehen, dass man Euch aus dem Heiligen Konklave herausgeholt hat, zusammen mit Kardinal Gervais Jeancolet de Clinchamp. Auch Eure Unterstützung und Eure Gesellschaft war uns immer sehr willkommen.«

»Vielen Dank, Heiligkeit. Ich war ebenso wie Kardinal Gervais Jeancolet de Clinchamp sehr erfreut, als man uns mitteilte, dass Ihr die Wahl zum Obersten Pontifex für Euch entscheiden konntet. Ich habe in der Zeit meiner Krankheit oft für Euch gebetet. Scheinbar sind meine Gebete nicht umsonst gewesen«, sagte der Kardinal und lächelte den Papst an.

»Gebete sind niemals umsonst, mein Sohn. Vielleicht erscheinen sie das manchmal, aber nur da sie aus vergänglichkeitslastenden Dingen wie nackten Worte bestehen. Glaubt mir, der Herr erhört alle Gebete. Selbst, oder sollte ich lieber sagen, vor allem in größter Not.«

Als auch Kardinal Hugh of Evesham zur Seite trat und sich nahtlos in die Reihe des Dieners und Kardinal Gervais Jeancolet de Clinchamps einordnete, fiel der Blick des Papstes auf Bruder Vanum. Bruder Vanums Knie zitterten, seine Schweißausbrüche kamen nun noch verstärkter, als er bemerkte, dass der Papst seine gesamte Aufmerksamkeit auf ihn gerichtet hatte. Noch nie hatte er eine solche Aufregung verspürt. Es war, als stünde er vor dem Herrn selbst, der nun über ihn richten würde. Der

Papst strahlte eine solche Eleganz, eine solche Macht aus, dass Bruder Vanum schlagartig alle Verhaltensformen, die man ihm vor dem Eintreten der Halle mitgeteilt hatte, vollkommen vergessen hatte. Als Bruder Vanum bemerkte, wie der Papst nun seit einigen Augenblicken seine Hand auf ihn gerichtet in der Luft hielt und schließlich verwirrt die Augenbrauen zusammenzog, stürzte der Bruder nach vorn, den Papst mit einem Handkuss zu würdigen.

»Es schickt sich nicht, vor den Augen des Papstes die Förmlichkeit außer Acht zu lassen«, sagte Nikolaus IV. tadelnd, aber nicht unfreundlich. Nun, da Bruder Vanum sich seiner Stimme wieder bemächtigt hatte, sagte er hastig:

»Sehr wohl, Heiliger Vater. Es ist nur, dass ich mir sicher bin, dass mein Leben soeben einen Höhepunkt erlangt hat, der für immer in meinem Herzen bewahrt sein wird.« Der Papst lächelte, sagte aber nichts.

»Heiliger Vater«, meldete sich nun Kardinal Gervais Jeancolet de Clinchamp zu Wort, »dies ist ein Mönch, den wir auf einer verschneiten Straße im Nordwesten nach einer längeren Unterhaltung mitnehmen mussten. Sein Name ist Bruder Vanum.«

»Auf einer verschneiten Straße?«, fragte der Papst belustigt. »Was hat ein Mönch auf einer Straße verloren? Ihr solltet beten und arbeiten.« Bruder Vanum hatte sich allmählich wieder beruhigt und sprach nun für sich selbst weiter:

»Dies, Heiliger Vater, war nur ein Teil, ein kleiner Teil meiner Reise und meiner Bemühungen, die ich unternehmen musste, um Euch aufzusuchen. Gestattet mir die Anmerkung, dass ich in den vergangenen Tagen unserer gemeinsamen Reise«, und er deutete auf die beiden Kardinäle, »immer und immer wieder in Kontemplation verfallen bin und mir klar geworden ist, dass dies kein Zufall sein kann.«

»Ein Zufall? Was meint Ihr mit Zufall? Zufall existiert unter der Hand Gottes nicht, nichts unter Gottes Fügung ist Zufall«, sagte der Papst klärend und Bruder Vanum fügte schnell hinzu:

»Natürlich, doch ich meinte, dass ich die Bekanntschaft der beiden Kardinäle, in eben jenem Moment gemacht habe, da ich geglaubt hatte, dass meine Reise wohl ein Ende nehmen würde und ich Euch niemals einen schrecklichen Frevel melden könnte.«

»Ihr seid Euch also gewiss, dass es Gottes Wunsch war, dass sie Euch mitgenommen haben? Weshalb wolltet Ihr uns aufsuchen? Ihr macht uns neugierig. Unsere Kardinäle sind weit gereist, vielleicht weiter, als Ihr es Euch vorstellen könnt. Wenn wir richtig vermuten, seid Ihr nicht erst kurz vor Rom zu Ihnen gestoßen. Weshalb also macht sich ein einfacher Mönch die Mühe, nach Rom zu reisen, wo er doch seinem Orden dienen sollte?« Bruder Vanum wusste, dass sich das Gespräch im Moment in eine Weise entwickelte, die gefährlich werden konnte. Das Verlassen des eigenen Ordens war eine schwerwiegende Tat, die innerhalb der Kirche nicht geduldet wurde. Es war mit einer Flucht von einem Schlachtfeld vergleichbar.

»Heiliger Vater, ich bin sicher, Ihr werdet gleich verstehen, warum ich meinen Orden verlassen musste und tagelang allein durch die Wildnis geirrt bin. Mein Ziel war es, einzig und allein zu Euch zu kommen.« Der Papst wandte sich in seinem hohen Lehnstuhl nach rechts, wo die beiden Kardinäle ihm nur fragende Blicke zuwarfen. Dann sagte er laut:

»Nun gut, sprecht, aber sprecht rasch. Wir haben anstrengende Tage erlebt und möchten uns gerne zurückziehen.«

»Natürlich, Eure Heiligkeit«, antwortete Bruder Vanum und sprach sogleich schneller. »Ich wurde von meinem Orden Monate in Gefangenschaft gehalten.« Bruder Vanum hatte sich schon vorher über den Verlauf der Geschichte Gedanken gemacht. Eine Überarbeitung schien ihm jetzt angebracht.

»Ich ging zwar meiner Arbeit nach, doch in dem Kloster, auf welchem ich lebte, fand die größte Ketzerei statt, die die Kirche je gesehen hat«, sagte Bruder Vanum und spürte, wie sich das Interesse seiner Zuhörer bei diesen Worten beträchtlich steigerte. Obwohl der Papst offensichtlich müde war, erhob er sich von seinem Stuhl und betrachtete den Mönch eingehend. »Nun, Eure Heiligkeit, wie Ihr sicherlich am besten wisst, hat die Vereinigung von Mann und Frau für Kirchenmänner keinerlei Verständnis und Platz …«

»Lieber Bruder, wenn Ihr den ganzen weiten Weg gekommen seid, um uns mitzuteilen, dass auf einem entlegenen Kloster ein einfacher Mönch ein Liebesverhältnis zu einer Frau hatte, dann fürchte ich, dass Ihr unsere wie auch Eure Zeit gewaltig verschwendet«, unterbrach ihn der Papst. Bruder Vanum nickte lächelnd und sagte dann:

»Sicher, Heiliger Vater, doch dies ist nicht mein Verdruss. Die Sorge, die mich seit vielen Jahren beschäftigt geht weit in der Geschichte zurück. So fand ich heraus, dass unsere Geschichte in jenen verheißungsvollen Tagen begonnen hat, in denen auch die Geschichte der Kirche begann. Seit jenen Jahrhunderten werden die Dreistigkeiten in dem Kloster mehr und mehr. Natürlich habe ich versucht, das Klosterleben auf den richtigen Weg Gottes zu führen, dann wäre ich auch nicht gezwungen gewesen, dass Kloster zu verlassen und Euch Eure Zeit zu stehlen«, sagte Bruder Vanum rasch. »Tief versteckt in den Bergen, abseits der restlichen Menschen, existiert unser Kloster schon seit beinahe dreizehn Jahrhunderten. Seit jeher ist es Brauch des Abtes, sich fortzupflanzen.« Dem Papst stockte jetzt der Atem und auch den Kardinälen verschlug es die Sprache.

»Das ist noch nicht alles, Heiliger Vater. Lassen wir die Tatsache außer Acht, dass seit zwölf Jahrhunderten der Abt die Gunst einer Frau gewinnen muss, um ein Kind zu zeugen. Die eigentliche Abscheulichkeit des Klosters besteht aber darin, dass sie es mit der Verkündung Gottes rechtfertigen.« Der Papst runzelte kurz die Stirn. Bruder Vanum fuhr rasch fort und sprach: »Das Kloster hat es sich zur Aufgabe gemacht, den größten Schatz der Christenheit, die Liebe, zu schützen und sie in einem Kind zu verkörpern. Schon seit den Anfängen dieser Kirche widersetzten sich die Pater in dem Kloster der Kirche und führen ihre blasphemistischen Praktiken aus. Heiliger Vater, ich bin zutiefst entsetzt über die Schandtat, die auf meinem Kloster geschah und noch immer geschieht. Vielleicht sogar jetzt in diesem Moment, wird der neue und vor sechzehn Jahren geborene Bastard in dem Kloster gelehrt und unterrichtet. Bereit, sich ebenfalls eine Frau zu nehmen und ein Kind zu zeugen. Ihr könnt Euch die Zustände des Klosters nicht einmal vorstellen«, schloss Bruder Vanum und senkte seine Stimme.

»Wir«, setzte der Papst an, »sind uns sicher, dass es ehrenhaft von Euch ist, uns in Euer Vertrauen gezogen zu haben. Aufgrund der Tatsache, dass wir eben in den hiesigen Tagen mit weitaus dringlicheren Problemen beschäftigt sind, wird es uns aber nicht erlaubt sein, Euch zu helfen.« Als

Bruder Vanum die Worte aus dem Mund des Papstes kommen hörte, war er sich sicher, sich verhört zu haben. Die Kardinäle rechts von Bruder Vanum konnten ein Gelächter nur mit Mühe unterdrücken und blickten streng geradeaus.

»Hei … Heiligkeit?«, stammelte Bruder Vanum. »Ich bitte Euch, überdenkt Eure Entscheidung noch einmal. Ich bin sicher, es läge auch im Interesse unseres Herrn, dass ein solcher Frevel an der Kirche nicht weiter zugelassen wird. Bedenkt das Antlitz der Kirche, sollte jemals die unfassbare Tatsache zu Tage befördert werden, dass die Kirche einem solchen Verrat nicht Einhalt geboten hat. Ich bitte Euch.« Der Papst lächelte, doch es war nicht das freundliche Lächeln, das er am Anfang aufgesetzt hatte.

»Und von wem sollte die Bevölkerung darüber in Kenntnis gesetzt werden?«, fragte der Papst selbstgefällig. »Sagtet Ihr nicht, das Kloster läge tief versteckt in den Bergen? Sagtet Ihr nicht, es sei versteckt? Warum sollte ich die Notwendigkeit zum Handeln sehen, wenn niemand von einem solchen Verrat weiß?« Bruder Vanum stand kurz vor einem Zusammenbruch, doch er musste sich zusammennehmen. Sein Leben stand auf des Messers Schneide. Wenn der Papst sich erhob, war alles verloren.

»Sehr wohl Heiligkeit, doch denkt an die Wahrscheinlichkeit, dass jemand das Kloster finden wird.«

»Habt Ihr nicht gesagt, dass das Kloster schon seit über einem Jahrtausend existiert? Wir sind sicher, sollte das Kloster eine derart lange Zeit überdauert haben, ohne entdeckt zu werden, wird es auch in Zukunft nicht entdeckt werden. Die Tatsache, dass die Kirche über das Geschehen dort in Kenntnis gesetzt wurde, wird niemand beweisen können, glaubt Ihr nicht auch?«

Bruder Vanum hatte Mühe, seine Tränen zurückzuhalten, doch er sprach mit brüchiger Stimme weiter:

»Heiligkeit, ich bitte Euch erneut zu …«

»Euer Bitten zeigen keine Wirkung. Wir sind uns über unsere Entscheidung im Klaren, seid dessen gewiss. Nun, bevor wir uns trennen«, sagte der Papst und Bruder Vanum wusste sehr wohl, was der Papst unter einer Trennung verstand, »möchten wir, dass Ihr uns noch mitteilt, wo das versteckte Kloster liegt. Es könnte noch später, wenn etwas mehr Zeit ist, von unseren Wachen aufgesucht werden.« War dies das Ende? Konnte der Papst allen Ernstes den Namen und Ort des Kloster erfragen, ihn, Bruder Vanum, den Überbringer dieser wertvollen Nachricht aber töten lassen?

»Heiligkeit, ich bitte Euch …«

»*Roma locuta, causa finita*«[28], sprach der Papst und hatte zwei Wachen mit einem Fingerzeig befohlen, sich hinter Bruder Vanum zu platzieren. »Wo?«, fragte der Papst erneut und blickte Bruder Vanum nun nur noch gelangweilt an. Bruder Vanum beschloss, nun alle Förmlichkeiten fallen zu lassen.

»Woher solltet Ihr wissen, dass ich die Wahrheit spreche?« Der Papst atmete langsam aus, dann sprach er:

»Ihr seid der Person Eurer Anwesenheit gewiss?«, fragte der Papst und seine Stimme nahm einen zornigen Unterton an.

»Sicher, doch angesichts meines wohl bevorstehenden Dahinscheidens wird eine Überprüfung wohl nicht mehr möglich sein«, wandte der Mönch ein.

»Ihr spielt ein gefährliches Spiel, Bruder«, entgegnete der Papst.

»Wie auch Ihr«, antwortete Bruder Vanum.

»Nennt mir den Namen, dann werde ich einen schmerzhaften Tod zu verhindern wissen und Euch Absolution erteilen. Gibt es ein größeres Geschenk, als die letzte Würde von einem Papst zu erhalten?« Bruder Vanum schüttelte den Kopf. Das Kloster war derart in der Bergkette versteckt, dass auch der Ort ihm nicht helfen würde. Selbst die Bezeichnung des Berges war in der näheren Umgebung des Klosters nicht bekannt und selbst der Name des Klosters war gänzlich unbekannt. Nun, da er ohnehin sterben würde, konnte es nicht schaden, den Papst in seinen letzten Augenblicken nicht zu verärgern und womöglich noch die Ungunst Gottes auf sich zu ziehen. Bruder Vanum sprach langsam aus, was der Papst wissen wollte:

»Es ist das Kloster St. Caritum. Es liegt nordwestlich von Rom, einige Tagesreisen entfernt auf dem Petrusfels, nahe der ...«, murmelte Bruder Vanum, doch er konnte seinen Satz nicht zu Ende bringen.

Der Papst saß nun angespannt und aufrecht auf seinem Thron.

---

[28] Rom hat gesprochen, die Sache ist erledigt.

»Was … was habt Ihr gerade gesagt?«, fragte der Papst und seine Stimme zitterte nun. Bruder Vanum hatte den Todesstoß erwartet, doch solch eine Reaktion ließ ihn verwundern.

»Das Kloster St. Caritum auf dem Petrusfels«, wiederholte der Mönch. Die Kardinäle schienen verwundert über den schnellen Sinneswandel des Papstes und sahen sich ihrer Chance beraubt, Bruder Vanum einen schmerzhaften Tod zu bereiten. Bruder Vanum fragte sich indes noch immer, warum seine Antwort den Papst so aus der Fassung gebracht hatte. Weil die lateinischen Namen für Kloster schon immer angebracht gewesen waren, hatte das Kloster St. Caritum seinen Namen erhalten. Der Petrusfels, auf dem das Kloster errichtet wurde, fand seit jeher eine solche Bezeichnung, obwohl niemand den Grund dafür kannte.

Dann sagte der Papst etwas, was die Stimmung in der Halle für alle, Bruder Vanum und die Kardinäle, schlagartig änderte:

»Führt uns zu Eurem Kloster, so bald als möglich!«

Kapitel 49

Eranas Füße lenkten sie zu einem kleinen Gasthaus. Sie hoffte darin, eine Unterkunft zu finden. Nachdem die Mönche Eranas schon vor einigen Tagen besucht hatten, wusste sie, dass es nicht mehr lange dauern würde, bis die Männer Gottes, wie sie sich selbst nannten, sie erneut aufsuchen wollten, zumal der verletzte Bruder aufgrund ihrer unvollendeten Heilungsmethoden bereits den Tod erlitten haben musste. Eranas blickte unwillkürlich nach oben und beschloss, den unwissenden Mönch in ihre eigenen Gebete aufzunehmen. Die Wut, die sie beim Gedanken an die Mönche verspürte, kochte noch in ihr und ließ sie nicht zur Ruhe kommen. Warum wollten diese hochnäsigen Brüder nicht begreifen, dass Gott nicht nur in den Lehren der Kirche steckte, sondern allgegenwärtig war. In jeder Pflanze, in jedem Baum steckte ein Stück ihres Gottes. Eranas wusste sich vieler Kräuter und Pflanzen zu bedienen.

In vielen Kreisen, in denen sie gezwungen war zu verkehren, hatte diese Gabe ihr sowohl Spott, Drohungen und Unrechtmäßigkeiten als auch Lob, Anerkennung und Zuneigung eingebracht. Viele waren beinahe angetan von den Taten, die Eranas einzig und allein mit Hilfe der Pflanzen bewerkstelligen konnte, doch natürlich waren die Pater, Priester und Mönche schon immer schockiert über ihre Ansichten gewesen und waren nicht selten abgeneigt, sie als Hexe verbrennen zu lassen.

Eranas Schritte wurden langsamer und verließen die unebene Straße, um den kleinen Weg zum Gasthaus einzuschlagen. Hier konnte sie vermutlich eine Nacht bleiben. Sie musste wohl einige Zeit vor den Brüdern untertauchen, denn dieser Zwischenfall mit dem verletzten Bruder, würden ihr die Mönche nicht verzeihen. Das nächste Reiseziel war Patria, wo eine gute Heilerin immer Chancen auf Arbeit bekam, auch wenn ihr die Ruhe und der Frieden des Waldes weitaus willkommener waren als das hektische Treiben der lärmenden Stadt. Ohne Kutsche und Pferd würde ihre Reise sicherlich noch einige Zeit beanspruchen und sie konnte nur hoffen, dem verbliebenen Mönch nicht über den Weg zu laufen. Zwar konnte sie beteuern, dass sie die Mönche gewarnt hatte, doch welcher Bruder glaubte schon den Worten einer im Wald lebenden Frau?

Als sie das Wirtshaus betrat, schnupperte sie sogleich den herrlichen Geruch des warmen Essens. Viele Reisende hatten in dieser Herberge ein Zimmer für die Nacht verlangt und Eranas hoffte, dass auch sie nicht zu spät kam. Zwar waren Reisende, die Eranas für ihre Dienste entlohnt hatten, selten gewesen, doch das wenige, was sie zusammengespart hatte, reichte aus, um sich mehrere Nächte in Gasthäusern einquartieren und speisen zu können. Danach würde sie sich auf dem bekannten Markt von Patria nach zahlungsfähigen Kunden umsehen müssen.

Sonst lebte Eranas nur von dem, was der Wald hergab. Pflanzen, die genießbar waren, fand sie zur Genüge in der Umgebung ihres kleinen Häuschens. Wild war ihr immer wieder willkommen, auch wenn sie dafür ihr Haus ab und zu für Stunden verlassen musste, um auch nur einen einzigen Hasen zu fangen.

»Willkommen«, sagte der untersetzte Wirt, der soeben an Eranas herangetreten war. »Wie kann ich Euch behilflich sein?«, säuselte er ihr entgegen und setzte ein breites Grinsen auf.

»Seid gegrüßt. Ich war den ganzen Tag unterwegs und suche eine Unterkunft für die Nacht. Ob Ihr wohl noch eine Kammer frei habt?«, fragte sie freundlich und wartete die Antwort ab. Sollten alle Kammern belegt sein, würde sie die Nacht im Wald verbringen müssen, was angesichts der kalten Jahreszeit sicher nicht erfreulich sein würde.

»Sehr wohl, wir haben noch eine Kammer. Darf ich Euch, bevor Ihr Euch zurückzieht, noch etwas zu essen reichen? Heute kann ich Euch Reh anbieten, welches erst vor wenigen Tagen geschlachtet wurde.«

»Sehr gerne«, antwortete Eranas und war erleichtert zu hören, dass eine Kammer frei zu sein schien.

Das Mahl mundete ihr vorzüglich. Selten bekam man in einem Gasthaus frisches Fleisch zu essen. Bei jedem Bissen musste sie allerdings unwillkürlich an den Bruder denken, der sicher bereits aus dem Leben gerissen worden war, auch wenn letzten Endes sein Gefährte dafür verantwortlich war, da er Eranas‘ Arbeit frühzeitig unterbrochen hatte. Eranas fühlte sich nicht wohl und hoffte, nie mehr in das Antlitz des Bruders blicken zu müssen.

Sie konnte nicht wissen, dass sie den Gefährten des gestorbenen Bruders sehr bald wiedersehen würde und dies in einer Angelegenheit, die ihre kühnsten Vorstellungen überstieg.

Kapitel 50

Bruder Vanum kniete vor dem Papst und hatte das Gefühl, binnen weniger Sekunden erneut den Boden unter den Füßen zu verlieren.

Er war sich nicht bewusst, welche gefährliche Information er dem Papst übermittelt hatte. Sein Vorhaben, so viel glaubte er, würde nun doch von den Streitmächten des Papstes in die Tat umgesetzt werden: Die Zerstörung und Auflösung des lastenhaften Klosters.

»Nun, Ihr seid einer der wenigen, der für seine Auskünfte keinerlei Dienste verlangt«, sagte der Papst und das Lächeln auf dem Gesicht ließ die Freude des Pontifex nur ansatzweise erahnen.

»Verzeiht?«, fragte Bruder Vanum unsicher, da er die Aussage des Papstes nicht ganz verstanden hatte.

»Einen Preis«, sprach der Papst. »Die Informationen, die Ihr uns gebt, verlangen doch sicherlich nach einem Preis?«, sagte der Papst und blickte kurz die beiden Kardinäle an, die erkannt hatten, dass sie gerade um ihre Abmachung betrogen worden waren.

»Heiliger Vater, natürlich habe auch ich meinen Preis, doch bevor ich spreche, lasst Euch sagen: Solltet Ihr meine Wünsche nicht erfüllen, bin ich zu sterben bereit, auf welche Weise Ihr es auch für nötig haltet.« Der Papst erwiderte nichts. Zu sehr schien ein Feuer in den Augen des Mönchs zu brennen. Sicherlich hatte auch er bemerkt, dass der Papst bei den Informationen, die er ihm gab, eine solche Euphorie ausgestrahlt hatte, dass das Klosters ab sofort eine päpstliche Angelegenheit war, aus welchem Grund auch immer.

»Gut, sprecht rasch, die morgige Reise zu Eurem Kloster wird lang und beschwerlich und wir haben weder Zeit noch Lust, die Nacht in diesen Hallen zu verbringen«, murmelte der Papst. Bruder Vanums Gedanken überschlugen sich. War nun die Zeit gekommen, da all seine Bemühungen, die er unternommen hatte, belohnt werden würde?

»Also, was verlangt Ihr dafür?«, fragte der Papst und forderte ihn mit einer Handbewegung auf, schnell zu sprechen. Als Bruder Vanum seinen

Wunsch äußerte, zitterte er am ganzen Leib und in der Halle wurde es totenstill:

»Ich verlange Macht und Einfluss innerhalb der Heiligen Kirche des Petrus«, sagte Bruder Vanum jedoch klar und deutlich. Zunächst schien der Papst belustigt, ja fast irritiert, fragte dann jedoch augenblicklich: »In welcher Form?« Als Bruder Vanum antwortete, sah er, wie die beiden Männer zu seiner Rechten ungläubig und schockiert den Heiligen Vater anblickten:

»Eine Erhebung meiner Person zum Kardinal, Papst Nikolaus.«

Bruder Vanums Stimme war sonderbar fest gewesen, als er die Worte ausgesprochen hatte, die sein Leben verändern konnten. Der Oberste Bischof blickte ihn eine Weile lang schweigend an, die Kardinäle sahen ebenfalls erst zu Bruder Vanum, dann zu ihrem Papst, als könnten sie damit dem Vorgang Einhalt gebieten. Papst Nikolaus IV. lehnte sich in seinem Stuhl nach vorne und sprach:

»Ihr wisst, dass diese Forderung unmöglich ist und doch verlangt Ihr danach. Nun drängt sich mir die Frage auf, warum?« Jetzt war es Bruder Vanum, der zu lächeln begann. Er ließ sich durch die eben ausgesprochene Ablehnung seines Wunsches nicht aus der Ruhe bringen.

»Weil ich weiß, dass Eure Gier, nach was immer es sein mag, verlässlicher ist als alles andere in Rom und deshalb die Grenzen meiner Wünsche wohl noch viel weiter sein könnten.« Der Papst lehnte sich zurück, schloss die Augen und dachte offenbar nach. Für Bruder Vanum stand aber damit zu diesem Zeitpunkt bereits fest: Er konnte nur noch als Sieger hervorgehen. Vor wenigen Momenten noch war er dem Tode geweiht gewesen, doch nun besaß er offenbar etwas, was der Papst mehr als alles andere besitzen wollte.

Als der Papst erneut sprach, strömten bisher unbekannte Gefühle durch Bruder Vanums Körper.

»Solltet Ihr Euch der Lügerei bedienen, werden wir uns die Möglichkeit nicht nehmen lassen, Euch auf den Folterbanken des Laterans leiden zu lassen, bevor wir Euch schließlich als Ketzer und ohne Absolution auf einem öffentlichen Scheiterhaufen hinrichten und exkommunizieren lassen. Davor wird der Exorzismus an Euch versucht und ich kann Euch versichern, dass es sich hierbei um eine schmerzhafte Prozedur handelt.

Was sagt Ihr? Seid Ihr bereit dieses Risiko einzugehen, um mir zu dienen?« Bruder Vanum ließ sich Zeit mit seiner Antwort. Er konnte wohl behaupten, dass nur wenige Menschen vor ihm einen Papst in einer derartigen Kontrolle und Gewalt gehabt hatten. Die Zeit, die er mit seiner Antwort verstreichen ließ, schien den Papst nur noch nervöser zu machen, doch er blieb scheinbar ruhig auf seiner Kathedra sitzen und betrachtete den Mönch eingehend.

Dann ließ Bruder Vanum seine Antwort verkünden:

»Macht Euch bereit. Morgen werden wir uns auf den Weg machen, um das Kloster St. Caritum aufzusuchen.«

Kapitel 51

Artur vermutete hinter seinem Drang, das Rätsel vollständig zu lösen, einen göttlichen Sinn. Schon einmal war er nachts alleine in die große Kathedrale geeilt und schließlich mit der ersten Lösung zurückgekommen. In dieser Nacht jedoch war nicht die Lösung des Rätsels Grund für seinen Besuch in der Kirche. Viel zu lange hatte Artur nicht mehr gebetet und die Kirche bot bei Nacht einen vorteilhaften Platz für seinen Wunsch, dem Herrn nahe zu sein. Keiner der Mönche störte ihn und die Dunkelheit sowie die unglaubliche Ruhe waren ideal, um in Ruhe zu beten.

Die Schneestürme schienen das Kloster nur nachts heimzusuchen. Auch in dieser Nacht fielen dicke Flocken auf das Gemäuer nieder und vertieften die Schicht, die auf dem Kloster lastete, um ein Vielfaches. Nach den abendlichen Stunden war es eigentlich verboten, die Kirche zu betreten. Artur konnte sich hingegen nicht entsinnen, wie oft er dieses Edikt schon gebrochen hatte. Auch in dieser Nacht ließ Artur die Dekrete des Klosters hinter sich, um sich dem Herrn anzuvertrauen. Er wollte für das Kloster, dessen Fortbestehen, für Bruder Solus, Bruder Ferire und Bruder Magnus beten und nicht zuletzt für den verstorbenen Abt Clemens, Arturs Vater. Obwohl Artur ihn niemals kennen gelernt hatte, wusste er tief in seinem Inneren, dass er ihm wohl in vielem ähnlich war. Verschiedene Aussagen seiner Klösterbrüder festigten diese Erkenntnis stetig in ihm.

Der zugige Korridor war im Winter bei heftigem Wind beinahe unpassierbar. Die eisige Kälte wirkte wie eine eisige Wand, gegen die man nur schwer ankam. Vor allem nachts war es kalt und unheimlich und der Wind pfiff durch die Löcher des Klosters. Artur schlich leise aus seiner Zelle und achtete sorgfältig darauf, die Tür leise hinter sich zu schließen. Nichts würde sein Verschwinden in die nächtliche Kirche rechtfertigen. Bruder Martin duldete in diesen Punkten keinen Widerspruch, zumal er des Nachts, aufgrund der stattgefundenen Morde noch immer besonders nervös war. Artur machte sich aber lange nicht so viele Sorgen wie der

Cellerar des Klosters. Seine Mutter war tot und Bruder Vanum zog sicherlich jeden anderen Ort dem Kloster vor.

Er war allein.

So schnell und leise er konnte schlich Artur durch den Korridor. Obwohl er heute Nacht nicht über das noch ungelöste Rätsel nachdenken wollte, kam es ihm doch immer und immer wieder in den Sinn.

Im Werkzeug der Christenheit liegt es verborgen ...

Artur war sich sicher: Solange sie nicht den Anfang des Rätsels ergründet hatten, würden sich auch die restlichen Zeilen gegen sie stellen. Er schüttelte seinen Kopf und die braunen Haare flatterten um seine grünen Augen.

Als er den Zugang zum steinernen Innenhof erreicht hatte, blickte er noch einmal über die Schulter. Niemand folgte ihm, das hoffte er. Artur presste die Klinke nach unten und nachdem die Tür einen Spalt weit aufgesprungen war, flogen unzählige Schneeflocken herein und Artur musste seinen ganzen Körper gegen den Wind stellen. Hier oben war das Wetter so unbeständig und unzuverlässig wie die Vögel im kalten Winter. Niemand vermochte zu sagen, was vor lauter Schnee am nächsten Morgen noch vom Kloster St. Caritum zu sehen sein würde. Er stapfte über den Innenhof. Seine Mönchskutte war schon nach wenigen Schritten schneebedeckt.

Die große Kirche lag vor ihm. Ruhig, düster und nicht wissend, welche Geheimnisse sie in sich barg. Artur hatte keine Angst vor der Dunkelheit im Inneren der Kirche, denn das Gotteshaus war ihm mittlerweile sehr vertraut. Außerdem ruhten unter seinen Füßen die sterblichen Überreste seines Vaters, der über ihn wachte. Als er das große Tor erreicht hatte, schob er es einen Spalt weit auf. Gerade so viel, dass er hindurchschlüpfen konnte. Nachdem er das Tor wieder geschlossen hatte, war es, als hätte er eine eigene kleine Welt betreten. Die Stille drohte jeden zu verschlucken, der die Kirche betrat. An die dämmrige Dunkelheit der Kirche hatten sich Arturs Augen schnell gewöhnt, zumal an einigen Stellen noch Kerzen brannten. Die Kraft und Geschwindigkeit des Windes schienen hier keine Rolle zu spielen und die Kirche trotzte dem Sturm mit einer solchen Ruhe, als wäre es der schönste Sommertag.

Im Werkzeug der Christenheit liegt es verborgen ...

Artur schritt langsam und bedächtig nach vorn, den Blick starr auf den Hochaltar gerichtet. Was war es, das diese Kirche zu einem solch magischen Ort machte? Artur ließ sich auf die Knie fallen, bevor er sich auf einer Bank niederließ. Diese Kirche hatte er schon des Öfteren aufgesucht, doch jedes Mal schaffte es das alte Gemäuer, ihn noch ein bisschen mehr zu verzaubern. Vielleicht hatte sogar hier, an jener Stelle, an der Artur jetzt saß, Bruder Auctor gestanden und hatte seine Weihe zum Abt entgegengekommen.

Doch, so überlegte Artur, damals vor rund zwölfhundert Jahren, war sicherlich noch keine solche Kirche erbaut gewesen. Wer wusste das schon? Vieles im Kloster war unscheinbar, was eigentlich hätte scheinbar sein müssen. Der natürliche Werdegang eines normalen Klosters war schon vor zwölfhundert Jahren verloren gegangen, zumindest an jenem Tage, an dem Bruder Auctor beschlossen hatte, dem Kloster ein derartiges Rätsel zu hinterlassen. Doch auch dies lag im Dunkeln. Niemand konnte aber mit Gewissheit sagen, dass es Bruder Auctor selbst gewesen war, der das Rätsel verfasst hatte. Wer wusste das schon? Vielleicht war es Bruder Auctors Sohn oder dessen Sohn gewesen. Artur fragte sich, wie viele Geheimnisse, Schätze und Mythen sich noch in dem Kloster befanden und diesen Ort zu etwas Besonderem machten. Nicht nur die aufbewahrten Gegenstände, Glaubensrichtungen oder die Liebe waren das Unglaubliche an ihrem Kloster, selbst die Mönche schienen anders zu sein und hoben sich von anderen Orden ab. Für dieses Verbrechen, aus Sicht der Kirche, sollten sie nun bestraft werden? Noch bestand Hoffnung. Noch war es ungewiss, ob es den Mönchen gelingen würde, Bruder Vanum ausfindig zu machen und ihn zurückbringen. Einen Mord hatte ihnen Bruder Martin ausdrücklich untersagt. Artur bewunderte den Cellerar für sein großes Herz, obgleich der großen Schuld Bruder Vanums. Wenn Bruder Vanum auch keinem von ihnen diese Großzügigkeit erwiesen hatte, war es doch Bruder Martins Wunsch, kein Blut zu vergießen, nicht im Namen des Glaubens. Dafür war in den letzten Jahrhunderten zu viel Blut vergossen worden.

Meister Callidus hatte einmal gesagt, dass man eine Ideologie, einen Glauben oder einen Orden, gleich welcher Angehörigkeit, sofort niederlegen musste, wenn dafür auch nur ein Menschenleben in Gefahr war. Bruder Vanum teilte diesen Gedanken offensichtlich nicht. Tage bevor Bruder Vanum aus seiner Zelle geflohen war, hatte Artur mit Bruder Martin ein sehr umfassendes Gespräch geführt. Darin war es um die Frage gegangen, was geschehen würde, wenn Bruder Vanum den Lateran bis vor die Tore St. Caritums locken würde. War dann nicht ein Mord an einem Mann gerechtfertigt, der noch viel mehr als den Tod in Kauf nahm, um das Kloster zu vernichten und somit den größten Schatz der Christenheit, die Liebe, auszulöschen? Konnte man die Liebe als Grund für einen Mord verwenden?

Auf diese Frage hin war Bruder Martin sehr nachdenklich geworden und hatte beschlossen, dass letzten Endes, sollte Bruder Vanum jemals fliehen und es keinen anderen Ausweg mehr geben, dieser den Tod empfangen sollte. Viele der Brüder hatten auf diese Verkündung sehr geschockt reagiert. Auf die Frage, was sie für das Richtige hielten, wenn Bruder Vanum das Kloster verriet und der Papst kommen würde, hatte niemand etwas geantwortet, wohl wissend, dass damit der Schatz verloren gehen würde. Nur Meister Callidus, der wieder einmal von seinem Turm heruntergekommen war, hatte geantwortet, dass ihr Schatz, den sie bewahrten, die reine und verkörperte Liebe in einem Jungen, für immer vergiftet sein würde, sollte jemand dafür mit seinem Leben bezahlen, selbst wenn diese Person Bruder Vanum war. Viel zu oft wurde im Namen Gottes, im Namen der Liebe gemordet, was nach Meister Callidus der größte Verrat der Menschheit war. Zwar hatten die verstorbenen Brüder des Hohen Rates mit ihrem Leben bezahlt, allerdings war dies nicht der Wille der Mönche gewesen.

»Wie ich sehe, hast auch du dich über das heilige Verbot hinweggesetzt und die nächtliche Kirche aufgesucht«, sagte eine alte und weise Stimme direkt hinter Artur. Er wirbelte herum und blickte in Meister Callidus' müde Augen. Artur atmete ein-, zweimal langsam ein und aus, um sich wieder zu beruhigen. Dann versuchte er es mit einem Lächeln:

»Sollte es ein Unrecht darstellen, Gott aufzusuchen, um zu beten?«

»Ich habe dich nicht beschuldigt«, sagte der Meister, zwinkerte und setzte sich schließlich neben Artur.

»Ich bin mir sicher, wir zwei sind aus ganz unterschiedlichen Gründen hier«, sprach der Meister und blickte nach vorn auf den Altar.

»Aus welchem Grund seid Ihr hier?«, fragte Artur gespannt.

»Nun, es kommt gelegentlich vor, dass mich Fragen, auf die ich keine Antwort finde, derart belasten, dass kein anderer Ausweg bleibt, als mich des Nachts in Kirchenbänken herumzutreiben.« Natürlich war Artur sofort klar, welche Fragen dem Meister keine Ruhe ließen, obwohl das Rätsel nicht ihre größte Sorge war, auch wenn sie vom Kloster aus nichts unternehmen konnten, um Bruder Vanum zu stoppen.

»Ich bin aus dem einfachen Grund hier, das ich das Gebet gesucht habe. Doch auch mir lassen gewisse Fragen keine Ruhe, die sowohl meine Gedanken einnehmen als auch meine Gebete verdrängen«, gab Artur zu und blickte hoffnungsvoll zu Meister Callidus auf.

»Es ist nicht zu spät, noch kann das Rätsel entschlüsselt werden«, sagte der Meister und sprach damit das erste Mal in dieser Nacht direkt über den Grund für seinen nächtlichen Kirchenbesuch.

»Aber Meister«, platze Artur heraus, der nun nicht mehr an sich halten konnte.

»Habt Ihr denn bisher auch keinerlei vernünftige Lösungen gefunden? Sollten wir vielleicht noch einmal die Zeichnung unseres Gründers begutachten?«, fragte Artur und ließ das Bild noch einmal vor seinem inneren Auge erscheinen.

»Dies und andere Schritte wurden von mir bereits weitgehend eingeleitet, verliefen aber ins Leere und blieben erfolgslos. Bruder Auctor gab keinen weiteren Hinweis, außer dem Satz, welcher in Kreisform auf seinem Herzen steht: *Hic aliquid lapideum requiescit. – Hier ruht etwas Steinernes.* Das vermag uns keinerlei Hinweise zu geben und es ist auch schon alles, was wir an Hinweisen auf dem vorderen Teil des Bildes erhalten haben. Mehr wurde uns nicht gewährt und da der schriftliche Teil auf der Rückseite des Bildes bereits vollkommen von uns entschlüsselt wurde, bleiben weitere Hinweise aus.« Meister Callidus blickte niedergeschlagen auf den steinernen Kirchenboden.

»Vielleicht war auf der Rückseite mehr, als wir erwartet haben?«, sagte Artur voller Tatendrang und verdrängte damit vollkommen den Gedanken, für seine Liebsten zu beten. »Der chiffrierte Text, welcher nun in gelöster Form vor uns liegt, bereitet uns Schwierigkeiten«, fasste Artur kurz zusammen. »Und die Sätze aus der Bibel, A*m hellen Mittag tappst du im Dunkeln wie ein Blinder. Deine Wege führen nicht zum Erfolg,* führte uns zu den Symbolen, die uns die Lösung des Textes und damit die Dechiffrierung ermöglichten.«

Meister Callidus nickte kurz und traurig, doch in Artur erwachte plötzlich etwas. Irgendetwas an seinen Worten ließ ihn stutzen. Dann wanderte sein Blick zum schwarzen Altar, auf dem die aufgeschlagene Heilige Bibel lag, die einst Bruder Auctor gehört hatte.

Der erste Vers des Rätsels war gelöst!

Kapitel 52

Bruder Solus erwachte früh morgens, so als ob der Herr sicher gehen wollte, dass der Mönch seine Aufgabe nicht vergaß. Müde und im Dunkeln tappend suchte er seine Mönchskutte zusammen und kleidete sich rasch an. Da die Bezahlung der Kammer schon in der vorigen Nacht erfolgt war, konnte der Bruder das Gasthaus, ohne weiteres Aufsehen zu erregen, verlassen. Die Straßen Romas waren noch leer und nur vereinzelt sah man Menschen hin- und hereilen, die schon im Morgengrauen offenbar Geschäfte zu erledigen hatten, die nicht bis zum Tagesanbruch warten konnten. Ein silberner Dunst lag zwischen den Häusern und erstreckte sich über die halbe Stadt. Schnee, und darüber war der Mönch sehr erleichtert, war in der vergangenen Nacht nicht vom Herrn gesandt worden.

Als Bruder Solus das Gasthaus verließ, saßen noch immer ein paar betrunkene Männer in den Ecken und ließen sich ein Frühstück bringen. Wein war nirgends mehr zu sehen. Bruder Solus zog seine Kutte noch ein wenig enger um den Körper, als er die Straße passierte und nun auf direktem Weg den Lateran ansteuerte. Schon allein der Anblick dieser riesigen Palastanlage ließ ihn erschaudern, doch vielleicht war dies auch einfach die Kälte, die sich in diesem Jahr besonders hartnäckig im Land zu halten schien. Viele Bettler, und das war für Bruder Solus sehr verwunderlich, waren offensichtlich auch schon unterwegs, obzwar die Reichen, Mächtigen und potentiellen Spender, erst in ein paar Stunden ihr Bett verlassen würden. Diese Bettler waren sicherlich die Augen und Ohren der Stadt. Nichts ließ sich vor ihnen verbergen oder geheim halten. Begab man sich auf die Straßen Roms, gab man sich gleichzeitig den wissensdurstigen Augen der Bettler preis und riskierte, bestohlen, erstochen, oder, für viele das Schlimmste, belauscht zu werden.

Als Bruder Solus nun um eine Ecke schritt und jene Straße erreichte, die noch vor wenigen Stunden von feiernden Gläubigen besetzt worden war, fühlte er, wie ein Gefühl des Unbehagens, ja der Angst in ihm aufstieg.

Die hohen Mauern zur rechten Seite schienen jeden einzuschüchtern, der sich hier vor die Tore des Laterans wagte. Als das gigantische Eingangstor erschien, wurde seine Unruhe auch nicht von den schwer bewaffneten Wachen gedämpft. Die Geschichte, die die Wirtin ihm in der Nacht erzählt hatte, stimmte Bruder Solus nicht gerade zuversichtlich, überhaupt empfangen zu werden. Das Vordringen zum Papst wurde aufgrund der hohen Sicherheitsmaßnahmen nur sehr wenigen gestattet. Seine dreckigen und verunreinigten Kleider waren nämlich alles andere als angemessen für den Bischof von Rom.

Das Eingangstor war mit acht Wachen gesichert. Jeweils vier von ihnen waren auf der rechten und vier auf der linken Seite des Tores postiert. Ein unbeaufsichtigtes Eindringen in den Palast war daher unmöglich.

»Seid gegrüßt«, sprach Bruder Solus mit freundlicher Stimme, die unscheinbarer klang als der Mönch es gedacht hatte. Eine Wache, offensichtlich der Ranghöchste, trat nach vorne und schritt auf ihn zu.

»Das Betreten des Laterans ist Unberechtigten untersagt«, herrschte dicscr Bruder Solus sogleich an, als dieser erneut den Mund öffnen wollte. Der Bruder versuchte es mit einem Lächeln:

»Sicherlich ist es lobenswert, dass Ihr Euren Dienst mit einem solchen Maß an Überzeugung leistet und ich werde dem Heiligen Vater von Eurem Eifer berichten, dessen seid gewiss.«

»Tretet zurück«, sagte die Wache und griff beinahe unwillkürlich zu seiner Waffe.

»Mein lieber Bruder«, sagte Bruder Solus und versuchte es nun mit List und Überzeugung.

»Ich habe eine Nachricht für den Heiligen Vater, die er besser erhalten sollte. Ich bitte Euch daher, Eure Antwort genau zu überdenken. Ihr wollt sicherlich nicht, dass dem Pontifex zu Ohren kommt, Ihr hättet mein Eintreten und damit die schnelle Verkündung der Botschaft verhindert.« Der Wachmann schien einen kurzen Augenblick lang verdutzt, dann zog er sein Schwert und hielt es Bruder Solus an den Hals.

»Nun, ich sehe, Ihr seid zu keinem Kompromiss bereit«, heuchelte Bruder Solus.

»Ihr seht richtig«, knurrte der Wachmann und sprach erneut: »Das Betreten des Palastes ist verboten.« Dann fügte er hinzu: »Männer und

Frauen sind schon aus weitaus geringerem Grund von mir getötet worden, also schlage ich Euch vor, das Weite zu suchen, ehe mir der Sinn erneut nach einer solchen Tat ist.« Bruder Solus blickte über die Schultern der Wache und erinnerte sich an die Worte der Wirtin:

Ein Einbruch kommt selbstverständlich nicht infrage. In das Hause Gottes wäre ein Einbruch nicht nur sündhaft, sondern würde auch zu Eurem schnellen Tode führen.

Bruder Solus hob die Hände, dann sagte er schnell:

»Wie es Euch beliebt. Aber denkt daran, was ich Euch gesagt habe. Ich werde meinen Weg zum Heiligen Vater finden und wenn dieser von Eurer Inkompetenz erfahren wird, seid Ihr die längste Zeit Wachmann des Laterans gewesen.« Nun war der Mönch zu weit gegangen. Die übrigen Soldaten zogen ihre Schwerter und dem Wachmann stieg die Zornesröte ins Gesicht. Mit einem Brüllen schwang der Wachmann sein Schwert und ging damit auf Bruder Solus los. Dieser war schnell genug, dem Söldner auszuweichen und so seine Enthauptung zu verhindern. Mit einem Satz sprang er zurück, drehte sich um und rannte, wie er noch nie in seinem Leben gerannt war. Hinter ihm hörte er die Rüstungen der Männer auf der steinigen Straße klirren und wusste, dass eine Verfolgung durch die Wachen des Papstes nicht von Vorteil für sein Vorhaben war. Bruder Solus riskierte einen Blick zurück und sah vier der acht Wachen hinter ihm hereilen. Natürlich hatten nicht alle Wachen das Tor verlassen. Trotz ihrer schweren Rüstungen, die sie langsamer machten, waren sie nur wenige Meter hinter ihm und schienen gewillt, ihn bis zu seinem Tode zu verfolgen. Da der Morgen noch jung war, die Nacht noch immer in den Straßen lauerte und der Nebel noch die Sicht auf das Umliegende nahm, hoffte der Pater auf die Unterstützung Gottes. Mit wirbelnder Kutte sprang der Mönch um eine Hausecke. Er hörte die erstickten Schreie der Wachen hinter sich:

»Bleibt stehen, dann werden wir Euch einen schnellen Tod gewähren. Im Namen der Heiligen Kirche, Papst Nikolaus IV., bleibt stehen!« Trotz seiner Verehrung für den Papst war Bruder Solus nicht bereit, dafür sein Leben zu lassen und somit den Untergang des Klosters zu besiegeln. Bettler und Obdachlose blickten den wütenden Wachen und dem fliehenden Bruder Solus verängstigt nach. Den Wachen des Papstes, das wussten diese Menschen am allerbesten, entkam man nicht. Viele konnten sich zwar verstecken, doch die Durchsuchungen, die die rachsüchtigen Wachen durchführten, trieben jeden Täter aus seiner Verborgenheit. Bruder Solus befahl seinen Füßen noch schneller zu laufen und bog erneut um eine Hausecke, die er mit seiner Schulter rammte. Er verspürte einen stechenden Schmerz. Der Nebel lichtete sich zwar leicht, doch noch immer war er ideal, um sich beinahe ungesehen wie ein Gespenst durch die Gassen Roms bewegen zu können. Die Wachen waren nun ein Stück zurückgefallen und hatten die Waffen zurück in ihre Scheiden gesteckt, um schneller vorwärtskommen zu können. Bruder Solus wusste nur eines: Einen schnellen Tod würden diese Männer ihm sicher nicht gewähren.

Die verwinkelten Straßen Roms waren wie geschaffen für eine Verfolgungsjagd und somit führten Bruder Solus‘ Füße ihn in die alten und schmutzigeren Winkel der Stadt. Nicht einmal eine Kutsche passte durch diese alten Straßen, die schon seit Kaiser Nero und Konstantin hier verliefen. Bruder Solus hörte, wie eine Wache gegen eine Wand prallte und mit einem scheppernden Geräusch der Rüstung zu Boden fiel. Hier in diesen engen und verwinkelten Gassen hallten die Geräusche von den nahe gelegenen Hauswänden wider und wider und machten ein gründliches Verstecken nicht möglich. Als Bruder Solus plötzlich zum Sillstand kam, vernahm er zitternd das Pochen seines Herzens. Die Wand, die sich vor ihm auftat, war mehrere Fuß hoch und schien unüberwindbar. Links und rechts waren angrenzende Häuser, die ein Weitergehen unmöglich machten.

Er war in eine Sackgasse geraten.

Bruder Solus hörte die Schritte der Wachen, die in seine Richtung kamen und wusste, dass mit seinem bevorstehenden Tod auch der Untergang des Klosters unausweichlich war.

Kapitel 53

Girolamo genoss die Zeit in seinem eigenen, warmen Bett, doch dieses Gefühl der Behaglichkeit sollte nicht mehr lange währen. Zwar wollte der Papst das versteckte Kloster des sonderbaren Mönchs so schnell als möglich aufsuchen, doch die Zeit, die nun heranbrechen würde, hatte keinen Platz für Annehmlichkeiten. Allerdings war sein Grund das Kloster aufzusuchen ein gänzlich anderer, als es der von Bruder Vanum sein musste, doch solange dieser ihm detailliert den Weg beschrieb, war es ihm gleichgültig. Was kümmerte es ihn, dass ein Kloster, versteckt in den Bergen, nicht auf die Weisungen der Kirche einging, wenn der Herr doch sein allrichtendes Auge auf die aufbrechende Gruppe warf? Zwar würde der Papst unter normalen Umständen keinen Versuch auslassen, das Kloster auszurotten, doch in jenem Fall war der Mythos von Franziskus von Assisi, ihrem ehrenwerten Ordensgründer, weitaus beachtlicher als gotteslästernde Mönche.

Die Worte des Mönchs gingen ihm einfach nicht mehr aus dem Kopf. Wieder und wieder dachte er über die Beschreibung des Klosters nach und betete, dass der Herr dieses eine Mal seine waltende und großzügige Kraft ausüben würde.

Die Ernennung zum Kardinal war noch in der vergangenen Nacht vollzogen worden. Der Papst hatte sich keine große Mühe damit gemacht, den Wunsch des Bruders zu erfüllen. Alle Rechte und Pflichten waren damit auf den Mönch übergegangen. Ob sich der Mann erhoffte, selbst zum Nachfolger Petri aufzusteigen, war Girolamo bisher noch unklar, doch es kümmerte ihn auch nicht. Diese Sorge würde ihn nicht mehr betreffen. Als Papst Nikolaus IV. seine Füße aus dem hoheitlichen Bett schwang, wusste er, dass er es so schnell nicht wiedersehen würde. Die Reise würde beschwerlich werden, auch wenn natürlich alle damit beauftragt waren, sämtliche Unannehmlichkeiten vom Papst fernzuhalten. Ein Klatschen der Hände genügte und schon eilten zwei Diener in die Gemächer des Papstes, um ihn anzukleiden. Carlo und Bruder Vanum, jetzt Kardinal Vanum, waren von Papst angewiesen worden, noch vor Sonnenaufgang ihre Zimmer zu verlassen und sich für die Reise bereit zu machen.

Die kleine päpstliche Armee, die Girolamo zum Kloster mitnehmen wollte, hatte sich bereits in der Nacht vor den Toren Roms versammelt. Girolamo wollte nicht riskieren, dass die Bevölkerung Roms in Angst und Schrecken versetzt wurde und sich womöglich auf einen kommenden Krieg einrichtete. Zwar hatten die meisten Klöster nicht einmal Waffen, geschweige denn ein Heer, doch der Papst hielt es in Anbetracht der misslichen Lage für angebracht, mit hundert Soldaten gen Norden zu ziehen.

Die kleine Kriegsmacht erwartete den Papst gegen Morgen und würde dann beginnen, in den Norden zu marschieren, den Anweisungen Kardinal Vanums folgend. Als der Papst in seine grüne, mit funkelnden Smaragde und Edelsteinen besetzte Robe gekleidet war, griff er nach seinem Hirtenstab und ging nach draußen. Begleitet wurde er von vier Gardisten, die ihn bis zum eigenen Tod verteidigen würden. Das hatte ein jeder von ihnen geschworen und ein Schwur war bindend, wie jener, den Kardinal Vanum in der letzten Nacht hatte ablegen müssen: Es war der Schwur der Römischen Kirche auf ewig treu zu dienen. Diesen Schwur galt es zu halten, ansonsten drohte der Tod und die Exkommunikation. Girolamo war gewillt, beide Strafen aufs Härteste durchzuführen, wenn nötig vor den Augen des Volkes.

Carlo und Kardinal Vanum warteten bereits auf den Papst vor dessen Gemächern. Carlo war nicht über die Maßen erfreut, als man ihm sagte, sie würden sich auf die Reise zu einem verborgenen Kloster begeben. Einen Grund dafür hatte man nicht genannt. Der Primas hatte ihm nur so viel gesagt, dass ein Zeichen auf jenes Geheimnis gedeutet hatte, was sie aufdecken wollten. Der Papst glaubte einem dahergelaufenen Mönch, der paar Sätze ausgesprochen hatte, nach denen sich nun die gesamte Kirche richtete. Mit schiefem Blick spähte Carlo Discu da Viterbo zu dem kürzlich ernannten Kardinal hinüber, der gestern noch ein einfacher Mönch gewesen war, heute aber in diesen Hallen sogar über Carlo stand, obwohl dieser den Papst schon seit seiner Zeit im Franziskanerorden kannte und stets sein Untergebener gewesen war, selbst in der schweren Zeit des

Konklave. Kardinal Vanum trug den purpurnen Mantel und den roten Hut, der das erkennbare Zeichen einer Eminenz war, mit solchem übertrieben Stolz, als hätte er nie etwas anderes getan. Natürlich war auch Carlos Verlangen nach Aufklärung des geheimnisumwitterten Mythos groß, beinahe größer als das des Papstes, doch dieser Wahnsinn, mit einer ganzen Armee in ein womöglich unbewaffnetes Kloster einzufallen, war töricht und würde nun die Aufmerksamkeit der Menschen auf sie ziehen. Carlo wagte es jedoch nicht, den Papst umzustimmen. Zu groß war die Angst, einfach fallen gelassen oder gar in seinen Orden zurückgeschickt zu werden.

Nein, lieber würde er sich fügen und unterwerfen und zusehen, wie der Papst eine Dummheit beging.

Papst Nikolaus IV. schritt um die Ecke und steuerte zielstrebig auf sie zu. Ehrfürchtig machten die beiden dem Papst Platz, der wortlos zwischen ihnen hindurchging, geradewegs auf das Hintertor zu. Obwohl Kardinal Vanum wusste, dass er das Druckmittel in der Hand hielt, unterwarf er sich dem Papst. Schließlich handelte es sich hier um den Stellvertreter Gottes auf Erden. Zudem fürchtete Kardinal Vanum den Einfluss und die Macht des Papstes. Zu seinem Bedauern, war er sich nämlich in keinster Weise darüber im Klaren, was für eine Repressalie er denn genau besaß.

»Guten Morgen, Heiligkeit«, begrüßte Kardinal Vanum den Papst und warf einen raschen Blick zu Carlo hinüber, der stumm geblieben war. Der Papst hatte für sie nur ein knappes Nicken übrig und schritt dann rascher aus.

»Wir werden die Tore Roms noch vor Sonnenaufgang erreichen. Unser Heer hat sich dort versammelt und wartet. Wie lange würde eine Reise zu Eurem Kloster dauern?«, fragte Girolamo und warf einen Blick über seine Schulter.

»Wenn wir mit der Stärke von hundert Mann reisen, dies aber stetig und beharrlich tun, erreichen wir, nach meinen Berechnungen, St. Caritum in knapp fünf bis sechs Tagen.«

»Sehr gut, ich hoffe, es gibt keine weiteren Unannehmlichkeiten, die problematisch werden könnten«, entgegnete der Papst. Kardinal Vanum erwiderte rasch:

»Niemand wird sich dem Heer Gottes gegenüberstellen, um es aufzuhalten oder es mit Belanglosem zu konfrontieren.« Als der Papst gerade den Mund öffnen wollte, um zu antworten, kam eine der Wachen um eine Ecke, geradewegs auf den Papst zugerannt. Nicht ohne sich zu verbeugen, murmelte der Mann:

»Heiliger Vater«, und küsste die Hand des Pontifex. »Vor den Toren des Laterans ist es zu einer kleinen Auseinandersetzung gekommen. Ein Mönch erbat Einlass. Er meinte, er hätte wichtige Neuigkeiten für Euch, die er aber nur Euch persönlich übermitteln wolle. Vier Eurer Wachen verfolgten ...«, doch der Papst gestattete dem Wachmann nicht, seinen Satz zu vollenden.

»Euer Tatendrang ist löblich, doch wir haben andere Dinge zu erledigen. Belästigt einen anderen mit Euren Geschichten«, erwiderte der Papst kalt und schritt an dem Mann vorbei. Für einen Moment hielt Kardinal Vanum inne. Ein Mönch? Ein Bruder, der eine wichtige Mitteilung für den Papst hatte? War es möglich, dass Bruder Solus ihm bis nach Rom gefolgt war? Selbst wenn Bruder Solus ihm gefolgt war, so hatte Kardinal Vanum eine Stellung eingenommen, die nur sehr wenigen Menschen zuteil wurde. Und nur sehr wenige Menschen hatten somit das Privileg der uneingeschränkten Macht, die sie für ihr eigenes Wohl nutzen konnten.

Kapitel 54

Selbst der Meister schien von dieser Wende der Ereignisse vollkommen überrascht zu sein. Tief in Gedanken hatte eine Stimme zu Artur gesprochen, die für die Eingebung die er erhalten hatte, verantwortlich war. Die Lösung des ersten Verses lag direkt vor ihnen. Schon als Artur die Kirche betreten hatte, hatte er das Gefühl gehabt, hier an der richtigen Stelle zu verweilen. Sei es die göttliche Kraft, die in diesen Gemäuern herrschte, oder sein Einfallsreichtum, ganz gleich, was es war, es war beinahe zu einfach, was Bruder Auctor sich in seinem zweifellos geistreichen Kopf hatte einfallen lassen. Die allzu komplizierte Denkweise hatte sie bei diesem Rätsel nicht weitergebracht, doch nun war es vollkommen offensichtlich, welches Werkzeug der Bruder gemeint hatte: *Die Bibel!*

Die Bibel war das Werkzeug der Christenheit, der Ort, an dem die Lösung des Rätsels verborgen lag. Die Lösung des Satzes, welcher auf der Rückseite des Bildes geschrieben stand:

Am hellen Mittag tappst du im Dunkeln wie ein Blinder. Deine Wege führen nicht zum Erfolg!

Dies war ihr erster Anhaltspunkt, ihr erstes Rätsel. Somit war die Bibel Bruder Auctors auch der Ort, an dem des Rätsels Lösung verborgen lag. Es war so berechenbar, so erfassbar, so schlicht. Doch würden die anderen Verse und Zeilen ihr Geheimnis auf ebenso bereitwillige Art preisgeben wie der erste Satz des Rätsels?

Meister Callidus blickte immer noch träumerisch ins Leere und grübelte wahrscheinlich noch immer über die Einfachheit des Satzes nach.

»Meister?«, fragte Artur ehrfürchtig, als beide wieder in Meister Callidus‘ Turmzimmer waren. »Gesegnet sei Bruder Auctor«, sprach der Meister bedächtig und bekreuzigte sich.

»Lösungen nicht in wortgewandte Texte, sondern in bloße Einfachheit zu kleiden, ist meistens die geeignetste Technik, um Dinge zu verbergen. Denk immer daran und bedenke diesen Grundsatz auch bei den weiteren Versen. Wir sollten uns von dem komplizierten Denken vorerst verabschieden und die Demut der Worte des Gründers verstehen.« Artur wurde von dieser Erkenntnis munterer gestimmt. Sollte ihr Glück und ihr Glaube sie nicht verlassen haben, dann waren auch die übrigen Zeilen nicht so schwer zu lösen, wie sie vermutet hatten. Als Artur sich die zweite Zeile des Rätsels in Erinnerung rief, sprach der Meister die Worte bereits aus, die zur Aufklärung des nächsten Hinweises dienen sollten:

»Der Satz, das Wort, mit dem die Kirche Anfang nahm, ...« Meister Callidus blickte hinaus aus den Fenstern und versank wieder in seinen Gedanken.

Die gelöste Stelle des Rätsels musste Aufschluss über die kommenden geben, da war sich Artur sicher. Mit welchem Wort, mit welchem Satz, hatte die Kirche ihren Anfang genommen? Artur konnte trotz der immer wiederkehrenden Müdigkeit nicht schlafen. Das Rätsel war lösbar. Endlich hatten sie eine erste richtige Lösung der verwirrenden und doch so einfachen Worte entdeckt. Wieder einmal war Arturs nächtlicher Spaziergang in die Kirche nicht erfolglos verblieben.

Der Satz, das Wort, mit dem die Kirche Anfang nahm.

Was verbarg sich dahinter?

Die Kirche hatte ihren Anfang im Wort gefunden. Wie alles Leben auf dieser Erde. Doch welches Wort, welcher Satz war derart mächtig, eine Kirche zu erschaffen, die sich seit über tausend Jahren als die richtige erwiesen hatte? Auf- und abgehend in seiner Zelle, ließ Artur das Rätsel keine Ruhe. Er wusste nicht, wann seine Gedanken das letzte Mal so oft um ein und dieselbe Frage gekreist waren. Er konnte sich nicht entsinnen, jemals von Meister Callidus in ihrem täglichen Unterricht etwas von einem Wort oder gewissen Wortlauten gehört zu haben, aus welchen die Kirche hervorgegangen war. Waren auch diese Worte einfacher zu lösen, als sie Bruder Auctor zugetraut hatten?

Was Artur aber wirklichen Kummer bereitete war, dass das Gemälde, welches ihren ehrwürdigen Gründer zeigte, offenbar sehr viel mehr Rätsel enthielt, als sie zuerst angenommen hatten. Womöglich waren auch diese Zeilen noch nicht die letzten Verschlüsslungen und führten sie weiter auf völlig andere Pfade, die vom Nebel der Geheimnisse eingehüllt waren.

Kapitel 55

So musste es sich anfühlen, dem eigenen Tod ins Gesicht zu blicken. Die Schritte der Wachen überschlugen sich und bahnten sich ihren Weg zu Bruder Solus‘ Versteck, um ihn kaltblütig und im Namen des Papstes, im Namen Gottes, zu ermorden. Ein mordender Gott. Ein strafender Gott.

»Hier rechts«, schrie ein Wachmann und Bruder Solus hörte, wie sie näher und näher rückten. Bereit, ein weiteres Menschenleben für den Glauben zu opfern. Als der Hauptmann gerade seinen Fuß in den letzten Gang zwischen zwei Häusern setzte und es sich nur noch um Augenblicke handeln konnte, bis dieser ihn sah, öffnete sich zur Linken Bruder Solus‘ eine kleine Tür.

»Hier herein«, flüsterte eine leise Stimme. Bruder Solus zögerte nicht eine Sekunde. Ohne nachzudenken glitt er in die Türöffnung, um zu einem Fremden ins Haus zu gelangen. Jegliche Art zu sterben war gut, solange sie nicht auch noch die Exkommunikation forderte. Mit einem leisen Ruck schloss sich die Tür wieder und Bruder Solus lachte dem Tod für einen kurzen Augenblick ins Gesicht, als wolle er ihn als einen Narren bezeichnen, weil er gerade um ein Opfer betrogen worden war.

Zuerst herrschte Stille, die so durchdringend war, dass man nur das Fluchen der Wachen im Hof hören konnte. Sie mutmaßten, dass der Fliehende wohl über die Mauer geklettert war. Nach einer Weile der Anspannung und der Nervosität entflammte plötzlich eine Kerze und beleuchtete das Gesicht eines Mannes. Die Haut des Mannes war runzlig und es hatte den Anschein, dass Bruder Solus‘ Retter schon ein paar Jahre älter war als der Mönch. Seine verblichene Kleidung ließ darauf schließen, dass er aus dem einfachen Volke Roms stammte. Als Bruder Solus auf die Knie fiel, küsste er des Mannes Hand und sagte:

»Ich danke Euch. Der Herr möge Euch segnen. Dem Tod auf solch eine Weise zu entrinnen ist nichts anderes als ein Wunder Gottes.« Der Mann nickte knapp, dann zerrte er den Bruder wieder auf seine Beine.

»Schon gut. Ich bin gewillt jedem zu helfen, der von den Wachen des Papstes verfolgt wird, auch wenn es ein Mann aus den eigenen Reihen ist«, flüsterte der Mann und blickte verächtlich auf die Kleidung Bruder Solus'.

»Euren Worten nach zu schließen, seid Ihr nicht gut auf den Papst gestimmt«, merkte Bruder Solus an und fragte sich zugleich, ob er es mit einem Ungläubigen zu tun hatte.

»Ich war schon immer davon überzeugt, dass die Männer Gottes schnelle Denker waren. Ja, Ihr habt Recht. Ich halte nichts von den Mordgelüsten des Papstes und seiner Schergen. Diese Gefühle haben mich meine Tochter gekostet«, sagte der Mann mit erstickter Stimme und blickte zur Tür, als wolle er die Männer dahinter mit seinem bloßen Blick töten.

»Viele der Flüchtenden wählen den Weg durch die Gassen unserer Häuser. Viele verirren sich und finden sich nach einiger Zeit in meinem Hinterhof wieder, wo sie keinen Ausweg mehr erkennen. Einigen konnte ich helfen, einigen schenkte ich das Leben. Nicht alle hatten das Glück, dass ich für sie da sein konnte. Vor vier Tagen erst lief ein Junge in meinen Hof, verfolgt von den Wachen des Papstes. Ich kam zu spät. Die Wachen metzelten den Jüngling nieder, als ob er den Stellvertreter Christi selbst beleidigt hätte. Der Schnee vor meiner Tür war so rot, als ob man einen großen Bullen geschlachtet hätte. Der Leichnam des Knaben konnte später nicht einmal mehr von der eigenen Mutter erkannt werden, so zugerichtet hatte man ihn.« Mit grimmigem Blick spuckte der Mann auf den Boden vor der Tür.

»Ich bin Euch zu mehr Dank verpflichtet, als Ihr Euch vielleicht bewusst seid, aber ...«

»Ich erhoffe mir gar nichts«, sagte der Mann schnell und mit Nachdruck in der Stimme. »Die Wachen zu schädigen ist Lohn genug. Ich frage mich, warum diese Rindviecher noch immer nicht auf den Gedanken gekommen sind, dass es Erdenbürger gibt, die nicht tatenlos zusehen, wenn Menschen vor ihrer Tür aufgespießt werden«, sagte der Mann in Rage mit erhobener Stimme und musste von Bruder Solus an die Anwesenheit der Männer vor der Tür erinnert werden.

»Ich bitte Euch«, flüsterte Bruder Solus. »Ich bin Euch sehr dankbar, doch bin ich nicht gewillt wieder auf den Hof zu gehen, um den Wachen erneut zu begegnen. Stattdessen ist es meine Aufgabe, den Papst aufzusuchen, um ihn vor etwas zu warnen. Es droht Gefahr, die ...«

»Gefahr für den Papst? Gefahr, die er sicherlich selbst heraufbeschworen hat. Nicht alle Menschen lassen sich von den Redereien der Kirchenmänner unterdrücken. Es ist nur schlüssig, dass sich eines Tages ein Opfer der Kirche erhebt, und zurückschlagen wird. Ich bete jeden Tag für diese Stunde. Wenn ich mich recht entsinne, so habt Ihr doch gerade einen Streit mit der Wache verursacht. Wie wolltet Ihr an dieser vorbei, nur um dem Papst etwas zu übermitteln, was er als nicht würdig erachtet?« Bruder Solus war es nicht gestattet zu antworten. »Überdies weiß ich aus zuverlässiger Quelle, dass der Papst nicht mehr in seinem Palast verweilt.« Für kurze Zeit herrschte absolute Stille in der kleinen Kammer, in der sie sich befanden. Dann stammelte Bruder Solus:

»Aber ... er hat nicht ... Wie wollt Ihr davon wissen?«

Der Mann blickte Bruder Solus nicht an, als er sagte:

»Meine Quellen haben mir davon berichtet. Vertraut mir, aber fragt mich nichts Genaueres. Es würde die Herkunft meiner Quellen verraten und sie in tödliche Gefahr bringen. Es ist eine Tatsache, dass der Papst vor wenigen Stunden den Palast verlassen hat und laut einer Vermutung auch die Stadt Rom.«

»Was? Seid Ihr sicher? Ich habe eine tagelange Reise hinter mir, allein um den Papst über etwas zu informieren, was eine schreckliche Katastrophe auslösen könnte. Seid Ihr Euch der Bedeutung Eurer Worte gewiss? Seid Ihr sicher?«

»Natürlich bin ich sicher. Würde ich Euch sonst damit behelligen?« Bruder Solus schwieg. Konnte es tatsächlich sein, dass der Papst bereits von Bruder Vanum informiert worden war? Konnte es tatsächlich sein, dass der Papst dem Verräter geglaubt hatte? Konnte es tatsächlich sein, dass er sich bereits auf dem Weg zum Kloster St. Caritum befand? Er schluckte.

»Bitte«, sagte er mit trockenem Mund, »beantwortet mir noch eine letzte Frage. Wisst Ihr, wohin Seine Heiligkeit gegangen ist?«

Mit zitternden Knien nahm Bruder Solus die Antwort entgegen:

»Ich hörte, er befindet sich mit einer hundert Mann starken Armee auf dem Weg nach Norden.«

Bruder Solus‘ Gedanken rasten und machten einen Plan für sein weiteres Vorhaben unmöglich. Der Mann wusste nicht, mit was für Problemen er Bruder Solus gerade konfrontiert hatte. *Auf dem Weg nach Norden. Auf dem Weg zum Kloster St. Caritum.* Bruder Vanum hatte es tatsächlich vollbracht, den Papst, die höchste Instanz der Kirche, zu überreden, einem Hirngespinst zu folgen. Bruder Solus riss sich in die Wirklichkeit zurück und blickte den Mann mit aschfahlem Gesicht an, als dieser fragte:

»Ist alles in Ordnung?« Nein, in Ordnung war nichts und wenn Bruder Vanum den Papst vor die Tore des Klosters führte, war nichts mehr in Ordnung. Die Welt würde in Hass und Tod vergehen.

»Ich habe Eure Hilfe nun lange genug beansprucht«, sagte Bruder Solus plötzlich sehr schnell und wandte sich zur Tür, durch die er den Raum sicher verlassen konnte. Viel zu lange hatte er schon gezögert.

»Dürfte ich um den Weg nach draußen bitten?«, fragte Bruder Solus. Wortlos stieß der Mann eine Tür auf, die in ein kleines Wirtshaus führte. Zu Bruder Solus‘ Glück waren keine Gäste da, der Morgen war zu früh. Gegenüber des Ausschanks lag die Ausgangstür und Bruder Solus steuerte direkt darauf zu. Kurz davor hielt er inne, drehte sich noch einmal zu seinem Retter um und sagte dankend: »Ihr habt heute einen weitaus größeren Dienst erwiesen, als Euch bewusst ist. Ihr habt der gesamten Christenheit gedient.« Als der Mann gerade wieder den Mund öffnen wollte, um zu protestieren, sagte Bruder Solus: »Der Christenheit, nicht dem Papst. Ihr habt heute im Sinne der ganzen Welt gehandelt und man wird es Euch vergelten. Nach Jahr und Tag, wenn Ihr das Heilige Sakrament des Todes erhalten werdet. Ihr werdet sehen.« Mit diesen Worten drehte sich Bruder Solus herum und eilte durch die Tür in das verschneite Rom.

Man konnte es Glück, Wendung, oder Fügung oder Schicksal nennen. Die Christen nannten es den göttlichen Willen, der dafür gesorgt hatte, dass dieser Mann Bruder Solus das Leben gerettet und ihm zudem noch eine rettende Botschaft überbracht hatte. Vielleicht war es noch nicht zu spät. Bruder Solus musste nun erst einmal dafür sorgen, dass er Rom wieder verlassen konnte, ohne von den Wachen erkannt zu werden. Um Bruder Vanum aufzuhalten, würde er nun auf ein Mittel zurückgreifen, dessen Verwendung Bruder Martin ihm nur erlaubt hatte, wenn es einmal keinen anderen Ausweg mehr geben sollte. Etwas, das auch Bruder Vanum benutzt hatte, um seine beiden Begleiter zu beseitigen. Mord!

Mord war nötig, um diesem Wahnsinn Einhalt zu gebieten. Mord, unter den Augen des Papstes.

Kapitel 56

Der Frost war wie Gift, das jegliche Motivation vernichtete, die für ein solches Unterfangen von Nöten war. Der Wachmann Inseptus war schon viele Jahre bei dem Heer, welches dem Papst unterstellt war, doch er hatte noch nie eine Aufgabe ausführen müssen, bei der solche Temperaturen herrschten. Ihr Hauptmann schritt ungeduldig auf und ab und blickte alle paar Momente zum Nordtor, welches aus der Ewigen Stadt herausführte. Jeden Moment konnte die Kutsche mit dem Papst heraneilen und ihre Reise gen Norden würde beginnen. Inseptus‘ Leidensgenossen waren ebenso verwundert über diesen Auftrag gewesen wie er selbst. Ganz plötzlich wurde das kleine Heer zusammengerufen und des Nachts aus der Stadt geschafft. Niemand sollte etwas von dem Befehl merken. Nur Gott wusste, wie lange sie für diesen Plan zu gehen hatten. Viele der Wachen hatten schon Erfrierungen an den Händen und Füßen, doch natürlich war es niemandem gestattet, sich zu rühren. Die wenigen Männer, die auf den Pferden saßen, hatten die großen Zelte dabei, in denen sie nächtigen würden und Inseptus war sich nicht sicher, ob alle Männer diese Nächte in der Kälte überleben würden. Was trieb den Papst an, in dieser Jahreszeit seinen Angelegenheiten nachzugehen? Was war derart wichtig, dass es nicht auf den Frühling warten konnte? Dennoch wagte es Inseptus nicht, seinen Unmut zu äußern. Der Ausschluss aus der Armee wäre noch die kleinste Folge einer Äußerung. Blasphemistische Worte würden ihm den Tod bringen, nicht zuletzt gefolgt von der Verdammung ins Fegefeuer.

Die Sonne schien bereits hinter den Baumwipfeln hervor und ließ den Schnee um sie herum glitzern und funkeln. Doch auch diese Schönheit überschattete nicht seine Schrecklichkeit, mit der der Schnee sie umhüllte. Die Sonne vermochte sie auch nicht zu wärmen. Der Winter hatte das Land noch immer fest im Griff und machte es dem Papst besonders schwer, sein Vorhaben in die Tat umzusetzen.

Inseptus war sich sicher, dass auch nun sein eigener großer Zeh abgefroren war. Ein hinnehmbares Opfer, wie sein Hauptmann sagen würde, um dem Papst zu dienen. Als sich der Blick seines Hauptmannes aufhellte und dieser frohlockend zum Tor blickte, wusste Inseptus, dass sich die Kutsche nähern musste, rechtzeitig zum Sonnenaufgang, wenn Rom erwachte.

»Achtung!«, rief ihr Kommandant aus und das hundert Mann starke Heer des Papstes nahm Haltung an und blickte starr geradeaus. Die schlichte schwarze Kutsche rollte eilig auf sie zu und kam vor ihnen zum Stehen. Jedes Mal, wenn der Stellvertreter des Heiligen Petrus zu ihnen sprach, erfüllte es Inseptus mit Stolz und Würde, Gott auf eine derartige Weise dienen zu dürfen. Die Tür des hölzernen Gefährts öffnete sich und der Schuh des Papsts erschien, gefolgt von seinen Füßen und dem Oberkörper. Der Kutscher, der von seinem Kutschbock herabgekommen war, hatte ein Stück Stoff auf den Boden gelegt, auf welches der Papst jetzt trat. Ihm folgte ein Mann, der die typische Kardinalskleidung trug und ein anderer Mann, den Inseptus noch nie gesehen hatte. In Begleitung des Papstes genossen auch sie höchstes Ansehen und Einfluss. Vor allem der Kardinal war mit der Macht Gottes gesegnet. Der Hauptmann trat nach vorne und verbeugte sich tief vor dem Pontifex.

»Seid gegrüßt Heiligkeit. Es ist uns eine Ehre, Euch bei Eurem Vorhaben unterstützen zu dürfen.« Der Papst nickte, dann wandte er sich mit lauten Worten an die versammelten Männer:

»Unsere Brüder, Wächter des Stuhls Petri. Jetzt ist nicht die Zeit für Worte, für große Reden. Nein, wir haben in einem erleuchteten Moment eine göttliche Einsicht erhalten. Eine Einsicht, die wir nicht ignorieren können, die dem Christentum Frieden und Göttlichkeit schenken wird, wenn unsere Reise gen Norden denn Erfolg haben wird. Und das wird sie. Das wird sie, da die Wachen Petri uns begleiten und uns beschützen und sicher zu unserem Ziel bringen werden. Unser Ziel ist es, die Wahrheit zu finden, die Wahrheit, die uns noch größer werden lässt. Der Weg wird hart, doch wir werden ihn bezwingen, auch jetzt. Auch zu dieser Zeit«, sagte der Papst und blickte erwartungsvoll in die Runde der Männer. Nach einer kurzen Stille, die wie ein Segen über die Menge glitt, wandte der Papst sich um und kletterte zusammen mit seinen zwei Begleitern wieder in die Kutsche.

Doch Inseptus wusste es besser: Das letzte Wort über das Schicksal der Reise, das letzte Wort über das Schicksal der hier versammelten Männer lag nicht in der Hand des Kirchenfürsten, sondern in der Hand des Todes.

Kapitel 57

Die Reise des päpstlichen Heeres begann begleitet von Frost und Kälte. Obschon Carlo Discu da Viterbo in der Kutsche des Pontifex mit dem neuen Kardinal verweilte, wurde er regelmäßig von Kälteschauern heimgesucht. Nikolaus IV. hingegen ließ sich nichts anmerken. Oder wurde er von göttlichen Gnaden erwärmt? Auch der Kardinal schien zu frieren. Blaue Lippen und zittrige Hände verrieten seinen Zustand. Warum war dieser Mann derart auf Rache aus, dass er seinen eigenen Orden verriet? Natürlich war es undenkbar, dass ein Kloster die Keuschheitsgebote ignorierte und dies schon seit einem guten Jahrtausend. Und dennoch musste der Kardinal einen ganz besonderen Grund gefunden haben, um eine solche Reise in Kauf zu nehmen. Der Papst konnte Carlo nicht täuschen. Nicht wegen eines versteckten Klosters nahm er den weiten Weg auf sich, noch dazu mit der Streitmacht Gotts ausgestattet.

Nein, Carlo konnte nicht sicher sein, was der Bruder zum Papst gesagt hatte, doch er war sich sicher, dass es etwas mit dem Martyrium zu tun hatte, welches mit der Kirchengeschichte in Verbindung stand und welches es nun aufzudecken galt. Irgendetwas wurde verschwiegen. Keiner schien dem anderen zu trauen, auch wenn der Kardinal nun zur kirchlichen Familie gehörte und folglich auch zum nächsten Heiligen Vater gewählt werden konnte. Aber die Chancen für einen unbekannten Kandidaten waren gering, zudem der amtierende Heilige Vater insofern Einfluss auf die Wahl nehmen konnte, indem er jene Kardinäle ernannte, die auch auf seiner Seite standen und seinen Günstling wählen würden. Doch all dies würde den Papst nicht mehr belasten, denn die Voraussetzung für ein Konklave war der Tod des Stellvertreter Christi. Wie konnte es möglich sein, dass ein dahergelaufener Mönch sich in einer Nacht zu einem der machtvollsten Männer der Welt ernennen lassen konnte? Was hatte er dem Papst übermittelt, dass ihn in dessen Gunst dergleichen wachsen ließ, dass er ihm bedingungslos folgte wie ein kleiner Junge seiner Mutter? Carlo blickte in die unergründlichen Augen des mächtigsten Mannes der Welt und spürte, dass der Papst von einem Geheimnis umgeben war.

Carlo fragte sich, wie lange sie noch in diesem Gefährt unterwegs sein würden, bis sie das Kloster erreicht hatten. Nach Aussage Seiner Eminenz war dieser mehrere Tage unterwegs gewesen, jedoch nicht immer mit einer Kutsche, was die Zahl der Tage womöglich verringern konnte, wenn sie beständig und stetig reisten.

Solange ihnen der Winter nicht die Zügel der Kutsche aus ihren Händen riss.

Papst Nikolaus IV. konnte seine Aufregung nicht verbergen. Viel zu viele Jahre waren vergangen, seitdem er die geheimen Dokumente Franziskus von Assisis studiert hatte und über ihre Thesen aufgeklärt worden war. Woher der Meister ihres Ordens diese Informationen bezüglich der Schandtat erlangt hatte, wusste keiner. Danach wurde auch nicht gefragt. Es war nicht nötig, sich noch länger zu fragen, ob denn eine Möglichkeit bestand, dass dieser Verrat nicht stattgefunden hatte. Seit er Papst war, hatte er mit seinem Ordensgeneral zu viele Indizien gefunden, die für das Verbrechen der Kirche sprachen. Noch konnte den Sünden Einhalt geboten werden, doch die Vergehen der vorigen Päpste konnten nicht ungeschehen gemacht werden. Jahre später nachdem die Idee in seinem Kopf entstanden war, sich zum Herrscher der Kirche krönen zu lassen, stand er womöglich an einem Scheidepunkt der Römischen Kirche. Nun lag es in seiner Hand, das Geheimnis zu lüften. Dafür war ihm jedes Mittel recht. So hatte er befohlen, einen kaum benutzten Weg zum Kloster zu nehmen, zumindest so weit, wie der Kardinal es ihm verraten hatte. Aus Scheu, Girolamo würde ihn hinrichten, verriet der Mönch immer nur so viel, damit sie einen Tagesmarsch absolvieren konnten. Niemand durfte sie sehen! Darum hatte Girolamo auch ein so kleines Heer zusammengestellt. Und jene, die ihnen trotz seines Wunsches, nicht gesehen zu werden begegneten, wurden ohne Umschweife getötet. Die nachkommenden Generationen würden es ihm, Papst Nikolaus IV., danken, dass er sie von der heuchlerischen Krankheit der Betrügerei befreit hatte.

Girolamo Masci d'Ascoli würde als der rettende Papst Nikolaus IV. in die Geschichte eingehen.

Kardinal Vanum saß vollkommen ruhig in der Kutsche. Wenn er an die vergangenen Tage zurückdachte, war es ihm kaum möglich zu begreifen, welches Privileg, welchen Luxus er gerade erfuhr und den Rest seines Lebens erfahren würde. Luxus, war in dieser Zeit ein Privileg von nur wenigen Menschen. Die Bereitschaft Gottes, ihm zu helfen, ihn zu unterstützen, ihn zu segnen, wurde von Tag zu Tag stärker. Kardinal Vanum wusste nun ganz sicher, dass er das Richtige tat und alles nach Gottes Willen geschah. Noch unglaublicher war die Tatsache, dass der Papst, das Oberhaupt der Christenheit und der Herrscher über die Welt, seinem Willen unterstand. Zwar war Kardinal Vanum nicht bereit zu sterben, doch wenn dies Gottes Wille war, dann sollte es so sein. Der Kardinal hatte das Funkeln, das Feuer in den Augen des Papstes gesehen, als er von dem Ort des Klosters berichtet hatte. Er hatte gesehen, wie mächtig es loderte und brannte. Der Papst wusste, was er verlieren würde, wenn er seinen jungen Kardinal hinrichten ließ. Auch wenn er der Einzige war, der dies zu wissen schien.

Kardinal Vanum war bereit, fortan den Papst mit Schmeicheleien und List dazu zu bringen, ihn zu seinem Günstling zu machen, mit dem Ziel, eines Tages vielleicht selbst zum *Pontifex Maximus* aufzusteigen.

Kapitel 58

Trotz ihres nächtlichen Umtreibens würde der Meister mit dem Unterricht nicht auf ihn warten. Viel zu oft hatte Artur den Meister warten lassen und ihn versetzt. Zwar hatte Meister Callidus dafür meistens Verständnis, doch selbst das Rätsel um Bruder Auctor mochte einen Ausfall des Unterrichts nicht rechtfertigen. Es schien noch genug Zeit zu geben, über die Zeilen nachzudenken. Was allerdings angesichts der Tatsache, dass Bruder Vanum auf dem Weg nach Rom war, nicht mehr möglich war, wenn die drei Verfolger ihre Aufgabe nicht erfüllen konnten.

Als Artur seine Zelle verließ und sich auf den Weg zu seinem Lehrmeister machte, schneite es bereits erneut. Bruder Martin hatte ihm erzählt, dass seit über zwanzig Jahren nicht mehr so viel Schnee wie in diesem Jahr gefallen war. Als Artur an die Tür des Meisters klopfte, war er äußerst überrascht, als ihm der kleine Bruder Martin die Tür öffnete.

»Verzeiht, ich wusste nicht, dass der Meister Besuch hat. Ich werde ...«

»Nein, schon gut. Komm herein«, murmelte die Stimme des Meisters.

»Was ich mit Bruder Martin zu besprechen habe, betrifft auch dich, besonders dich«, sagte der Meister und löste damit ein Gefühl der Unruhe in Artur aus. Als er eintrat, wurde er von Bruder Martin aufgefordert, auf einem unbequem aussehenden Stuhl Platz zu nehmen. Sofort fiel Artur das Bild Bruder Auctors in die Augen und er wurde erneut an das Rätsel erinnert.

»Wie ich hörte, hast du dich gestern Nacht wieder in der Kirche herumgetrieben«, sagte Bruder Martin und verlieh seiner Stimme den typisch missbilligenden Unterton.

»Ich war nicht allein«, sagte Artur prompt, ohne auf Meister Callidus zu achten, der ihm ein verkrampftes Lächeln zuwarf.

»Auch darüber wurde ich in Kenntnis gesetzt«, sagte Bruder Martin und warf einen scharfen Blick zu Meister Callidus hinüber, der auf seinem Stuhl ein wenig in sich zusammenzusinken schien.

»Nun, gleichwohl ist es Euch gelungen einen Teil des Rätsels zu entschlüsseln. Nachdem mich Meister Callidus darüber informiert hat, sah ich es als meine Pflicht an, mich selbst mit dem Rätsel zu befassen, da es eine größere Wichtigkeit besitzen könnte, als wir zuerst vermutet haben.«

»Was hat Euch diese Eingebung verliehen?«, fragte Artur interessiert und runzelte die Stirn.

»Ein kleines literarisches Werk, welches der Meister ebenfalls letzte Nacht in der Bibliothek entdeckt hat«, antwortete der Bruder und spitzte die Lippen.

»Woher habt Ihr von dem Buch gewusst und was noch wichtiger ist: Was steht in dem Buch?«

Der Meister lehnte sich kurz in seinem Stuhl nach vorne und sagte dann langsam:

»Nachdem mir immer klarer klar wurde, dass dieses Rätsel von einer Ungewöhnlichkeit und Komplexität Besitz ergriffen hat, wie ich es noch nie zuvor gesehen habe, machte ich mich auf, ein Buch in der Bibliothek zu suchen, welches das Leben unseres Gründers schildert. Heute vermuten wir, dass Bruder Auctor es selbst verfasst hat. Er hat darin sein Lebenswerk festgehalten, jedoch erst ab jenem Tag, an welchem er den letzten Stein des Klosters gesetzt hatte. Darin beschreibt er eine unglaubliche Kraft, die hinter dem Rätsel steckt. Und eben jene Kraft steckt meiner Meinung nach auch hinter den verschlüsselten Zeilen des Rätsels.«

Artur lauschte gebannt den Worten des Meisters. »Nachdem nun schon viele Tage seit der Flucht von Bruder Vanum vergangen sind und wir noch keine Botschaft von seinen Verfolgern erhalten haben, müssen wir leider annehmen, dass er es geschafft und die Stadt Rom erreicht hat. Sollte er mit einem päpstlichen Heer unser Kloster tatsächlich aufsuchen, sollten wir wissen, was hinter dem Rätsel steckt, um gegebenenfalls Vorbereitungen treffen zu können, um zu schützen, was immer denn auf unserem Kloster versteckt ist.« Arturs Herz begann zu rasen.

»Das bedeutet, dass nun auch Bruder Martin uns helfen wird, dieses Rätsel zu lösen, damit wir, was immer es darstellt, es in Sicherheit bringen«, schloss Artur.

»Allerdings«, sagte der Meister schnell, ehe Bruder Martin antworten konnte. »Und zu unserem großen Glück hat unser allseits geschätzter Bruder Martin«, und der Meister warf dem Bruder einen bewundernden Blick zu, der jedoch nicht von dem Cellerar erwidert wurde, »bereits die zweite Zeile des Rätsels gelöst.« Im Raum herrschte plötzlich Stille, die nur vom Knistern des Kaminfeuers unterbrochen wurde. Artur rief sich das gesamte Rätsel noch einmal ins Gedächtnis:

Im Werkzeug der Christenheit liegt es verborgen,
der Satz, das Wort, mit dem die Kirche Anfang nahm,
noch immer ist der falsche Stein im kleinsten Gotteshaus begraben,
nur der Erbauer trägt die Wahrheit im Herzen, wie St. Caritum es tut.

Es war klar, dass das *Werkzeug* die Heilige Schrift symbolisierte. Dies war in der Nacht von Artur selbst erwiesen worden und offensichtlich hatte der Bruder die Hinweise ihres Gründerbruders erfasst und verbunden.

»Ihr ... Ihr habt den zweiten Vers gelöst?«, stotterte Artur verwirrt und blickte abwechselnd Bruder Martin und Meister Callidus an.

»In der Tat. Wie von Meister Callidus schon erwähnt, bestach meine Logik derart, dass ich annehmen darf, dass meine Lösung für den zweiten Vers die richtige sein könnte. Natürlich will ich nicht behaupten, dass der Meister nicht nach einiger Zeit selbst auf diesen Gedanken gekommen wäre, doch die Übersetzung dieses Satzes ereilte mich schon, als ich ihn das erste Mal las.« Bruder Martins Gesicht verfärbte sich leicht rosa, vom Stolz über seine Leistung.

»Nun?«, fragte Artur, brennend vor Neugierde, welche unglaubliche Lösung für diesen Teil des Rätsels gefunden worden war.

Bruder Martin holte tief Luft und sprach:

»Der Ursprung unserer Kirche reicht fast dreizehn Jahrhunderte in die Vergangenheit. Kurz vor dem Tod unseres geliebten Herrn, Jesu Christi, nahm er unseren Kirchengründer Simon Petrus beiseite und sprach die folgenden Worte:

›Ich aber sage dir: Du bist Petrus und auf diesen Felsen will ich meine Kirche bauen und die Mächte der Unterwelt werden sie nicht überwältigen!‹«

Kapitel 59

Trotz des hohen Schnees zu beiden Seiten der Straße Roms lief Bruder Solus so schnell wie nie zuvor. Die Angst vor dem Kommenden saß ihm im Nacken und ließ seine Beine nur noch schneller laufen. Bürger der Stadt wandten sich nach ihm um, als er eine Ecke passierte und beinahe mit einem Händler zusammenstieß, der gerade seinen Verkaufsstand errichtete. Wütend rief er ihm etwas hinterher, doch der Bruder achtete nicht darauf. Nun war es an der Zeit zu handeln und nicht auf die Bedürfnisse und Klagelaute anderer Menschen einzugehen. Zu viel stand auf dem Spiel. Zu viel konnte verloren gehen, was unrettbar erschien. Als Bruder Solus am Lateranpalast vorbeihastete, hoffte er, nicht von einer Wache erkannt zu werden. Unzählige Gefahren hatte er in den letzten Tagen überwunden. Er konnte den Gedanken nicht ertragen, nun, da sich alles aufgeklärt hatte, von einer Wache des Papstes gestoppt zu werden. In eiligem Tempo hastete er noch einmal um eine Ecke und steuerte dann auf jene Straße zu, in der sich das Wirtshaus befand, in welchem er genächtigt hatte. Noch waren die Mauern der Stadt nicht in Sicht. Noch erschien auch diese Situation aussichtslos. Er würde zu spät kommen. Der Papst war mit seinem Heer sicherlich schon über alle Berge, bis Bruder Solus die Stadtgrenze erreicht hatte.

Bruder Solus hatte das fünfte Gebot in all den Jahren immer geachtet. Niemals hatte er gelogen, betrogen, gemordet, sich gegen Vater und Mutter gewandt oder gar gestohlen. Seit seinem Eintritt in das Kloster ehrte er diese Gebote und vertraute darauf, dass auch seine Mitmenschen sich an diese hielten. Heute würde der Bruder seine Verpflichtungen dem Herrn gegenüber vergessen. Heute war es an der Zeit, ein Gebot zu brechen, der Liebe willen. Nachdem er endlich den angrenzenden Stall des Wirtshauses erreicht hatte, sprang er ohne zu zögern auf einen Rappen und rammte ihm die Fersen in die Flanken. Sofort preschte das Pferd los, als habe es den Ernst der Situation vollkommen begriffen.

Mit einem lauten Wiehern sprang das Pferd auf die Straße und verfehlte nur knapp eine ältere Frau, die eine Kiste mit unkenntlichem Inhalt auf dem Arm trug. Als die Kiste zu Boden fiel und der Inhalt scheppernd zerbrach, blickte sie dem davongaloppierenden Bruder ärgerlich nach und rief mit krächzender Stimme nach der Wache, die aber nirgends zu sehen war. Die Straßen Roms schienen immer enger zu werden, doch das Pferd glitt hindurch und achtete nicht auf etwaige Personen. Viele sprangen empört über dieses Benehmen aus dem Weg und schrien dem Pferd und dessen Reiter wüste Beleidigungen und Beschimpfungen nach. Doch Bruder Solus kümmerte sich um niemanden. Er hatte nur ein Ziel vor Augen: Das Heer des Papstes einzuholen, auch wenn der Wirt ihm gesagte hatte, dass der Papst und dessen Armee nicht gesehen werden wollten. Sicherlich würden die Männer Gottes einen Weg wählen, der abseits von belebten Handelsrouten lag und auf dem die Möglichkeit gering war, jemanden zu treffen. Was mit jenen, die das päpstliche Heer erblickten, geschehen würde, wollte sich der fromme Kleriker nicht einmal vorstellen. Als der Bruder mit seinem Pferd erneut auf die Hauptstraße wechselte, kam die lang ersehnte Stadtmauer endlich in Sicht.

Selbst die Wachen am Tor sprangen erschrocken zur Seite und machten dem Ross mit seinem Reiter Platz.

Als die Straßen wilder und der Wald dichter wurde, wusste Bruder Solus, dass er nun endlich die Stadt Rom hinter sich gelassen hatte. Einige Menschen kamen dem Bruder entgegen, manche freudig erregt, endlich die Reise beenden zu können und die Stadt erreicht zu haben. Für Bruder Solus würde nun erneut eine Reise beginnen. Eine Reise, die voller Gefahren sein würde. Bruder Solus‘ erste Aufgabe war es, die gewöhnliche Straße hinter sich zu lassen und neue Wege einzuschlagen. Die Armee des Papstes würde keine Hauptstraße verwenden, um aus der Stadt zu gelangen. Dennoch musste sie in diese Richtung gegangen sein, da im Norden das versteckte Kloster St Caritum ruhte. Da die meisten Wanderer und Besucher Roms jedoch so viel Angst vor dem dunklen und unergründlichen Wald hatten, kamen sie meist nicht von der Straße ab und dachten nicht einmal daran, einen verschlungenen Pfad durch das Dickicht zu nehmen. Zu viel wildes Getier lauerte in den Wäldern.

Kurz vor einer kleinen Gabelung, deren eine Weg in Richtung Norden, der andere in Richtung Westen führte, musste Bruder Solus sich entscheiden. Er wählte den Weg Richtung Norden Die Sonne ging gerade erst auf, daher drangen die glitzernden Strahlen noch nicht bis in den dichten Wald hinein. Bruder Solus überließ seinem Pferd die Zügel, damit es sich geschickt durch die Äste schlängeln konnte. Würden er Bruder Vanum finden und vor allem aufhalten? Diese eine Frage beschäftigte Bruder Solus nun schon sehr lange. Er war sehr nahe daran, die Antwort darauf zu finden.

Bruder Solus' Ritt durch den Wald erwies sich als eine harte Geduldsprobe. Viele Male keimte der Gedanke in seinem Kopf auf, wieder umzukehren, da alles aussichtlos erschien. Nur Bäume, Büsche, Gräser und hin und wieder ein Fuchs oder ein Reh. Viel zu oft fragte sich der Bruder, ob der Papst tatsächlich, wie der Wirt ihm gesagt hatte, mit einer ganzen Armee losgezogen war, um allein das Ziel zu verfolgen, ein unkeusches Kloster zu vernichten. Welchen Weg konnte der Papst gewählt haben, um ein hundert Mann starkes Heer unbemerkt zu einem versteckten Kloster zu bringen?

Als die Sonne gerade wieder im Begriff war unterzugehen, vernahm der Bruder einige merkwürdige Geräusche, die sich deutlich von denen des Waldes abhoben. Von der Aufregung gepackt, schwang er sich aus dem Sattel und band sein Pferd an einen nahe gelegenen Baum, wo dies friedlich anfing unter dem harten Schnee nach Gras zu suchen. Geduckt schlich Bruder Solus auf eine Waldlichtung zu, die sich auf einem Hügel befand und von der aus man einen ausgezeichneten Blick über ein weites Tal hatte. Unterhalb einer Baumgruppe, hatte dic Einheit von rund hundert Mann ihr Lager aufgeschlagen. Ein großes Zelt deutete darauf hin, dass sich dort eine wichtige Persönlichkeit aufhalten musste, welche jegliche Annehmlichkeiten und Behaglichkeit verdient hatte. Bruder Solus sah weitere Zelte, die Soldaten beherbergten und Schutz garantierten. In der Mitte des Lagers wurde soeben ein Feuer entfacht und einige Männer liefen durch die Gegend, um Holz zu suchen, welches in dieser Nacht sicherlich benötigt wurde. Mit großem Entsetzen und zugleich großer Freude und es war wieder einmal erschreckend, wie nahe diese beiden Eigenschaften beieinander liegen konnten, glaubte Bruder Solus plötzlich einen Mann zu sehen, den er gut kannte: Bruder Vanum saß mit angewidertem Gesicht in der Mitte des Lagers auf einem großen Baumstumpf.

Mit seinem roten Gewand stach er aus der Menge der Soldaten heraus, die allesamt gleiche Rüstungen trugen. Neben Bruder Vanum saß ein anders gekleideter Mann, den Bruder Solus aber nicht kannte. War auch der Papst, der Würdenträger der Kirche, nicht fern? Befand er sich womöglich in dem großen Zelt? Am liebsten wäre Bruder Solus bis in die Nacht an seinem Platz liegen geblieben, um wenigstens einmal einen Blick auf den Stellvertreter Christi zu erhaschen. Er schaute nach unten, wo er bemerkte, dass sein Versteck sehr hoch war. Die kahle Wand aus Stein bot einen ausgezeichneten Platz für den idealsten Blick in das Tal und über das gesamte Lager.

Beruhigt warf der Bruder einen Blick zu seinem neu erworbenen Pferd zurück. Erleichterung über die neue Situation, dass er Bruder Vanum erspäht hatte, machte sich in ihm breit. Außerdem hatte er einen Schlafplatz für diese Nacht gefunden, der ihm einen exzellente Situation bot, um morgen in aller Frühe, von der weiterziehenden Menge geweckt zu werden.

Kardinal Vanum saß in Mitten der arbeitenden Soldaten und blickte scharf umher, um etwaige Bequemlichkeiten aufzudecken und zu tadeln. Das Auge Gottes schlief niemals. Sie hatten gegen Einbruch der kalten und düsteren Nacht ihr Lager in einer Senke aufgeschlagen und wollten hier die nächtlichen Stunden verbringen. Schon der Zustand im Lateranpalast war im Winter unerträglich, doch hier draußen war die Kälte noch eindringlicher, als er es erwartet hatte. Viele der Soldaten hatten am heutigen Tag bereits Erfrierungen an Gliedmaßen erleiden müssen und wurden nun von einem Heiler, den der Papst auf seinen Wunsch hin mitgenommen hatte, behandelt. Den Kardinal schauderte es bereits vor dem Zeitpunkt, an dem er sich in sein Zelt zurückziehen, das wärmende Feuer verlassen und in dieser Kälte seine Ruhe finden musste. Der Heiler hatte ihm jedoch versprochen, einen heißen Trunk zu brauen, den er vor dem Schlafengehen trinken konnte und der ihn wärmen sollte. Auch wurden einige heiße Kohlestückchen in einen Metallzuber gelegt, der vor dem Schlafengehen unter die Decken geschoben wurde. Auf diese Weise war die Nacht nicht ganz so schlimm wie in den Behausungen der Soldaten. Doch noch etwas anderes bereitete Kardinal Vanum große Sorgen: Seit geraumer Zeit hatte er nichts mehr von seinen Verfolgern gehört. Waren sie letztlich doch gescheitert, erfroren oder hatte der Herr sie für ihre Sünden bestraft? Sicher konnte er sich jedoch nicht sein, dass seine Widersacher den Tod erlitten hatten und so plagten sie ihn weiter in seinen Träumen.

Kardinal Vanum ließ seinen Blick über das weite Land schweifen und blickte zu den vielen und großen Bäumen auf. Hätte er gewusst, dass einer der hartnäckigsten Verfolger des Klosters ihm auf den Fersen war und ihn in jenem Moment beobachtete, so hätte er mit Sicherheit die Flucht ergriffen.

Kapitel 60

Eranas hatte Patria erreicht. Den gesamten Tag war sie zu Fuß gegangen, da keine Kutsche bereit gewesen war, sie mitzunehmen. So trugen sie ihre Füße bis zu dem großen Tor der Stadt, welches von einigen Wachen beaufsichtigt wurde. Je näher sie dem Tor rückte, desto langsamer wurden ihre Füße. Sie fühlte sich inmitten der grünen Bäume sicher und verließ diesen Pfad nur sehr selten. Es nützte nichts. Menschen, die sie behandeln konnte, waren für sie eine Voraussetzung zum Überleben und so stapfte Eranas durch das verschneite Tor.

Die Stadt war ebenso hektisch, wie das Weib sie in Erinnerung behalten hatte. Viele Hundert Menschen hetzten umher, verkauften oder kauften Ware, feilschten um etwas oder schlossen ihre Stände. Einige dunkle Gestalten drückten sich in den schmutzigen Seitenstraßen der Stadt herum, die berüchtigt und gefürchtet wurden. Eranas mied diese Gässchen immer und nahm sich auch dieses Mal fest vor, die Hauptstraße nicht zu verlassen. Nach mehreren Zwischenfällen, die sich dort ereignet hatten, wagten sich nur noch die ungewöhnlichsten Gestalten der Stadt in die Gassen von Patria. Eranas hatte sogar gehört, dass vor nicht allzu geraumer Zeit, Mönche in Hauseingängen überfallen worden waren. Wenn nicht einmal mehr die selbsternannten Männer Gottes sicher waren, wer war es dann? Eranas schmunzelte über ihren eigenen blasphemistischen Humor und dachte über die Männer nach, die sich auch Botschafter der Liebe nannten und die sie um ihr Heim gebracht hatten. In ein, zwei Jahren konnte sie vielleicht wieder dorthin zurückkehren, doch wer wusste so genau, ob dann ihr Haus noch stehen würde? Wind und Wetter machten nicht an der Türschwelle Halt, nur weil der Hausherr nicht anwesend war. Vielleicht war es auch möglich, dass sie von jemandem gebraucht wurde, der sie im Haushalt benötigte und wo sie bis an ihr Lebensende bleiben konnte.

Da der anstrengende Tag sich nun in Eranas‘ Beinen bemerkbar machte, steuerte sie auf ein Wirtshaus zu, in welchem sie schon das letzte Mal genächtigt hatte. Morgen würde sie sich auf den Markt von Patria begeben, der hoffentlich neue Aufgaben für sie bereithielt.

In diesem Gasthaus kannte man sie bereits, doch ihren Namen hatte sie aus Angst vor eben jenen Männern, wie den Mönchen, nie preisgegeben. Zu groß war die Gefahr, dass man sie für eine gotteslästernde Kräuterhexe hielt und schließlich verbrannte. Eranas Fähigkeiten waren jedoch in diesem Gasthaus nicht unbekannt, da sie in diesen Räumen schon einmal einen kleinen Jungen behandelt hatte, der an einem schlimmen Fieber gelitten hatte und ohne Hilfe ums Leben gekommen wäre. Nun war sie stets willkommen, doch dies änderte nichts an der Tatsache, dass es genügend Menschen gab, die die Arbeit mit Kräutern als eine Gabe des Satans sahen. Zu viele dieser Leichtgläubigen griffen zu unmenschlichen Mitteln gegen Menschen wie Eranas, die nicht einmal ansatzweise mit den Geboten der Bibel zu tun hatten. Sie hatte schon vor Jahrzehnten aufgehört, die Menschen in ein neues Zeitalter führen zu wollen. Lieber ließ sie alle in einem Irrglauben, als ihr Leben für eine Handvoll Gräser zu verlieren. An diesem Abend saß Eranas in einer Ecke des Gasthofes und löffelte einen großen Teller Suppe. Nicht viele Menschen gesellten sich zu ihr, doch Eranas hatte schon vor langer Zeit gelernt, dass Anonymität in dieser Stadt etwas Wertvolles war und es besser war, diese Art der Jungfräulichkeit beizubehalten. An jenem Abend aber war alles anders. Eranas wollte sich gerade erheben und ihre Kammer aufsuchen, da nun einige trunksüchtige Männer das Haus betraten, als die Wirtin sie an ihrem Tisch aufsuchte auf und sich für einen Moment zu ihr setzte. Leise flüsterte sie ihr etwas zu:

»Herrin, ich weiß um Eurer Ersuchen, nicht zu viel Aufsehen in der Stadt erregen zu wollen, doch ich kam nicht umher, einem Mann von Euch zu erzählen, der vielleicht Euer Interesse wecken könnte.« Eranas blickte sie verwirrt an, sagte aber nichts.

»Er kam zu mir an den Schanktisch und fragte, da ich mich auskenne und so gut mit den Leuten hier verstehe, ob ich nicht jemanden wüsste, der einer gewissen ... Heilkunst mächtig sei. Er ist ein reicher, wohlhabender Mann. Ich habe ihn schon des Öfteren in meinem Hause beherbergt. Er lässt ausrichten, dass er sich liebend gerne mit Euch unterhalten würde, war aber so höflich, mich vorzuschicken, um Eure Einwilligung einzuholen. Seht, das ist er«, sprach die Wirtin und nickte mit dem Kopf in eine andere Ecke des Gasthauses, wo ein dicker, älterer Mann saß, der mit seinem Krug beschäftigt war. Eranas antwortete nicht sofort, sondern bedachte ihre gegenwärtige Situation:

»Ihr habt ihm nicht mehr von mir erzählt, nicht wahr?«, fragte sie dann stirnrunzelnd.

»Nein, Herrin, nichts.«

»Nun gut. Ich danke Euch für Eure Aufmerksamkeit. Schickt ihn herüber.« Die Wirtin erhob sich von der Bank, auf der sie gesessen hatte und schlurfte hinüber zu dem Mann, dem sie mit ihren Worten ein Lächeln auf sein runzliges Gesicht zauberte. Der Mann verließ ohne Umschweife seinen Tisch und kam mit seinem Krug zu Eranas herüber.

»Es ist mir eine Freude, eine Ehre und ein Vergnügen, Euch kennen zu lernen. Ich habe nur Gutes von unserer lieben Wirtin über Euch gehört.« Eranas nickte dankend und schenkte dem Mann ein breites Lächeln. Er trug ein seidiges Gewand und unter dem Arm einen schönen braunen Mantel. Das Gesicht war das eines freundlichen Herrn und die grauen Haare waren ordentlich geschnitten. Die Wirtin hatte mit ihrem Gerede über diesen Mann nicht gelogen. Eranas blickte hinüber zu der Wirtsfrau welche Eranas und den Mann beobachtete.

»Mein Name ist übrigens Signore Pudicus. Ich hatte in diesem Teil des Landes geschäftliche Dinge zu erledigen. Nun reise ich zurück in mein geliebtes Rom, wo ich ein Armenhaus in den gemiedenen Teilen der Stadt errichtet habe, um Obdachlose und Waisen zu behandeln. Doch natürlich sind Männer und Frauen knapp, die sich in einem solchen Umfang, wie ich es verlange, um Arme, Kranke und Verwundete kümmern möchten.« Eranas blickte Signore Pudicus interessiert an und lauschte weiterhin gespannt: »Ich habe des Weiteren ein großes Haus in der Stadt und quartiere dort auch meine Heilerinnen und Heiler ein, die mir Dienst an Kranken leisten. Natürlich soll auch die Bezahlung für ein solch begabtes Weib angemessen sein, wo die Wirtin mir doch berichtet hat, wie geschickt Ihr den armen Jungen damals vor dem Fiebertod bewahrt habt.« In Eranas‘ Gesicht breitete sich eine leichte Röte aus.

»Ich bin sicher, sie hat übertrieben, doch suche ich tatsächlich eine neue Arbeit, da ich von Männern der Kirche gezwungen wurde, mein

Heim zu verlassen. Signore Pudicus nickte verständnisvoll und sagte mit bitterem Unterton:

»Natürlich sind auch mir Gerüchte zu Ohren gekommen, wie schwer die Heilkunst sich bisher verbreiten kann. Die Macht und der Einfluss der Kirche ist stark, vor allem in der Ewigen Stadt. Auch ich sehe nicht ein, warum die Pflanzen, wenn doch alles von Gott erschaffen wurde, wie es in der Schöpfungsgeschichte angepriesen wird, nicht dafür verwendet werden können, um kranken Menschen zu helfen. Natürlich schadet auch ein gewisses Maß an göttlichem Glauben bei unserer Arbeit nicht, doch sind es die Kräuter, die ihre volle Kraft im Körper des Kranken entfalten. Ich würde Euch einen eigenen Raum mit Kräutern, Pflanzen und Gewürzen aus aller Welt zur Verfügung stellen, in dem Ihr Euch neu erfinden könntet. Ich verlange natürlich nicht, dass Ihr Euch sofort entscheidet«, sagte der Mann freundlich und lächelte kurz.

»Wenn Ihr wollt, kann ich Euch in einigen Tagen eine Kutsche senden, die Euch nach Belieben mitnimmt oder wir ...«

»Das wird nicht nötig sein«, sagte Eranas und nickte knapp. Der Mann verstummte kurzerhand und blickte sie beinahe besorgt an.

»Es wird nicht nötig sein, da ich mir sicher bin, dass ich eine glückliche Zeit in Roma haben werde und Euer Angebot schon jetzt dankend annehmen möchte. Würdet Ihr es mir gestatten, gleich mit Euch zu reisen?« Die Miene von Signore Pudicus hellte sich schlagartig auf.

»Großartig. Ich bin sicher, Ihr werdet Eure Entscheidung nicht bereuen. Dann ist es mir ein inniges Verlangen, Eure Kammer für heute Nacht zu bezahlen.«

»Vielen Dank«, erwiderte Eranas und war sich sicher, dass sie soeben ein Geschenk Gottes erhalten hatte.

Kapitel 61

Der Mond stand schon hoch am Himmel, als Bruder Martin, Meister Callidus und der junge Artur noch immer in dem runden Turmzimmer beieinandersaßen. Die neu gewonnene Erkenntnis ließ alle vor Aufregung die Müdigkeit vergessen und selbst der Wind, der um den Turm pfiff, als wolle er ihn zum Einsturz bringen, konnte sie vor einem knisternden Kaminfeuer sitzend nicht stören.

Die Tatsache, dass sich hinter jedem Satz eine neue Einsicht verbarg, ließ Artur hoffen, dass sie am Ende dieser vier unscheinbar wirkenden Zeilen, das Rätsel um Bruder Auctor gelöst hatten. Die erste Aufforderung des Rätsels bestand darin, sich auf die Bibel zu beziehen, welche sie schon einmal benutzt hatten, um das erste Rätsel zu lösen. Wie Bruder Martin erläutert hatte, war *der Satz, das Wort, mit dem die Kirche ihren Lauf nahm*, in der Glaubensbekundung von Petrus dargestellt. Es schien also eine Reihe zusammenhängender Verkettungen zu existieren, die alle nach und nach gelöst werden mussten.

»Im Werkzeug der Christenheit liegt es verborgen,
der Satz, das Wort, mit dem die Kirche Anfang nahm,
noch immer ist der falsche Stein im kleinsten Gotteshaus begraben,
nur der Erbauer trägt die Wahrheit im Herzen, wie St. Caritum es tut«,

betete Bruder Martin leise vor sich hin und erinnerte somit alle an ihre Aufgabe. Schon seit Stunden brüteten die Mönche über diesem vorletzten Satz, der nach wie vor ungelöst vor ihnen lag. Zunächst einmal galt es herauszufinden, was als kleinstes Gotteshaus bezeichnet wurde und welcher falsche Stein darin begraben lag. Gotteshäuser auf der Erde gab es sicherlich zu Tausenden, doch nicht in allen lag ein Stein, der falsch schien. In Arturs Kopf überschlugen sich die Gedanken. Zu viele Ideen entstanden in zu kurzer Zeit. Warum sollte man bei einem Bau eines Gotteshauses einen falschen Stein verwenden? War die Leitung der Kirche unsauber vorgegangen? Doch selbst, wenn sie ein kleines Gotteshaus, etwa eine Kapelle entdecken würden, so war es noch immer nicht sicher, was man unter dem falschen Stein verstand. Warum sollte Bruder Auctor ein derartiges Rätsel verfassen, nur um einen tausend Jahre alten Stein zu verbergen? Meister Callidus und Bruder Martin zeigten ebenfalls keine Reaktion, dass sie das Rätsel in irgendeiner Weise interpretieren konnten. Woher sollte man wissen, welches Gotteshaus Bruder Auctor gemeint hatte?

Bruder Martin zeigte bereits erste Anzeichen von Müdigkeit, da er immer wieder einnickte, und dies dann, auf Nachfragen von Artur, als eine Phase des Nachdenkens und der Kontemplation abwehrte. Meister Callidus und Artur warfen sich hastige Blicke zu und schließlich forderte der Meister alle auf, das Zimmer zu verlassen und die Zellen aufzusuchen.

»Bei einem solch komplex gestellten Rätsel ist es töricht, allzu verbissen nach einer Antwort zu suchen«, sprach der Meister. »Ich bin mir sicher, wir werden bald auf erstaunliche Weise erfahren, was es mit dem falschen Stein und dem Gotteshaus auf sich hat«, schloss er und verriegelte anschließend die Tür.

»Nun, auch du solltest in deine Zelle gehen. Es ist schon spät, und eigentlich nicht mehr gestattet, außerhalb der Zellen zu wandern. Bedenkt man die Gefahr, die uns vergangenes Jahr heimgesucht hat, empfehle ich, sobald als möglich den Korridor zu verlassen. Zu deiner Sicherheit begleite ich dich noch in deine Zelle«, sagte Bruder Martin mit Nachdruck und schob Artur mit seinem Bauch vor sich her. Natürlich war es nicht die Angst vor weiteren Morden, die Bruder Martin dazu veranlasste, Artur zu begleiten. Vielmehr die Sicherstellung, dass Artur auf direktem Weg in seine Zelle ging und diese auch nicht mehr verließ.

Artur würde seine Zelle dieses Mal jedoch nicht einmal verlassen müssen, um die Bedeutung des Satzes verstehen zu können.

Kapitel 62

Venas glitt still und leise durch die Bäume des Waldes, als die Sonne gerade aus ihrem Schlaf erwachte und zwischen den Wipfeln hervorschien. Der Schnee knisterte zwar leise unter den Füßen, doch dies konnte ihre Beute nicht vertreiben. Zu viele andere Geräusche waren im Wald zu hören und boten einen idealen Platz, um für ihr Dorf zu jagen. Morgens waren die Hirsche und anderes Wild am aktivsten und streiften zwischen dem Grün umher, selbst auf der Suche nach Nahrung. Die anderen fünf Männer, die Venas begleiteten, liefen in einem Abstand von einigen Fuß hinter ihm her und versuchten, keinen Lärm zu verursachen. Zu groß wäre der Verlust, wenn vor ihren Augen ein prachtvoller Hirsch das Weite suchen würde. Und zu groß wäre der Hunger, der sich daraufhin in den Mägen ihrer Frauen und Kinder ausbreiten würde. Zwar war der Vorrat an Fleisch nicht rar gewesen, denn sie hatten im Sommer viele Tiere gefangen, welche sie nun getrocknet lagerten, aber auch diese wurden nun knapp, da der Winter länger als üblich im Land blieb. Selbst das Brot, welches sie von ihrem selbstgeernteten Korn gebacken hatten, wurde langsam schimmelig. Bis zur nächsten Stadt war es etwas mehr als ein Tagesmarsch, doch ohne Pferd war er fast unmöglich.

Alle Menschen im Dorf scheuten die Zivilisation und niemand verirrte sich zu ihnen, da die Straße, die einst zu ihrem Dorf geführt hatte, schon seit Jahren nicht mehr benutzt wurde. An diesem Morgen hatte Venas ein gutes Gefühl, was die Jagd anbelangte. Als seine hellgrünen Augen einen beinahe so stattlichen Hirschen erspäht hatten, wie er es sich noch vor wenigen Augenblicken erträumt hatte, gab er ein Zeichen und die Männer begaben sich in ein geduckte Haltung. Venas nahm einen Pfeil aus seinem Köcher, legte ihn in den Bogen ein und spannte die Sehne. Sein Arm war vollkommen ruhig und selbstbewusst zielte er auf den Hirsch, der nach Gras zu suchen schien. Als hätte das anmutige Tier sie vernommen, riss es plötzlich den Kopf umher und stellte die Ohren auf. Die Augen weit aufgerissen erstarrte es und verharrte reglos. Venas stockte für kurze

Zeit der Atem. Der Hirsch konnte sie nicht gehört haben, zu leise waren sie gewesen.

»Was tust du?«, zischelte es hinter ihm. »Erschieß ihn!«

Venas zögerte noch immer und blickte den Hirsch weiterhin gebannt an. Etwas stimmt nicht. Dann vernahm auch Venas etwas, was er in diesem Wald noch nie gehört hatte: Stimmen, Fußgetrappel und das Rollen von Rädern. An einem gewöhnlichen Tag hätte Venas die Situation ausgenutzt, das Tier geschlachtet und wäre dann mit dem Kadaver verschwunden. Doch nicht heute. Die Menge an Füßen, an Stimmen war ungewöhnlich, ja sogar angsteinflößend. Seinem ausgezeichneten Gehör vertrauend, schätzte er die Zahl der Menschen auf mehrere Dutzend. Mit einem lauten Geräusch verscheuchte Venas den großen Hirsch. Entsetzt sahen er und seine Männer zu, wie das größte Stück Fleisch, was sie jemals gesehen hatten, wieder in den Wald zurückrannte.

Dann sagte Venas leise:

»Seid still, versteckt euch im Gebüsch«, woraufhin alle seinem Befehl Folge leisteten. Wenn Venas etwas aus der Ruhe brachte, war diese Besorgnis erfahrungsgemäß gerechtfertigt. Venas warf sich auf den Waldboden und wartete gespannt. Sekunde um Sekunde verstrich und Venas Anspannung verwandelte sich in Angst, als die Stimmen lauter wurden und er Pferde wiehern hören konnte. War es möglich, dass eine Streitmacht unbekannter Herkunft durch ihren Wald marschierte, aus welchem Grund auch immer? Als er schließlich eine ganze Armee bewaffneter Männer durch die Bäume brechen sah, verließ ihn jeglicher Mut. Was ging hier vor sich? Waren diese Männer gefährlich und was noch wichtiger war: Was wollten sie hier? Seine Angst wurde noch um ein Vielfaches größer, als er das Symbol sah, welches sich auf einer großen Flagge zeigte: Eine Krone, die Tiara, mit den gekreuzten Schlüssel Petri! Das Triregnum!

Das Zeichen Seiner Heiligkeit, das Zeichen des Papstes! Der Heide Venas sprang auf, versuchte ruhigen Blutes seine Männer zu warnen und sie aufzufordern, so schnell als möglich zu verschwinden. Die Männer Gottes kamen geradewegs auf sie zu. Was würden sie sagen, wenn sie bemerkten, dass sie eine Gruppe Heiden aufgegriffen hatten? Soweit würde es aber nicht kommen. Alle Spuren im Schnee verwischend, stolperten die Männer leise rückwärts. Noch immer im Schutz des Gebüschs. Sie konnten nur hoffen, dass sie nicht bemerkt wurden und die Soldaten an ihnen vorübergingen.

Lass diesen Kelch an mir vorübergehen! Dies war der einzige Satz, den Venas aus der Bibel kannte. Er hatte es nicht für angebracht gehalten, die Bibel weiter zu studieren, da er nicht einsah, warum er Interesse an einem Buch zeigen sollte, welches derart menschenverachtende Thesen aufstellte, dass selbst die Mordtaten eines jeden Verbrechers noch wie ein Jungenstreich erschienen.

Natürlich hatte Venas noch nie darüber nachgedacht, dass nicht die Bibel diese Thesen vertrat, sondern einzig und allein die Männer, die nun im Gleichschritt auf sie zumarschierten. Als Venas schließlich auch noch eine große schwarze Kutsche sah, wusste er, dass es unmöglich war, darauf zu vertrauen, dass die Männer noch rechtzeitig abbiegen würden. Er nickte seinen Männern zu und mit einem Satz erhoben sie sich und rannten, wie sie noch nie in ihrem Leben gerannt waren.

Der Hauptmann der Garde des Papstes entdeckte die Fliehenden als erster. Hoch oben auf einem Ross sah er die sechs Männer davonlaufen. Keinen Augenblick lang zögerte er und erhob seine Stimme:

»Fliehende voraus!« Die Fußsoldaten schreckten auf, zuerst einen kurzen Moment orientierungslos. Dann, als sie einen Blick zu ihrem Hauptmann warfen, der wieder nach vorne blickte, gewannen sie ihre Fassung zurück und begannen, wie es ihre Aufgabe bei diesem Befehl war, loszustürmen, mit dem Ziel, die Gesichteten um jeden Preis aufzuhalten. So hatte die Weisung gelautet, die vor ihrer Abreise gestellt worden war. Niemand durfte den Papst unterwegs sehen. Ob man diese Befehle grausam fand, war dem Gewissen eines jeden Einzelnen überlassen, doch letztlich waren alle zur Ausübung gezwungen. Inseptus stürmte wie auch all seine anderen Kameraden los, um die Fliehenden einzuholen und alle vor Schlimmerem zu bewahren. Nicht auszudenken wäre, wenn die Männer entkommen und andere über das Gesehene informieren konnten. Als Inseptus durch ein nahes Gebüsch drang, zog er sein Schwert heraus. Er sah die sechs Männer nur wenige Meter vor sich. Lange würde es nicht dauern, bis alle Soldaten in ihren Rüstungen keine Luft mehr bekamen, darum musste eine solche Verfolgungsjagd schnell beendet werden.

Neben Inseptus wurde ein Armbrustbolzen abgefeuert, der sein Ziel nicht verfehlen sollte ...

Venas Hals war wie zugeschnürt. Todesangst hatte ihn gepackt. Was würde geschehen, wenn die Soldaten sie bis zum Dorf verfolgten? Ausweichen und in eine andere Richtung fliehen konnten sie bereits nicht mehr. Die Soldaten hatten eine Art Halbkreis um sie geschlossen, sodass sie nur noch in eine Richtung laufen konnten. Plötzlich pfiff etwas Schnelles an seinem rechten Ohr vorbei, was ihn nur knapp verfehlte. Einige Schritte weiter vorne jedoch, bohrte sich die Spitze des Bolzens in den Hinterkopf seines geliebten Bruders, der tot war, noch bevor er auf der Erde aufschlug. Venas hatte nicht einmal Zeit, seinen Tod zu betrauern, denn weitere Armbrustbolzen hagelten auf sie nieder.

Von Baum zu Baum rennend, blickte sich Venas nach seinen anderen Männern um, die allesamt hinter ihm waren und ebenfalls Angst und Schrecken in ihren Gesichtern zeigten. Einen anderen Freund Venas traf ein Bolzen in den linken Fuß. Er stützte zu Boden und blieb auf dem Waldboden liegen. Venas wollte gerade umkehren und ihm aufhelfen, da schrie dieser: »Nein, geht zurück! Rettet euch!« Nicht ohne einen Blick zurückzuwerfen, rannte Venas weiter. Schweren Herzens blickte Venas zurück, gerade in jenem Moment, in dem eine Schwertspitze die Brust seines Freundes durchbohrte und den Schnee scharlachrot färbte.

Inseptus zog sein blutbeflecktes Schwert aus dem toten Körper und rannte weiter. Viel länger konnte er nicht mehr gehen. Zu sehr verbrauchte die Rüstung seine Kraft, als wolle ihnen jemand Einhalt gebieten. Doch was sollte das Heer Gottes aufhalten? Die Männer wollten offensichtlich in eine andere Richtungen davonlaufen, was ihnen allerdings durch die Aufstellung des Heeres verwehrt wurde. Hatten sie noch mehr zu verbergen, was durch die Soldaten aufgedeckt werden konnte? Noch ein Armbrustbolzen schickte einen Mann in den Tod, noch waren drei der Männer am Leben.

Plötzlich tauchten Hausdächer aus Stroh auf, welche durch die Baumwipfel zu sehen waren.

Die kleine Filia saß in der einfach gebauten Hütte aus Stroh und Holz, als ihre Mutter plötzlich aufschreckte und in tödlicher Angst, die Filia nicht verstand, aus dem Haus stürmte und nach ihrem Mann schrie. Filia richtete sich gespannt auf, stolperte zur Tür des Hauses und spähte hinaus.

Die Grausamkeit, die sie sah, verstand sie nicht. Niemand konnte dies begreifen. Die Schreie, die durch das Dorf hallten, waren von einem schrecklichen Leiden durchzogen und ein Ende war nicht absehbar. Die Augen des kleinen Mädchens weiteten sich, doch kein Laut kam über ihre Lippen, nicht einmal ein Schrei der Angst, zu verwundert war sie über den Anblick, der sich ihr bot. Ihre Mutter kam mit angsterfülltem Gesicht wieder auf sie zugerannt, Tränen in den Augen. Doch noch bevor sie die ärmliche Hütte erreichen und Filia noch einmal in die Arme schließen konnte, traf sie ein Pfeil in den Rücken. Ihr Gesicht nahm einen sonderbaren Ausdruck an und sie fiel kopfüber in den Dreck, zu Filias Füßen. Filia neigte den Kopf und spähte auf ihre tote Mutter herab. Ein leises Wort kam über ihre Lippen: »Mama?«

Doch niemand im Dorf konnte diese Worte mehr vernehmen. In einer Welle teuflischer Barbarei, die nichts mehr mit Werten, Tugenden und Lehren der Kirche oder gar der Liebe zu tun hatte, wurde die kleine Filia mit einem Schwert getötet, wie wildes Getier aus dem Walde.

Kapitel 63

Papst Nikolaus IV. hatte sich während des Mordens im Inneren der Kutsche verborgen gehalten. Die Schreie, die er hören musste, waren nicht leicht zu ertragen, doch man musste sie in Kauf nehmen, wollte man das Werk Gottes vollenden. Carlo Discu da Viterbo hatte immer und immer wieder amüsiert aus dem Fenster geblickt und das Dahinscheiden mancher, wie er sie nannte, Parasiten, belustigt verfolgt. Kardinal Vanum war ungewöhnlich still auf seinem Platz verharrt und hatte immer und immer wieder die Augen geschlossen. An einen solchen Umgang mit Menschen war er offensichtlich nicht gewöhnt.

»Stimmt etwas nicht, Cardinale?«, fragte Carlo erheitert, ehe der Papst den Mund öffnen konnte. Kardinal Vanum blickte kurz erschrocken aus dem Fenster, an dem nun wieder Bäume und Sträucher vorbeizogen. Einige der Männer waren abkommandiert worden, das Dorf nach etwaigen Überlebenden zu durchsuchen und diese, falls nötig, noch zu töten. Doch der Großteil der Armee war weitergezogen. Sie hatten durch diesen störenden Zwischenfall ohnehin genug Zeit verloren. Zeit, die man nicht wieder aufholen konnte.

»Nein, ...«, sagte Kardinal Vanum mit erstickter Stimme, »nein, es ist alles ... in Ordnung.« Zwar war der Kardinal auch für den einen oder anderen Mord verantwortlich gewesen, doch die Gründe seines Handelns unterschieden sich, so befand er, im wesentlichen Teil von diesem hier. Sein Antrieb für einen Mord war oftmals die Unumgänglichkeit. Ohne Mord hätte er niemals aus dem Kloster fliehen können und säße jetzt nicht als Kardinal Vanum in der prächtigen Kutsche des Papstes.

»Sagt mir«, stieß Kardinal Vanum das Gespräch nun selbst an, »wie vereinbart Ihr diesen Umgang mit Lebewesen mit unserem Glauben? Wie vereinbart Ihr dies mit den Geboten der Bibel, mit den Geboten Gottes, unseres Herrn? Wie vereinbart Ihr dieses Handeln mit Eurem Gewissen?« Gespannt wartete Kardinal Vanum auf eine plausible Antwort, die jedoch nicht der Papst, sondern Carlo ihm gab:

»Nun, mein lieber Kardinal, es ist offensichtlich, dass Ihr noch nicht allzu lange mit solchen ... Lebewesen, wie Ihr sie nennt, zu tun gehabt habt. Verzeiht mir, doch Eure Unwissenheit ist für einen Kardinal unangemessen.« Carlo warf einen raschen Blick hinüber zu Seiner Heiligkeit, der die Augen geschlossen hatte, dennoch sicherlich jedem Wort genau lauschte.

»Diese Parasiten sind nicht ...«

»Es sind Menschen, Carlo, und allein als solche sollten sie genannt werden«, sagte Kardinal Vanum in einem solch ruhigen Tonfall, dass es beunruhigend war. Zwar bestand die Bekanntschaft zwischen Carlo und dem Papst schon länger als die seine, doch noch stand Kardinal Vanum mit seinem Kirchenamt über Carlo Discu da Viterbo, der lediglich ein Ordensgeneral darstellte. Kardinal Vanum tief in die Augen blickend, fuhr der Mann mit dem Herzen aus Stein fort:

»Nun, Menschen. Und dennoch sind diese Menschen nicht einfach Menschen, wie wir. Ich bin sicher, dass Euch der Name der Heiden ein Begriff scin müsste oder setzte ich auch hier zu viel Bildung voraus?« Kardinal Vanum errötete kaum merklich, doch er lächelte nur und sagte dann:

»Da Ihr offenbar eine Weisheit besitzt, die uns Kardinälen vorbehalten ist, könnt Ihr mir sicherlich erläutern, wie Ihr das Verbot *Du sollst nicht töten* in dieser Situation auslegt? Ich kann von mir behaupten, dass ich die Bibel mehrere Mal studiert und gelesen habe und nie ist mir ein Satz begegnet, in dem geschrieben steht, dass man Menschen aufgrund einer anderen Herkunft, eines anderen Glaubens oder gar einer anderen Sprache töten darf. Kennt Ihr eine Stelle, die diesen Beweis liefert?«

Carlo Discu da Viterbo fuhr langsam fort:

»Ihr seht, die Interpretation der Bibel geht weit auseinander. Da die Infallibilität des Papstes an erster Stelle der Kirche steht und der Papst die Bibel auslegt, wie er es für angemessen hält, sehe ich damit keinen Verstoß gegen das Gebot Gottes. Wenn der Papst die Bibel nicht zuverlässig ergründet, wer kann es dann? Zweifelt Ihr etwa an der Kompetenz Seiner Heiligkeit?«, fragte Carlo mit gespielt tadelnder Stimme, welche die Wut Kardinal Vanums noch weiter steigerte.

»Da Euer Gedächtnis nicht gelitten hat, darf ich Euch an meinen Eid erinnern, den ich erst vor wenigen Tagen abgelegt habe und welcher noch frischer ist als der Eurige. Daher halte ich es für überflüssig, auch nur ein Wort über meine Loyalität zum *Pontifex Maximus* zu verlieren.«

»Dann sind wir also in diesem Punkt übereingekommen, dass das Wort des Papstes Gesetz ist, auch wenn Ihr die Gebote Gottes nach Eurem Wunsche auslegt.« Carlo nickte eifrig, doch Kardinal Vanum blickte teilnahmslos aus dem Fenster.

»Cede repugnanti! Cedendo victor abibis!«[29], murmelte Kardinal Vanum, worauf Carlo leise und boshaft grinsend vor sich hinmurmelte:

»Seid Ihr dessen gewiss?« Nun war der Ordensgeneral zu weit gegangen. In einem Anflug aus Wut und Traurigkeit über solch eine Gleichgültigkeit erhob Kardinal Vanum seine Stimme und rief:

»Genug jetzt, ich warne Euch. Zügelt Eure Zunge oder Ihr werdet die Macht, die ich nun innehabe, zu spüren bekommen. Beherrscht Euch, General!«, sprach Kardinal Vanum und legte so viel Verachtung wie möglich in das letzte Wort.

»Euch würde ein wenig Demut gut zu Gesicht stehen«, fügte er dann hinzu.

»Demut ist etwas, was sich ein Mann in meiner Position nicht leisten kann«, sagte Carlo sofort.

Doch Kardinal Vanum ließ sich nicht beirren.

»Dann werdet Ihr Eure Position aufgeben müssen, Eurem Rest an Seele willen.« Carlo war zwar nicht aufgeschreckt, wirkte aber dennoch getroffen. Es war ihm durchaus bewusst, was der neu ernannte Kardinal alles anrichten konnte und er war nicht erpicht darauf, einen Mann im Inneren des Laterans gegen sich zu haben. Ohne ein weiteres Wort zu verlieren, blickte auch Carlo aus dem Fenster und gab sich seiner Boshaftigkeit hin. Eine Rechtfertigung der päpstlichen Taten fiel Kardinal Vanum nach diesem Massaker schwer. Zu viel Blut war an diesem wunderschönen Morgen vergossen worden. Das Erschreckende neben diesen vielen Toten

---

[29] Gib dem nach, der sich wehrt! Im Nachgeben wirst Du als Sieger hervorgehen! (Der Klügere gibt nach)

war, dass vom Papst befohlen wurde, alles so zu lassen, wie die Soldaten es angerichtet hatten.

Die Leichen wurden nicht bestattet, nicht verbrannt. Der Rauch könnte jemanden anlocken, so die Begründung. Die Tiere würden sich über die toten Körpern hermachen, die Häuser mit der Zeit zerfallen und niemand würde erfahren, dass die Kirche hinter dieser Tat steckte. Für Kardinal Vanum gab es einen erheblichen Unterschied zu seinen Taten, die er schon beinahe aus Notwehr begangen hatte. Die Männer, die er in den Tod geschickt hatte, waren ihm auf seiner Reise nach Rom im Weg gewesen und hatten beseitigt werden müssen. Nur so konnte gewährleistet werden, dass das Kloster von allen Unreinheiten gewaschen wurde.

Die Kirche hingegen tötete offenbar aus reiner Mordlust oder waren auch diese Morde notwendig, damit der Papst erhielt, was er wollte? Und wieder fragte sich Kardinal Vanum, was so wichtig für den Pontifex war, dass er sich in eine Kutsche setzte, die im tiefsten Winter zu einem gottverlassenen Kloster fuhr.

Was erhoffte er sich von St. Caritum? Mehr als ein paar alte und fehlgeleitete Mönche würde er dort nicht finden, oder doch?

Kapitel 64

Artur folgte einem großen, hageren Mann mit weißem Bart. In der rechten Hand hielt dieser eine Art Hirtenstab, wie auch der Papst immer bei sich trug, und in der anderen klirrten zwei Schlüssel: Die Schlüssel des Himmels und der Erde.

Der Heilige Petrus wurde von dem interessierten jungen Artur verfolgt, der nicht wusste, wie er in diesen sonderbaren Traum, oder war es gar eine Vision, gekommen war. Nach einer Weile setzte sich der alte Mann auf einen großen Felsen. Artur gesellte sich zu ihm, sprach im Beisein Petris aber kein Wort. Nach wenigen Augenblicken ergriff der Kirchengründer das Wort:

»Artur, begreife die Substanz der Worte. Sie werden dich zu einer elementaren Bedingung des Mythos führen. Der Satz, das Wort, mit dem die Kirche Anfang nahm: Du bist Petrus und auf diesem Fels will ich meine Kirche bauen. Begreife den Ursprung der Worte. Noch immer der falsche Stein im kleinsten Gotteshaus begraben liegt. Der falsche Stein, du bist Petrus, und auf diesem Fels will ich meine Kirche bauen. Besinne dich. Denke nach, halte Ausschau nach Parallelen. Auf diesem Fels ... der falsche Stein ... du bist Petrus ...«

Artur schreckte aus seinem unruhigen Schlaf auf. Der Mann, den er im Traum gesehen hatte, war so nahe, so wirklich, so tatsächlich gewesen. Petrus hatte zu ihm gesprochen und vor ihm die Parallelen aufgezeigt, durch die das Rätsel zu lösen war. Artur sprang von seiner Pritsche auf, kehrte in Gedanken zurück zu seinem Traum und schloss die Augen, um sich alles noch einmal in Erinnerung zu rufen. Das Rätsel des Bildes, beinahe konnte man es das Spiel des Bildes nennen, so grausam ging es mit den Gedanken derer um, die sich mit ihm befassten. Das Rätsel zielte auf etwas ab, was mit dem Kirchenvater selbst zu tun hatte. Etwas war mit Simon Petrus geschehen, der vor über zwölf Jahrhunderten im Circus des Kaiser Neros gekreuzigt worden war. Etwas stimmte mit dem ersten

Stellvertreter Christi nicht, etwas war falsch. Etwas, das seit Anbeginn der Kirchenzeit verschwiegen wurde. Oder war es noch gar nicht entdeckt worden und Artur befasste sich gerade mit etwas, was die gesamte Situation des Landes, des Erdkreises verändern konnte? Wie weit würde das Rätsel des Bildes noch vordringen? Zuallererst wurde auf die Bibel verwiesen, in der stand, dass die Kirche mit den Worten Jesu begann, in denen er Petrus die Macht gab, alles auf der Erde und im Himmel zu binden und zu lösen. In seinem Traum begann Petrus Artur etwas von einem falschen Stein zu erzählen, welcher irgendwo vergraben schien. Welchen Stein hatte Petrus gemeint? Welcher Stein stand in Verbindung mit ihm?

Plötzlich blickte Artur auf, seine Gedanken überschlugen sich, das Rätsel schien jäh eine verständliche und allzu einfache Sprache zu sprechen.

Petrus und der Fels.

Petra, Petrus, der Fels.

Petrus sprach nicht von einem belanglosen Fels.

Petrus selbst war der Fels.

Du bist Petrus, du bist der Fels. Das lateinische Wort für Stein, *petra*, war Petrus später als Beinamen verliehen worden, aus eben jenem Grund, da Jesus ihn einst zu jenem Fels ernannt hatte, auf dem er seine Kirche bauen wollte. In irgendeiner Kirche, einer kleinen Kapelle, dem kleinsten Gotteshaus, lag noch immer der falsche Fels.

Nun war es auch unverkennbar, wo die Kirche sein musste, in der der falsche Fels, der falsche Petrus, begraben sein musste. Der Heilige Petrus wurde nach seiner Kreuzigung, so erzählte es die Geschichte, die fortan nur noch eine Legende sein würde, in Rom begraben.

Simon Petrus, ein Jünger Jesu, und so viel stand nun fest, wurde nie in Rom beigesetzt.

Das kleinste Gotteshaus, die Kapelle, die dort errichtet worden war, wurde auf dem falschen Stein, auf einer Lüge errichtet.

Kapitel 65

Arturs konnte keinen klaren Gedanken mehr fassen. Noch nie hatte er solche Unmengen an Gefühlen, Stimmungen und Gemütsbewegungen verarbeiten müssen. Die Erkenntnis über diese Weisheit ließ eigentlich nur noch eine Frage offen: Wo, wenn nicht in Rom, war Simon Petrus begraben? Wo lag der Fels, auf dem Jesus Christus seine Kirche errichtet hatte? Vollkommen überhastet, überwältigt von seiner Entdeckung versuchte Artur das Rätsel noch einmal aufzusagen:

Im Werkzeug der Christenheit liegt es verborgen,
der Satz, das Wort, mit dem die Kirche Anfang nahm,
noch immer ist der falsche Stein im kleinsten Gotteshaus begraben,
nur der Erbauer trägt die Wahrheit im Herzen, wie St. Caritum es tut.

Das Werkzeug, der Satz sowie der falsche Stein waren nun ein offenes Geheimnis, welches sie dem Rätsel entlockt hatten. Doch die alles entscheidende Frage war nun, an welchem Ort Petrus seine letzte Ruhestätte gefunden hatte. Diese Einsicht würde hoffentlich der letzte Satz des Rätsels bringen. Artur war sich sicher, dass ein Mann wie Petrus keinen geringeren Ort ausgesucht hatte als einen für ihn bedeutenden Platz.

Vielleicht an einen anderen Standort, der für die Christenheit von größter Bedeutung war. Der Ölberg, auf dem Jesus vor seinem Tod gewacht hatte? Der Berg Golgatha, auf dem Jesu seine Kreuzigung erleben musste? Nazareth, Geburtsstadt Jesu? All diese Orte kamen dafür in Frage, doch nur einer konnte wirklich wissen, was der Wahrheit entsprach. Woher dieser das wusste, würde wohl auf ewig ein Geheimnis bleiben.

Nur der Erbauer trägt die Wahrheit im Herzen, wie St. Caritum es tut.

Wie Artur die Erkenntnis gelehrt hatte, war es beinahe unmöglich, die Bedeutung des Satzes beim ersten Mal zu erfassen. Hatte man aber den Kerngedanken begriffen, so ging alles ganz schnell. Beinahe zu schnell für einen einzelnen Menschen. Doch nur ein Mann im Kloster konnte ihm bei dieser Aufgabe helfen. Dieser Mann hatte auch das allererste Anrecht darauf, zu erfahren, dass der dritte Vers des Rätsels von Artur gelöst worden war.

Mit klopfendem Herzen trat Artur, ungewöhnlich früh an diesem Morgen, aus seiner Zelle heraus. Durch die kleinen Fenster des Korridors konnte Artur eine blutrote Sonne aufgehen sehen. Einmal hatte man ihm erklärt, dass dieses Zeichen etwas Gutes bedeuten musste, etwas Wunderbares. Doch Artur war sich sicher, dass andere Religionen dieses Zeichen auf irgendeine andere Weise deuten konnten. Vielleicht als Symbol einer großen Tragödie, da der Himmel die Farbe des Blutes angenommen hatte, vielleicht aber auch als ein Symbol der Hoffnung. Niemand schien recht zu wissen, was der Himmel ihnen damit mitteilen wollte, doch an jenem Morgen stand das Blut des Himmels sicherlich nicht für Hoffnung und Glaube, sondern für das Blut, welches an diesem Morgen auf grausame Art und Weise vergossen worden war.

Artur hastete den langen Korridor entlang, begegnete einigen gerade erwachten Mönchen, die ihm alle einen freundlichen Gruß zumurmelten und sich dann auf den Weg zum Refektorium machten. Artur aber kannte nur einen Weg: den Weg zu seinem Lehrmeister Callidus, der vielleicht schon die Bedeutung des letzten Satzes entschlüsselt hatte.

Meister Callidus benötigte nicht mehr so viel Schlaf wie in jungen Jahren. Aus dieser Tatsache heraus war die Angewohnheit entstanden, früh aufzustehen und abends spät seine Schlafstätte aufzusuchen. Das Bild, welches gegenüber seiner Pritsche an der Wand lehnte und ihn von dort aus zu verhöhnen schien, wusste offenbar nicht, welches Geheimnis es ihnen vorenthielt. Bruder Auctor mit ausgestreckten Armen, dessen Stellung er noch immer nicht verstanden hatte, die Schrift an der Stelle an der eigentlich das Herz sein musste und die Rätsel auf der Rückseite, welche beinahe gelöst schienen. War der Schlüssel des Rätsels zum Greifen nah? Musste man die Teile des Mythos nur noch zu einem Ganzen zusammensetzen? Wieder einmal fiel dem Meister eine passende Bemerkung zu der sich stellenden Situation ein: Das Ganze ist nicht mehr als die Summe seiner Teile.

So waren auch die Teile des Rätsels allein nutzlos. Nur ihre Zusammenfügung brachte sie in eine Lage, die Licht in das bildliche Dunkel brachte? Davon war der Meister überzeugt. Was fing man mit dem Wissen an, dass jener Ausspruch von Jesu der Satz war, mit dem die Kirche ihren Anfang genommen hatte?

Als es an der Tür klopfte, war der Meister wie so oft in seinen Gedanken versunken und bemerkte nicht, wie Artur die Tür öffnete und eintrat.

»Verzeiht die frühe Störung, Meister ...« Meister Callidus schreckte auf, erwiderte dann aber schnell:

»Vortrefflich! Ich habe lange darauf gewartet, dass du mich mit einem Besuch vor Mittag beehrst. Nun wurden meine Gebete erhört. Preiset den Herrn. *Deo gratias!*« Artur lächelte und sprach dann mit fester Stimme:

»Ich möchte nicht, dass Ihr Euch überanstrengt, da ich doch ein sehr anstrengender Junge bin. Und dies, verzeiht mir, in Eurem Alter. Ich hielt es stets für das Beste, erst nach dem Essen mit dem Unterricht zu beginnen, natürlich nur an Eure Gesundheit denkend«, schloss Artur geschickt.

»Ich erfreue mich bester Gesundheit, vielen Dank. Jetzt erst begreife ich, woher ich die Kraft nehme, mich all die Jahre auf dieser trostlosen Erde zu halten: Deine Fürsorglichkeit meine Lehrmeinung erst einzuholen, wenn die Sonne sich bereits wieder dem Boden nähert. Meine Worte treffen also vollkommen zu oder zumindest hoffe ich, das zu glauben: *Mens sana in corpore sano.*«[30], sagte der Meister lachend und füllte seine letzten Worte mit einer grenzenlosen Ironie.

»Nun, ich freue mich, dies zu hören, doch bin ich aus einer weitaus dringlicheren Angelegenheit zu Euch gekommen«, bedeutete Artur und trat nun vollkommen in den Raum ein. Er warf einen raschen Blick zum Bild und fuhr dann fort.

»Ihr werdet es sicherlich nicht für möglich halten, doch ich ... ich habe in der letzten Nacht Besuch erhalten. Nicht jenen Besuch, den Ihr Euch erdenkt, nein«, sagte Artur schnell, da der Meister sich schon halb aus seinem Stuhl erhoben hatte, um eine Warnung auszurufen.

»Letzte Nacht ist mir Simon Petrus im Traum erschienen. Er sprach zu mir, er wusste von dem Rätsel um das Bild. Er erzählte mir etwas über die Anfänge der Kirche, über sein eigenes Schicksal, über *den falschen*

[30] Ein gesunder Geist in einem gesunden Körper.

Fels im kleinsten Gotteshaus«, sagte Artur geschwind. Meister Callidus sagte nichts, hörte aber gut zu. Seine Augen verengten sich zu Schlitzen, als Artur fortfuhr: »Er gab mir zu verstehen, dass das Rätsel unmissverständlich auf ihn weist. Auf ihn und seine Ruhestätte.« Als Artur diese Worte aussprach, schloss Meister Callidus für einen kurzen Moment die Augen, nickte und setzte ein Lächeln auf. Er hatte sofort verstanden. Es war unglaublich, wie simpel auch diese Stelle des Rätsels war. Er unterbrach den Jungen nicht. Diese Art des Unterrichts, war das Wertvollste, was er dem Jungen mitgeben konnte.

»Als ich erwachte, schoss es mir durch den Kopf, dass mir Petrus nicht umsonst erschienen war. Er berichtete mir über einen Frevel, über einen falschen Stein, der in einem Gotteshaus ruhte. Da ich der lateinischen Sprache mächtig bin, fügte ich nur das eine zum anderen zusammen und bemerkte, dass der Name Petrus wohl nicht ohne Grund entstanden sein musste: *Petra*, der Fels, in unserer Sprache, wurde Petrus als Beinamen verliehen. Wohl aus dem Grund jenes Gespräches, welches man auch in der Bibel nachlesen kann. Jeus hatte, glaubt man der Heiligen Schrift, Petrus zu seinem versinnbildlichten Fels ernannt. Bezieht man nun den falschen Fels aus unserem Rätsel auf die Person Petri, so wird schnell deutlich, dass es keinesfalls wörtlich zu verstehen ist, sondern Petrus der Fels ist, der in einem kleinen Gotteshaus fälschlicherweise begraben wurde. Das heißt, dass der Leichnam Petri keinesfalls in Rom bestattet wurde, sondern an einem anderen, geheimeren Ort, der sicherlich auf vielfältige Weise mit der Christenheit in Verbindung steht. Nun gilt es, als letzten Schritt herauszufinden, wo Petrus begraben wurde und wo somit die Kirche Gottes gebaut wurde, da unser Herr Jesus Christus meinte, dass er auf Petrus, auf diesem Fels, seine Kirche bauen wolle.«

Beinahe keuchend schloss Artur seine Erklärung und blickte dem Meister fest in die Augen.

Meister Callidus blickte zufrieden, stolz, liebevoll und glücklich auf seinen Schützling und Schüler hinab.

»Dein Verstand und Scharfsinn sind beinahe unübertrefflich. Es ist bemerkenswert, dass du bis vor wenigen Monaten nicht einmal der Lese- und Schreibkunst mächtig warst. Heute stehst du vor mir und bekundest eine Theorie, die so provokant ist, dass sie das ganze Volk der Christenheit verändern könnte. Fände man die Kirche Gottes und würde sie aufdecken, so würde auch der Machterhalt des Papstes zu einem großen Problem werden. Viele Gottesfürchtige glauben, dass der Papst nur deshalb seine Macht und seinen Einfluss sichern konnte, da er über das Grab Petri herrscht. Die lebenden Überreste eines Mannes zu besitzen, der unseren Herrn, Jesus Christus, gekannt hat, ist sowohl aufregend als auch gefährlich. Sollten wir, und daran zweifle ich nicht, jemals erfahren, wo die Kirche verborgen ist, so sollten wir gut überlegen, ob wir diese Entdeckung bekannt machen.«

Artur blickte ihn gespannt an, dann sagte er:

»Also, lasst uns, nun, da wir die dritte Zeile des Rätsels entdeckt haben, auf den vierten, alles entscheidenden Satz kommen.« Meister Callidus nickte und blickte wie von selbst zum Bild Bruder Auctors.

»Nur der Erbauer kennt das Geheimnis, wie St. Caritum es tut.«

»Kennt Ihr den Erbauer des Gotteshauses, in dem Petrus begraben wurde?« Meister Callidus überlegte einen Moment und sagte dann:

»Nun, du musst wissen, dass die Kirche, die dort in unserer heutigen Zeit ihren Platz gefunden hat, keinesfalls schon immer dort stand. Als Petrus nach seinem Tod dort begraben wurde, verehrten die Gläubigen diesen Ort vorerst als einen Platz. Wer mit Kummer und Sorgen lebte, besuchte den ersten Bischof von Rom und betete zu ihm. Einmal, so erzählt die Geschichte, sei Simon Petrus einem Betenden erschienen und habe sich für die reichlichen Gebete bedankt, dennoch meinte er, dass die Christen lieber zu ihrem eigentlichen Gott, ihrem Herrn, beten sollten, anstatt zu ihm, einem einfachen Menschen. Im Jahre 324 ließ Kaiser Konstantin von Rom auf diesem Platz zu Ehren des Heiligen Petrus eine Basilika auf dessen Grab errichten. In den folgenden Jahrhunderten wurde die dort errichtete Basilika immer wieder erneuert, zerstört, umgebaut oder erweitert. Bis zum heutigen Tag wird an ihr gearbeitet. Somit lässt sich kein Erbauer der Basilika notieren, außer man betrachtet den Grundstein, der durch Kaiser Konstantin gelegt wurde. Ansonsten gibt es viele Menschen, die mit dem Gotteshaus in Verbindung gebracht werden. Vermutlich wurde selbst vor der Zeit Kaiser Konstantins noch eine kleinere Kapelle auf dem Grab errichtet und da Bruder Auctor zu dieser Zeit gelebt hat, bezeichnete er diese Ruhestätte wahrscheinlich als kleinstes Gotteshaus. Du siehst, es wird nicht einfach, den Gründer der Petruskapelle ausfindig zu machen.«

Artur ließ enttäuscht den Kopf sinken. Nach all diesen Erkenntnissen war er beinahe davon ausgegangen, dass das Rätsel nun binnen weniger Augenblicke gelöst werden konnte. Dann hob Meister Callidus erneut seine Stimme und sprach: »Doch lass uns von der Geschichte des Grabes abweichen, denn wo in dem Rätsel steht, dass es sich um den Erbauer jener Kapelle handelt?«

Kapitel 66

Bruder Solus‘ Pferd schien unbezwingbar. Schon den ganzen Morgen ritt er durch den immer heller werdenden Wald. Die ganze Nacht hatte er das Treiben der Soldaten beobachtet, die in ihrem Lager offenbar Wachen aufgestellt hatten, um sicher zu gehen, nicht entdeckt zu werden. In einem sicheren Abstand ritt er nun hinter seinem früheren Bruder her, der offenbar zu einem Mann Gottes, einem Kardinal, erhoben worden war. Lächerlich, in Anbetracht der Tatsachen, dass Bruder Vanum nicht vor Mord zurückschreckte. Die Päpste waren nicht schuldlos an vielem, was auf der Erde geschah, auch wenn sie scheinbar unfehlbar waren.

Zügig rammte Bruder Solus seinem Pferd die Fersen in die Flanken. In wenigen Tagen würde der Papst mit seinem Heer im Kloster ankommen und dann wusste nur Gott, was geschehen würde. Er hatte nicht den direkten Weg durch den Wald gewählt, nicht zuletzt wegen den gewaltigen Schneemassen, wie es das Heer des Papstes getan hatte. Parallel zu ihnen ritt er auf der verschneiten Waldstraße. Er kannte den Weg, den die Männer einschlagen würden. Hier auf den Straßen würden sie ihn nicht entdecken. Noch immer war ihm kein Gedanke gekommen, wie man diesen Irrsinn stoppen konnte. Zwar hatte er mit dem Gedanken gespielt, mit einem Messer in das Lager zu schleichen und Bruder Vanum zu ermorden, doch zu groß wäre die Chance, dass Bruder Vanum die Wachen zu Hilfe rufen würde, sollte er Bruder Solus zu Gesicht bekommen.

Bruder Solus erreichte ein kleines Dorf. Rund zwei Dutzend Häuser waren hier errichtet worden. Frauen, Männer, Kinder und Hunde hetzten auf den Straßen hin und her. In der Mitte des Dorfes stand offensichtlich das Gasthaus. Er zügelte sein Ross und trabte langsam in das Dorf hinein. Wanderer, die das Dorf passierten, waren offensichtlich nichts Ungewöhnliches für die Bewohner. Niemand beachtete ihn. Als er jedoch an dem großen Gasthof vorbeiritt, aus dem eine ältere Frau heraustrat, stutze er kurz und warf einen raschen Blick zurück.

War es möglich? Bruder Solus wandte sein Pferd herum und wagte noch einen Blick. Ja, sie musste es sein. Konnte sie die Dreistigkeit besitzen, ihm zu folgen? Doch wie es schien, war sie in Begleitung, da sie offenbar etwas in das Wirtshaus hineinrief. Bruder Solus stieg von seinem Pferd herab; die ältere Frau hatte ihn nicht gesehen. Nachdem er das Pferd kurzerhand auf der Straße stehen gelassen hatte, umrundete er die Kutsche und schaute die Stufen hinauf, wo auf dem Absatz jene Frau stand, die seinen Mitbruder in den Tod geschickt hatte.

Eranas, das Kräuterweib, welches sie auf ihrer Reise sichtlich verflucht hatte, bemerkte erst jetzt, dass ein Kuttenträger zu ihr aufblickte. Im ersten Augenblick schenkte sie ihm ein Lächeln, welches aber augenblicklich erfror, als sie verstand, wer ihr Gegenüber war. Eranas' Gesicht wurde aschfahl und ihr linker Arm begann zu zittern. Mit wenigen Schritten war sie zurückgestolpert und hinter das Wirtshaus geflüchtet. Bruder Solus zögerte nicht, sondern stürzte ihr nach.

Gebüsch und Sträucher schlugen ihm ins Gesicht, als er den Zwischengang der beiden Häuser durchquerte und hinter dem Wirtshaus eine fliehende Frau sah, die in Richtung weißen Wald davonlief. Warum sie nicht in das Wirtshaus gelaufen war, stellte für Bruder Solus ein Rätsel dar. Seine Beine waren länger und jünger. Folglich hatte er die Kräuterfrau eingeholt, noch bevor sie das schützende Dickicht des Waldes erreichen konnte.

»An Euren Händen klebt das Blut meines Bruders«, zischelte Bruder Solus und packte Eranas an der Hand. Er riss ihren Körper herum und blickte ihr ins Gesicht. Eranas Augen wandten sich von ihm ab, als fürchtete sie, sein Blick könne sie verbrennen. »Sprecht!«, sagte Bruder Solus und warf einen Blick zurück zum Dorf. Niemand schien ihre Auseinandersetzung zu bemerken. »Nennt mir einen Grund, Mörderin, warum ich Euch nicht in den Tod schicken sollte. Ich schwöre Euch, ich werde ...«

»Ich bin keine Mörderin«, sagte Eranas, als könnte sie das Wort nicht ertragen. Sie versuchte, sich zu befreien, doch der Griff des Bruders war zu stark. Bruder Solus musste sich beherrschen, um nicht laut aufzulachen: »Ich sah meinen Bruder vor meinen Augen von einer Mauer stürzen, leblos wie eine Puppe. Noch bevor er den Boden berührt hatte, war er tot. Und Ihr wagt, mich auch noch der Lüge zu bezichtigen?«

»Hättet Ihr auf meine Worte gehört, wäre Euer Bruder noch bei Euch, dessen bin ich gewiss. Nun kommt Ihr an den Scheideweg, bei dem Ihr überlegen müsst, was besser ist: Den Tod eines unschuldigen Mannes in Kauf zu nehmen, für Eure Überzeugung, dass die Pflanzenheilkunde gottesverachtend ist oder Euren Aberglauben hinter Euch zu lassen und ein Leben rettet? Ich habe Euch gesagt, dass Euer Bruder, wenn Ihr geht, sterben wird und so ist es geschehen.«

»Weil Ihr ihn verflucht habt«, sagte Bruder Solus lauter, als er gewollt hatte. Eranas' Lachen' verhallte im Wald.

»Ihr glaubt doch nicht, wäre ich denn der Hexerei mächtig, dass ich mich hier von einem Mann Gottes festhalten ließe, obwohl ich unschuldig bin.«

Bruder Solus stutzte kurz, dann sagte er:

»Was weiß ich, ein rechtschaffener Mann, über die dunklen Künste der Hexerei?«

»Habt Ihr keine Ohren, Mann Gottes?«, erwiderte Eranas und wurde nun zunehmend ärgerlich. »Ich sage es Euch noch einmal: Hättet Ihr auf meine Worte gehört, und diese hatten sicherlich nichts mit Zauberei zu tun, wäre das Schicksal Eures Bruders anders verlaufen. Der Kelch des Todes wäre an ihm vorübergegangen.«

Der Schlag ins Gesicht, der auf diese Worte folgte, schreckte sogar die Vögel in den Bäumen auf. Eranas Wange wurde rot und sie blickte ihn entgeistert an.

»Wagt es nicht, Eure Taten mit den Worten der Bibel zu rechtfertigen«, sprach Bruder Solus leise. »Ihr habt keine blasse Ahnung von deren Bedeutung.« Eranas schien ihm nicht zuzuhören. Sie streckte lediglich ihren Kopf in seine Richtung und hielt ihm ihre andere Wange hin.

Bruder Solus war über diese Geste derart verwundert, dass er Eranas Hand losließ.

»Ihr seid mit der Bibel vertraut?«, fragte er zaghaft.

»Natürlich bin ich mit ihr vertraut«, antwortete Eranas und zupfte eine Blume vom Waldrand ab, die offenbar trotz des kalten Winters zu blühen schien und die sie an ihrer Wange zerrieb. »Ich glaube selbst an die Heilige Schrift, an Jesus Christus, an Gott. Ich bin getauft und gehe, bin ich in einer größeren Stadt, in die Kirche. Einzig und allein die Tatsache ist für mich unbegreiflich, wie die Kirche die Heilmethode derart abstoßen kann. Durch sie wäre Euer Bruder noch unter uns«, sagte Eranas mitleidvoll und eine Träne kullerte ihr über das runzlige Gesicht.

Als Bruder Solus keine Anstalten machte auf sie einzugehen, fuhr sie fort: »In der Nacht, in der Ihr auf meinen Hof kamt, trug ich eine Salbe auf die Wunde Eures Bruders auf. Diese war mit Giftextrakten versetzt, die in die Wunde einziehen sollten, um den Schmutz zu bekämpfen. Die Salbe, die ich an jenem Morgen auf die Wunde auftragen wollte, hätte diese Giftstoffe mit den Verunreinigungen wieder herausgezogen und so eine vollkommen saubere Wunde hinterlassen. Lässt man diesen Schritt aus, so vermehren sich die Gifte im Körper und bringen ihn von innen heraus zu Fall. Leider habt Ihr mir nicht gestattet, meine Arbeit zu beenden, da Ihr voreilig und kopflos meinen Hof verlassen habt.«

Eranas‘ Augen spiegelten Mitleid und Reue wieder, doch auch Verständnislosigkeit für den Bruder. Bruder Solus sank erschöpft und enttäuscht über sich selbst auf dem Waldboden zusammen. Ihm allein war es zu zuzuschreiben, dass Bruder Magnus gestorben war und in Patria seine letzte Ruhestätte gefunden hatte.

Erschöpft richtete sich der Mönch auf. Er fühlte sich um hundert Jahre gealtert. Trotz der heftigen Auseinandersetzung blickte Eranas tröstend auf ihn hinab und hatte sogar etwas Mitleid mit ihm. Nun, da Bruder Solus klar war, dass Eranas keine Schuld an dem Tod Bruder Magnus‘ hatte, wurde ihm immer mehr bewusst, dass er der eigentliche Übeltäter war. Er ganz allein und seine Überzeugung waren dafür verantwortlich, dass Bruder Magnus durch ein inneres Gift seiner Verletzung erlegen war. Es war Eranas, die ihn aus seinen nagenden Gedanken zurückholte.

»Versteht Ihr nun, dass man innerhalb der Kirche kein Heil finden kann?«, flüsterte sie leise und sah ihn durchdringend an.

Bruder Solus nickte langsam, blickte sie aber nicht an. »Ich wünschte, ich könnte Euch irgendwie helfen«, sagte Eranas leise.

In jenem Moment durchzuckte Bruder Solus ein genialer Gedanke. Eranas konnte tatsächlich helfen. Sie konnte helfen, das Kloster der Liebe vor dem Untergang zu bewahren und es nicht seinem Schicksal zu überlassen.

»Ihr wollt helfen? Ihr wollt mir helfen?« Eranas nickte irritiert, sagte aber nichts.

»Gut«, sprach Bruder Solus mit trockenem Mund, »dann möchte ich, dass Ihr Eure Giftkräutermischung ein weiteres Mal braut. «

Kapitel 67

Artur und der Meister waren nahezu euphorisch durch ihre neuen Erkenntnisse. So offensichtlich schien ihnen jetzt die endgültige Lösung entgegen. Alle Erwartungen, das Rätsel jemals zu lösen, waren wieder offen.

Nur der Erbauer kennt das Geheimnis, wie St. Caritum es tut.

Nachdem er ausführlichst die Geschichte des Petrusgrabes, wie es die Legende erzählt, erläutert hatte, war er zu dem Schluss gekommen, dass Bruder Auctor mit seiner Andeutung nicht auf den Erbauer der Kirche auf dem Grab hinauswollte, sondern auf einen ganz anderen Mann. Um wen es sich dabei handelte, war jedoch selbst dem Lehrmeister noch nicht klar. Zwar hatte das Rätsel bisher nur auf den heiligen Petrus angespielt, doch der letzte Satz war anders, verwirrender.

Wer war der Erbauer? Was für Artur noch wichtiger war: Welches Geheimnis kannte St. Caritum, das auch der Bauherr gekannt haben musste? Viel Raum für Überlegungen war geblieben und nur sehr wenige Ansätze schienen logisch. Der Erbauer, wenn man auch die letzten Sätze in Betracht zog, musste den Aufenthaltsort des Grabes Petri kennen und auch St. Caritum. Daher musste es einen logischen Zusammenhang zwischen dem unbekannten Erbauer du dem Kloster geben. Sofort schoss Artur ein Buch, eine Schriftrolle oder ein Pergament in den Sinn, welches die genauen Daten der Ordensgemeinschaft dokumentierte. Meister Callidus hatte sich immer und immer wieder erhoben, war langsam zu seinen Büchern gegangen und hatte darin herumgeblättert. Jedes Mal, wenn er die Bücher wieder zurück an ihren Platz stellte, schüttelte er enttäuscht den Kopf und setzte sich wieder.

Das Überlegen an diesem Tag fiel schwer. Bruder Auctor war nicht willens gewesen, ihnen ein Rätsel zu stellen, welches man binnen weniger Augenblicke durchschaut hätte. Wenn Artur darüber nachdachte, fiel ihm auf, dass sie schon mehrere Tage daran arbeiteten. Und dies unter dem Druck, dass Bruder Vanum jeden Moment zurückkehren könne, als Gefangener oder als Verräter mit dem Papst. Ersteres bevorzugte Artur, doch außer zu Beten waren ihm die Hände, wie auch allen anderen im Kloster, gebunden. Meister Callidus begann nun plötzlich zu flüstern, öffnete aber nach wie vor seine Augen nicht einmal einen Spalt.

»Erbauer ... Erbauer ...«

»Meister?«, fragte Artur vorsichtig und blickte unsicher in die Richtung des großen Stuhles, in dem der alte Mann vor sich hinsäuselte.

Meister Callidus schüttelte den Kopf und blickte Artur an.

»Ich bin ratlos«, sagte er mit enttäuschter Stimme. »In meinem Kopf lassen sich keine klaren Gedanken fassen, die auch nur ansatzweise einen Sinn ergeben. Vielleicht wäre es an der Zeit, uns wieder einmal an Bruder Martin zu wenden«, schlug der Meister halbherzig vor, da weder er noch Artur Lust aufbrachten, den dickbäuchigen und tadelnden Bruder einzuladen. Dieser sollte sie nicht mit seinen hysterischen Anfällen stören, da auch diese nichts helfen würden. Meister Callidus erhob sich.

»Es ist zum Verrücktwerden. Manchmal wünsche ich mir, ganz einfach meinen Kopf zu leeren, nichts mehr zu empfinden, nichts zu denken, einfach eine seelenlose Hülle darstellen zu können ... Kennst du dieses Gefühl?«, fragte der Meister und wandte sich vom Fenster ab, durch welches er soeben geblickt hatte.

»Nein«, sagte Artur schlicht. »Ich bin jung, neugierig und hatte noch nie das Verlangen nach einem Leben ohne eigene Erkenntnis.« Der Meister lächelte.

»Löblich«, antwortete er und blickte wieder aus dem Fenster. »Aber es muss auch für dieses Problem eine Lösung geben. Was wollte Bruder Auctor uns mitteilen, als er einen Erbauer schuf, der ...« Doch Meister Callidus setzte den Satz nicht fort.

»Meister?«, fragte Artur stirnrunzelnd, als dachte er, dass sein Lehrmeister nun vollkommen den Verstand verloren hätte.

»Geht es Euch nicht gut? Sollte ich nach jemanden rufen?« Doch der Meister antwortete nicht. Er stand noch immer am Fenster, hatte mitten in seiner Bewegung inne gehalten und seinen Satz abgebrochen. »Meister?«, fragte Artur noch einmal, doch der alte Mann strahlte Artur bereits an, als ob er der glücklichste Mensch auf Erden war. Dann sagte er mit bebender Stimme:

»Unser Ordensgründer war listig und verschlagen, doch diese Tatsache ist sogar für ihn unglaublich.«

»Ihr habt es gelöst?«, rief Artur aus und auch seine Miene erhellte sich.

»Nicht ganz, fürchte ich, doch ich bin mir im Klaren, welchen Erbauer Bruder Auctor gemeint hat. Es besteht kein Zweifel.« Arturs Herz raste. Mit einem großen Kloß im Hals brachte er die Worte über sich:

»Wen? Antwortet, rasch!«

»Nur die Ruhe«, pries der Meister an und fügte lächelnd hinzu: »Ich glaube, dass ich langsam zu alt werde, um jungen Menschen etwas beizubringen. Nicht einmal der lateinischen Sprache bin ich mehr mächtig.« Artur verstand nicht. Bisher hatte er immer geglaubt, es gäbe keinen weiseren Mann als Meister Callidus. »Ich würde es beinahe als eine Schmach oder gar eine Demütigung bezeichnen, die mir widerfahren ist. Dieses kleine Detail hätte mir schon auffallen müssen, als ich mit dem Rätsel das erste Mal in Berührung kam.« Artur verstand noch immer nicht, doch er unterbrach den Meister nicht, aus Angst, nicht die Lösung des Rätsels zu erfahren.

»Jeder unserer Äbte, so ist es bekannt, darf sich, wenn er zum Abt ernannt wird, einen Namen geben. Dieses Verfahren kennt die Christenheit schon seit mehreren hundert Jahren, da es bei unserem Pontifex ebenso angewandt wird. Bruder Auctor, oder besser gesagt Abt Auctor, hat sich, so wissen wir heute, den Namen Auctor erst im Nachhinein zugelegt. Es ist üblich, sich einen Namen zu geben, der eine tiefe lateinische Bedeutung hat und den Charakter des Abtes widerspiegelt. Dein Vater nannte sich Clemens, was gnädig, gütig, mild oder auch sanft bedeuten kann. Nur in den wenigsten Fällen jedoch ist mir die Übersetzung ganz genau bekannt, denn im Lateinischen gibt es für ein Wort teilweise ein Dutzend Übersetzungen in unsere Sprache. Das trifft auch bei Bruder Auctor zu, dessen Namen, und ich schäme mich, dies erst jetzt bemerkt zu haben, eine bemerkenswerte Übersetzung trägt.« Artur wagte kaum zu atmen, aus Angst, irgendein Wort des Meister zu versäumen.

»*Auctor* hat diverse Bedeutungen in unserer Sprache. Es bedeutet Ratgeber, Lehrer, Erzähler, Begründer, Verfasser, Zeuge, Vorbild ... oder auch *Erbauer*!«

Kapitel 68

Das Nachtlager wurde bereits vor Sonnenuntergang aufgrund der Wehklage Seiner Heiligkeit, dass die Kälte nicht auszuhalten sei, am Fuße eines Berges errichtet. Kardinal Vanum hatte seine Robe enger geschnürt, doch die Kälte drang selbst durch den dicken Stoff. Ein wärmendes Feuer war das Erste, wofür die Soldaten sorgen sollten, noch bevor die Zelte aufgebaut würden. Durch die Nässe des Holzes brannten die Scheite aber erst spät in der Nacht. Der Wald war in völliger Dunkelheit versunken. Der Hunger hatte ebenfalls von ihnen Besitz ergriffen. Doch die zwei weiteren Kutschen, die mit Brot vollgeladen waren, sollten auf Anweisung des Papstes als Reserve dienen, falls sie länger unterwegs sein sollten als gedacht.

Kardinal Vanum war sich nun bewusst, wie riskant es für den Papst sein musste, einem Fremden zu vertrauen und ihn mit der Würde eines Kardinals auszustatten. Sie mussten das Kloster schnell erreichen, um diesen Winter überleben zu können. Im Kloster würde es genug Essen und Verpflegung geben, damit sich alle stärken und zurück nach Rom kehren konnten.

Kardinal Vanum erhob sich vom flackernden Feuer und schlug den Pfad zu seinem Zelt ein. Viele Soldaten waren noch unterwegs, versuchten zu jagen oder auf irgendeine andere Art etwas Essbares zu erbeuten. Viele machten vor dem hochrangigen Kardinal Vanum ehrfürchtig Platz und grüßen ihn freundlich. Der Papst hatte befohlen, die nähere Umgebung nicht zu verlassen, aus Angst, man könnte das Banner des Papstes auf den Rüstungen erkennen. Auch wenn es bereits dunkel war, gebot der Papst oberste Vorsicht. Kardinal Vanum war ebenfalls an diese Vorschriften gebunden, aber auch er dachte nicht einen Augenblick lang daran, den Platz zu verlassen, zu sehr fürchtete er sich noch immer vor seinen Verfolgern, von denen er seit Langem nichts mehr gehört hatte. Doch es sollte sich bald herausstellen, dass seine Sorgen nicht unberechtigt waren. Bruder Solus war näher, als er dachte.

Bruder Solus pirschte durch den Schnee und näherte sich der Lichtquelle, die aus dem dunklen Wald kam. Die Bäume um ihn herum boten einen sicheren Schutz. Sollte jetzt ein Soldat seine Anwesenheit bemerken, würde man ihm vermutlich ein schnelles Ende bereiten. In seiner rechten Hand hielt Bruder Solus einen rötlichen Beutel, in dem sich die breiartige Substanz befand, die den sicheren Tod bedeutete. Eranas hatte nach langem Zögern zugestimmt, den Sud des Todes, wie sie ihn nannte, zu brauen. Es widersprach vollkommen ihren Grundsätzen der Heilkunst. Bruder Solus musste ihr versprechen, ihn nur für eine gute Sache anzuwenden und dass diese Sache gut war, war für den Bruder ganz sicher.

Für einen kurzen Augenblick stoppte er seine Vorwärtsbewegung auf dem Schnee, denn Stimmen näherten sich. Beinahe in Panik ausbrechend rollte er sich auf die Seite, wo ein nahes Gebüsch eine ideale Deckung bot. Zwei Soldaten näherten sich bedrohlich seinem Versteck. Bruder Solus hörte gespannt dem Gespräch zu, auch wenn die Angst, entdeckt zu werden, größer war.

»Ich bin mir sicher, dass wir früher oder später Todesopfer zu betrauern haben. Die Kälte wird uns den Mut und die Hoffnung nehmen. Und der Primas gibt uns ebenfalls keinen allzu großen Grund, ihm zu vertrauen. Er sitzt in seiner Kutsche und wartet darauf ...«

»Sei leise«, zischte ihm der andere Soldat zu. »Wenn man dich hört, wird man dich als Ketzer im Feuer verbrennen«, beschwor er ihn.

»Es ist mir gleichgültig«, sagte der Soldat, doch in seiner Stimme konnte man einen zittrigen Unterton bemerken. »Auch der neue Kardinal, von dem man munkelt, dass er sich sein Amt erkauft hat, spricht nicht mit uns.«

»Du sagst dies, als wäre es etwas Schlechtes«, scherzte der andere Soldat halb und beide wandten sich nach links, um tiefer in den Wald hineinzugelangen.

Nachdem ihre Stimmen von den Bäumen verschluckt worden waren, kroch Bruder Solus aus seinem Versteck heraus und schlug den Weg zum Lager ein. Zu dicht durfte er sich den Zelten nicht nähern, ohne zu wissen, in welchem der Verräter Vanum hauste. Als sich Bruder Solus gerade erheben wollte, stolperte erneut ein Soldat durch das Gebüsch. Er stapfte an dem liegenden Bruder vorbei und blieb einige Meter weiter im

Inneren des Waldes stehen. In der Hand trug er einen großen Topf, der mit scheinbar viel Wasser gefüllt war. Der Mann beugte sich stöhnend vorne über und leise vor sich hinfluchend kippte er das Wasser weg. Er bemerkte nicht einmal, wie ein fremder Mann sich erhob und sich mit einem großen Stein näherte. Bruder Solus war sich durchaus bewusst, dass er nur einen Versuch hatte. So fest er konnte schlug er dem Mann den Stein auf den Hinterkopf. Dieser stieß einen leisen Seufzer aus und brach dann vor ihm zusammen. Bruder Solus wusste, dass, wenn der Soldat erwachte, noch bevor er seinen Plan beendet hatte, er den Tod erleiden würde. So schnell er konnte riss Bruder Solus die Rüstung vom Leib des Mannes und schlüpfte hinein. In eine kleine Schale, welche er selbst mitgebracht hatte, füllte er den Eintopf, der aus Kräutern und Fleisch bestand und fügte einen Schuss seines Giftes hinzu.

An allen Körperteilen zitternd betrat Bruder Solus, getarnt als Soldat der päpstlichen Armee, den Platz der Zelte und drängelte sich durch die Menge. Würde jemand bemerken, dass er ein Fremder war? Würde er gleich den Tod erleiden? Als ein Soldat ihn ansprach, war er sich sicher, dass man das Klopfen seines Herzens hören konnte.

»Gebt mir die Schüssel«, sagte dieser mit einer selbstbewussten Stimme, die deutlich machte, dass dieser Wachmann einen höheren Rang als Bruder Solus innehatte. Jegliche Farbe wich aus Bruder Solus‘ Gesicht. Stammelnd sprach Bruder Solus:

»Tut mir leid, aber dies ist das Essen für Brud ... verzeiht, Kardinal Vanum. Er bat als Erster um eine Mahlzeit, verzeiht!« Er blickte dem Soldat nicht in die Augen, aus Furcht, er könnte die Lüge durchschauen. Finster blickend zog sich der Mann zurück und blickte Bruder Solus hinterher.

Das Zelt Bruder Vanums ausfindig zu machen, war ein Leichtes. Die Zelte der Kirchenfürsten hoben sich stark von den anderen ab.

Vor dem Eingang des Zeltes waren zwei Wachen postiert, welche jeden kontrollierten, der das Zelt betrat. Bruder Solus‘ Hals wurde sehr trocken, als er auf die beiden Soldaten zusteuerte, die ihm grimmige Blicke entgegenwarfen.

»Haltet ein!«, befahl ein Soldat und streckte ihm die Hand entgegen. »Was bringt Ihr da? Der Kardinal ist gegenwärtig noch nicht in seinem Zelt.« Bruder Solus schluckte, antwortete aber mit fester Stimme:

»Das Essen des Kardinals. Mir wurde aufgetragen, ihm diesen Teller mit Eintopf zu überbringen.« Der Soldat ergriff den Teller und roch daran. Bruder Solus flehte zum Himmel, dass das Gift geruchslos sein möge. Der Wachmann zog einen kleinen Löffel aus seiner Tasche und kostete etwas von dem Mahl. Bruder Solus traten Schweißperlen auf die Stirn. Zwar war es gewiss, dass das Gift erst nach Stunden seine Wirkung entfalten konnte, doch war der Geschmack des Essens der gleiche? Bruder Solus blickte den Soldaten traurig an. Auch er würde diese Nacht nicht überleben.

Schnaubend gab der Wachmann Bruder Solus ein Handzeichen, worauf dieser das Zelt betrat und die Wachen hinter sich lassen konnte. Die Einrichtung des Zeltes war schlicht. Ein großer Teppich fing die Kälte von unten ab, trotzdem herrschte auch im Zeltinneren eine eisige Temperatur.

Leise stellte Bruder Solus die Mischung aus Eintopf und Gift auf einen Tisch und verschwand aus dem Zelt.

Kapitel 69

Papst Nikolaus IV. hatte das Privileg des größten Zeltes. Nur selten machte er jedoch von seinen Dienern Gebrauch, die auch auf dieser Reise an seiner Seite standen.

Nach einem langen und schweren Tag hatte er sich nach der Ankunft sofort in sein Zelt zurückgezogen. Doch dies war eines Papstes, einem Vertreter Gottes, nicht würdig. Die Kälte machte nicht einmal Halt vor ihm und das Essen war so fürchterlich, dass Girolamo sich fragte, ob er seinen Herrn verärgert hatte. Sollten sie, so hatte es sich der Pontifex überlegt, bei dem Kloster nicht auf das stoßen, was sie zu finden suchten, dann würde er den Kardinal seines Amtes entheben, exkommunizieren und anschließend in Rom auf der Piazza vor dem Palast verbrennen lassen. Solch ein aufwendige Reise hätte der Papst nie für ein einfaches Kloster auf sich genommen. Dafür waren die Gefahren zu groß und die Aussicht auf Erfolg zu minimal. Der Kardinal war noch immer fest entschlossen, das Kloster innerhalb von drei Tagen zu erreichen. Gnade ihm Gott, wenn dies nicht so war.

Unter den Soldaten waren bereits Unruhen ausgebrochen, da der Winter ein gefährlicherer Gegner. Feinde konnte man betrügen, überreden oder aber man kapitulierte, aber der Winter war unbarmherzig. Auch Carlo hatte immer und immer wieder den Papst zur Umkehr überreden wollen. Doch solange auch nur der kleinste Hoffnungsschimmer in Sicht war, würde das päpstliche Heer weiter gen Norden marschieren. Noch hatte der Papst Hoffnung, das Geheimnis aufzudecken. Noch war es nicht zu spät. Sollte die Spur sich als falsch erweisen, würde er nach dem Winter weiter auf der Fährte jenes Mannes sein, den er um jeden Preis in die Hände bekommen wollte. In der kommenden Nacht würde der Papst viel zu seinem Herrn beten, dass dieser sich für eine rasche Erhörung seiner Bitten sorgte. Zu lange hatte alles im Dunkeln gelegen, zu lange und zu viel hatten die Päpste geschwiegen und Aufsehen wurde um etwas erhoben, was noch nie so gewesen war. Ein Mythos, nichts weiter, innerhalb Roms, innerhalb der Römischen Kirche. Ein Mythos, den sich Papst Nikolaus IV. zur Aufgabe gemacht hatte. Ihm war nicht klar, dass die Aufklärung dieses Geheimnisses Leben gefordert hatte, Menschenleben. Vielleicht hatte er es begriffen, war aber bereit, dieses Geheimnis als Rechtfertigung für Hunderte von Morden zu sehen. Der Blutzoll, den Gott für diese Enthüllung des Geheimnisses verlangte, war hoch, sehr hoch. Doch Girolamo war nicht klar, dass es einzig und allein seine Kirche gewesen war, die dem Herr diesen hohen Blutzoll aufgezwungen hatte.

Kapitel 70

Artur saß nachdenklich auf einem hölzernen Stuhl und betete. Meister Callidus saß am Kamin seines Turmzimmers und war ebenfalls in seinen Gedanken vertieft.

Den ganzen Tag hatten die beiden genutzt, um über die Worte des Erbauers, Bruder Auctors, nachzudenken. Die Tatsache, dass sich Bruder Auctor selbst in dem Rätsel thematisiert hatte, war beeindruckend, aber eigentlich nicht ungewöhnlich, nach Aussage des Meisters. Bruder Auctor, so hieß es in diversen Erzählungen, war immer weniger demütig gewesen, als ein Mönch es hätte sein sollen. Oder lag es einfach nur daran, dass Bruder Auctor allein über den Aufenthalt des Grabes Petri Bescheid wusste und er es für unmöglich befunden hatte, jemand anderen damit zu betrauen?

Nur der Erbauer kennt das Geheimnis, wie St. Caritum es tut.

Nur Bruder Auctor kennt das Geheimnis, wie St. Caritum es tut.

Dieser Teil des Rätsels war nicht länger ein Rätsel. Es lag nicht länger im Verborgenen. Nun mussten die beiden Mönche nur noch den letzten Teil der Aufgabe lösen, um etwas aufdecken zu können, was die ganze Welt beeindrucken würde. Welches Geheimnis kannten nur Bruder Auctor und St. Caritum?

Was um Himmels Willen konnte ein Kloster wissen, was ein Mensch nicht wusste, mit Ausnahme natürlich des Erbauers? Artur hatte das gesamte Rätsel noch einmal studiert, rückwärts gelesen oder nach versteckten Anagrammen durchsucht, die vielleicht auf etwas hinweisen konnten. Doch seine Suche war ohne Erfolg geblieben. Meister Callidus nahm eine Pergamentrolle aus einem kleinen Schrank, der neben seiner Pritsche stand. Es war ihm ein letzter, tröstender Gedanke gekommen, wie es möglich war, innerhalb von St. Caritum nach etwas zu suchen, welches auf die Anwesenheit von etwas hinwies, das Bruder Auctor gemeint haben könnte. Die Pergamentrolle enthielt die ursprünglichen Grundrisse des gesamten Klosters und wies vielleicht auf ein Geheimnis hin, welches in den Steinen verborgen war.

Hoffnung war das Einzige, was Meister Callidus nun hatte, doch er besaß seine Bücher, seine Schriftrollen und nicht zuletzt sein Gedächtnis, um alles zu durchforschen, was man in Betracht ziehen konnte.

Artur erhob sich, schritt um einen kleinen Tisch herum und blickte dem Meister über die Schulter. Kurz zuvor warf er einen Blick nach draußen. Die Nacht war bereits hereingebrochen und schien das Kloster zu behüten. Würde diese Nacht einmal in ferner Zukunft als eine heiliger Nacht gefeiert werden? Als die Nacht, in der Mönche das Geheimnis Petri aufgedeckt hatten? Meister Callidus murmelte etwas vor sich hin, blätterte in seinen Schriften und blickte auf das Blatt hinunter. Artur konnte Worte wie *Dormitorium, Refektorium, Scriptorium* oder gar *Außenmauer* entziffern. Die Buchstaben waren in einer altertümlichen Sprache geschrieben und Artur wunderte sich, wie diese über ein Jahrtausend in einem solchen Zustand hatten bleiben können? Meister Callidus hatte diese Pläne sicherlich gehütet, wie er das Blut Jesu gehütet hätte. Wäre etwas an dem Kloster, an der Kirche oder an anderer Stelle im Kloster beschädigt worden, so stand in diesen Plänen, wie man beim Wiederaufbau vorgehen musste. Auf den Papieren prangte der Titel:

Ordensgemeinschaft Sankt Caritum.

Grundgemäuer der Keller, des Wohntrakts, des Stalles ... der Garten ... das Backhaus ..

Nirgends ließ sich ein Hinweis auf das Rätsel ausfindig machen, welcher auf das Rätsel verweisen könnte. Artur wandte sich um und schritt zurück zum Gemälde, welches an der Wand lehnte. Bruder Auctors Lächeln schien immer breiter zu werden. Je mehr sie herausfinden konnten, desto mehr schien er sie zu verhöhnen.

Als Artur sich Bruder Auctor, den Erbauer, noch einmal genauer ansah, fiel ihm plötzlich der kreisrunde Schriftzug auf, den er beinahe schon wieder vergessen hatte: *Hic aliquid lapideum requiescit. - Hier ruht etwas Steinernes.*

Ihm stockte der Atem. Etwas Steinernes? Ihnen war jetzt klar, dass mit dem Steinernen kein Fels wie im Volksmund gemeint war, sondern ganz allein Simon Petrus? Zuerst hatten sie angenommen, dass dieser Ausspruch lediglich ihren Platz auf dem Herzen des Gründers gefunden hatte, weil dieser von Herzlichkeit keine Spur besaß. Warum aber sollte Simon Petrus im Herzen des Bruders begraben sein? War auch dies eine metaphorische Art, den Todesort zu verschleiern?

Hier ruht etwas Steinernes ... hier ruht Simon Petrus.

Artur überfuhr eine Gänsehaut. Er schloss für einen kurzen Moment die Augen, wusste nicht, was er denken sollte. Seine Gefühle waren nicht mehr in der Lage, normal für ihn zu arbeiten. Mit einem tiefen Atemzug brachte Meister Callidus Artur in die Gegenwart zurück.

»Ich glaube, mein junger Artur, ich habe soeben erfahren, wo unser lieber Erbauer, Bruder Auctor, sein Wissen verborgen haben könnte. Oder zumindest ist mir nun klar, was er mit St. Caritum gemeint hat.«

Artur wirbelte herum. Von Meister Callidus' Worten völlig überrascht, vergaß er für einen kurzen Augenblick seine Entdeckung.

»Was sagtet Ihr?«, fragte Artur und eilte durch den Raum.

»Hier, sieh!«, sagte Meister Callidus und deutete mit seiner Hand auf das alte Pergament. Kein Dormitorium, kein Refektorium waren darauf zu sehen. Ein Kreuz war auf das Papier gezeichnet worden. Ein lateinisches Kreuz war darauf zu sehen, mit den Beschriftungen wie *Außenmauer, Hochaltar, Gruft* oder *Sakristei.* Artur bemerkte schnell, dass er den Grundriss der Kirche St. Caritums vor sich hatte.

»Nun?«, sagte Artur und sah seinen Meister fragend an.

»Schau noch einmal hin«, forderte ihn der Meister auf. Artur studierte den Grundriss erneut. Es war ihm seit jeher bekannt, dass die Kirche, und so waren viele Kirchen erbaut worden, den Grundriss eines lateinischen Kreuzes aufwiesen. Dies unterstrich nicht nur die Demut, sondern war auch für die Architektur hervorragend geeignet. Doch nun sah Artur ein Wort, welches rechts oben in kreisrunder Schrift, auf Höhe des Herzens, hätte eine Kirche denn ein Herz besessen, geschrieben stand: *St. Caritum.*

»Nun?«, wiederholte Artur sich obwohl die Parallele unübersehbar war. Er wusste nicht, was er mit dem jetzigen Wissensstand anfangen sollte.

»Nun«, sagte der Meister lächelnd, »es ist so: Wie du weißt, wird unser Kloster seit der ehrwürdigen Gründung durch Bruder Auctor St. Caritum genannt. Dies geht auf den Schatz zurück, den Schatz der Liebe, die in einem jeden Jungen, der von einem Abt gezeugt wird, verkörpert wird.

St. Caritum, und dies sollte dir mittlerweile aufgefallen sein, stammt aus dem Lateinischen *caritas*, was Liebe bedeutet. Es gibt allerdings eine Besonderheit, die bei vielen Klöstern der Fall ist. Zwar werden das Kloster und die umliegenden Gebiete St. Caritum genannt, doch gehört der Name St. Caritum im eigentlichen Sinne ... zu unserer Kirche.« Meister Callidus nickte begeistert aufgrund seiner eigenen Entdeckung.

»Ja, unsere Kirche ist es, die den eigentlichen Titel St. Caritum trägt. In den Jahren, in denen das Kloster bewohnt wurde, schlich sich natürlich immer und immer mehr die Angewohnheit ein, dass man auch das gesamte Kloster und unseren Orden mit diesem Titel bezeichnete. Darum ging dieses Wissen auch bei den meisten unserer Brüder verloren. Wie auch beinahe bei uns.«

Meister Callidus lächelte.

»Es mag dir vielleicht nicht bewusst sein, doch haben wir soeben ein Rätsel gelüftet, welches vor rund zwölf Jahrhunderten gestellt wurde und vollkommen in Vergessenheit geraten ist. Nebenbei geht es dabei noch um das Wissen, an welchem Ort der heilige Kirchengründer Simon Petrus begraben liegt. Nun, da wir alle Einzelheiten des Rätsels gelöst haben, ist es an der Zeit, alles zusammenzufügen und vielleicht den Beweis für die Beisetzung Petri an einem anderen Ort zu finden.« Artur blickte den Meister noch immer fragend an. Es war ihm immer noch nicht bewusst, was das Ende des Rätsels ihnen nun preisgab.

»Aber was sagt uns die Tatsache, dass mit St. Caritum einzig und allein unsere Kirche gemeint ist?«, flüsterte Artur beinahe.

»Was dies anbelangt, bin ich noch überfragt, doch ich bin mir sicher, dass unsere Kirche ein Geheimnis beherbergt, welches uns den Aufenthaltsort Petri nachweisen wird.«

Nur der Erbauer kennt das Geheimnis, wie St. Caritum es tut.

»Nur der Erbauer ... nur der Erbauer ... nur Bruder Auctor weiß darum«, sagte Artur leise und blickte zurück zu dem Gemälde des Gründers. Das Lächeln auf dem Gesicht war verblasst und Spuren von Unsicherheit schienen sich auf dem alten Gesicht abzuzeichnen. Das purpurne Gewand schien nicht mehr so zu leuchten, wie in jener Zeit, als das Rätsel noch beinahe unberührt war.

Dann, als hätte der Herr nur auf diesen Augenblick der Erkenntnis gewartet, klärte sich mit einem Schlag alles auf. Artur wusste nicht, ob ihm göttliches Wissen oder schlicht und ergreifend reine Logik bei diesem letzten Schritt halfen. In Gedanken legte er den Grundriss der Kirche über das Bild und stieß ein lautes Lachen aus. Meister Callidus zuckte zusammen. Dann, mit großen Schritten packte Artur das alte und wertvolle Pergament, achtete nicht auf die Proteste des Meisters, Artur solle vorsichtig damit umspringen. Mit zitternden Händen strich er den Grundriss des Planes auf dem Bild glatt. Dieser passte sich nahtlos an den Umriss von Bruder Auctor an. Es war geschafft! Bruder Auctor, der mit weit ausgestreckten Armen zu beiden Seiten dastand, symbolisierte nichts anderes als ein lateinisches Kreuz. Eben jenes lateinische Kreuz fand sich auch im Grundriss der Kirche, in St. Caritum wieder. Bruder Auctor hatte mit seiner göttlichen Geste nicht seine Offenheit angedeutet, sondern einen weiteren Hinweis darauf gegeben, wie das Rätsel zu lösen war. Artur blickte über die Schultern zu Meister Callidus. Dieser lachte so herzlich, dass Artur fürchtete, er könne das gesamte Kloster aufwecken.

Als Artur langsam seine Hand sinken ließ, wurde auch das Bild wieder sichtbar. In dem Moment, als Artur die kreisrunde Beschriftung sah, war er sich sicher, dass sein Herz zerspringen müsse:

Hier ruht etwas Steinernes.

Kapitel 71

Kardinal Vanum erwachte schweißgebadet, zitternd und mit weit aufgerissenen Augen. Er wollte schreien, doch kein Wort kam ihm über die Lippen. Er hatte nicht einmal die Kraft, seine vielen Decken, die ihn warm halten sollten, zurückzuschieben. Ein Röcheln drang aus seiner Kehle und verwandelte sich in ein Schluchzen.

Etwas stimmte nicht mit ihm.

Der Mann Gottes vernahm ein lautes Rauschen in seinen Ohren, dann wieder Stille. Viele schwarze Flecken tauchten vor seinen Augen auf und tanzten, als wollten sie ihn in die Irre führen. Noch immer war der Körper des Kardinals wie gelähmt, unbeugsam und nicht willens, die Befehle seines Herrn auszuführen. Völlig erschöpft hatte er die Decken beiseitegeworfen und sich zittrig erhoben. Er stürzte aber sofort auf den Boden und stieß erneut ein heiseres Husten aus. Er kroch auf dem Boden des Zeltes, der ihm vorkam wie heißes Gestein und brach unter dem Kruzifix an der Zeltwand zusammen.

Mein Herr, warum hast du mich verlassen? war der erste Gedanke des Kardinals. Vor seinem Zelt hörte Kardinal Vanum Stimmen, Stimmen der Wachen. Diese Ungläubigen sollen hereinkommen und ihm helfen. Doch es war zu spät. An der Zeltplane festklammernd zog er sich auf die Beine. Er musste sich anstrengen, um nicht sofort wieder seiner Schwäche zu erliegen und zusammenzubrechen. Nach ein paar Schritten auf den Eingang zu, verweigerten ihm seine Füße wieder ihren Dienst. Erneut fand er sich auf dem Boden wieder. Nun verspürte er einen Brechreiz. Mit tränenerfüllten Augen und zuckenden Gliedmaßen richtete sich der Kardinal erneut auf, warf einen kurzen Blick zum Kreuz zurück und schwor jeglicher Gottheit ab.

Er wankte benommen auf den Zelteingang zu. Als Kardinal Vanum gerade den Eingang erreicht hatte, stürzte er erneut. Dieses Mal aber aus dem Zelteingang hinaus in den Schnee. Er hörte noch die erschreckten Aufschreie der Wachen des Papstes, sah noch einmal die verschneiten Bäume des dunklen Waldes und roch die frische und kalte Luft. Dann, nachdem er sich nun doch erbrochen hatte, sackte sein Körper vollkommen auf dem eisigen Schnee zusammen.

Das Gift hatten seine Aufgabe erfüllt.

Bruder Vanum war tot.

Papst Nikolaus IV. ging unruhig in seinem Zelt auf und ab. Schon früher hatte er die unheimliche Gabe besessen, zu wissen, wann etwas Furchtbares geschehen würde. So hatte er als Kind beim Tod seines Vaters, der bei einem Überfall ums Leben gekommen war, plötzlich bitterlich angefangen zu weinen. Seine Mutter hatte daraufhin versucht, ihn zu trösten, bis man auch ihr die Nachricht mitgeteilt hatte. Trotz der vielen Decken konnte der Papst nicht schlafen. Vielleicht lag es nicht an der Kälte, sondern vielmehr an ihrer Situation, die so befremdlich war. Ohne das Ziel zu kennen, eine Reise zu beginnen, war nach Carlos Aussage töricht. An einen fremden Kardinal gebunden zu sein. Ja, sie waren abhängig von dem Kardinal, der sie auch in einen Hinterhalt locken konnte. Nur er wusste nämlich, wo das versteckte Kloster lag. Auf dem *Petrusfels*. Und dort, wenn der Name nicht willkürlich verliehen worden war, musste auch das liegen, was der Grund für seinen unabdingbaren Wunsch, Papst zu werden, verantwortlich war.

Das Petrusgrab, die Gebeine Petri, dem Begründer der Kirche, seiner Kirche.

Die Aufzeichnungen des Franziskus von Assisi übermittelten ganz klar, dass der Heilige Petrus keinesfalls in Rom bestattet worden war. Schließlich hatte Papst Nikolaus diese Überprüfung mit einem frevelhaften Ergebnis vollziehen können: Das Grab des Heiligen St. Peters war leer. Leer wie auch der Glaube vieler Menschen, wenn eines Tages bekannt werden würde, dass die Kirche jahrhundertelang diese Tatsache verschwiegen hatte. Nun war ihre einzige Spur der Petrusfels, auf dem das verfluchte Kloster seinen Platz gefunden hatte. Wenn auch diese Spur ins Leere verlaufen würde, konnten selbst die besten Mittel des Papstes nichts ausrichten, denn es würde keinen Hinweis mehr geben.

Die Gebeine Petri mussten gefunden und zurück nach Rom gebracht werden, an jenen Ort, der in der Geschichte geschrieben stand, an dem sie über ein Jahrtausend vermeidlich begraben waren. Der Herr war auf ihrer

Seite. Wenn nicht auf der Seite des Papstes, auf wessen Seite sollte er sonst stehen?

Mit einem Aufschrei kam Carlo Discu da Viterbo in das Zelt des Papstes gerannt. In seinem langen Gewand wirbelte der Papst herum, als der Ordensgeneral auch schon keuchend und mit schreckerfülltem Gesicht anfing zu sprechen:

»Kardinal Vanum ist tot! Er ist tot! Er wurde eben aufgefunden. Wir haben versagt! Er ist tot!«

Papst Nikolaus IV. spürte, wie seine Beine nachgaben und er auf der Stelle zusammenbrach. Sofort eilte Carlo herbei, rief nach den Wachen und versuchte, den Papst wieder aufzurichten.

Sie hatten versagt! Die größte Verschwörung der Römischen Kirche innerhalb von zwölf Jahrhunderten wollte nicht gelöst werden. Sie hatten versagt!

Der Mythos um das Petrusgrab würde weiter bestehen. Er wollte nicht gelöst werden. Die bekundeten Zweifel an der Echtheit der Gruft strichen dahin, sie würden andauern ... auch in der Zukunft!

Kapitel 72

Artur und Meister Callidus eilten über den verschneiten Innenhof. Gegen jedes Gebot, gegen jedes Verbot hatten sie sich hinweggesetzt und beschlossen, sofort in die Kirche St. Caritums zu eilen und an jener Stelle zu suchen, die laut des Rätsels alles verbarg. Meister Callidus schritt durch den Schnee wie ein Jüngling.

Artur schwitzte, obwohl der Schnee und die Kälte noch zugenommen hatten. Den Innenhof hatten sie überquert, schnell die Tür erreicht und dann die stille und kühle Kirche betraten. Meister Callidus frage sich, warum er nicht früher den Zusammenhang der kreisrunden Schrift auf dem Gemälde und dem Grundrisszeichnung der Kirche bemerkt hatte. Wo war das Grab Simon Petrus'? Meister Callidus schloss leise die Tür und zusammen knieten sie für einen kurzen Augenblick lang nieder. Egal, was sie hier finden würden, es würde die Geschichte der Christenheit für immer verändern.

Artur erhob sich, gefolgt von Meister Callidus, der als Erster ausschritt, um jene Stelle zu suchen, die das Herzstück der Kirche sein musste. Immer und immer wieder blickte er auf den alte Plan, murmelte etwas vor sich hin und suchte die Kirche ab. War etwa eine Kirchenbank als geheimer Ort benutzt worden? Artur begann die Bänke abzuklopfen, zu fühlen, zu hören. Doch es wäre töricht vom Gründer des Klosters, das kostbarste Gut der Christenheit in einer hölzernen Bank zu verstecken, die beschädigt werden oder gar verbrannt werden konnte, dachte Artur und erinnerte sich an den verheerenden Brand letzten Jahres.

Nein, es musste in etwas versteckt sein, was für die Ewigkeit bestimmt war. In etwas wie Stein. Artur ließ seinen Blick sinken und blickte auf den staubigen Boden.

Meister Callidus scharrte bereits mit dem Fuß über den Boden. Offenbar suchte er nach einem Hohlraum. Waren die Mönche all die Jahre auf etwas gestanden, was nicht nur das Klosterleben sondern die Geschichte der menschlichen Zivilisation für immer verändern konnte? Hatten sie das Wissen der kirchlichen Entstehung mit Füßen getreten?

Plötzlich stieß Meister Callidus einen kurzen Schrei aus. Er stand in einem Seitengang der Kirche, hinter den ersten Bänken. An dieser Stelle musste er etwas gefunden haben, das nicht dorthin gehörte. Sofort rannte Artur zu seinem Lehrmeister. Dieser griff seine Hand und begann zu lächeln.

»Ich glaube, dass wir Erfolg hatten«, sagte der Meister und deutete mit seiner alten Hand nach unten. Artur blickte langsam hinab auf den steinernen Boden. Im ersten Moment sah er nichts als Staub, Schatten und das Mondlicht, welches einen Teil des Bodens erhellte. Dann, als sich seine Augen daran gewöhnt hatten, nahm er verschwommen etwas wahr, was er in einer gewöhnlichen Situation niemals beachtet hätte. Unter dem Staub hatte der Stein ein Wort in sich aufgenommen. Ein Wort, welches dort hineingemeißelt worden war. Es war mit solch einer Präzision gefertigt worden, dass man es nach einem Dutzend Jahrhunderten noch immer sehen konnte. Und dann erkannte Artur den vollkommenen Schriftzug:

Sepulcrum

Meister Callidus Hände begannen zu zittern, als er sich bückte und den restlichen Staub von der Bodenplatte blies.

»Es ist geschafft, doch wage ich nicht auszusprechen, was ich denke«, flüsterte Meister Callidus, dass es kaum zu vernehmen war. »Artur, sei so gut«, sagte er bittend und versuchte die Bodenplatte zu bewegen. Sofort griff Artur mit seinen Fingern unter die Bodenplatte und zog mit aller Kraft an dem rauen Stein. Meister Callidus griff ebenfalls nach dem Stein im Boden. Gemeinsam konnten sie ihn schließlich bewegen. Artur biss sich auf die Lippen, zog erneut an dem Stein und riss ihn schließlich vollkommen aus der Verankerung. Mit einem Knirschen brach der Stein aus dem Boden St. Caritums heraus. Mit letzter Anstrengung hievte Artur ihn auf die Seite.

Der alte Staub drang in ihre Nasen ein und ließ sie husteten. Nach wenigen Augenblicken hatte sich die Wolke gelegt. Artur war sich sicher, noch nie so viel Aufregung verspürt zu haben. Selbst dann nicht, als er den Mörder seines Vaters auf den Glockenturm gejagt hatte.

Stufen waren im Loch erschienen, welches seit Jahrhunderten von den Felsplatten versteckt worden war. Kleine, schlecht behauene Felsstufen führten in die schwarze Tiefe des Steines, des Petrusfelses. Artur blickte Meister Callidus in die Augen, der erstaunlich ruhig schien. Schnell eilte Artur zum Eingang der Kathedrale zurück, wo er eine Fackel aus der Halterung zerrte und mit ihr den Boden erleuchtete. Das Loch war gerade so groß, dass ein ausgewachsener Mann noch hindurchpasste. Ohne ein weiteres Wort nahm Meister Callidus die brennende Fackel in die Hand und betrat als erster Mann nach Bruder Auctor die Gruft, die von dem Gründer selbst erbaut worden war. Die Enge in dem kleinen Gang, der nur wenige Meter nach unten führte, war beklemmend und flößte Artur mehr Angst ein, als die Gedanken an Bruder Vanum.

Nach nur einem guten Dutzend Stufen zog Meister Callidus den Kopf ein und beleuchtete eine Gruft, die so klein war, dass es beinahe unmöglich gewesen wäre, noch einen weiteren Mönch mit hineinzunehmen. Ein schlichter Altar ruhte an der Stirnseite des Gewölbes und wies vier Kerzen auf, die schon vor Hunderten von Jahren gelöscht worden waren. Auf der Stirnseite des Altars prangten die alten Worte, die etwas unmissverständliches preisgaben: *Petrus eni!*[31] Spinnenweben hatten den größten Teil des Felses erobert und ihn besetzt. An den nassen Wänden konnte man noch Ansätze von Wandbehangen erkennen, die aber im Laufe der Jahre der Nässe zum Opfer gefallen waren. Erst jetzt bemerkte Artur, dass auf dem Altar ein Papyrusstück lag, welches von Tüchern geschützt wurde.

Artur schluckte, dann sagte er mit trockenem Mund: »Lest!«

Meister Callidus entfaltete das umständlich verpackte Papyrus. Er behandelte es mit solch einer Sorgfältigkeit, als hätte er das Leben seines Herrn Jesus Christus in Händen. Dann, mit zitternder Stimme, begann der alte Meister zu lesen:

Vertraut nicht den Geschichten, die sich das allgemeine Volk erzählen wird. Vertraut Eurem Verstand und Eurem Herzen! Vertraut mir!

---

[31] Petrus ist hier!

Ihr habt gelöst, was eigentlich unmöglich war. Ihr habt begriffen, was ich Euch versucht habe zu übermitteln. Lasst mich Euch zeigen, wie ich als kleiner Junge sah, was ich nun berichte:

Ich, Minor, schlich an einem Abhang entlang. Ich verfolgte zwei Männer. Meine Mutter hatte mir jegliches Belauschen von Menschen verboten, doch es war mir gleich. Diese beiden Brüder waren nicht irgendwelche Menschen. Einer von ihnen war der, der überall als Gottes Sohn, als Prophet, als Messias bekannt war.

Es war Jesus von Nazareth. Begleitet wurde er von einem seiner Jünger. Es waren zwölf, die ihm nachfolgten, egal, was er tat. Viele würden für ihn sterben. Ich verstand diese Menschen nicht. Zwar sollte man dem Sohne Gottes Respekt zollen, so meine Mutter, doch warum gab es Menschen, die für einen anderen Menschen starben?

Die Männer bogen um eine Waldbiegung und ich rutschte einen Abhang hinunter. Ich rannte hinter ein nahes Gebüsch, folgte den Männern am Waldrand und lauschte. Der Mann, von dem ich wusste, dass es der Sohn Gottes sein musste, sprach mit einer Stimme, die so göttlich war, dass es unmissverständlich der lebende Gott auf Erden sein musste: »Für wen aber hältst du mich?« Der Mann, der neben seinem Herrn herging, blieb stehen und sagte dann leise:

»Du bist der Messias, der Sohn des lebendigen Gottes.«

Jesus von Nazareth verweilte ebenso, blickte voller Liebe zurück und sprach mit kräftiger Stimme:

»Selig bist du, Simon, Sohn des Jonas, denn nicht Fleisch und Blut hat dir das offenbart, sondern mein Vater, der im Himmel ist. Und ich sage dir: Dort wo du stirbst, wird meine Kirche Leben finden. Abseits, abseits an einem Ort, wo meine Kirche der Liebe gedeihen kann. Abseits auf einem massiven Fels, der die Jahrhunderte überdauert und die Kirche der Liebe trägt. Du bist Petrus, du wirst diesen Fels suchen, meine Kirche, meines Vaters Kirche begründen, und die Mächte der Unterwelt werden meine Kirche nicht überwältigen. Ich will dir die Schlüssel des Himmelreichs geben. Was du auf der Erde bindest, das soll auch im Himmel gebunden sein und was du auf der Erde löst, das soll auch im Himmel gelöst sein.«

Ich kletterte leise zurück. Das Dickicht bot mir Schutz und ich war mir nicht gewiss, was der Sohn des lebenden Gottes sagen würde, wenn er erfahren hätte, dass ich dieses Gespräch mit angehört hatte. Schon jetzt war mir aus unbekannten Gründen klar, dass ich es sein würde, der diese Kirche auf dem Fels des Petrus erbauen würde. Und Petri selbst würde das Fundament der Kirche suchen, ihren Grundstein der Liebe.

Meister Callidus ließ das Blatt Papyrus sinken. Soeben war er Zeuge der wohl größten Aufklärung eines Mythos geworden, der seit Anbeginn der Kirche als Gerücht kursierte. Alles war eine Lüge: Petrus war weder im Circus Neros gekreuzigt worden, noch war er an jener Stelle begraben. Meister Callidus wendete das Papyrus, um zu sehen, ob es noch einen Hinweis auf die Stelle gab, an dem Petrus seine letzte Ruhestätte gefunden hatte. Doch im Grunde war dem Meister klar, dass das Kloster nicht zufällig auf dem Petrusfels erbaut worden war.

Mit Schweißausbrüchen am ganzen Körper blickte er noch einmal auf den Altar, auf dem eine große und steinerne Vase Platz gefunden hatte. Sie war mit einem großen Deckel und Wachs versiegelt worden und hatte mit dem Brief nur darauf gewartet, endlich ihren Inhalt zu offenbaren.

»Meister, was ist das?«, setzte Artur an und wunderte sich, warum er überhaupt noch sprechen konnte.

Meister Callidus brach mit einem geschickten Hieb seiner Hand das uralte Wachssiegel und öffnete die Urne. Als er die Hand in die Totenvase streckte, spürte er etwas Pulvriges. Er zuckte zurück. Nachdem er sich wieder beruhigt hatte, griff er erneut hinein und holte eine Handvoll grauer Asche daraus hervor.

Artur wusste sofort, was dies bedeuten musste. Er bekreuzigte sich, blickte kurz nach unten auf den Stein, auf dem er stand, küsste sein Kreuz um den Hals und starrte wie gebannt auf die sterblichen Überreste Simon Petri, des Mannes, der auf dem Felsen des Klosters, dem Petrusfels, die Kirche der Liebe, die Kirche Gottes begründet hatte: *St. Caritum!*

Was geschah mit …?

Papst Nikolaus IV. sollte keinesfalls als Befreier der Christenheit in die Geschichte eingehen. Vielmehr war sein Pontifikat von einer Verbreitung des Christentums, der Mission, geprägt. Vor allem missionierte er Albanien, Bosnien, Serbien und Armenien.

Unter seinem Banner wollte er ebenfalls einen neuen Kreuzzug durchführen, was ihm jedoch nicht gelang.

Des Weiteren nahm er diverse Restaurationsarbeiten sowie Ergänzungen am Lateranpalast und an Sankt Maria Maggiore vor, in der er auch bestattet worden war.

Außerdem befreite er durch den Vertrag von Champfranc Karl II. von Neapel und setzte ihm die sizilianische Königskrone auf.

Anfang März 1288 kehrte Papst Nikolaus IV. mit seinem Verbündeten Carlo Discu da Viterbo in die Ewige Stadt Rom zurück, wo er sich den oben genannten Aufgaben widmete. Das Grab des Petrus fand von da an nur noch selten Erwähnung, unter anderem, da der Papst die Dokumente des Bischof Pontianus vernichten ließ. Er suchte nie wieder nach dem Grab des Kirchengründers, nicht einmal, nachdem Girolamo die Niederlage um den Petrusfels verarbeitet hatte.

Carlo Discu da Viterbo kehrte schließlich in das Ordenshaus der Franziskaner zurück, in welchem er bis zu seinem Tode Ordensgeneral blieb und weder Ruhm, Ehre, noch Hochachtung oder gar Erinnerung in der Kirchengeschichte fand.

Bruder Solus hatte mit dem Mord an Bruder Vanum seine Aufgabe erfüllt. Er verließ so schnell wie er gekommen war den Zeltplatz des Papstes, schlich aus dem Wald heraus und schlug sofort den Weg zurück zum Kloster St. Caritum ein, wo er dankbar empfangen wurde. Die glückliche Nachricht, dass Bruder Solus erfolgreich gewesen war, löste eine Welle der Erleichterung bei den Brüdern aus. Nur ein kleiner Schatten blieb, da Bruder Solus für einen Erfolg einen Mord hatte begehen müssen.

Das gefundene Grab des Heiligen Petrus stellte sich als der gigantischste Fund der andauernden Kirchengeschichte heraus. Bis heute ist nicht unstrittig bewiesen, dass die Gebeine des Kirchenvaters tatsächlich in der Nekropole der Vatikanstadt begraben sind, auch lässt sich die Theorie einer Verbrennung des Leichnams nicht ausschließen, da dies im 1. Jahrhundert auch bei Christen eine gängige Form der Bestattung gewesen war. Selbst die Worte *Petrus eni - Petrus ist hier*, die über dem angeblichen Grabmal entdeckt worden waren, konnten viele Zweifler nicht überzeugen. Fest steht lediglich, dass Gräber unterhalb des Vatikans gefunden worden waren. Um welche Leichen es sich hierbei tatsächlich handelt, kann wohl nie vollkommen geklärt werden.

Die Mönche des Klosters St. Caritum berichtigten die Stelle in der Bibel, die all die Jahrhunderte über falsch ausgelegt worden war. Petrus wurde von diesem Zeitpunkt an nicht mehr als der Fels angesehen, sondern lediglich als Finder des Felsens, da der steinige Untergrund des Klosters das tatsächliche Fundament für Gottes Kirche darstellte. Der Vatikan sieht Petrus noch heute als den Fels an, den Jesus Christus in der Bibel erwähnte. Aufgrund des angeblichen Grabes unter dem Petersdom und der irrtümlichen Bibelstelle rechtfertigten die Päpste über Jahrhunderte ihren Machtanspruch sowohl über den Himmel als auch über die Erde. Noch heute wird aufgrund der Geheimhaltung des Klosters St. Caritum die Bibel unter den zweifelhaften Umständen ausgelegt und betrachtet.

Jahre später

Der Winter schien in diesem Jahr früher zu kommen als üblich. Der Herbst war schon im September verbraucht und Schnee fiel in Massen von den Himmelspforten herab. Die Sonne kämpfte sich jedoch immer wieder kurz durch die beinahe undurchdringliche Wolkendecke und tauchte das Kloster St. Caritum in goldenes Licht. Niemand, der jetzt das Kloster betrachten würde, käme auf den Gedanken, dass hier vor vielen Jahren etwas Schreckliches geschehen war. Doch darüber wurde nie geredet. Die Älteren, die es noch selbst miterlebt hatten, versuchten ihre düsteren Gedanken mit Schweigen zu bekämpfen und die jüngere Generation wurde damit nicht behelligt. Der Weihnachtstag brach an und Artur erwachte auf seiner Pritsche. Wie immer wollte er gerne hier liegen bleiben und für immer die angenehme Stille genießen. Doch auch Freude, Freude auf das Kommende, stieg in ihm auf. Es würde bald so weit sein, dass er nicht mehr der alleinige Erbe des Abts war. Nein, er erwartete voller Aufregung einen Sohn, der seinen Platz einnehmen konnte, sobald Artur seinem Vater gefolgt war. Wie lange es noch dauern würde, ließ sich nicht sagen, doch der alte Bruder Martin sagte ihm immer wieder, er solle sich nicht sorgen, denn viele Mönche hatten schon einige Geburten in dem Kloster miterlebt. Insbesondere seine eigene sei etwas Besonderes gewesen und Bruder Martin erzählte die Geschichte immer wieder gerne. Artur schwang seine langen Füße aus dem Bett und stapfte müde in seiner Zelle umher, um seine Mönchskutte zusammenzusuchen. Auf dem eisigen Gang vor seiner Zelle herrschte ein reges Treiben. Alle waren wegen des Weihnachtstages und der anstehenden Geburt aufgeregt und als sie Artur erblickten, breitete sich auf allen Gesichtern ein Lächeln aus.

»Guten Morgen«, grüßten ihn einige und Artur nickte freundlich zurück. Zu Beginn seiner Zeit im Kloster hatte Artur nur von wenigen Mönchen freundliche Worte zu hören bekommen, da er angeblich dafür verantwortlich gewesen war, dass fünf Brüder unter ihnen auf unerklärliche Weise ihr Leben gelassen hatten. Doch diese Zeit war jetzt vorbei und ein neuer Morgen war vor Jahren angebrochen, als seine Mutter ihr

Schicksal gewählt und es vorgezogen hatte, frühzeitig ihrem Herrn zu begegnen. Artur dachte oft an diese Zeit zurück, die voller schrecklicher Erinnerungen für ihn war, doch er hatte es sich angewöhnt, sich immer schnell zurück in die Gegenwart zu holen. Artur ging eine steile Wendeltreppe hinunter und trat in die Küche ein. Auch hier hallten ihm von allen Seiten viele Grüße entgegen und als er sich gesetzt hatte, setzen sich auch alle anderen und es trat Stille ein. Nach dem allmorgendlichen Gebet machte sich Bruder Clarens daran, das Frühstück zu servieren. Artur gefiel es, dass er so umsorgt wurde, da er doch sechzehn Jahre lang unter der gewaltsamen Herrschaft seiner Mutter hatte leben müssen. Doch er vergaß niemals, sich zu bedanken oder die Freundlichkeiten zu erwidern. Beim Frühstück diskutierte Artur gerne mit Bruder Martin über die kleinen Sorgen des Klosters. Seit den Katastrophen und den Morden vor vielen Jahren war, dem Herrn sei Dank, nichts Schlimmeres mehr passiert, außer dass einige andere Mönche eines natürlichen Todes gestorben waren. Heute ging es darum, dass man die Ostmauern des Klosters säubern musste, da nach Bruder Martins Auffassung alles in einem guten Zustand sein musste, auch wenn außer den Mönchen selbst nie jemand das Kloster sah. Artur erwiderte solche Themen stets mit einem amüsierten Lächeln. »Sollten wir unserem Kloster nicht alle Ehre machen? Sollten wir uns nicht auf diese Weise bei unserem Herrn bedanken, indem wir unser Kloster und sein Gotteshaus in einem ordentlichen Zustand behalten?«, sagte Bruder Martin. Artur lächelte weiterhin. Er antwortete Bruder Martin nicht sofort, sondern blickte nach links, wo die anderen Mönche des Hohen Rats saßen und ihnen zuhörten: Cito, der Junge, den sie einst in der Stadt aufgesammelt hatten, trug jetzt den Namen Bruder Amicus, Bruder Vetus hatte Artur ebenfalls in den Hohen Rat aufgenommen sowie drei weitere freundliche, geistreiche und einfallsreiche Mönche, die ihm Jahre zuvor nicht aufgefallen waren. Somit war der Hohe Rat wieder vollkommen und das Kloster profitierte von der Weisheit des Rates.

»Bruder Martin«, entgegnete Artur geduldig. »Wenn es Euch ein inneres Bedürfnis ist, dann veranlasst alles und säubert die Ostmauern«, und noch immer lag ein Lächeln auf seinem Gesicht.

Bruder Martin schien nicht wirklich zufrieden, doch er sagte nichts mehr, was die allzu schmutzigen Ostmauern anging. Artur aß sein Frühstück zu Ende, ohne dass es eine weitere Meinungsverschiedenheit mit Bruder Martin gab. Dann hob er die Tischtafel auf, indem er seinen Dank gegenüber allen Mönchen bekundete, dass alle so fleißig in den Tagen vor Weihnachten gearbeitet hatten und sie somit gut den Winter überstehen würden. Die Halle war erfüllt von guter und vorweihnachtlicher Stimmung und alle waren aufgeregt wegen der bevorstehenden Geburt.

Nach dem Frühstück ging Artur seiner Arbeit als Abt nach. Er war hauptsächlich für den seelischen Beistand seiner Brüder verantwortlich, wobei er auch darüber entschied, ob neue riskante Reisen in die Stadt unternommen werden mussten, um beispielsweise Korn einzukaufen. Vieles hatte er seinem Cellerar, Bruder Martin, überlassen, der mittlerweile schon sehr alt geworden war. Alles in allem liebte Artur das Kloster St. Caritum, so wie er seinen Sohn lieben und damit den größten Schatz der Christenheit bewahren würde. Ja, sobald sein Sohn das Licht der Welt erblickte, würde Artur sein Erbe an ihn abgeben sodass dieser in Zukunft der Schatz des Klosters wäre.

Er zog sich schließlich in dem Raum über dem Dormitorium zurück, den er nur benutzte, um Geschäftliches zu erledigen.

Ein großes Fest sollte im Refektorium stattfinden, um die Geburt Jesu zu feiern und Artur hatte sich seit Wochen mit diesem Fest befasst. Ja, es war in der Tat so, als hatte er seit Wochen nichts Besseres zu tun, doch in seinen Augen war dies keine Schande, sondern etwas Positives. Als die letzten Sonnenstrahlen hinter der Mauer verschwunden waren, kam Bruder Martin hereingestürzt. Es war schon mehr als merkwürdig, dass er nicht anklopfte, denn er selbst bestand stets darauf.

»Man muss die alten Werte bewahren«, sagte er immer. Doch jetzt war er einfach in Arturs Zimmer gestolpert, ohne sich vorher anzukündigen.

»Es ist soweit«, prustete er laut und keuchte, »es ist soweit«, sagte er erneut. Artur saß in seinem hohen Lehnstuhl und rätselte, was Bruder Martin damit zu sagen versuchte.

»Beruhigt Euch, Bruder Martin«, sagte Artur lachend. »Ich bin sicher, es ist nichts allzu ...«

Doch es war ihm nicht gestattet, den Satz zu Ende zu führen. »Euer Kind!«, rief Bruder Martin schnaufend, »es ist Euer Kind. Es kommt«, schrie er in schriller Hysterie und stürzte hinaus auf den Gang. Draußen begann er zu rennen und stimmte ein fröhliches Weihnachtslied an, um allen zu zeigen, dass der Augenblick des neuen Erbes gekommen war. Ja, der nächste Erbe wurde geboren.

Artur rannte nun auch so schnell er konnte aus dem Zimmer und ließ seine, wie es ihm nun vorkam, unbedeutende Arbeit hinter sich. Er überholte Bruder Martin, der mit seinen kürzeren Beinen nicht so schnell war wie Artur. Nachdem Artur das ganze Dormitorium durchquert hatte, bog er schließlich in den Stock ein, in dem die Frau lag und gerade die Qualen einer Geburt erlebte. Artur hatte noch nie viel von der Vermutung gehalten, dass die Wehen der Frau Grund dafür waren, dass sich Eva im Garten Eden von der Schlange hatte verführen lassen und einen der verbotenen Äpfel gegessen hatte. Doch viele Mönche hier im Kloster waren fest davon überzeugt, dass es Gottes Wille war, dass eine Frau bei der Geburt zu leiden hatte. Tausende Gedanken kreisten in Arturs Kopf herum. Wie würde er aussehen? Hatte er sein Gesicht oder das seiner Mutter? Was für einen Namen würden sie ihm geben? Hatte er den gleichen Charakter wie er? Dann sah er die Tür, welche in das Gemach der Frau führte. Scheinbar alle Mönche des Klosters hatten sich vor dem Raum versammelt. Hinein durfte niemand. Nicht einmal Artur selbst. Es war ausgeschlossen, dass ein Vater bei der Geburt seines Kindes anwesend war.

»Bleibt ganz ruhig«, sagte Bruder Vetus, den Artur erst jetzt bemerkte und der ebenfalls am Ende der aufgeregten Gruppe stand.

»Es geht ihr gut, Eure Großmutter ist bei ihr und kümmert sich um sie.«

Ein Schrei. Ein markerschütternder Schrei drang aus dem Raum und Artur wusste, dass es der Schmerzensschrei einer schwierigen Geburt war.

»Drücken, Drücken ... nur noch ein Mal«, schrie Minerva Vecultas. Dann war es wieder still. Bruder Martin kam nun endlich um die Ecke gestolpert und keuchte: »Lasst mich durch«, sagte er prustend und die Mönche, die vor ihnen standen, machten ihm Platz. »Es wäre besser, wenn Ihr hier wartet«, sagte er zu Artur gewandt. Dann verschwand er in der Menge und betrat den Raum. Die Frau schrie erneut auf, als ob sie gefoltert würde. Artur hielt es nicht länger aus. Er wollte unbedingt wissen, was vor sich ging. Doch gerade als er sich durch die Menge drängen wollte, hörte er einen Schrei. Einen völlig anderen Schrei. Einen leiseren, zaghafteren, jedoch gleichzeitig auch einen kräftigen Schrei, der über das ganze Kloster zu hallen schien. Die Mönche, die aufgeregt durcheinandergesprochen hatten, verstummten augenblicklich. Arturs Herz schlug irgendwo in der Nähe seines Adamsapfels und er war sich sicher, dass alle Mönche es hören konnten. Geht es dem Kind gut, wollte er schreien, doch er brachte keinen Laut über seine Lippen. Im ganzen Kloster herrschte Totenstille und niemand sprach. Arturs Kopf begann fieberhaft zu arbeiten: War das Kind gesund? Doch dann regte sich etwas. Bruder Martin trat aus der Tür und kam durch die Menge auf Artur zu. Alle schienen vor ihm zurückzuweichen. Schritt für Schritt kam der alte Bruder näher und näher. Als der letzte Mönch Platz gemacht hatte, erblickte Artur ihn. Bruder Martin sah Artur mit aschfahlem und todernstem Gesicht an. Er hielt einen Säugling in den Händen. Und dann sagte er mit zitternder und bebender Stimme: »Es ist ein Mädchen …«

Sepulcrum

Das lateinische Wort *Sepulcrum* hat mehrere Bedeutungen, doch die zwei treffendsten Begriffe für mein Buch sind vermutlich *Grab* und *Scheiterhaufen*. Nachdem ich mir meine Geschichte zur Fortsetzung von *Caritum* überlegt hatte, benötigte ich dazu noch einen geeigneten Titel, den ich in diesem lateinischen Wort fand. Ein guter Freund von mir, Matthias Vonier, erklärte mir die genauere Bedeutung des Wortes. Außerdem las Matthias vorab mein Manuskript, um mir, wie viele andere Freunde auch, wertvolle Tipps zu geben. Des Weiteren half er mir, für einige Charaktere einen geeigneten Namen zu finden, da diese eine lateinische Bedeutung haben sollten. Bruder Solus hat seinen bedeutungsvollen Namen nur Dir, Matthias, zu verdanken.

Vielen Dank für Deine Mühen!

Ich fand heraus, dass *Sepulcrum* nicht nur *Grab* bedeutet, sondern auch *Scheiterhaufen*. Angeregt von dieser Erkenntnis, begann ich mir zu überlegen, dass ich diese Zweideutigkeit sehr gut in meine Geschichte mit einfließen lassen könnte. Nachdem nun also die Idee, dass Petrus auf dem Fels St. Caritums den Tod gefunden hatte, bereits existierte, kam nun eine neue hinzu, die es umzusetzen galt. Mir kam ebenfalls der Einfall, dass Petrus zusätzlich auf dem Fels, auf dem später St. Caritum errichtet wurde, verbrannt worden ist. Tatsächlich, so erfuhr ich, beharren einige Quellen darauf, dass Petrus nach seinem Tod dem Feuer übergeben wurde. Die Grabstätte in der unterirdischen Nekropole des Vatikans, in dem der Leichnam Petri angeblich aufbewahrt sein soll, ist laut Experten viel zu klein, um einen vollständigen Körper beinhalten zu können.

Wer ist wer?

Abt Clemens	Verstorbener Abt des Klosters St. Caritum, Vater Arturs
Alessandro	Diener am Hofe des Papstes
Artur	Sohn des verstorbenen Abts Clemens, Nachfolger als Abt
Bruder Auctor	Gründer des Klosters St. Caritum
Bruder Autitus	Einfacher Mönch des Klosters
Bruder Amicus	Mönchsname Citos
Bruder Clarens	Arbeitet in der Küche des Klosters
Bruder Custo	Einfacher Mönch des Klosters
Bruder Ferire	Mönch St. Caritums, der zusammen mit zwei anderen Brüdern den ausgebrochenen Bruder Vanum verfolgt
Bruder Solus	Mönch St. Caritums, der zusammen mit zwei anderen Brüdern den ausgebrochenen Bruder Vanum verfolgt
Bruder Magnus	Mönch von St. Caritum, der zusammen mit zwei anderen Brüdern den ausgebrochenen Bruder Vanum verfolgt
Bruder Martin	Stellvertreter des Abtstuhles, Cellerar und Mitglied des Hohen Rates St. Caritums
Bruder Vanum	Ausgestoßener des Klosters St. Caritum
Bruder Vetus	Einfacher Mönch des Klosters
Carlo Discu da Viterbo	Ordensgeneral des Franziskanerordens und enger Vertrauter von Papst Nikolaus IV.
Gaius Caesar Augustus Germanicus	(* 31. August 12; † 24. Januar 41)[32] Römischer Kaiser und besser bekannt als Caligula

[32] Mit Jahreszahlen unterstützte Charaktere sind historisch belegte Persönlichkeiten die im angegebenen Zeitraum tatsächlich gelebt haben.

Cito	Straßenjunge aus Patria, wurde von den Mönchen aus der Armut befreit
Eranas	Heilerin, die in einem Haus im Walde lebt
Filia	Kleines Mädchen eines Heiden
Girolamo Masci d'Ascoli	(* 30. September 1227; † 4. April 1292) Gebürtiger Name des Papstes Nikolaus' IV. (Ascoli ist der Geburtsort)
Inseptus	Soldat der päpstlichen Armee
Kaiser Heinrich IV.	(* 11. November 1050; † 7. August 1106) Von 1084 bis zum 31. Dezember 1105 Kaiser des Heiligen Römischen Reiches
Kaiser Konstantin	(* 27. Februar zwischen 270 und 288; † 22. Mai 337) Geboren unter dem Namen Flavius Valerius Constantinus war von 306 bis zu seinem Tode römischer Kaiser
Kaiser Nero	(* 15. Dezember 37; † 9. oder 11. Juni 68) Von 54 bis 68 Kaiser des Römischen Reiches
Kardinal Hugh of Evesham	(* Geburtstag unbekannt; † eigentlich 4. September 1287) Erkrankter Kardinal, der aufgrund hohen Fiebers während des einjährigen Konklaves zu einem Heiler gebracht werden musste
Kardinal Cholet	(* Geburtstag unbekannt; † 1292) Wählender Kardinal im Konklave 1287/1288
Kardinal Gervais Jeancolet de Clinchamp	(* Geburtstag unbekannt; † eigentlich 15. September 1287) Erkrankter Kardinal, der aufgrund hohen Fiebers während des einjährigen Konklaves zu einem Heiler gebracht werden musste
Kardinal Bianchi	(* 1220/1225; † 1. März 1302) Wählender Kardinal im Konklave 1287/1288
Linus	(* Geburtstag unbekannt; † vermutlich 79) Zweiter Bischof von Rom und nach Petrus der erste Vertreter Jesus Christus; der Beiname Papst wurde erst 384 eingeführt

Mark Aurel	(* 26. April 121; † 17. März 180) Von 161 bis 180 Kaiser des Heiligen Römischen Reiches
Meister Callidus	Großmeister des Klosters, wird in wichtige Entscheidungen mit einbezogen, sein weiser Rat ist immer erwünscht. Er ist ebenfalls ein Mönch des Hohen Rates St. Caritum
Minerva Vecultas	Arturs Großmutter
Minor	Geburtsname Bruder Auctors
Panur	Hauptmann der päpstlichen Garde im Jahre 1084
Papst Gregor VII.	(* Um 1020; † 25. Mai 1085) Vom 22. April 1073 bis zu seinem Tode Papst der Kirche
Papst Honorius IV.	(* Um 1210; † 3. April 1287) Vorgänger von Papst Nikolaus IV., verstarb an einer aggressiver Fiebererkrankung, vermutlich Gicht
Papst Nikolaus IV.	Gewählter Papst des Konklave am 22. Februar des Jahres 1288
Papst Simplicius	(* Geburtstag unbekannt; † 10. März 483) War fünfzehn Jahre Papst der Kirche und nahm diverse Umbauarbeiten an der Peterskirche vor
Petrus	(* Geburtstag unbekannt; † vermutlich 64 oder 67) Erster Bischof von Rom
Pontianus	(* Geburtstag unbekannt; † 235) Achtzehnter Nachfolger des Heiligen Petrus
Signore Pudicus	Reicher italienischer Kaufmann, den Eranas auf ihrer Reise trifft
Venas	Heide und Bewohner eines kleinen Dorfes im Wald

Danksagung

Es ist unglaublich schwierig, ein Buchprojekt zufrieden abzuschließen.

In diesem Sinne habe ich mir bei der Fortsetzung des Buches *Caritum* etwas länger Zeit gelassen. Nach genau achtmonatiger Schreibphase fiel es mir enorm schwer, dieses Buch zu beenden. Auch die eine oder andere Person dem Tode zu überlassen, war oft eine schmerzhafte Entscheidung. Auf dem Weg, den ich mit diesem Buch ging, wurde ich von zahlreichen Menschen begleitet, ohne jene diese Geschichte nicht hätte entstehen können. Wieder einmal unterstützen mich Freunde, Verwandte und Bekannte. Mein erster Dank gilt meinen Lektoren, die sich allesamt bemüht haben, mir mit ehrlichen Kritiken weiterzuhelfen.

Vielen Dank an meine Lieblingsklassenkameraden Lisa Staudacher, die mir als erste eine Rückmeldung gab, Jasmin Hueber, die mir ein tolles Feedback gegeben hat, Anna-Maria Steinhauser, die sogar auf mehr als eine meiner vergangenen Lesungen gekommen ist, Eileen Lochmüller, die mir eine kleine Peinlichkeit in *Sepulcrum* erspart hat und Ronja Leopold, die nach ihrem ausführlich ausgefüllten Fragebogen zu diesem Buch wohl sehr genau und detailliert gelesen hat.

Dankeschön an Hannes Moser und Daniel Kehle mit denen ich viele gemeinsame Abende verbracht habe und hoffentlich noch verbringen werde.

Vielen Dank an Nico Gschwind, der mein Buch als einer der Ersten gelesen und mir so schnell und zuverlässig ein Feedback gegeben hat.

Und schließlich noch vielen Dank an Ludmilla Glauner, Anneliese Köberle und Sigrid Baur. Auch eure Tipps haben mir sehr geholfen.

Danke auch an Sarah Kibele, die offensichtlich ebenfalls eine so großartige Lektorin wie ihre Schwester ist.

Ein großes Dankeschön vor allem an meine treuen Leser, die bereits *Caritum* unter die Lupe genommen haben und nun auch *Sepulcrum* für mich korrigierten:

Dankeschön an Isabel Glauner, die wie immer sehr zuverlässig und genau mein Buch auf Fehler durchsucht hat und die es erst ermöglichte, dass Artur und der Rest meiner Charaktere ein Aussehen bekamen.

Pia Kolb hat das Buch wohl sorgfältig gelesen, weil sie sich meiner bohrenden Nachfragen sicher sein konnte. Glückwunsch, Du hast Dich sehr gut geschlagen! Auch war Pia bei der Geburtsstunde Sepulcrums dabei: Die Geschichte ist mir auf einer gemeinsamen Busfahrt ganz plötzlich in den Sinn gekommen.

Andrea Wiedmann hat es sich trotz ihrer oft zeitaufwendigen Arbeit nicht nehmen lassen, mir ihre Unterstützung zuzusichern.

Dankeschön an Hannah Mohr, die mich sehr gründlich auf meine Fehler aufmerksam gemacht hat.

Und herzlichen Dank auch an Fabian Brugger, der sich schließlich nach seinem Abitur erbarmte und sich an *Sepulcrum* gewagt hat.

Ich schätze mich glücklich, dass ich auch dieses Mal auf Eure Zuverlässigkeit zählen konnte und hoffe, euch mit weiteren Werken betrauen zu dürfen.

Vielen Dank an Stefan Binder, der für meine Autorenbilder seine Zeit geopfert hat und meine Homepage seit mehreren Monaten zuverlässig verwaltet.

Ebenso danke ich meiner Oma, Christel Aggeler, die mein Manuskript erneut als eine der Ersten kritisch durchlesen hat.

Auch bei diesem Projekt prüfte Klaus Schäch das Buch auf Authentizität des Mittelalters und stand mir mit wertvollen Tipps zur Verfügung. Vielen Dank für diese wichtigen Schritte.

Aber erst das Cover des Buches hauchte *meinem Werk seine Seele ein.* Ich habe mich sehr gefreut, auch dieses Mal Klaus Stemmer an meiner Seite zu wissen. Nach mehreren Anläufen war der Umschlag perfekt ausgearbeitet. Das Cover steht dem des Buches *Caritum* in keinster Weise nach!

Ein riesengroßes Dankeschön geht an Kerstin Weirauch, die sich als eine unglaublich professionelle Lektorin erwiesen und ihre ohnehin kostbare freie Zeit für die Korrektur meines Buches geopfert hat. Oftmals saßen wir lange zusammen und haben über scheinbare Kleinigkeiten und wertvolle Ratschläge gesprochen, die mein Buch perfektionierten. Ich verspreche, mich in meiner »Too-much-Schreibweise« und in meinen »Schachtelsätzen« zu bessern. Mir ist vollkommen bewusst, dass ich Dir Deinen Aufwand und Deine Mühen niemals ersetzen kann.

Der größte Dank, wie sollte es anders sein, geht wie immer an meine Eltern, Arnold und Birgit Miller, die mir grenzenlose Unterstützung gewährten und hoffentlich auch meine zukünftigen Buchprojekte begleiten werden.

Danke, dass Ihr immer für mich da seid!

Tim Miller
Caritum
Historischer Kriminalroman
1. Band der Reihe / 22. Juli 2011

In einer stürmischen Nacht bricht der junge Artur ahnungslos mit seiner Mutter auf, um sein Zuhause für immer hinter sich zu lassen. Ihr Ziel ist das versteckte Kloster St. Caritum, um das sich seit jeher ein dunkles Geheimnis rankt, das die Mönche um jeden Preis bewahren müssen. Erst nach und nach erfährt Artur, dass auch er Teil dieses Geheimnisses ist. Doch damit nicht genug: St. Caritum wird von einer Serie heimtückischer Morde heimgesucht und auch Artur muss bald um sein Leben fürchten. Befindet sich der Mörder mitten unter den Mönchen?

Über den Autor

Tim Miller, 1993 in Ravensburg geboren, wohnt in Waldburg, einem kleinen süddeutschen Ort im Landkreis Ravensburg.

Ab September 2000 ging er in die örtliche Grundschule und wechselte schließlich 2004 auf die Hauptschule, die er aber 2007 verließ und fortan eine nahe gelegene Realschule besuchte. 2010 schloss er die Realschule mit der Mittleren Reife ab und besucht seither das Sozialwissenschaftliche Gymnasium in Ravensburg. Dieses wird er voraussichtlich 2013 mit dem Abitur abschließen.

Sein erstes Buch hat Tim Miller im Alter von 15 Jahren geschrieben, dieses aber nie veröffentlicht. Mit gerade 16 Jahren begann er mit dem Entwurf seines ersten Romans *Caritum*. *Caritum* wurde im Sommer 2011 vom Re Di Roma Verlag veröffentlicht.

Weitere Informationen zum Autor und seinen Veröffentlichungen unter
www.timmiller.de.